HEYNE <

Das Buch

Als seine Gefährtin, die Mossad-Agentin Rebekka, bei einem Einsatz getötet wird, steht für Jason Bourne fest: Er muss Rebekkas Tod rächen. So kommt es ihm gelegen, als ihn der Chef des israelischen Geheimdienstes beauftragt, den Verantwortlichen, Minister Ouyang Jidan, zu eliminieren. Bourne reist nach China, wo ihm Ouyangs Soldaten bereits auflauern. Bourne kann seine Verfolger abschütteln, an seinen mächtigen Widersacher selbst kommt er nicht heran. Doch Bourne lässt nicht locker und spürt Ouyang schließlich in Beidaihe auf, wo der Parteikongress die Weichen für Chinas Zukunft stellen soll und Ouyang nach der absoluten Macht im Staat greift. Doch Ouyang ist auf Bournes Kommen vorbereitet und stellt ihm eine tödliche Falle. Unbewaffnet steht Bourne dem passionierten Schwertkämpfer gegenüber, der nur auf diese Gelegenheit gewartet hat, seinen Todfeind aus dem Weg zu räumen.

Die Autoren

Robert Ludlum erreichte mit seinen Romanen, die in mehr als 30 Sprachen übersetzt wurden, weltweit eine Auflage von über 300 Millionen Exemplaren. Robert Ludlum verstarb im März 2001. Die Romane aus seinem Nachlass erscheinen bei Heyne.
Eric Van Lustbader ist Autor zahlreicher internationaler Bestseller. Seine Bücher wurden in über zwanzig Sprachen übersetzt. Er lebt mit seiner Frau Victoria in New York und auf Long Island.

Im Anhang des Buches findet sich ein Werkverzeichnis aller lieferbaren Titel der BOURNE-Reihe.
Weitere Titel und Informationen unter heyne.de/ludlum

ROBERT LUDLUM
ERIC VAN LUSTBADER

DIE BOURNE VERGELTUNG

THRILLER

Aus dem amerikanischen Englisch
von Norbert Jakober

WILHELM HEYNE VERLAG
MÜNCHEN

Die Originalausgabe erschien unter dem Titel
The Bourne Retribution bei Grand Central Publishing, New York

FSC
www.fsc.org
MIX
Papier aus verantwortungsvollen Quellen
FSC® C014496

Verlagsgruppe Random House FSC©N001967

Vollständige Taschenbuchausgabe 01/2017

Published by arrangement with The Estate of Robert Ludlum
and Eric van Lustbader c/o Baror International, Inc.,
Armonk, New York, USA
Printed in Germany
Umschlaggestaltung: Nele Schütz Design, München,
unter Verwendung eines Motivs von © shutterstock/Vladimir Gorokhov
Druck und Bindung: GGP Media GmbH, Pößneck
ISBN: 978-3-453-43847-7

www.heyne.de

Für Ziva

PROLOG

LAS PEÑAS, MICHOACÁN, MEXIKO

In den elf Jahren seines Bestehens hatte es im La Concha d'Oro noch nie ein solches Aufgebot an Sicherheitskräften gegeben wie heute. Bewaffnete Soldaten schritten mit wachsamen Augen die Landseite des exklusiven Resorts ab, ein Motorboot patrouillierte in Ufernähe, und wo immer die beiden VIPs, für die das Feriendomizil von Gästen geräumt worden war, sich aufhielten, wurden sie von ihren Bodyguards wie von Bienen umschwärmt, und das rund um die Uhr.

Ihre Schützlinge waren zwei Männer: Carlos Danda Carlos, der neu ernannte Leiter der mexikanischen Antidrogenbehörde, und Eden Mazar, Antiterrorspezialist des Mossad. Mexiko konnte jede Hilfe gebrauchen im Kampf gegen die tief verwurzelte Korruption, die es den drei mächtigsten Drogenkartellen ermöglichte, das Land zu kontrollieren. Aus diesem Grund habe sich Danda Carlos an den Mossad gewandt, wie der Direktor des israelischen Geheimdienstes vor drei Tagen Jason Bourne erklärt hatte.

Carlos sei ein neuer Typus eines Mexikaners, hatte der Direktor ausgeführt – in den Vereinigten Staaten ausgebildet, ein furchtloser Reformer, entschlossen, das Land aus dem tödlichen Griff der Drogenbarone zu befreien.

»Los Zetas ist bei Weitem das gefährlichste Kartell«, hatte der Direktor erklärt, »vor allem weil es von desertierten Elitesoldaten der mexikanischen Sondereinsatzkräfte gegründet wurde.« Der Direktor hatte Bourne die Hand auf die Schulter gelegt. »Trotzdem wird Ihre Aufgabe ein Spaziergang angesichts der extremen Sicherheitsvorkehrungen, die wir getroffen haben. Passen Sie nur auf Eden Mazar auf und gönnen Sie sich zwischendurch ein bisschen Sonne und Entspannung.«

»Ich arbeite nicht für Sie. Für niemanden«, hatte Bourne erwidert, trotz der Gastfreundschaft, die ihm der Direktor nach dem Tod von Maceo Encarnación in Israel gewährt hatte.

Im Lächeln des Direktors schwang eine gewisse Traurigkeit mit. »Rebekka war wie eine Tochter für mich. Es ist jetzt ein Monat vergangen, seit sie beerdigt wurde, und Sie sind immer noch in Israel. Das sieht Ihnen gar nicht ähnlich.«

»Ich bin auch nicht mehr ich selbst«, antwortete Bourne. »Irgendwas in mir hat sich verändert. Ich will von alldem nichts mehr wissen.«

Der Direktor musterte ihn einen Augenblick. Er war ein klein gewachsener Mann mit weißem Kraushaar, in dessen wettergegerbtem Gesicht jede Falte für den Tod eines nahestehenden Menschen oder eine Enttäuschung zu stehen schien. Von seinen vielen Triumphen wusste die Öffentlichkeit nichts. »Ich dachte, diese … Reise könnte Ihnen helfen, auf andere Gedanken …«

»Nichts kann mich ihren Tod vergessen lassen«, erwiderte Bourne schroff.

Der Direktor nickte. »Es ist zu früh. Ich verstehe das vollkommen.« Er blickte sich im Hafen um. »Sie können gern noch einen Monat hierbleiben … so lange Sie wollen.«

Bourne wog seine Worte ab, suchte nach einem Hauch von Ironie darin, doch der Direktor schien wirklich zu meinen, was er sagte.

Erst jetzt kam ihm zu Bewusstsein, wie begrenzt im Moment seine Möglichkeiten waren. »Vielleicht haben Sie ja recht, und so eine Aufgabe ist genau das, was ich brauche.«

Also hatte er sich mit Eden Mazar getroffen und war mit demselben Mossad-Jet zusammen mit einem Trupp Leibwächter nach Mexiko geflogen, wo sie auf dem kleinen Privatflugplatz landeten, der ausschließlich für Gäste von La Concha d'Oro bestimmt war und den die mexikanischen Behörden schon achtundvierzig Stunden vor ihrer Ankunft für den gesamten Flugverkehr gesperrt hatten.

Und so war er nun hier, stets in der Nähe der beiden Schützlinge und ihrer Bodyguards, und hielt nach Anzeichen von Ärger Ausschau, den es mit Sicherheit nicht geben würde. Das Problem war nur, dass er sich wieder in Mexiko befand, zwar weit weg von Mexiko City, wo Rebekka gestorben war – doch er musste auch hier ständig an ihren Tod auf dem Rücksitz eines Taxis denken, während er mit ihr quer durch die Stadt gerast war.

Vielleicht hatte der Direktor Bournes Reaktion auf seine rasche Rückkehr in dieses Land nicht bedacht;

er konnte den Vorschlag aber auch ganz bewusst gemacht haben: Oft war es die beste Strategie, wieder auf das Pferd zu steigen, das einen abgeworfen hatte.

Aber nicht diesmal.

Ohne dass es ihm so richtig bewusst war, hatte Rebekka Bournes Schutzpanzer durchbrochen und ihn im Innersten berührt. Ihr Tod schmerzte wie eine innere Wunde, die einfach nicht verheilen wollte. *Ich habe schon andere Frauen wie sie getroffen*, dachte er immer wieder. *Und doch war keine wie sie*, fügte er unvermeidlich hinzu.

Solche dunklen Gedanken waren nicht unbedingt typisch für ihn. Er hatte so viele Prüfungen bestehen müssen, dass er schließlich überzeugt war, nichts könne ihn mehr aus dem Gleichgewicht bringen. Doch Rebekkas Tod war nach all den anderen Verlusten von nahestehenden Menschen ein Schlag, von dem er nicht wusste, ob er ihn je würde überwinden können. Und er war sich nicht sicher, ob er ihn überhaupt überwinden wollte. Seit dem Tag, an dem ihn Fischer aus dem Mittelmeer gezogen hatten, fühlte er sich ohnehin mehr wie ein Toter unter Lebenden. Er hatte sein Gedächtnis verloren, seine Vergangenheit, sein ganzes Leben bis zu dem Zeitpunkt, als er in einer fremden Umgebung die Augen aufschlug.

Als Eden Mazar unter dem bunt bemalten hölzernen Dach des achteckigen Pavillons hervortrat, von dem man einen herrlichen Blick auf den Pazifik hatte, wurde ihm bewusst, dass er sich einmal mehr in einer fremden Umgebung befand. Doch diesmal fühlte er sich völlig verloren, wie ein Schiffskapitän, der seine Seekarte verloren hatte und nicht mehr wusste, wie man sich an den Sternen orientierte.

»Diese Leute können einem wirklich leidtun«, raunte ihm Eden zu. »Entweder fehlt ihnen der Wille oder sie sind zu korrupt, um die Drogenkartelle gezielt zu bekämpfen. Für mich gibt es hier jedenfalls nichts mehr zu tun. Die mexikanische Regierung hat das Land längst nicht mehr unter Kontrolle. Hier herrschen die Kartelle. Wir brechen heute Abend nach dem Essen auf.«

Bourne nickte.

Eden wandte sich ab, zögerte einen Moment und kam lächelnd zu Bourne zurück. »Langweilen Sie sich schon?«

»Wie kommen Sie darauf?«

Eden schnaubte. »Ich sehe doch Ihr Gesicht. Außerdem habe ich Ihre Akte gelesen.«

Bourne fand es alarmierend, dass der Mossad eine Akte über ihn führte, doch es überraschte ihn nicht wirklich. Er fragte sich nur, wie exakt und vollständig sie war.

»Das hier ist einfach keine Herausforderung für Sie, stimmt's?«, fuhr Eden fort. »Sie sind ein Mann für die heiklen Einsätze, und genau das schätzt der Direktor so an Ihnen.«

»Ich wusste nicht, dass man sich beim Mossad über mich unterhält.«

Eden lächelte freundlich. »Sie haben Rebekka nahegestanden … waren dabei, als sie starb.«

Plötzlich verstand Bourne. »Und ich bin für den Direktor das einzige lebende Bindeglied zu ihr?«

»Sie war ein besonderer Mensch und eine herausragende Agentin. Wir vermissen sie und werden sie nie ersetzen können. Ihr Tod hat uns einen schweren Schlag versetzt. Das darf nicht ungesühnt bleiben.«

»Typisch Mossad, stimmt's?«

Mazar ging nicht auf die Bemerkung ein. »Ich muss zu Carlos zurück. Er ist kein schlechter Kerl, aber wenn es darum geht, schlagkräftige Maßnahmen gegen die Kartelle zu ergreifen, sind ihm die Hände gebunden. Wie gesagt, bedauernswert.«

Bourne überlegte einen Augenblick. »Warum sind Sie überhaupt hier? Seit wann interessiert sich der Mossad für mexikanische Drogenkartelle?«

»Haben Sie das den Direktor nicht gefragt?«

Bourne wunderte sich selbst darüber; vielleicht hatte er einfach nicht klar denken können.

Mazar lächelte. »Andererseits brauchen Sie das niemanden zu fragen, stimmt's, Jason?«

Bourne sah ihm nach, wie er die Stufen zum Pavillon hochstieg, wo Carlos und seine Leibwächter geduldig im Schatten warteten. Ein kühler Wind vom Meer fuhr ihm durchs Haar. Was hatte Eden gemeint? Wusste der Mossad von der Verbindung zwischen Encarnación, den mexikanischen Drogenkartellen und der chinesischen Regierung, auf die Bourne gestoßen war? Hatte sich Rebekka schon früher mit dieser Sache beschäftigt, noch bevor sie ihm begegnet war? Er nahm sich vor, die Antwort auf die eine oder andere Weise aus Mazar herauszubekommen.

Plötzlich hörte er ein fernes Summen wie von einem Insekt, blickte auf und sah ein kleines Flugzeug hoch am Himmel. Er kniff die Augen zusammen, als es näher kam, und sah die beiden Schwimmer an der Unterseite. Ein Wasserflugzeug. Er schirmte die Augen mit der Hand ab und erkannte, dass die Mannschaft des Patrouillenbootes das Flugzeug ebenfalls bemerkt hatte.

Es folgte rege Betriebsamkeit an Deck und die Männer griffen zu ihren Gewehren.

Edens Bodyguards unter dem Pavillon schienen das Geschehen draußen nicht mitzubekommen. Bourne stieg die Treppe hoch, um den Mossad-Agenten zu warnen, als Danda Carlos' Männer plötzlich mit Macheten auf die beiden Leibwächter Edens losgingen und ihnen die Köpfe abtrennten.

Eden wirbelte herum, von Blutspritzern bedeckt. Bourne wollte ihn packen und mit sich ziehen, doch Carlos richtete eine .357er Magnum auf Bourne und schüttelte den Kopf. Eden blickte sich nach Bourne um, als einer von Carlos' Männern seine Machete so energisch schwang, dass Edens Kopf sich von den Schultern löste und zum Strand hinunterflog, über den warmen Sand rollte und von der Brandung umspült wurde.

Bourne reagierte blitzschnell, stürzte sich auf den Mann mit der Machete, entriss ihm die Waffe und stieß sie ihm in die Brust.

Im nächsten Moment hallte ein mächtiger Donnerschlag in seinen Ohren, und er wurde von der Kugel zurückgerissen, die seinen linken Schultermuskel durchschlug.

Er stürzte über das Geländer des Pavillons und rollte auf den Strand hinunter.

Als er Stunden später wieder zu sich kam, war die Sonne kurz vor dem Untergehen und färbte Himmel, Meer und Sand blutrot. Er lag nicht weit von Edens Kopf, der wie irgendein Kinderspielzeug im Wasser schaukelte, blutverschmiert und vergessen.

Bourne drehte den Kopf und blinzelte, um die Benommenheit abzuschütteln. Weit und breit war niemand zu sehen, das Resort wirkte völlig verlassen.

Die Brandung trug Edens Kopf zu ihm und drehte ihn langsam herum, so wie sich die Erde im Wechsel von Tag und Nacht dreht. Edens leere Augen starrten ihn anklagend an. Bourne öffnete den Mund, als hätte der Tote den Vorwurf laut ausgesprochen, doch im nächsten Augenblick brach der Schmerz mit einer solchen Heftigkeit über ihn herein, dass er in tiefe Bewusstlosigkeit sank.

ERSTES BUCH

ZEHN TAGE SPÄTER

EINS

Intern wurde der Direktor des Mossad traditionell *Memuneh* genannt, was so viel wie *Erster unter Gleichen* bedeutete. Eli Yadin hörte das nicht so gern. »Ich habe einen Namen«, pflegte er schon den jungen Rekruten des Geheimdienstes klarzumachen. »Das genügt.«

Yadin war normalerweise ein optimistischer Mensch – in seinem Geschäft war man entweder Optimist oder man jagte sich spätestens nach zwei Jahren eine Kugel in den Kopf. Heute jedoch war er tief erschüttert – schlimmer noch, sein Optimismus hatte ihn verlassen. Möglicherweise lag das an Amir Ophir, dem Mann, der ihm gerade auf seinem Segelboot gegenübersaß, dem sichersten Ort in Tel Aviv, vielleicht in ganz Israel.

Ophir war Leiter der Metsada, der Mossad-Abteilung für Spezialoperationen. Innerhalb der Abteilung gab es eine Gruppe namens Kidon, die für die Drecksarbeit zuständig war: Attentate, Sabotage, paramilitärische Operationen und psychologische Kriegführung. Im Gegensatz zum Direktor war Ophir von dunkler Haut- und Haarfarbe. Seine weit auseinanderstehenden Augen waren ebenfalls rabenschwarz. Yadin dachte bei sich, dass Ophirs Seele von derselben Farbe sein musste.

»Ehrlich, Memuneh, ich verstehe dich nicht.« Ophir

schüttelte den Kopf. »Die Mexikaner haben Eden nicht bloß getötet, sie haben ihn geschändet. Das ist absolut inakzeptabel, dafür müssen sie bezahlen.«

»Sagst du mir jetzt, wie ich meinen Job zu erledigen habe, Amir?«

»Natürlich nicht, Memuneh«, versicherte Ophir hastig. »Ich habe nur meine Empörung ausgedrückt – die Empörung unserer ganzen Familie.«

»Ich teile deine Empörung, Amir. Und glaub mir, die Täter werden dafür büßen.«

»Ich werde einen Gegenschlag planen, der diese Mexikaner …«

»Gar nichts wirst du«, wies ihn der Direktor scharf zurecht.

»Was?«

»Hinter den Mexikanern steht Ouyang Jidan. Ich habe einen umfassenderen Plan.«

Ophirs Miene verdunkelte sich. »Davon hast du mir nichts gesagt.«

»Doch – jetzt.«

»Details?«

»Müssen nur die unmittelbar Beteiligten kennen.«

Ophir wirkte beleidigt durch die offene Zurückweisung. »Du vertraust mir nicht?«

»Sei nicht albern, Amir.«

»Dann …«

Der Direktor sah ihm in die Augen. »Der Plan hat mit Bourne zu tun.«

Ophir stieß einen spöttischen Laut aus.

Der Direktor hob eine Hand. »Weißt du …«

»Memuneh, hör zu. Wohin Bourne auch geht, immer begleitet ihn der Tod. Zuerst Rebekka, jetzt Eden. Ich kann einfach nicht begreifen, warum du ihn in unsere Familie geholt hast.«

»Ich weiß, wie nahe dir Eden gestanden hat.«

»Eden Mazar war einer meiner besten Männer.«

Der Direktor sah, dass Ophir die Sache sehr persönlich nahm.

»Ich verstehe deinen Schmerz, Amir«, sagte der Direktor, »aber Bourne ist für uns von großem strategischen Wert.«

»Bourne ist ausgebrannt. Er kann niemandem mehr helfen.«

»Das sehe ich nicht so.«

Ophir hob eine schwarze Augenbraue. »Selbst wenn du recht hast, was ich stark bezweifle – wiegt sein Wert so schwer wie Eden Mazars Leben?«

»Amir, Amir, solche Urteile kann nur Gott fällen.«

Ophir schnaubte verächtlich. »Ja, Gott ist überall und zugleich nirgends. Tatsache ist, dass Gott nichts mit unserem Geschäft zu tun hat. Hätte er es, bräuchte es weder Mossad noch Kidon.«

Der Direktor wusste nur zu gut, was Ophir meinte. In Momenten wie diesem, wenn sich eine tiefe Dunkelheit über seine Seele legte, beschlich Eli das Gefühl, dass Gott sein auserwähltes Volk verlassen hatte. Doch solche Gedanken waren kontraproduktiv.

»Ich würde vorschlagen, wir lassen Gott aus dem Spiel«, sagte der Direktor – nicht im Befehlston, und doch war klar, dass es sich um einen Befehl handelte. Auch das war typisch für den Mossad.

»Man kann die beiden Todesfälle nicht Bourne anlasten«, fuhr er fort. »Er war zwar beteiligt, trägt aber keine Schuld.«

»Er hat Rebekka nicht beschützt.«

»Rebekka brauchte keinen Schutz«, versetzte der Direktor. »Das weißt du am besten.«

»Und was ist mit Eden?«

Der Direktor erhob sich. Der Wind hatte sich gedreht, und Yadin ging daran, die Segel entsprechend auszurichten. Als das zu seiner Zufriedenheit erledigt war, setzte er sich wieder und blickte Ophir in die rabenschwarzen Augen.

»Amir, ich fürchte, wir befinden uns in einer Situation, die unsere Möglichkeiten übersteigt. Wir brauchen Hilfe.«

»Ich kann dir jede Hilfe geben, die du brauchst.«

Der Direktor schüttelte den Kopf. »Nein, nicht diesmal.«

»Memuneh, bitte. Bourne ist einfach nicht vertrauenswürdig.« Ophirs Augen funkelten bedrohlich. »Er ist keiner von uns, er gehört nicht zur Familie«, fügte er eindringlich hinzu.

Der Direktor beugte sich vor, legte die Unterarme auf die Knie und faltete die Hände wie im Gebet. »Und doch müssen wir diesmal auf ihn bauen. Nur Bourne kann uns jetzt helfen.«

Jason Bourne blickte auf das Mittelmeer hinaus, das vom Sonnenlicht in Tausende Diamantsplitter zerteilt wurde. Er stellte sich jeden Splitter als einen aus dem Wasser springenden Fisch vor, doch plötzlich sah er nur noch Eden Mazars Kopf vor sich, wie er aus dem Pavillon auf den Strand flog.

Diamantsplitter verwandelten sich in Blutspritzer, die auf ihn herabregneten. Edens getrübte Augen starrten ihn anklagend an. Bourne schloss die Augen, doch das rief nur die Erinnerung an Rebekka wach, wie sie auf dem Rücksitz eines Taxis in Mexiko City gestorben war.

Über ihm erhoben sich die Bogen des antiken Aquädukts von Caesarea, das im ersten vorchristlichen Jahrhundert während König Herodes' Herrschaft gegründet worden war. Dreihundert Jahre später – Caesarea war inzwischen stark angewachsen – wurde das Aquädukt ausgebaut, um die Stadt mit dem kalten, klaren Wasser aus dem zehn Kilometer entfernten Karmelgebirge zu versorgen. Caesarea war heute eine der bedeutendsten historischen Stätten Israels und verfügte zudem über einen beliebten Badestrand.

Nach einer Weile bemerkte Bourne zu seinem Leidwesen, dass eine Gestalt in seine Schatteninsel eingedrungen war. Er wollte einfach nur allein sein. Er wandte sich der Gestalt zu, um seinem Unmut Ausdruck zu verleihen, und erkannte den Direktor des Mossad in seinem leichten Leinenanzug. Um sich zumindest ein wenig an die Umgebung anzupassen, trug er dazu Ledersandalen.

»Ich habe eine Weile gebraucht, um Sie zu finden«, sagte der Direktor. »Wahrscheinlich wollten Sie es so.«

Bourne schaute schweigend auf das Meer hinaus, und der Direktor trat näher und setzte sich neben ihn.

»Ich höre, Sie haben das Krankenhaus vorzeitig verlassen.«

»Da gehen die Meinungen auseinander«, gab Bourne missmutig zurück.

»Die Meinung eines Arztes …«

»Ich kenne meinen Körper besser als jeder Arzt«, versetzte Bourne.

Eine Weile saßen die beiden in angespanntem Schweigen. Junge Frauen im Bikini liefen lachend ins Wasser, um ihre Freunde im Frisbeespiel zu unterbrechen. Ein Tourist fotografierte das Aquädukt. Eine Mutter führte ihre beiden Kinder über den Strand und rieb ihre tropfnassen Köpfe mit einem Handtuch ab. Der salzige Duft des Meeres wurde vom Geruch von Sonnencreme und frischem Schweiß überlagert.

»Wie geht's Ihrer Schulter?«

»Meine Schulter ist okay«, antwortete Bourne. »Sind Sie deshalb gekommen? Um sich nach meiner Gesundheit zu erkundigen? Ich brauche jedenfalls keine Schulter zum Anlehnen.«

»Die kann ich Ihnen auch nicht bieten«, seufzte der Direktor. »Wollen Sie vielleicht aussteigen, Jason …?«

»Ich will nicht aussteigen, ich will einfach nur hier sitzen.«

»Und an sie denken.«

»Was ich tue, geht Sie nichts an.«

»Tag für Tag am Strand zu sitzen ist nichts für Leute wie uns.«

Bourne schwieg.

»Wir ruhen uns aus, wenn wir tot sind«, bemerkte der Direktor trocken. »Aber ich bin nicht gekommen, um mit Ihnen über die Vorzüge des Lebens zu diskutieren, das wir führen. Ich wollte Ihnen mitteilen, dass Ihre Feinde immer noch hinter Ihnen her sind.«

»Edens Tod zeigt, dass ich noch nicht so weit bin.«

»Niemand hätte Eden retten können – gegen Carlos' Verrat waren wir machtlos. Eden hatte zwei erstklassige Bodyguards bei sich, die ihm nicht helfen konnten. Sie haben ihr Möglichstes getan.«

»Es war nicht genug. Früher ...«

»Heute ist aber nicht früher«, erwiderte der Direktor. »Die Vergangenheit ist vorbei. Sie und ich, wir müssen uns mit der Gegenwart auseinandersetzen.«

Bournes Blick fiel auf zwei Männer mit grimmigen Gesichtern, die den Direktor begleiteten. Sie traten zu dem Mann, der das Aquädukt fotografiert hatte, und führten ihn weg.

»Ich habe nicht allzu lange gebraucht, um Sie zu finden«, bemerkte der Direktor. »Ouyang Jidan hat Sie genauso schnell aufgespürt.«

Bourne blinzelte in das grelle Sonnenlicht. »War der Tourist mit der Kamera etwa Chinese?«

Der Direktor zog eine Zigarre hervor, ohne sie jedoch anzuzünden. Er rollte sie zwischen den Fingern hin und her wie einen Zauberstab. »Sie können davon ausgehen, dass Ouyang die Situation sehr aufmerksam beobachtet, Jason. Sie haben ihm eine schwere Schmach zugefügt. Er wird zurückschlagen, wenn Sie am verwundbarsten sind.«

Bourne drehte den Kopf ruckartig zu ihm herum. »Hat Rebekka von Ouyang gewusst?«

»Was? Nein.«

»Wer außer Ihnen wusste von ihm?«

Der Direktor seufzte schwer. »Der Leiter unserer Metsada, Amir Ophir.«

»Warum hat Ouyang sie dann töten lassen?«

Einen Moment lang saß der Direktor wie geschockt da. In seiner rechten Schläfe pulsierte eine Ader. »Encarnación hat den Befehl gegeben.«

»Nein«, sagte Bourne. »Er war es nicht.«

ZWEI

»Gut.« Quan, der Wushu-Meister, warf ihm mit einer knappen Geste ein Jian zu, ein gerades zweischneidiges Schwert, das traditionell von angesehenen und besonders gut trainierten Kämpfern verwendet wurde. Ouyang Jidan fing es geschickt am Griff auf.

Er stand regungslos in der Mitte des Übungsgeländes. Die drei Männer, gegen die er in den vergangenen zwanzig Minuten gekämpft hatte, griffen erneut zu ihren Waffen. Im Gegensatz zu Ouyang benutzten sie den Dao, einen leichter anzuwendenden Säbel. Alle Waffen waren aus Stahl, nicht aus Holz, wie es bei Übungen normalerweise üblich war. Ouyang hatte diese Stufe schon vor Jahren hinter sich gelassen. In dieser speziellen Wushu-Disziplin gab es neunundzwanzig Stufen; er hatte inzwischen die fünfzehnte erreicht.

Quan war ein kleiner, schmächtiger, alter Mann, der sich jedoch mit der Geschmeidigkeit eines Dreißigjährigen bewegte. Zudem verfügte er über eine Erfahrung und Weisheit, die über viele Jahre gewachsen war. Er war längst auf der neunundzwanzigsten Stufe angelangt.

»Attacke«, gab Quan das Startsignal.

Ouyang bewegte keinen Muskel, als die drei angriffen, eine Oase der äußersten Ruhe inmitten des Angriffssturms, der über ihn hereinbrach. Die drei Männer – klein, mittel und groß von Gestalt – kamen einer nach dem anderen auf ihn zu, mit den fließenden Bewegungen der traditionellen chinesischen Schwertkunst.

Der Kleine setzte den ersten Hieb, der darauf abzielte, ihm den Schädel zu spalten. Ouyang parierte ihn, ohne Beine und Oberkörper zu bewegen. Nur seine Arme schossen hoch, Stahl traf auf Stahl, dass die Funken flogen, bis der Angreifer zurücktaumelte. Im nächsten Augenblick kam bereits der mächtige Hieb des Großen, doch Ouyang wehrte auch sein Dao mit einer sparsamen Bewegung ab.

Der mittelgroße Mann ging ganz anders zu Werke. Er war Experte in der Technik des Heiligen Steins, die auch Ouyang bevorzugte. Fast fünf Minuten standen die beiden Männer einander gegenüber, nur ihre Arme und Schwerter bewegend, bis Ouyang seinen Gegner mit einem unorthodoxen Hieb von den Beinen riss.

Die drei Angreifer verteilten sich und griffen nun gleichzeitig aus verschiedenen Richtungen an. Der Mittelgroße wechselte zur fließenden Feuertanz-Technik. Schier endlos prallten die Schwerter gegeneinander, dass die Funken sprühten. Wieder und wieder versuchten die Angreifer, Ouyang zu bezwingen, wurden jedoch stets aufs Neue zurückgeschlagen und zuletzt in einem atemberaubenden Manöver entwaffnet und besiegt.

»Ich bin beeindruckt«, sagte Oberst Sun, nachdem Ouyang in einer kurzen Zeremonie auf die sechzehnte Stufe erhoben worden war.

Ouyang sah ihn an, die Schwertklinge an den unbehaarten Unterarm angelegt. »Vielleicht möchten Sie es ja mit mir aufnehmen?«

Oberst Sun schüttelte lachend den Kopf. »Sie kämpfen nach der alten Schule, Minister. Ich habe diese Formen des Schwertkampfs nie ausgeübt.«

»Zu schlicht für Ihren Geschmack, nehme ich an.« Ouyang schob sein Jian mit einer Bedachtsamkeit in die Scheide, die der jüngere Mann nie verstehen würde. »Das ist eine Lücke in Ihrem Erfahrungsschatz.«

Oberst Sun lachte erneut, wenn auch mit einem unsicheren Unterton. Er war relativ jung für einen so hochrangigen Offizier – Mitte dreißig, ein gut aussehender Mann, dessen Augen und Wangenknochen auf eine Mandschu-Herkunft hindeuteten. Ouyang hatte seine Karriere gefördert und seinen Aufstieg in den Streitkräften verfolgt. Sun war wie er selbst intelligent und offen für neue Ideen. Einer der jungen Aufsteiger, die, so hoffte Ouyang, dem Reich der Mitte die Weltherrschaft sichern würden, die es verdiente.

»Ich muss meine Meinung revidieren«, sagte Oberst Sun anerkennend. »Ich habe immer gedacht, ein Minister sitzt nur an seinem Schreibtisch, erledigt Papierkram und trifft Entscheidungen.«

»Ich bin die Ausnahme«, sagte Ouyang mit einem listigen Lächeln. »Der Einzige.«

Etwas später saßen die beiden Männer in einem ausschließlich für Ouyang reservierten Essbereich im Hyatt-Hotel am Bund, der berühmten Uferpromenade von Shanghai. Sie tranken Starbucks-Kaffee und aßen das amerikanische Frühstück, das für Ouyang zur Vorbereitung auf die Weltherrschaft gehörte. Draußen vor dem Fenster erstreckte sich die Sonderwirtschaftszone Pudong und das glitzernde Band der Uferpromenade.

Oberst Sun hatte genug von den ungewohnten Speisen und legte die Gabel beiseite. »Einer unserer Leute wurde in Caesarea festgenommen«, berichtete er.

Ouyang zog die Stirn in Falten. »Das ist höchst unerfreulich.«

Oberst Sun spülte den unangenehmen Geschmack mit einem Schluck Wasser hinunter und nickte. »Jason Bourne war bei Direktor Yadin.«

»Er ist wie eine verdammte Küchenschabe«, meinte Ouyang. »Nicht umzubringen, wie Sie selbst in den Katakomben von Rom erleben mussten. Sie haben es zweimal versucht und sind beide Male gescheitert.«

Oberst Sun zuckte zusammen. »Alle sind gescheitert. Trotzdem, mir wird das nicht noch einmal passieren.«

Ouyang nickte. »Das würde ich sehr begrüßen, Sun. Zudem wäre es mit einer weiteren Beförderung verbunden.« Er wischte sich die Lippen ab. »Aber jetzt zur Operation in Mexiko.«

»In Las Peñas ist leider ein Fehler passiert.« Oberst Sun spuckte verächtlich aus. »Diese Mexikaner! Sie können einfach nicht selbstständig denken. Obwohl das in der Vergangenheit zu unserem Vorteil war.« Er zögerte einen Augenblick, als wisse er nicht recht, ob er seinen Gedanken aussprechen sollte. »Und dann ist da noch Maricruz.«

Ouyang erstarrte sichtlich. »Maceo Encarnacións Tochter ist die Ausnahme von der Regel.«

»Sie hat den Kontakt zu den Mexikanern hergestellt«, erwiderte Oberst Sun.

»In der Vergangenheit war das durchaus zu unserem Vorteil«, hielt Ouyang seinem Schützling mit dessen eigenen Worten entgegen.

»Der vergebliche Versuch in Dahr El Ahmar, uns das israelische Verfahren der Urananreicherung durch Lasertechnik anzueignen, hat uns nicht nur in unseren Plänen für Afrika zurückgeworfen, sondern außerdem Cho Xilan neue Munition gegen unsere Zukunftspläne geliefert.«

Cho war der einflussreiche Parteichef von Chongqing und Ouyangs größter Rivale im Zentralkomitee. Die Partei in Chongqing war bekannt für ihre konservativen Bestrebungen, die alte Politik der Isolation und der Abkehr vom Westen weiterzuführen. Die Kluft zwischen konservativen und liberalen Kräften war zuletzt in dem aufsehenerregenden Prozess gegen den ehemaligen Parteichef von Chongqing, Bo Xilai, und die Verurteilung seiner Frau wegen Mordes zutage getreten.

»Hören Sie, Sun«, erklärte Ouyang. »Dass der Präsident den Parteitag einberufen hat, schafft eine völlig neue Situation. In zwei Wochen wird eine neue Generation an die Macht gelangen. Ich habe vor, dieser neuen Generation anzugehören. Und ich will dafür sorgen, dass Cho Xilan nicht dazugehört. Wir müssen einen Weg finden, ihn der Konspiration mit dem ehemaligen Parteichef von Chongqing zu beschuldigen.«

Oberst Sun überlegte einige Augenblicke. »Das wird nicht ganz einfach werden. Cho hat mächtige Freunde.«

»Nichts, was wir tun, ist einfach, Sun.« Ouyang führte die Gabel zum Mund, hielt dann aber inne. »Hören Sie, es war nicht damit zu rechnen, dass die Mexikaner mit Jason Bourne fertigwerden, zumal sie nichts über ihn wissen. Carlos hat seine Anweisung ausgeführt und der Mossad musste einen weiteren Rückschlag hinnehmen. Zuerst die Topagentin Rebekka und nun Eden Mazar.«

»Dann ist es kein Wunder, dass Yadin mit Bourne spricht.«

»Die Frage ist, warum Bourne mit ihm zusammenarbeitet.« Ouyang kaut nachdenklich seinen Bissen Ei mit Speck. »Warum war Bourne zum Schutz von Mazar in Las Peñas? Bourne ist ein Einzelkämpfer. Er hasst und misstraut allen Regierungsbehörden.« Er schüttelte den Kopf und blickte auf die beleuchtete Skyline von Shanghai hinaus. »Es muss sich irgendetwas Wesentliches geändert haben. Wir müssen herausfinden, was.«

Der Oberst schüttelte den Kopf. »Ich verstehe nicht.«

Ouyang schürzte die Lippen. »Bourne ist absolut unberechenbar, Sun. Wir können es nicht zulassen, dass er oder der Mossad uns in die Quere kommen.«

»Ich verstehe nicht, warum Sie sich immer noch wegen des Mossad Sorgen machen.«

»Wir müssen mit der Möglichkeit rechnen, dass man Bourne dazu überredet hat, in Rebekkas Fußstapfen zu treten.«

»Ich sehe immer noch nicht …«

»Sie wissen alles, was Sie wissen müssen, Sun.« Ouyang wandte sich ab. »Konzentrieren Sie sich auf Bourne. Er ist jetzt Ihr Ziel.«

Bourne hatte sich ein Zimmer in einem unscheinbaren Hotel in einem schäbigen Viertel von Caesarea genommen, abseits der schicken Touristenzentren, wo sich die Reichen vergnügten. Die weißen Wände waren von der

Vergangenheit gezeichnet. Das Hotel war jedoch nicht so unscheinbar, dass es ein als Tourist verkleideter Mann nicht gefunden hätte, der sich ebenfalls ein Zimmer nahm und in bar für eine Nacht bezahlte. Während der Mann am Empfang sich nach dem Zimmerschlüssel umdrehte, suchte der Tourist rasch auf dem Computer Bournes Zimmernummer heraus.

Der Tourist hatte ein absolut unauffälliges Gesicht. Der Rezeptionist hätte schon wenige Minuten später nicht mehr sagen können, wie der Mann aussah. Unterdessen blieb der Tourist im zweiten Stock vor Bournes Zimmer stehen.

Er stellte seine Reisetasche nieder, öffnete sie und holte eine Vinylhülle hervor, die sich als Anzug entpuppte, in den er rasch schlüpfte. Als er den Reißverschluss vorn schloss, schien sein Körper dahinter zu verschwinden. Zuletzt zog er Kunststoffüberschuhe an und streifte Gummihandschuhe über.

In Bournes Zimmer sah er sich mit kühlem, chirurgisch präzisem Blick um. Er durchsuchte systematisch jede Schublade, jede Ablagefläche und sah hinter jedem Bild und unter dem Bett nach. Er achtete darauf, alles genau so wieder hinzustellen, wie er es vorgefunden hatte.

Nachdem er das Zimmer gefilzt hatte, ohne etwas Interessantes zu finden, wandte er sich dem Badezimmer zu. Er tastete hinter dem Spülkasten, nahm den Deckel ab und sah hinein. Schließlich nahm er ein Wasserglas vom Waschbecken und bestäubte es mit einem feinen weißen Pulver. Dann drückte er ein Spezialklebeband auf das Glas und zog es vorsichtig ab. Es waren deutlich mehrere Fingerabdrücke zu sehen.

Im nächsten Augenblick verschwand er lautlos wie ein Geist aus dem Zimmer. Er streifte Anzug und Überschuhe ab und verstaute sie in der Tasche. Die Gummihandschuhe behielt er an. Er stieg die Metalltreppe hinunter, verließ das Haus durch die Hintertür und tauchte in die grelle Mittagssonne ein.

DREI

»Meine Welt besteht nur aus Schwarz und Weiß«, sagte Direktor Yadin, während er auf die kobaltblauen Wellen hinausblickte, die sich am Strand brachen. »Die Grautöne überlasse ich anderen. Meine Arbeit zwingt mich, die Welt in zwei Lager zu unterteilen: Helden und Schurken – Leute, die mir helfen, und solche, die meinen Untergang anstreben. Den Luxus der Unentschiedenheit können wir uns nicht leisten, den Luxus, zu zögern oder abzuwarten, denn auf der anderen Seite der Nacht wartet immer schon das Verderben.«

Die jungen Frauen und Männer beendeten ihr Spiel in der Brandung und liefen den Strand herauf, alle braun gebrannt und athletisch.

»Wissen Sie«, fuhr Yadin fort, »den Wert eines jungen, starken Körpers lernt man erst in einem gewissen Alter so richtig schätzen.« Er wandte sich wieder Bourne zu. »Es gehört zu meinem Job, diese schönen Körper in Gefahr zu bringen, und ich kann es mir nicht erlauben, daran zu denken, wie schade das ist. Meine einzige Herrin ist die Notwendigkeit.«

Bourne wandte den Kopf zu ihm, das Kinn auf die verschränkten Unterarme gestützt. »Was hat das alles mit mir und Ouyang Jidan zu tun?«

Der Direktor schnaubte. »Es gibt in jeder Generation einige wenige, die aufgrund ihrer Fähigkeiten oder ihrer Macht für uns unantastbar sind. Sie sind ein solcher Mann. Und Ouyang Jidan ebenfalls. Deshalb ist es eigentlich kein Wunder, dass sich Ihre Wege bereits gekreuzt haben. Auf irgendeine geheimnisvolle Weise haben Sie einander gesucht, und sei es nur, weil sich Gegensätze anziehen.«

Der Direktor hörte auf, die Zigarre zwischen den Fingern zu drehen, steckte sie in den Mund und ließ sich Zeit beim Anzünden. Seine Augen glitzerten im kurzen Aufleuchten der Flamme, dann wurden die beiden Männer einen Moment lang von einer bläulichen Wolke umhüllt, ehe der Wind den aromatischen Rauch verwehte.

»Vor zehn Jahren führten Ophir und ich eine Operation in Syrien durch«, fuhr er fort. »Damals gehörten wir beide der Kidon an. Die Operation war streng geheim und sehr gefährlich nicht nur für uns, auch für unseren Staat.« Er lachte kurz auf. »Wir nannten uns das ›Mordbüro‹. Was waren wir doch für Idioten!«

Sein Gesicht wurde rasch wieder ernst. »Jedenfalls hatten wir den Auftrag, den Feind zu infiltrieren und auszuschalten. Ihre Spezialität, Jason. Wie sich herausstellte, waren wir nicht die Einzigen.«

Er hielt einen Moment inne und betrachtete das glühende Ende der Zigarre. »Sie erinnern sich bestimmt an Brigadegeneral Wadi Khalid, den Leiter des syrischen Militärgeheimdienstes.«

Der Direktor paffte an seiner Zigarre und schürzte die Lippen, um den Rauch auszublasen, als er sich plötzlich abwandte und zu husten begann. Der Rauch umwölkte seinen Kopf, ehe er verweht wurde.

»Wie Sie wissen, war Khalid Architekt eines Netzwerks von unterirdischen Folterzentren im ganzen Land, Folterarchipel genannt«, fuhr der Direktor fort, als er sich von seinem Hustenanfall erholt hatte. »Sie mussten natürlich zerstört werden, doch aus verständlichen Gründen – nicht zuletzt, um die Moral der syrischen Streitkräfte zu schwächen – musste zuerst Khalid ausgeschaltet werden.«

Yadin hustete erneut, diesmal nicht ganz so heftig, und räusperte sich. »Wie gesagt, damals waren Ophir und ich ziemliche Draufgänger. Wir machten Fehler – kleine zwar, aber das genügte.«

Weit draußen lief ein dunkelblaues Segelboot mit geblähtem Hauptsegel vor dem Wind.

Irgendwo am Strand begann ein Baby zu weinen. Die jungen Frauen bereiteten ein Picknick vor, während ihre Freunde Karten spielten oder in der Sonne lagen.

»Ihr habt Khalid nicht erwischt«, sagte Bourne schließlich.

»Ophir und ich hatten Glück, überhaupt lebend aus Damaskus rauszukommen.« Der Direktor betrachtete nachdenklich seine Zigarre, als habe er den Geschmack daran verloren. »Wir brachten jedoch erstaunliche Informationen mit nach Hause. Das syrische Militär bekam von den Chinesen Nachhilfe in Sachen Verhörtechnik.«

Das ließ Bourne aufhorchen, wie der Direktor wohl vorhergesehen hatte. »Die Chinesen …«

»Ouyang hat es schon länger auf uns abgesehen.« Der Direktor sah Bourne in die Augen. »Heute verlegen sie sich vor allem auf die Cyberkriegführung, sie versuchen, durch Viren und Trojaner unsere Geheimnisse zu stehlen, aber das kommt aufs Gleiche raus. Ouyang will unsere Technologie.«

»Dann koordiniert er also die Angriffe gegen euch.«

Yadin blickte auf das Meer hinaus. »Ouyang hasst und fürchtet uns schon seit vielen Jahren. Er wurde von seinen damaligen Herren nach Damaskus geschickt, um den syrischen Militärgeheimdienst in den chinesischen Foltertechniken zu unterweisen.«

»Moment, wann war das?«, fragte Bourne.

»Vor elf Jahren. Wir kamen am fünften November zurück.«

Bourne schüttelte den Kopf. »Khalid wurde doch am vierten November getötet, oder?«

»Mit zwei Kugeln aus einem Scharfschützengewehr. Eine in die Brust, die andere in den Kopf.«

»Wenn Sie es nicht waren …«

»Sie erinnern sich wahrscheinlich nicht mehr daran«, sagte Yadin mit einem schmerzlichen Lächeln. »Sie haben die Kugeln abgefeuert.«

»*Ich* habe Khalid ausgeschaltet?«

»Ja, Sie.« Der Direktor nickte. »Und Brigadegeneral Wadi Khalid war der wichtigste Kontaktmann unseres Freundes Ouyang in Syrien. Ein Kontakt, den er über Jahre aufgebaut hatte. Sie haben ihm einen Strich durch die Rechnung gemacht. Stellen Sie sich vor, was das für eine Schmach für ihn war.«

Maricruz Encarnación hatte das Gesicht der einstigen Eroberer Mexikos – die hohen spanischen Wangenknochen und das herrische Auftreten –, doch mit ihren großen kaffeebraunen Augen und ihrem langen schwarzen

Haar hätte sie ebenso gut eine aztekische Prinzessin sein können.

Minister Ouyang Jidan, der neben ihr in der Limousine saß, während sie zum Shanghai Pudong International Airport fuhren, grinste verstohlen. Es amüsierte ihn sehr, dass Maricruz sowohl seinen Freunden als auch seinen Feinden nicht ganz geheuer war. Für die anderen blieb sie die Außenseiterin aus dem Westen. Sie waren unfähig, seine Frau zu verstehen, und äußerten sich hinter seinem Rücken abfällig über sie. Zwar ignorierte er es einfach, doch in seinem Inneren wuchs eine kalte Wut.

Maricruz hatte er nie davon erzählt. Er wusste um ihr heißes Temperament – eine der Eigenschaften, die ihn an ihr so faszinierten. Sie war so wild wie ein bengalischer Königstiger und so unabhängig wie nur wenige Männer, die er kannte.

»Findest du das wirklich klug?«, fragte er. Auch wenn er ihre Antwort kannte, hielt er es doch für seine Pflicht, sie noch ein letztes Mal zu warnen.

»Mein Vater und mein Bruder sind tot«, sagte Maricruz mit ihrer wohltönenden Altstimme. »Wenn ich mich nicht darum kümmere, wird das Geschäft vor die Hunde gehen. Die Leiter des legalen Unternehmens würden zunehmend von den Drogenbaronen unter Druck gesetzt werden, die mein Vater mit seiner Macht unter Kontrolle halten konnte.«

»Ich verfolge die Nachrichten aus Mexiko genauso aufmerksam wie du.«

»Jidan, das bezweifle ich.«

»Ohne Maceo«, beharrte er, »eskaliert der Krieg zwischen den Kartellen Los Zetas und Sinaloa dermaßen, dass sie das ganze Land in einen Bürgerkrieg stürzen werden.«

»Dennoch muss ich hin.«

»Ich glaube, du unterschätzt die Gefahr, in die du dich begibst, Maricruz. Ich finde es nicht sehr klug, sich zwischen die Fronten zu stellen.«

»Du hast Angst um mich.«

»Sobald du China verlässt, kann ich dich nicht mehr beschützen.«

Maricruz zeigte ihre kleinen weißen Zähne, als sie ihn mit ihrem Tigerlächeln ansah. »Ich bin die Tochter meines Vaters, Jidan.« Sie legte die Hand auf seinen Oberschenkel. »Außerdem willst du sicher nicht deine lukrativen Geschäftsbeziehungen verlieren, oder? Mit dem Opium und den Chemikalien für die Meth-Produktion, die wir nach Mexiko liefern, verdienen wir jährlich über fünf Milliarden Dollar.«

»Ich will vor allem dich nicht verlieren. Diese Leute sind verdammt schnell mit der Machete zur Hand.«

»Ich werde es mir merken«, lachte sie, spreizte die Beine und zog den Seidenrock an ihren kräftigen, samtigen Schenkeln hoch, während sie sich auf ihn setzte. Sie trug keine Unterwäsche, und ihre geschickten Finger öffneten rasch seinen Hosenladen. Dann ließ sie sich auf ihn sinken.

Ouyang stieß einen Seufzer aus. Die Hände an seine Brust gedrückt, spürte sie das wilde Pochen seines Herzens wie ein Erdbeben.

Sie hob und senkte sich rhythmisch, und Ouyang schloss die Augen vor Lust.

»Du glaubst, dass der Name Encarnación dich schützen wird.«

»Jidan, bitte. Ich kenne Mexiko, und ich kenne die Kartelle.«

Er kämpfte dagegen an, dass sich seine Gedanken in der wachsenden Ekstase auflösten. »Die Zetas sind anders«, stammelte er. »Das sind ehemalige Sondereinsatzkräfte der Armee. Extrem rücksichtslos und brutal.«

»So sind Söldner nun mal, das war schon immer so.« Sie lächelte wie in Erinnerung. Ihr intimes Zusammensein schien sie überhaupt nicht zu beeinträchtigen. »Eines haben sie aber alle gemeinsam: die Gier nach Geld. Vertrau mir, Jidan. Es wird alles gut gehen.« Nur ein leises Stöhnen ließ erkennen, dass sie den Höhepunkt erreichte. »Alles wird gut.«

Ouyang sah ihr nach, sog ihren Anblick noch einmal in sich auf – ihren aufrechten tänzelnden Gang, ihre langen kräftigen Beine, ihren prallen Hintern –, während sie durch die Tür des Abflugterminals schritt. Sein Herz zog sich zusammen. Wieder einmal spürte er, dass er sie brauchte wie ein Erfrierender das wärmende Feuer. Sein Handy klingelte, doch er ging nicht dran. Er wusste nicht, ob er ein Wort herausgebracht hätte.

»Sie haben Ouyang eine schwere Schlappe zugefügt«, sagte der Direktor. »Damit war ihm der Zugang zur syrischen Regierung verschlossen. Diesen Rückschlag hat er nie vergessen. Deshalb ist er hinter Ihnen her und wird nicht eher ruhen, als bis Sie tot sind.«

Bourne berührte Rebekkas silbernen Davidstern. »Das ist mir egal.«

»Vergessen Sie nicht, dass sie …«

»Rebekka wurde von Maceo Encarnacións Sohn ermordet. Ich habe ihn und Maceo getötet, das genügt mir.«

»Nein, Jason«, beharrte Yadin. »Sie wissen selbst, dass Ouyang Jidan Encarnacións Partner war.«

»Stimmt.«

»Aber das Ausmaß ihrer Geschäfte dürfte Ihnen unbekannt sein.« Der Direktor zog einige Blätter Papier aus der Brusttasche, faltete sie sorgfältig auseinander und reichte sie Bourne. »Sehen Sie selbst.«

Bourne wollte es gar nicht sehen. Er wollte weder mit Yadin und dem Mossad noch mit Ouyang zu tun haben, eigentlich mit niemandem, der ihm in der relativ kurzen Zeitspanne seines Lebens, an die er sich erinnern konnte, begegnet war. Wenn das, was vor einem lag, nichts Gutes versprach, dann war der einzig mögliche Ausweg, etwas ganz anderes zu tun. Die Frage war nur, was. Er hätte natürlich als Professor für komparative Linguistik an die Georgetown University zurückkehren können, doch er wusste aus Erfahrung, dass er sich bereits nach einem Semester langweilen würde. Welche Möglichkeiten boten sich sonst noch? Sein Treadstone-Training qualifizierte ihn nur für eine Sache.

Widerwillig und mit einem flauen Gefühl in der Magengrube blickte er auf die Unterlagen hinunter und las von Ouyangs wachsendem Reichtum, den ihm seine Opium- und Chemikalienlieferungen verschafften, die nur für die Drogenlabors von Encarnacións Kartellen bestimmt sein konnten.

»Vor fünf Jahren wurde Ouyang zu Encarnacións einzigem Lieferanten«, erklärte der Direktor. Aus der Sicht des Mexikaners ein logischer Schritt – schließlich war

Ouyang als mächtiger Minister hundertprozentig zuverlässig, zudem würde von ihm sicher nichts nach außen dringen. Kein Wunder, dass Encarnación seine Rohstoffe ausschließlich von ihm kaufte und ihn zudem noch mit fünfundzwanzig Prozent an den Umsätzen beteiligte.«

Bourne hatte den Bericht inzwischen fertig gelesen und wandte sich an Yadin. Er spürte, wie sich etwas Kämpferisches in ihm regte. »Sie verfolgen Ouyangs Aktivitäten?«

»Seit Jahren«, nickte Yadin. »Er hält sich zurzeit in Shanghai auf.«

»Ist er jemals in Mexiko gewesen?«

»Nein.«

»Irgendwo in der Nähe?«

Yadin schüttelte den Kopf.

Bourne blickte auf das unbewegte Meer hinaus und dachte an die Sache, die noch nicht zu Ende gebracht war. Er konnte Rebekkas Tod nicht ungesühnt lassen. Zudem wusste er ohnehin nicht, wo er hinsollte. In seinem Inneren erwachte eine vertraute Entschlossenheit, und sein Kopf streifte die dunklen Schleier ab und arbeitete wieder so, wie er sollte.

»Eines bleibt mir allerdings ein Rätsel«, sagte er. »Wie sind die beiden Männer überhaupt zusammengekommen? Sie lebten an entgegengesetzten Enden der Welt und bewegten sich in völlig unterschiedlichen Sphären.«

»Nicht ganz. Vergessen Sie nicht, Encarnación betrieb auch SteelTrap, das weltgrößte Unternehmen für Internet-Sicherheit. Möglicherweise sind sie sich durch die zunehmende chinesische Cyberspionage begegnet.«

Bourne schüttelte den Kopf. »Das glaube ich nicht. Encarnación hat sein legales Geschäft sorgsam von seinen kriminellen Aktivitäten getrennt. Für SteelTrap wäre der kleinste Verdacht, er könnte mit den Chinesen Geschäfte machen, pures Gift gewesen. Nein, es muss eine andere Verbindung geben, von der wir nichts wissen, die wir aber unbedingt herausfinden müssen.«

Der Direktor steckte die Unterlagen sorgfältig wieder ein und reichte Bourne ein versiegeltes Paket. Als Bourne es öffnete, fand er darin zehntausend Dollar, ein Erste-Klasse-Ticket von Tel Aviv nach Shanghai und einen Reisepass auf den Namen Lawrence Davidoff.

»Willkommen zurück«, sagte Yadin. »Ihr Flug geht morgen Abend.«

Er wartete einen Augenblick, vielleicht um zu sehen, ob Bourne das Paket zurückgeben würde. Doch er tat es nicht, und Yadin stand auf und trat wortlos aus dem Schatten des steinernen Bogens zu seinen Leibwächtern, die geduldig am Rand des Sandstrandes gewartet hatten.

VIER

Sobald das Flugzeug nach Tel Aviv die Reiseflughöhe erreicht hatte, erhob sich Bourne von seinem Platz, ging nach hinten und schloss sich in der Toilette ein. Er zog den Pass hervor, den der Mossad für ihn angefertigt hatte, blätterte ihn langsam durch und prüfte sorgfältig eine Seite nach der anderen. Er fand nichts Ungewöhnliches, doch auf der Rückseite fiel ihm etwas auf.

Er hielt die Kante ans Licht und entdeckte einen winzigen Klebstofffleck. Vorsichtig kratzte er ihn mit dem Fingernagel ab und fand darunter einen haarfeinen Spalt. Er blickte sich nach einem Werkzeug um, öffnete den Abfalleimer und sah ein gesprungenes Kunststoffglas, das jemand weggeworfen hatte. Er nahm es heraus, legte es auf die Metallablage und zerschlug es mit der Faust.

Mit einem kleinen Bruchstück bearbeitete er die Umschlagkante so lange, bis sich der Spalt öffnete. Vorsichtig zog er hervor, was zwischen den Schichten steckte: ein hauchdünner Mikrochip.

In den Wochen, die Bourne als Direktor Yadins Gast in Tel Aviv verbrachte, hatte er sich von den langen Arbeitszeiten des Direktors überzeugen können. Umso überraschter war er, eines Tages Yadin zur Mittagszeit aus dem Mossad-Hauptquartier kommen zu sehen. Normalerweise arbeitete er ohne Pause durch und ließ sich nur ein Sandwich aus der Kantine bringen.

Gestern jedoch war Yadin, erstaunlich leger gekleidet mit weißem Guayabera-Hemd, Shorts und Bootsschuhen, in einen unmarkierten Mossad-Wagen eingestiegen. Er war allein, seine Bodyguards waren nirgends zu sehen. Sein gepanzertes Auto stand irgendwo bewacht in der Tiefgarage.

Bourne startete das Motorrad, das er sich zugelegt hatte, um besser durch die verstopften Straßen der Stadt zu kommen, und folgte dem Direktor. Yadins Kleidung ließ vermuten, dass er zum Jachthafen und seinem geliebten Boot wollte, doch er lenkte seinen Wagen Richtung Stadtzentrum.

Zwölf Blocks weiter hielt Yadin auf einem Parkplatz bei einer Bushaltestelle und stieg aus. Bourne fuhr mit seinem Motorrad rechts heran. Ein Linienbus näherte sich der Haltestelle. Yadin stellte sich zum Einsteigen an. Er wirkte wie ein müder alter Mann, der von seiner Rente kaum leben konnte.

Bourne folgte dem Bus und wartete bei jeder Haltestelle, ob Yadin ausstieg.

In der Weizmann-Straße war es schließlich so weit. Der Direktor überquerte die Straße und schlurfte auf ein riesiges Gebäude aus Glas und Stahl zu, das Bourne an eines der CIA-Häuser in Washington erinnerte.

Er stellte das Motorrad ab und folgte Yadin eine Fußgängerrampe hinauf. Als Yadin das Haus betrat, las Bourne auf dem Schild: *Tel Aviv Sourasky Medical Center.* Er dachte sofort an den Hustenanfall des Direktors am

Strand von Caesarea, an die halb gerauchte Zigarre. Möglicherweise war Yadin krank und wollte nicht, dass es jemand wusste. Falls es so war, würde Bourne diesen Wunsch respektieren.

Er ging die Rampe hinunter zu seinem Motorrad und fuhr zurück.

Das jemenitische Juweliergeschäft am Ende der Mazal-Dagim-Straße war ein unscheinbarer alter Laden mit einem exquisiten, handgemalten Schild über der Tür. Drinnen glitzerte der filigrane Silberschmuck, wie er für die jemenitische Kultur typisch war. Die Familie Ben Asher produzierte hier seit vielen, vielen Jahren höchste Handwerkskunst, lange bevor der Staat Israel gegründet wurde.

Der Patriarch der Familie war Apter Ben Asher. Rebekka hatte Bourne geraten, ihn aufzusuchen, falls er einmal irgendetwas kaufen wolle, ohne dass es jemand mitbekam.

»Egal, was?«, hatte er gefragt.

»Egal, was«, hatte sie mit ihrem geheimnisvollen Lächeln bekräftigt, das er deutlich vor sich sah, als er aus der Vormittagssonne in das kühle, dunkle Innere trat. Er hatte zwei schlaflose Nächte in einem Hotel in Tel Aviv verbracht, ehe er heute früh, nachdem er sich vergewissert hatte, dass ihn weder Ouyangs Männer noch die des Direktors verfolgten, den Silberschmied aufsuchte.

Das Geschäft wurde von Punktstrahlern erhellt, die den ausgestellten Schmuck in den hüfthohen Glaskästen hervorhoben. Es waren mehrere Kunden im Laden, die die Ware begutachteten oder baten, eine Halskette oder ein Armband anprobieren zu dürfen. Hinter den Kästen führte eine schmale Tür vermutlich zur Werkstatt.

Bourne wartete eine Weile und fragte dann eine der jungen Verkäuferinnen nach Apter Ben Asher.

Sie fragte ihn nach seinem Namen. »Sagen Sie ihm, ein Freund von Rebekka möchte ihn sprechen«, antwortete er.

Sie musterte ihn einen Moment lang und nickte flüchtig. Als sie zur Hintertür ging, warf sie ihm noch einen kurzen Blick über die Schulter zu. Bourne war sich ziemlich sicher, Angst in ihren Augen aufblitzen zu sehen.

Während er wartete, bewunderte er die Silberarbeiten. Als er aufblickte, stand ein kleiner, rundlicher Mann mit einer abgenutzten Lederschürze in der Tür. Sein Vollbart hatte den gleichen Grauton wie seine Augen. Er hatte ein breites Gesicht und dicke Lippen. Statt in den Laden zu kommen, winkte er Bourne zu sich.

Bourne trat an ihm vorbei in die Werkstatt. Der Mann schloss die Tür, setzte sich auf einen hölzernen Hocker und musterte Bourne, die Hände im Schoß gefaltet.

»Sie sind also der Mann, von dem sie erzählt hat«, sagte er schließlich. »Was kann ich für Sie tun?«

Bourne zückte den Reisepass, den ihm der Direktor gegeben hatte.

Ben Asher schlug ihn auf und drehte sich um, um den Pass mit der Juwelierlupe unter einer hellen Lampe zu begutachten. Schließlich stieß er ein kurzes Brummen aus, drehte sich um und hielt ihm den Pass hin.

»Schön zu sehen, dass sie beim Mossad immer noch gute Arbeit leisten.«

»Tja«, sagte Bourne mit einem säuerlichen Lächeln. »Sie müssten nur die Rückseite reparieren.«

Stirnrunzelnd wandte sich Ben Asher wieder der Lampe zu. Er fand den Spalt sofort.

»Was war da drin?«

»Ein Tracking-Chip.«

»Ah.« Ben Asher drehte sich zu Bourne um. »Und jetzt wollen Sie einen neuen Namen dafür.«

»Nein.« Bourne nahm den Reisepass zurück. »Ich brauche einen neuen Pass.«

»Mit anderen Worten, eine ganz neue Identität.«

»Genau. Er muss gebraucht aussehen. Einreisestempel und so weiter.«

»Natürlich.«

»Darunter ein Stempel für Shanghai mit morgigem Datum.«

Ben Asher sah ihn einen Moment lang an. »Wann geht Ihr Flug?«

»Heute Abend um halb neun.«

»Das ist machbar.« Asher tippte sich mit dem Finger an die Unterlippe. »Welche Nationalität wollen Sie annehmen? Schade, dass Sie kein asiatisches Blut in sich haben – ein malaysischer Geschäftsmann würde in Shanghai sicher nicht auffallen.« Er studierte Bournes Gesicht. »Ich könnte Sie zum Syrer machen, aber das gäbe wahrscheinlich Probleme.«

»Vielleicht besser Kanadier?«

»Perfekt! Unauffälliger geht es nicht. Wollen Sie auch einen Namen aussuchen?«

»Sagen wir Carl Halliday«, schlug Bourne vor. »Wie viel?«

»Jetzt beleidigen Sie mich aber.«

»Künstler sollten für ihre Arbeit ordentlich bezahlt werden.«

Ben Asher lächelte und zuckte mit den Schultern. »Ja, aber sehen Sie, Sie sind der Mann, den Rebekka geliebt hat.«

FÜNF

Es war eine traurige Heimkehr für Maricruz. Die quälend langsame Fahrt durch die verstopften Straßen vom Flughafen in das vom Smog getrübte Mexiko City erschien ihr wie ein einziger langer Leichenzug.

Das Haus ihres Vaters im noblen Polanco-Viertel lag in der Nähe des Parque Lincoln, in den sich Jason Bourne mit der Mossad-Agentin geflüchtet hatte, die Maricruz' Bruder mit einem Messerstich tödlich verletzt hatte. Sie hatte Bourne noch nie gesehen, wusste nicht, wie er aussah, obwohl sie ein klares Bild von ihm im Kopf hatte. Bourne hatte ihren Bruder und ihren Vater getötet – das war alles, was sie über ihn wusste. Der Tod ihres Bruders war kein großer Verlust, aber mit ihrem Vater war es etwas ganz anderes.

Sie hatte erwartet, das Haus ihrer Kindheit alt und etwas schäbig vorzufinden, doch es wirkte wie neu inmitten der bunten Blumenbeete und Bougainvilleen.

Drinnen erwarteten sie noch mehr Überraschungen. An der Haustür wurde sie von Wendell Marsh empfangen, dem Anwalt von SteelTrap, den ihr Vater für diesen Posten ausgesucht hatte. Nicht nur das – Maceo Encarnación hatte die ganze Ausbildung des Waisenjungen finanziert und ihn quasi in die Familie aufgenommen, auch wenn Marsh das selbst gar nicht bewusst sein mochte.

»Maricruz.« Er umarmte sie. »Es ist so schön, dich zu sehen. Wie lange ist es her …?«

»Zu lang.« Maricruz trat einen Schritt zurück, um Marsh anzusehen. Er war ein breitschultriger Mann mit markanten Gesichtszügen und dichtem, zurückgekämmtem Haar, das inzwischen fast völlig weiß war. Marsh war ein eingefleischter Pessimist – eine Eigenschaft, die er nie ganz hatte abschütteln können.

»Mein aufrichtiges Beileid«, sagte er, während er sie durch die geräumige Diele ins Wohnzimmer führte. »Du willst dich sicher erst einmal umsehen. Lass dir ruhig Zeit. Wenn du so weit bist, gibt es einiges zu unterschreiben.«

Maricruz nickte geistesabwesend und registrierte kaum, dass er sie allein ließ. Sie hatte oft gelesen, dass einem, wenn man in das Haus seiner Kindheit zurückkehrte, alles viel kleiner und vielleicht auch schäbiger erschien, als man es in Erinnerung hatte. Umso überraschter war sie von den großzügigen Räumen, den teuren Kunstwerken, den kostbaren Teppichen und Kristalllüstern. Man sah auf den ersten Blick, wie viel Geld in alldem steckte. Nur der Mensch dahinter fehlte. Jason Bourne hatte ihren Vater mit der Gründlichkeit eines Profis ausgelöscht, und doch war er ihr in allem hier gegenwärtig, während sie von einem Zimmer zum anderen ging und schließlich hinauf in den ersten Stock, wo sich die Schlafzimmersuite ihres Vaters befunden hatte.

Sie stand einen Moment lang an der Schwelle, ehe sie die Tür aufdrückte, ohne jedoch einzutreten. Sie betrachtete das runde Bett und fragte sich, wie viele

Frauen er seit jenem Morgen gevögelt hatte, an dem sie hereingekommen und ihn auf irgendeiner Frau gesehen hatte. Wahrscheinlich sehr viele. Vor einigen Monaten hatte ihr Mann die Identität ihrer Mutter herausgefunden. Bestimmt fragte er sich jetzt zu Hause am anderen Ende der Welt, ob Maricruz sich mit ihr treffen würde. Schließlich stand das Haus ihrer Mutter gleich auf der anderen Seite des Parks, an der Ecke Alejandro Dumas und Luis G. Urbina.

Maricruz trat schließlich ein, ging um das Bett herum und blickte aus dem Fenster auf die Bäume im Parque Lincoln hinunter. Sie stellte sich das Bild ihres Vaters vor, doch es verschwand gleich wieder wie ein Stein, der in einem See versinkt. Unbewusst berührte sie durch die Shantungseide ihrer Handtasche eine kleine Jadeschatulle, so kostbar wie ein birmanischer Rubin. Dieses Geschenk von Ouyang enthielt ein Blatt Papier, zweifach gefaltet. Darauf stand der Name und die aktuelle Adresse ihrer Mutter, die, wie ihr Ouyang versichert hatte, noch lebte. Maricruz trug die Schatulle stets bei sich und berührte sie manchmal wie einen Talisman.

Sie wandte sich vom Fenster ab und durchquerte das Schlafzimmer ihres Vaters, warf da und dort einen Blick in einen Schrank oder eine Schublade, ohne etwas zu berühren. Als sie schließlich ins Wohnzimmer zurückkehrte, saß Wendell Marsh am Tisch und trank Espresso, während er geduldig auf sie wartete.

»Das Haus wirkt irgendwie fremd, nicht wahr?«, begann er. »Ohne ihn.«

Maricruz sah es eigentlich nicht so. Ihr war das Haus immer schon ein bisschen wie ein Museum vorgekommen. Jetzt eben noch mehr als vorher.

»Setz dich.« Marsh deutete auf einen Stuhl am Couchtisch. »Möchtest du einen Espresso, ein Bier oder vielleicht etwas Stärkeres?«

Maricruz lehnte dankend ab. Aus irgendeinem Grund störte es sie, dass Marsh mit dem Haus vertrauter war als sie. Es war nicht sein Haus, dachte sie. Das würde es nie sein.

»Bringen wir's hinter uns, Wendell.«

Er neigte den Kopf. »Gerne.« Er breitete jeweils drei Kopien von sechs verschiedenen Dokumenten auf dem Tisch aus und zog einen Kugelschreiber aus der Innentasche seines Jacketts.

»Du siehst blass aus, Wendell. Fühlst du dich nicht wohl?«

Er blickte auf, lächelte schwach und wischte sich mit einem Taschentuch über Stirn und Nacken. »Du kennst mich, Maricruz. Ich war noch nie ein großer Fan von Mexiko. Vor allem in diesen Zeiten, wo so viel Blut fließt und den Leuten reihenweise die Köpfe abgetrennt werden …« Er stockte schaudernd. »Verzeih. Es ist dein Land.«

»Das war es zumindest.« Sie nahm das erste Dokument zur Hand, ohne einen Blick darauf zu werfen. »Wo ist die Köchin meines Vaters, Maria-Elena?«

»Sie wurde ermordet, so sieht es jedenfalls aus. Vergiftet.«

Diese Leute, dachte Maricruz. *Hier werden auch noch die letzten Überbleibsel der Zivilisation in die blutgetränkte Erde gestampft.* »Und ihre Tochter?«, fragte sie. »Sie hatte doch eine Tochter?«

»Ja. Aber das Mädchen ist wie vom Erdboden verschwunden.«

»Das ist doch heutzutage gar nicht mehr möglich.«

»Anscheinend doch …« Marsh breitete in einer ohnmächtigen Geste die Hände aus.

»Habt ihr sie überhaupt richtig gesucht?«

Er deutete auf die Papiere auf dem Tisch. »Ich hatte Wichtigeres zu tun.«

Maricruz nickte geistesabwesend und blickte schließlich auf die Unterlagen in ihrer Hand. »Fangen wir an?« Sie ordnete die Blätter, dann hielt sie inne und blickte zu Marsh auf, der geduldig auf Einwände von ihr zu warten schien.

»Wer zum Teufel ist Gavin Royce?«

»Der neue Chef von SteelTrap.«

»Nur, wenn ich meine Zustimmung gebe.«

»Dein Vater hat ihn als seinen Nachfolger aufgebaut.«

»Ich kenne ihn nicht, habe ihn noch nie gesehen.«

»Er hat in den letzten acht Jahren das äußerst lukrative Europageschäft von SteelTrap geleitet, und das mit großem Erfolg.«

»Trotzdem, er sitzt in London. Die Europäer haben eine andere Geschäftsphilosophie als mein Vater.«

»Wie gesagt, Gavin hat das Vertrauen deines Vaters genossen.«

»Es ist meine Aufgabe, das Erbe meines Vaters zu verwalten, oder siehst du das anders?«

»Natürlich nicht«, räumte Marsh ein. »Aber du warst lange in China. In diesen Dingen kannst du mir wirklich vertrauen, Maricruz.«

Sie musterte Marsh – sein offenes Gesicht, den massigen Körper, den makellosen Maßanzug. »Mein Vater hat dir vertraut«, sagte sie schließlich. »Mein Vertrauen musst du dir erst verdienen.«

Ein harter Zug trat in Marshs freundliches Gesicht, und seine Augen verdunkelten sich. »Was soll ich tun?« Er presste die Worte heraus, als hätte er einen Schlag in die Magengrube bekommen.

»Ich werde selbst mit Royce sprechen. Wenn ich finde, dass er der Richtige für den Posten ist, bietest du ihm einen Vertrag für achtzehn Monate an.«

Marsh wirkte einen Moment lang verdutzt. »Achtzehn Monate? Das wird er nie akzeptieren.«

»Doch, das wird er«, sagte sie, »wenn er den Job wirklich will.«

»Aber er … um Himmels willen, Maricruz, sei vernünftig … der Mann arbeitet seit dem Tod deines Vaters praktisch rund um die Uhr.«

»Dann biete ihm eine Erfolgsbeteiligung an. Setz deine Überzeugungsgabe ein.«

»Ich werde mein Bestes tun.«

»Ich erwarte schon ein bisschen mehr von dir.« Sie zog die Stirn kraus. »Ich nehme an, Royce weiß nichts vom anderen Teil der Geschäfte meines Vaters.«

»Gott, nein. Dein Vater hat immer darauf geachtet, beides strikt voneinander zu trennen.«

»Gut.« Sie wandte sich dem nächsten Dokument zu und überflog die in Juristensprache abgefassten Absätze. »Was ist mit diesen Jahresberichten von SteelTrap? Was steht da wirklich drin?«

SECHS

Bourne durchquerte die Ankunftshalle, nachdem er die Einreisekontrolle als Lawrence Davidoff passiert hatte, und kaufte sich als Erstes ein Päckchen Kaugummi. Es war ein chinesisches Produkt, eine obskure Kräutermischung, die laut Aufschrift die Leber von Giftstoffen reinigen würde.

Bourne steckte einen Kaugummi in den Mund, worauf sich ein bitter-scharfer Geschmack entfaltete, der an verbrannten Torf erinnerte. Zusammen mit dem Papier warf er auch Davidoffs Pass weg.

Draußen in der feuchten Hitze stellte er sich um ein Taxi an. Als er in die Nähe eines Wagens kam, ließ er das Kaugummipäckchen fallen. Er bückte sich, um es aufzuheben, nahm blitzschnell den Kaugummi aus dem Mund, drückte den Mossad-Tracker hinein und befestigte den Gummi an der Unterseite des Taxis.

Er richtete sich auf, nahm seinen Platz in der Schlange ein und war wenig später unterwegs in die Stadt.

Bourne erinnerte sich an Shanghai wie an einen Traum. Während er durch die belebten Straßen der Stadt mit ihren grellen Farben und exotischen Düften ging, regten sich in seinem Unterbewusstsein verschollene Erinnerungen wie furchtbare Ungeheuer, als würden sie von einem Anblick oder einem Geruch geweckt.

Überall riefen Stimmen im Shanghai-Dialekt durcheinander, der sich deutlich vom breiteren Hochchinesisch unterschied. Als Dialekt des Wu-Chinesischen war es für Menschen aus Peking stets schwer verständlich gewesen. Durch den Einfluss des Hochchinesischen veränderte sich Shanghaiisch zwar zunehmend, blieb jedoch allgegenwärtig in der mit ihren dreiundzwanzig Millionen Einwohnern größten Stadt des Landes.

Einst war die Bund-Promenade von englischen und holländischen Handelshäusern gesäumt. Heute bildeten architektonische Wunderwerke die futuristische Skyline einer postmodernen Stadt wie aus einem Science-Fiction-Film. Bourne fuhr mit öffentlichen Verkehrsmitteln zur ehemaligen französischen Konzession und ging von dort zu Fuß in die Yu-Yuan-Straße. In einer schönen zweistöckigen Villa befand sich das Restaurant, in dem er sich mit Wei Wei, dem Agenten des Mossad-Direktors, treffen würde.

Bourne ließ sich zu dem Tisch führen, der für Wei Wei reserviert war, auf dem Balkon im ersten Stock, der über die ganze Länge der Villa verlief. Von hier aus blickte er auf den kleinen, makellos gepflegten Garten mit einem Persimonenbaum in der Mitte hinunter und konnte genau verfolgen, wer im Restaurant ein und aus ging.

Während er wartete, bestellte er geräucherten Karpfen und Schweinebauchscheiben in einer Sauce, die, wie er wusste, zugleich pikant und leicht süßlich schmecken würde.

Er hatte seine Mahlzeit beinahe beendet, als die Wirtin

erschien, sich tausendmal entschuldigte, dass sie ihn beim Essen störe, und ihm mit einer eleganten Verbeugung einen kleinen Umschlag überreichte. Bourne schaute sich um, bemerkte nichts Auffälliges und riss den Umschlag auf. Auf einen kleinen, in der Mitte gefalteten Zettel war eine flüchtige Nachricht gekritzelt.

Durch unaufschiebbare Angelegenheiten verhindert. Bitte kommen Sie in meine Wohnung. Dazu eine Adresse im Bezirk Huangpu, die Bourne verriet, dass der Mann in einem engen Straßengewirr mit vielen baufälligen Häusern wohnte.

Bourne legte ein paar Geldscheine auf den Tisch und ging. Während er die schmale Holztreppe zum Garten hinunterstieg, bemerkte er einen Shanghaier im grauen Anzug, der ein auffälliges Interesse an ihm zeigte. Er hatte im Garten gesessen, eine Kanne Tee vor sich auf dem kleinen achteckigen Tisch. Der Mann war ihm bereits aufgefallen, weil er die ganze Zeit nicht einen Schluck Tee trank. Wenn er nicht gerade Bourne aus dem Augenwinkel beobachtete, betrachtete er seine Fingernägel, die glänzten, als wären sie lackiert.

Der Mann erhob sich von seinem Stuhl, als Bourne vorbeiging, und folgte ihm betont gemächlich. Bourne wandte sich nach Osten zu den rauschenden Baumwipfeln des Yu-Gartens, einer grünen Oase in der pulsierenden Metropole. Auf den anmutigen, von Bäumen gesäumten Wegen des Parks begegneten ihm junge und ältere Spaziergänger, Paare und Familien mit Kindern zwischen den bunten Pavillons, den Teichen und Seen der Parklandschaft.

Bourne schloss sich bei einem der Pavillons einer Gruppe von schwedischen Touristen an und begann mit zwei Schwestern zu plaudern. Erzählte ihnen Geschichten über die Familien jener Zeit, als diese Pavillons errichtet worden waren. Die Mädchen lachten und wollten noch mehr darüber hören. Inzwischen waren auch die Eltern der beiden auf Bourne aufmerksam geworden. Er stellte sich als Gastprofessor für Linguistik vor und unterhielt die Familie eine Weile mit seinen Kenntnissen des Shanghai-Dialekts, um das Gesagte anschließend ins Schwedische und Englische zu übersetzen.

Als der Vater Bourne einlud, mit der Familie zu Mittag zu essen, lehnte er dankend ab, weil er zu einem wichtigen Termin müsse.

»Sie könnten mir aber einen kleinen Gefallen tun«, fügte er hinzu.

»Klar«, antwortete der Vater.

»Sehen Sie den Mann im Anzug dort drüben, mit dem glatt zurückgekämmten Haar? Er folgt mir schon den ganzen Vormittag. Der Bruder meiner Freundin. Er ist gegen unsere Beziehung, weil ich aus dem Westen komme, und ich mache mir langsam Sorgen, dass er mir etwas antun will.«

Der Vater nickte verständnisvoll. »Ich habe von den ultrakonservativen Kräften hier in der Stadt gelesen. Total fremdenfeindlich, diese Leute.«

»Stimmt«, bestätigte Bourne. »Vielleicht könnten Sie mir helfen, ihn loszuwerden, damit ich mich ungestört mit meiner Freundin treffen kann.«

»Ah!« Der Vater sah ihn mit einem breiten Lächeln an. »Das ist also Ihr wichtiger Termin.« Er tippte sich mit dem Zeigefinger an die Nase. »Ich verstehe.« Er zwinkerte ihm verschwörerisch zu. »Haben Sie einen Plan?«

»Ja, Sie müssten aber alle mitspielen.«

»Oh, bitte, bitte, Vater, dürfen wir?«, bettelten die Mädchen.

Der Vater lachte und zog sie liebevoll an den Ohren. »Man muss doch der wahren Liebe zum Durchbruch verhelfen.« Er wandte sich an Bourne. »Sagen Sie uns, was wir tun sollen.«

Aus sicherer Entfernung beobachtete Wu Lin, wie Bourne mit der schwedischen Familie sprach. Es verwirrte ihn etwas, dass sie alle lachten. Es konnte sich um kein professionelles Treffen handeln, zumal Kinder dabei waren. Er fragte sich einen Moment lang, ob er den Richtigen beschattete. Schließlich sahen diese Ausländer einander oft furchtbar ähnlich. Ein Blick auf das Foto, das man ihm auf sein Handy geschickt hatte, bestätigte jedoch, dass er es war.

Bourne nahm nun die Mädchen an den Händen und ging mit ihnen tiefer in den Pavillon hinein. Vater und Mutter folgten ihnen, sodass Wu Lin die Sicht auf Bourne versperrt war. Beunruhigt mischte er sich unter die Touristen, die die eng ineinander verschachtelten Räume bewunderten.

Nach wenigen Augenblicken schloss er zu den Eltern auf, die immer noch lachten, zweifellos über etwas, das ihre Töchter von sich gegeben hatten. Erleichtert schlenderte Wu Lin hinter ihnen her. Jetzt, da er die Familie im Blick hatte, brauchte er sich nicht mehr zu beeilen.

Doch zehn Minuten später wurde ihm bewusst, dass er in dieser Zeit weder Bourne noch die Mädchen tatsächlich gesehen hatte, und beschleunigte seine Schritte.

Als er auf der Höhe der Eltern war, musste er entsetzt feststellen, dass die Mädchen und Bourne verschwunden waren.

Er hetzte an den beiden Schweden vorbei und erspähte die Mädchen in dem Gewirr von Beinen. Sie saßen mit überkreuzten Beinen am Rand einer Veranda. Von Bourne war weit und breit nichts zu sehen. Vater und Mutter gingen zu ihren Töchtern und sagten etwas in einer Sprache, die Wu Lin nicht verstand.

Fluchend drehte sich Wu Lin um und kämpfte sich zur anderen Seite des Pavillons durch, immer wieder aufgehalten von den Touristenmassen, die wie eine Viehherde durch die endlosen Räume trotteten.

Bourne beobachtete den Shanghaier, der vergeblich nach ihm Ausschau hielt. Er hätte den Pavillon und den Park einfach verlassen und den Mann ratlos zurücklassen können, doch er hatte etwas anderes vor. Er würde vom Gejagten zum Jäger werden und seinerseits den Mann beschatten, um herauszufinden, wer sein Auftraggeber war. Dass sich schon bei seiner Ankunft in Shanghai jemand an seine Fersen heftete, war beunruhigend, schließlich wussten nur der Mossad-Direktor, Ophir und einige wenige Agenten von seinem Einsatz hier.

Also folgte Bourne dem Chinesen durch den Pavillon und anschließend in konzentrischen Kreisen durch den Park. Die systematische Suche bewies, dass der Mann ein Profi war, was in China so viel hieß wie Agent einer staatlichen Behörde.

Seine Mission begann nicht sehr vielversprechend, und Bourne musste seinen Drang unterdrücken, dem

Mann aufzulauern und ihm zu entlocken, wer ihn geschickt hatte. In irgendeinem anderen Land hätte er es wohl getan, doch er befand sich hier in China. Hier kam es darauf an, sich absolut unsichtbar zu machen. Er durfte nichts tun, was in irgendeiner Weise Aufmerksamkeit erregte.

Der Shanghaier blieb an einer Kreuzung stehen und sah auf seine Uhr. Dann drehte er sich abrupt um und ging in südwestlicher Richtung weiter. Bourne folgte ihm weitere fünfzehn bis zwanzig Minuten. Der Verkehr war beinahe zum Erliegen gekommen, um diese Tageszeit kam man zu Fuß am besten durch die Stadt.

Bourne beobachtete von der anderen Straßenseite aus, wie der Chinese vor einer Schule stehen blieb und die Treppe hinaufging, als einige Kinder in einheitlicher Schulkleidung herauskamen. Ein Junge, offenbar sein Sohn, ging auf ihn zu, begleitet von einem Erwachsenen, möglicherweise ein Lehrer. Bournes Beschatter schickte seinen Sohn zum Spielen mit seinen Freunden, während er sich kurz mit dem Lehrer unterhielt. Dessen Gesicht wurde immer ernster, je länger Bournes Verfolger sprach. Schließlich nickte er kurz, womit das Gespräch beendet war. Bournes Beschatter rief seinen Sohn, und sie gingen gemeinsam weg.

Bourne überquerte die Straße und sah plötzlich einen weißen Mercedes am Straßenrand anhalten. Der Lehrer musste den Wagen ebenfalls gesehen haben, denn er eilte wie von der Tarantel gestochen die Treppe herunter.

Bourne beobachtete, wie das getönte Autofenster herunterfuhr und der Mann mit dem Insassen des Mercedes sprach. Bourne ging ein Stück weiter und spähte aus seinem veränderten Blickwinkel in den Wagen. Schockiert stellte er fest, dass er den Mann im Auto kannte. Es war Oberst Sun.

Oberst Sun war im Moment alles andere als ein glücklicher Mensch.

»Steigen Sie ein«, fuhr er Go Han an.

Der Mittelschullehrer öffnete die Autotür und setzte sich gehorsam neben Oberst Sun.

»Wie konnte es passieren, dass Wu Lin Bourne aus den Augen verlor?«

»Ich weiß es nicht, Herr Oberst.« Go Han senkte den Kopf. »Bourne hat sich irgendwie einer Touristenfamilie angeschlossen. Sie schirmten ihn ab, und er konnte entwischen.«

Oberst Sun brummte frustriert und lehnte sich in dem weichen Sitz zurück. »Das heißt, Bourne hat gewusst, dass er beschattet wird.«

»Vielleicht war es auch nur eine Vorsichtsmaßnahme von ihm.« Go Han duckte sich unter Oberst Suns vernichtendem Blick.

»Sie kennen diesen Mann nicht«, sagte Oberst Sun. »Sie haben keine Ahnung, wozu er fähig ist, wie hartnäckig er Leute verfolgt, um sie zu töten, welch furchtbare Dinge er schon getan hat.« Er wedelte wegwerfend mit der Hand. »Raus mit Ihnen! Ich kann Sie nicht mehr gebrauchen.«

Als sich Oberst Sun zur Seite beugte, um die Autotür zu schließen, erspähte er Bourne aus dem Augenwinkel. Er überlegte einen Moment lang, ob das Absicht war, und kam zu dem Schluss, dass es keine Rolle spielte.

Er gab dem Fahrer das Kommando, loszufahren und den Häuserblock zu umrunden. Als sich der Wagen in den Verkehr einfädelte und die Stelle erreichte, an der er Bourne gesehen hatte, war der amerikanische Agent verschwunden. Oberst Sun hatte natürlich nichts anderes erwartet, doch er wusste auch, dass Bourne nicht weit sein konnte. Nach ihrem Zusammentreffen in Rom würde Bourne ihn bestimmt nicht aus den Augen lassen. Oberst Sun befahl seinen Männern, das Viertel abzuriegeln.

»Beginnt mit einem quadratischen Areal von sechs Blocks, mit meinem Wagen als Mittelpunkt«, wies er seinen Adjutanten an. »Auf mein Kommando rückt ihr langsam nach innen. Ich will, dass Haus für Haus abgesucht wird. Sorgen Sie dafür, dass jeder Mann das gleiche Foto von Bourne hat wie ich.« Er dachte an die Belohnung, die ihm Minister Ouyang in Aussicht gestellt hatte. »Keine Fehler, verstanden?«, fügte er mit eiserner Entschlossenheit hinzu.

Oberst Sun sprang aus dem Auto, noch ehe es zum Stehen gekommen war. Es war entscheidend, dass Bourne ihn nicht bloß sah, sondern ihm auch folgte. Er würde selbst der Köder sein, der den Feind in die Falle lockte.

Er hatte nur noch einen Gedanken im Kopf: *Diesmal kriege ich ihn.*

SIEBEN

Als er Oberst Sun aus dem fahrenden Auto springen sah, wusste Bourne, dass Sun den Köder geschluckt hatte.

Als er den Oberst erkannt hatte, war ihm sofort klar gewesen, dass er ihn aus dem Wagen locken musste. Das beste Mittel dazu war, sich ihm zu zeigen. Dann ging er wieder in Deckung, um zu verfolgen, ob seine List aufging.

Er beobachtete amüsiert, wie Oberst Sun sich umblickte wie ein Tourist. Kurz vor Rebekkas Tod war Bourne mit ihr in Rom gewesen. Dort hatte Sun sie entführen lassen, was bei einer Mossad-Agentin kein leichtes Unterfangen war, schon gar nicht bei Rebekka. Sie wurde in die Katakomben an der Via Appia gebracht, einer der wichtigsten Handelsstraßen zur Zeit des Römischen Reiches.

Als Bourne ihr folgte, wäre er im Dunkel der Katakomben beinahe von Oberst Sun getötet worden. Nachdem Rebekka entkommen war, hatte Sun noch einmal versucht, an Bourne heranzukommen, was den Tod von zweien seiner Männer zur Folge hatte.

Oberst Sun warf einen verstohlenen Blick auf seine Uhr, und Bourne begann zu ahnen, was der Mann vorhatte. Er wartete darauf, dass Bourne ihn angriff, um dann mit seinen Männern zuzuschlagen. Bestimmt waren sie schon dabei, das Viertel abzuriegeln.

In jedem anderen Land hätte es genügt, sich einfach der Verfolgung zu entziehen, doch nicht in China. Hier ging es auch darum, den Gegner bloßzustellen: Oberst Sun musste vor seinen Männern das Gesicht verlieren.

Bourne wandte sich ab; es war im Moment nicht interessant, was Sun tat. Er streifte durch die belebten Straßen, betrat ein Bekleidungsgeschäft und kaufte sich ein weißes Hemd und eine Krawatte. Er zog beides an, dazu eine typisch chinesische Mütze, die er sich tief in die Stirn zog. Dann verließ er das Geschäft mit einem ausgeprägten Hinken.

Mit dieser Tarnung entfernte er sich von der Stelle, an der er und Sun einander gesehen hatten und die er für sich als Ground Zero bezeichnete. Wenig später sah er wie erwartet den ersten Polizisten entgegenkommen, einen von mehreren, die sich dem Mittelpunkt näherten, um den Kordon immer enger zu ziehen.

Bourne streifte den Polizisten im Vorbeigehen am Arm. Der Beamte blieb stehen und hielt Bourne am Arm fest.

»Was fällt Ihnen ein?«, fuhr ihn der Polizist an.

»Habe ich Sie beleidigt, weil ich hier gehe?«, gab Bourne ebenso schroff zurück.

»Mir gefällt Ihr Benehmen nicht«, sagte der Polizist drohend.

Bourne riss sich los. »Und mir gefällt das Ihre nicht.«

»Das werden wir ja sehen.« Der Bulle zog seine Pistole und schob Bourne in einen dunklen Hauseingang.

Sobald sie ungesehen waren, hämmerte Bourne ihm den Handballen gegen die Nase, gefolgt von einem

Schlag in die Kehle. Der Polizist sank zu Boden, und Bourne zog ihn ins Haus. Der Flur war eng, dunkel und roch nach altem Bratöl.

Am anderen Ende des Flurs gab es eine Hintertür. Bourne zog sich rasch aus und schlüpfte in die Uniform des Polizisten, mitsamt dem Dienstausweis in der Brusttasche. Sie passte nicht ganz – der Bulle war etwas kleiner als Bourne –, doch sie musste ihren Zweck erfüllen. Den Polizisten versteckte er in dem modrigen Winkel hinter der Treppe, wo es so dunkel war, dass ihn kaum jemand bemerken würde.

Draußen auf der Straße beeilte er sich, den Platz des Polizisten im Kordon einzunehmen. Einen Block weiter, nun schon ganz nahe dem Ground Zero, verließ er seinen Platz und eilte direkt auf Oberst Suns makellosen weißen Mercedes zu. Er näherte sich der Fahrerseite und klopfte an die getönte Scheibe. Als das Fenster herunterfuhr, beugte sich Bourne hinein und setzte den Fahrer mit drei kurzen, präzisen Hieben außer Gefecht.

Er entriegelte die Tür, stieß den Bewusstlosen in den Fußraum vor dem Beifahrersitz und setzte sich ans Lenkrad. Eine dicke Glaswand trennte ihn vom Rücksitz, der im Moment leer war.

Bourne startete den Motor und wartete auf eine Lücke im zähen Verkehr, fuhr los und wendete, was empörte Schreie und ein wildes Hupkonzert nach sich zog. Dennoch bremsten die anderen Fahrer, um ihm Platz zu machen, möglicherweise von der Mercedes-Limousine eingeschüchtert, und er fuhr ungehindert in die Richtung, in die Oberst Sun gegangen war.

Bourne sah ihn schließlich auf dem Bürgersteig im Gespräch mit dem Kommandanten der Polizeisperre.

Er riss das Lenkrad herum und lenkte den Mercedes auf den Gehsteig. Fußgänger stoben auseinander, um sich in Sicherheit zu bringen.

Nun sah auch der Polizeikommandant den Wagen, der auf ihn und seinen Chef zuraste. Blitzschnell zog er seine Pistole und feuerte, doch die Kugeln prallten von dem Panzerglas ab. Der Kommandant riss die Augen weit auf. Er konnte gerade noch Oberst Sun zur Seite stoßen, ehe ihn der Mercedes frontal erwischte und durch die Luft schleuderte.

Bourne brauste weiter, mit zwei Rädern auf dem Bürgersteig. Als ihm die Fußgängermassen zu dicht wurden, wechselte er die Fahrspur und fuhr auf den bepflanzten Mittelstreifen, mähte Blumen und Zierbüsche nieder.

Sein Ziel war der Dapu-Tunnel, in dem er auf die andere Seite des Flusses gelangen konnte, in die Altstadt mit ihren schmalen Straßen und verkehrsfreien Fußgängerzonen.

Als er in den Tunnel einfuhr, heulten bereits Sirenen hinter ihm auf. Im Rückspiegel sah er drei Polizisten auf Motorrädern, die die Verfolgung aufgenommen hatten. Bestimmt hatte Oberst Sun alle Polizeikommandanten der Stadt alarmiert, um seinen weißen Mercedes aufzuhalten. Als Bourne die Funkanlage des Wagens aufdrehte, hörte er auch gleich Suns wütende Stimme. Wie erwartet, gab der Oberst Befehle an alle verfügbaren Sicherheitskräfte aus. Bourne lachte laut auf und konzentrierte sich auf den Verkehr vor ihm sowie die Motorräder hinter ihm.

Sein Gehirn verarbeitete blitzschnell die Informationen, die seine Augen lieferten. Wie in einem überdimensionalen Schachspiel dachte er drei, vier Züge voraus, als sich da und dort Lücken im Verkehr auftaten und schlossen. Zudem genoss er den Schutz der Stahl-Titan-Panzerung von Suns Mercedes.

Er wechselte auf die linke Fahrspur und trat aufs Gaspedal, drückte auf die Hupe und touchierte das Auto vor ihm. Das erschrockene Gesicht des Fahrers erschien in dessen Rückspiegel, und er beeilte sich, dem Mercedes Platz zu machen.

Die wendigen Motorräder holten dennoch auf. Bourne störte das nicht im Geringsten, er erwartete es sogar. Das Fahrzeug vor ihm scherte nach rechts aus und touchierte die hintere Stoßstange eines anderen Autos.

Bourne beschleunigte erneut und zwang damit das erste der drei Motorräder, ebenfalls das Tempo zu erhöhen. Er blickte in die Außenspiegel und kalkulierte anhand von Entfernung und Geschwindigkeit den idealen Punkt für sein Manöver.

Als das Motorrad diesen Punkt erreichte, trat Bourne auf die Bremse, dass die Reifen quietschten. Der Polizist war zu dicht hinter ihm, um noch ausweichen zu können. Er krachte mit solcher Wucht ins Heck des Mercedes, dass er wie aus der Kanone geschossen in die Luft geschleudert wurde. Er schlug auf der Motorhaube des Autos vor Bourne auf und landete schließlich auf der Fahrbahn.

Bourne hätte nicht sagen können, welches Auto ihn als Erstes überfuhr – sein Mercedes oder eines der vielen Fahrzeuge, deren Fahrer in ihrer Panik auszuweichen versuchten. Er trat aufs Gas und nutzte das wachsende Chaos, um sich durch die Lücken im Verkehr zu schlängeln.

Der Verkehr hinter ihm war durch den Unfall völlig zum Erliegen gekommen, doch die beiden übrigen Motorräder setzten die Verfolgung fort. Die Fahrer hatten gesehen, wie es ihrem Kollegen ergangen war, und feuerten mit ihren Pistolen auf den Mercedes. Ihre Kugeln zeigten jedoch nicht mehr Wirkung, als hätten sie auf einen Kampfpanzer geschossen.

Bourne wechselte erneut die Fahrspur, doch der Verkehr vor ihm war so dicht, dass sich nicht die kleinste Lücke bot, in die er hätte stoßen können. Er musste das Tempo drosseln, sodass nach wenigen Sekunden eines der Motorräder neben ihm auftauchte.

Der Bulle lächelte grimmig und hämmerte mit dem Pistolengriff auf das Seitenfenster ein. Bourne riss das Lenkrad nach links und drückte das Motorrad gegen die Tunnelwand. Funken sprühten, als Metall auf Beton traf und Keramikfliesen barsten und wie Granatsplitter durch den Tunnel flogen.

Der Fahrer hob instinktiv den Arm, um sein Gesicht zu schützen, und Bourne drückte das Motorrad weiter gegen die Wand. Der Polizist hielt die Pistole an das Seitenfenster und feuerte.

Die Erschütterung zertrümmerte das Glas, schleuderte den Mann jedoch zugleich gegen die Tunnelwand. Er drohte das Gleichgewicht zu verlieren und schrammte mit dem linken Bein an der Wand entlang.

Er hielt sich jedoch auf dem Motorrad, biss die Zähne zusammen und richtete die Pistole auf Bournes Kopf. Bourne stieß mit aller Kraft die Autotür auf. Sie traf den Polizisten wie ein Keulenschlag. Er krachte mit dem Kopf gegen die Wand und im Fallen gegen das Hinterrad seines Motorrads.

Einer noch, dachte Bourne.

Wie schon zuvor bewirkte die Auseinandersetzung zwischen Mercedes und Motorrad, dass sich der Verkehr vor ihm auseinanderzog, indem die Autos entweder auswichen, um nicht in den Unfall verwickelt zu werden, oder auf die Tube drückten, um so schnell wie möglich das Ende des Tunnels zu erreichen.

Bourne hörte das Brummen des dritten Motorrads, noch bevor es in Sicht kam und sich zwischen den anhaltenden Autos hinter ihm durchschlängelte. Die Leute sprangen aus ihren Fahrzeugen und starrten geschockt auf das malträtierte Motorrad und den toten Fahrer.

Bourne fiel auf, dass er Oberst Suns Stimme nicht mehr gehört hatte, seit er in den Tunnel eingefahren war. Er drehte die Lautstärke des Polizeifunks auf, hörte jedoch nur ein gelegentliches Rauschen. Etwas Warmes lief über seine linke Gesichtshälfte. Er warf einen Blick in den Rückspiegel und sah, dass er aus mehreren kleinen Wunden blutete, die ihm die Glassplitter des zertrümmerten Fensters zugefügt hatten.

Das Brüllen des Motorrads wurde lauter, und im nächsten Augenblick tauchte es im Rückspiegel auf. Bourne lenkte nach rechts, das Motorrad folgte ihm. Der Fahrer war schlau genug, ihm nicht zu nahe zu kommen. Er begnügte sich damit, dicht hinter ihm zu bleiben und ihn nicht entwischen zu lassen.

Das Ende des Tunnels kam in Sicht. Irgendetwas stimmte nicht. Die Mündung war viel zu hell, als wäre der Verkehr vor ihm wie durch Zauberhand weggefegt worden.

Wenig später tauchte der Mercedes aus dem Tunnel

auf. Bourne sah, wie das Motorrad hinter ihm zur Seite ausscherte und sich entfernte. Seine Gedanken arbeiteten fieberhaft, und er verstand jetzt, warum er keine Stimmen mehr auf dem Polizeifunk gehört hatte, warum ihm das Motorrad bis hierher gefolgt war und keine Fahrzeuge mehr vor ihm zu sehen waren.

Drei Minuten später feuerte ein schultergestützter Raketenwerfer sein tödliches Geschoss ab und es schlug Augenblicke später in den Mercedes ein. Die Explosion war kilometerweit zu sehen.

ACHT

Jidan strahlte eine innere Ruhe aus, wie Maricruz sie nie zuvor an einem Menschen gesehen hatte. Daran musste sie denken, während sie sich in der luxuriösen Badewanne ihres Vaters räkelte. Die Armaturen waren aus Jade und Lapislazuli gefertigt – viel zu protzig für ihren Geschmack, aber typisch für Maceo Encarnación, der in allem exzessiv gewesen war.

Deswegen hatte sie sich damals in Jidan verliebt. Er war das genaue Gegenteil all der heißblütigen Männer, mit denen sie aufgewachsen war und die stets handelten, ohne nachzudenken.

Maricruz hatte diese Gelassenheit eine Zeit lang sehr geschätzt. Inmitten des Trubels der großen Städte, in denen sie ihr bisheriges Leben verbracht hatte – Mexiko City und Peking –, war die innere Stille, die Jidan ausstrahlte, eine willkommene Oase der Ruhe und Achtsamkeit, die sie vor allem zu Beginn sehr genossen hatte und von der sich nur ihre ekstatischen Lustschreie abhoben. Doch der Reiz des Neuen war längst verflogen.

Ihre großen kaffeefarbenen Augen leuchteten auf, als sie auf die kleine Jadeschatulle fielen, die Jidan ihr geschenkt hatte, bevor sie aus Peking abgereist war. Dass Jidan die Identität ihrer Mutter herausgefunden hatte, aus deren Armen ihr Vater sie als Baby gerissen hatte, um sie ganz nach seinen eigenen Vorstellungen aufzuziehen, war schon ein Wunder, aber dass sie noch lebte, war einfach unglaublich. Sie hatte die Schatulle zwar geöffnet, nicht aber den Zettel auseinandergefaltet, auf dem der Name ihrer Mutter stand. Sie fragte sich, ob sie es je tun würde.

Ihr Herz war zerrissen von widersprüchlichen Gefühlen: dem Wunsch, von der Frau, die sie zur Welt gebracht hatte, in den Arm genommen zu werden, und dem Zorn, dass sie sich ihr kleines Mädchen hatte wegnehmen lassen. Zudem fragte sie sich, warum sie in all den Jahren nie versucht hatte, mit ihrer Tochter Kontakt aufzunehmen.

Die Jadeschatulle schimmerte, die beiden eingravierten Drachen schienen sie zu verspotten. Gewiss, ihr Verstand sagte ihr, dass kein Mann und schon gar keine Frau etwas gegen ihren Vater ausrichten konnte, wenn er einmal einen Entschluss gefasst hatte. Ihrer Mutter war nichts anderes übrig geblieben, als sich seinem Wunsch zu beugen. Und dennoch …

Sie hörte plötzlich leise Schritte aus dem Schlafzimmer.

»Wendell«, rief sie, »bist du das?«

»Ja, Maricruz, entschuldige, dass ich störe. Ich suche bestimmte Unterlagen deines Vaters.«

»Vielleicht kann ich dir helfen.«

»Ja, vielleicht. Wenn du mit dem Bad fertig bist.«

»Ich bin fertig, Wendell«, antwortete sie.

»Wie meinst du …«

»Nicht so schüchtern. Komm rein.«

»Ich weiß nicht, Maricruz.«

Sie hörte am Klang seiner Stimme, dass er direkt vor der Tür stand. »Aber ich weiß es.«

Der Türknopf drehte sich, langsam zuerst, dann etwas schneller, und Wendell drückte die Tür auf. Er stand da, und seine Augen sogen den Anblick ihres üppigen Körpers ein.

Sein Mund öffnete sich. »O Gott«, hauchte er.

»Weißt du, Wendell«, sagte Maricruz, seinen offenen Mund ignorierend, »eigentlich weiß ich gar nichts über dich persönlich. Ich habe deinen Lebenslauf gelesen, aber ein Mann ist doch weit mehr als seine Leistungen im Studium und Beruf, oder?«

Marsh schwieg. Er hatte die Göttin Medusa erblickt und schien wie zu Stein erstarrt.

»Es hat dir wohl die Sprache verschlagen«, sagte sie mit einem wissenden Lächeln. »Egal. Ich habe eine ziemlich gute Menschenkenntnis. Ich werde dir sagen, wie du bist. Du brauchst nur mit Ja oder Nein zu antworten.« Sie legte den Kopf auf die Seite. »Das wirst du ja wohl schaffen.«

Er hustete trocken, wollte etwas sagen, brachte jedoch kein Wort heraus.

Maricruz musterte ihn von oben bis unten, ehe sie ihm wieder in die Augen sah. »Also, du bist geschieden oder hast nie geheiratet. Und du hast jedenfalls keine Kinder.«

»Geschieden«, krächzte er. »Keine Kinder.«

»Auch keine Freundin«, fuhr Maricruz fort. »Jedenfalls nicht in letzter Zeit.«

Marsh schluckte und nickte mechanisch, die Augen unverwandt auf die schimmernden Halbkugeln ihrer Brüste gerichtet.

»Hmmm. Die Frage ist, wie kommst du auf deine Kosten, Wendell?« Sie fixierte die Ausbuchtung in seiner Hose. »Du bist ja nicht asexuell, wie ich sehe.« Sie setzte sich auf, und ihre Brüste wippten aufreizend. »Huren, Prostituierte, Callgirls, Eskortdamen – so vertreibst du dir die Zeit, stimmt's?«

Marsh schwieg, doch sein gerötetes Gesicht verriet ihr, dass sie richtig lag.

»Das braucht dir nicht peinlich zu sein, Wendell. Sex ist ein ganz normales menschliches Bedürfnis.« Sie stieg aus der Wanne, schritt, ohne sich abzutrocknen, über den Fliesenboden und drückte ihren schimmernden Körper gegen seinen.

Er stieß einen erstickten Schrei aus, wich jedoch nicht zurück. Mit einem schelmischen Lächeln fasste ihm Maricruz zwischen die Beine.

»Schön dick, Wendell«, flüsterte sie ihm ins Ohr. »Das mag ich.«

Sie drückte sich an ihn, und Marsh machte einen Schritt zurück. Seine Kleider waren bereits völlig durchnässt, während sie ihn zum riesigen Bett ihres Vaters führte. Als seine Beine gegen die Bettkante stießen, beugte sich Maricruz vor, bis er ins Bett fiel.

Sie setzte sich auf ihn und begann ihn auszuziehen. Wasser tropfte aus ihrem Haar und von ihren prallen Brustwarzen. Langsam hob er seine zitternden Hände und umschloss ihre Brüste.

»Gefällt dir das, Wendell?« Sie zog ihm sein völlig durchnässtes Hemd über den Kopf. »Das magst du bestimmt.«

Er drückte ihre Brustwarzen, und sie schloss kurz die Augen. Ihre Hände arbeiteten immer schneller, öffneten seinen Hosenschlitz, den Gürtel, und zogen ihm die Hose aus.

Sie beugte sich über ihn. »Jetzt zeige ich dir, was ich mag, Wendell.«

Die Druckwelle der Explosion, als das Geschoss in Oberst Suns Mercedes einschlug, traf Bourne mit voller Wucht, während er sich über den Asphalt rollte, und schleuderte ihn in den Straßengraben, wo er vor den Trümmern des zerfetzten Autos geschützt war, die wie Granatsplitter in alle Richtungen flogen.

Taub und benommen lag Bourne reglos im Graben. Er verfolgte, wie sich der Himmel erst orange, dann gelb und schließlich grau verfärbte, bis schließlich das klare Blau zurückkehrte, das er gesehen hatte, als er aus dem Tunnel gekommen war.

Er versuchte, die Benommenheit abzuschütteln, doch die Erschütterung saß ihm immer noch in den Knochen. Plötzlich hörte er ein durchdringendes Knattern, blickte auf und sah den herannahenden Polizeihubschrauber.

Rasch kroch er aus dem Straßengraben und lief auf die schmalen Straßen von Huangpu zu.

Die Überreste des weißen Mercedes brannten immer noch lichterloh, als der Helikopter in sicherer Entfernung landete. Sobald die Kufen den Boden berührten, stieß Oberst Sun die Tür auf und sprang hinaus. Ein zweiter Mann in Armeeuniform begleitete ihn.

»Wer ist dafür verantwortlich?«, schrie Sun und deutete auf das Feuer. »Ich will seinen Namen!«

Ein Offizier trat vor, salutierte und deutete auf den Soldaten, der die Rakete abgefeuert hatte. Oberst Sun schritt auf den Mann zu, der aussah, als wollte er im Erdboden versinken, als Sun vor ihn trat.

»Was haben Sie sich dabei gedacht?«

»Ich habe nur den Befehl ausgeführt«, rechtfertigte sich der Soldat ängstlich.

Oberst Suns schwarze Augen durchbohrten den Mann mit wütendem Blick. »Die Anweisung lautete, *vor* das Fahrzeug zu zielen, nicht, es zu treffen.«

Er schlug dem Mann wuchtig mit der Faust ins Gesicht. Wie sollte er es Ouyang beibringen, fragte er sich, während er wieder und wieder auf den Mann einprügelte, bis dieser in die Knie sank. Bourne sollte nicht sterben, nicht hier, nicht jetzt. Oberst Sun versetzte dem Mann noch einen Fußtritt, ehe er sich abwandte.

»Schafft mir den Hund aus den Augen«, fuhr Sun den Offizier an.

Nachdem man den Soldaten weggetragen hatte, wandte sich Oberst Sun dem Mann zu, der ihn im Hubschrauber begleitet hatte. »Hauptmann Lim, sobald das Wrack ausgebrannt ist, schicken Sie ein Forensikteam hin. Ich will so schnell wie möglich eine hundertprozentige Identifikation des Fahrers.«

»Wow.« Wendell Marsh lag schweißnass auf dem Bett seines verstorbenen Chefs und betrachtete Maricruz' makellosen Rücken, als sie sich aufsetzte. »Wann können wir das wieder tun?«

Maricruz lachte. »Ich bin nicht eines von deinen Callgirls, Wendell.«

»Ich frage ja nur …«

»Ich bin es, die hier die Fragen stellt, Wendell. Vergiss das nicht.«

Ihre Bemerkung machte ihm ein wenig Angst. Er lebte in einem fremden Land, das ihm ohnehin schon unheimlich war, und befand sich zudem in einer Situation, die er nicht wirklich einschätzen konnte. Er wartete, lauschte seinem eigenen Atmen, bis er das Schweigen nicht mehr ertrug.

»Ich habe es nicht respektlos gemeint, Maricruz.«

»Das war es aber. Du hast einfach nicht gelernt, wie man eine Frau behandelt.«

Jedenfalls nicht eine Frau wie dich, dachte er, behielt den Gedanken jedoch wohlweislich für sich.

Maricruz seufzte tief. »Weißt du, Wendell, du warst ein ganz schlimmer Junge.«

Für einen Moment blieb ihm das Herz stehen. Er setzte sich auf und stopfte sich das Kissen in den Rücken. »Wie meinst du das?«

»Glaubst du wirklich, ich würde zurückkommen, ohne alle Informationen über dich zu sammeln, die ich kriegen konnte? Und dabei hat sich herausgestellt, dass du Geld unterschlagen hast, Wendell.«

Marshs Blutdruck stieg in die Höhe, eine unangenehme Hitze kroch durch seinen Körper wie eine unsichtbare Schlange. »Ich zahle es zurück, Maricruz. Ich habe auch schon begonnen …«

»Warum hast du es getan?« Sie sah ihm in die Augen, und er zitterte vor Angst, als er die Entschlossenheit in ihrem Gesicht sah. »Mein Vater hat dir vertraut.«

Marsh ließ den Kopf hängen. »Das Geld war nicht für mich, sondern für meine Schwester. Sie hat einen sehr reichen Mann geheiratet, der sie aber nur geschlagen hat. Sie glaubte, ihn ändern zu können, aber …« Er zuckte mit den Achseln. »Ich habe sie überredet, ihn zu verlassen. Dafür rächte er sich, indem er sie mit seinen Anwälten verfolgte. Ich konnte nicht anders, ich musste einen erstklassigen Anwalt engagieren. Aber meine Ersparnisse reichten bei Weitem nicht, um gegen sein Anwaltsteam und seine Privatdetektive anzukommen.«

Maricruz überlegte einen Augenblick. Sie wusste, dass er die Wahrheit sagte, doch der Fehler, den er begangen hatte, musste erst ausgeräumt werden, bevor sie nach vorn schauen konnten.

»Warum hast du meinen Vater nicht um das Geld gebeten?«

»Du meinst, als Darlehen?«

»Für den Kampf gegen diesen Mann hätte er es dir gegeben.«

Marsh blickte zur Seite. »Ich habe mich geschämt.«

»Also hast du dir das Geld einfach genommen.«

»Ich wollte es zurückzahlen, bevor es jemand merkt, aber die Scheidungssache zog sich in die Länge, ich brauchte mehr Geld, und da war es schon zu spät, um etwas zu sagen.« Er sah sie an. »Ist es zu spät, es wiedergutzumachen?«

Sie musterte ihn einen Augenblick. »Wendell, weißt du, was *Alija* bedeutet?«

Er schüttelte den Kopf.

»Das dachte ich mir. *Alija* ist ein hebräisches Wort und bedeutet so viel wie Heimkehr in den Schoß der Familie. Wenn du das willst, Wendell, dann musst du beweisen, dass du es ehrlich meinst.«

Eine Welle der Erleichterung stieg in ihm auf. »Ja, Maricruz, selbstverständlich.«

»Zur Wiedergutmachung musst du eine schwierige und gefährliche Aufgabe erfüllen. Wenn du das für mich tust, hast du dir deine Alija verdient, und ich weiß, dass ich dir vertrauen kann.«

Wei Wei, der Mossad-Agent in Shanghai, den eine mysteriöse dringende Angelegenheit gezwungen hatte, das Treffen mit Bourne zu verschieben, wohnte in der Jiujiaochang-Straße, unweit der protzigen Fassade der China Citic Bank. In der Ferne ragten hässliche pastellfarbene Hochhäuser in die Höhe, so fehl am Platz wie abgekaute Fingernägel an der Hand einer feinen Dame.

Wei Weis Wohnung lag im ersten Stock über einem Geschäft, in dem Frauen gemusterte Seidenschals probierten. Bourne fühlte sich immer noch etwas benommen, und seine kribbeligen Finger wollten ihm noch nicht so recht gehorchen. Unterwegs kaufte er sich neue Kleider und warf seine zerrissene Jacke, sein Hemd und seine Hose in den Abfallkorb auf der schmutzigen Toilette. Er trennte sich ungern von der Uniform, doch ihm blieb nichts anderes übrig; sie roch nach versengtem Haar und verbranntem Metall.

Bei einem Verkaufsstand aß er gebratene Schweinebauchstücke auf einem Bambusspieß, die er mit zwei Flaschen eisgekühltem Coke hinunterspülte. Das Kribbeln in den Fingern hatte bereits nachgelassen, und auch sein Kopf klärte sich zusehends.

Als er die Jiujiaochang-Straße erreichte, erkundete er erst einmal die Umgebung, konnte jedoch nichts Auffälliges entdecken. Einmal hörte er Sirenengeheul, das jedoch gleich wieder in der Ferne verklang. Schließlich betrat er das Haus. In dem engen Flur roch es nach heißem Öl und gerösteten Szechuan-Pfefferkörnern. Er stieg eine steile Treppe hinauf, die bei jedem Schritt knarrte.

Im ersten Stock waren die Küchengerüche noch penetranter. Die Wohnung befand sich am anderen Ende des Flurs. Er ging an einem schmutzigen Fenster vorbei, durch das er auf eine schmale Gasse und die steilen Dächer der umliegenden Häuser hinausblickte.

Die Klingel funktionierte nicht, also klopfte er. Keine Reaktion. Er klopfte etwas energischer und hielt schließlich das Ohr an die Tür. Zunächst hörte er nur ein Geräusch, das wie das Säuseln des Windes klang, als wären die Fenster in der Wohnung offen. Als er ein drittes Mal klopfte, hörte er schließlich ein kurzes Rascheln wie von steifen Kleidern auf der Haut. Doch die Tür blieb geschlossen.

Schließlich holte Bourne aus und trat die Tür ein. Im nächsten Augenblick sah er sich einem Polizisten gegenüber, der die Pistole auf ihn richtete.

»Wer sind Sie?«, fragte der Mann förmlich. »Wie kommen Sie dazu, in die Wohnung eines Bürgers einzubrechen?«

»Wei Wei ist ein Freund von mir«, antwortete Bourne. Er zeigte dem Beamten seinen auf »Carl Halliday« lautenden Pass. »Wir haben öfter geschäftlich miteinander zu tun.«

Der Bulle kniff misstrauisch die Augen zusammen. »Welche Geschäfte?« Die Pistole blieb auf Bournes Brust gerichtet.

»Nichts Großes«, antwortete Bourne. »Hin und wieder eine Ladung Kaugummi.«

»Kaugummi?«

»Ja.« Bourne zog das Päckchen hervor, das er auf dem

Flughafen gekauft hatte, und hielt es ihm hin. »Chinesische Kräuter. Die Kanadier sind ganz verrückt nach chinesischen Kräutern.«

Bourne steckte den Kaugummi ein und runzelte die Stirn. »Wo ist mein Freund? Wo ist Wei Wei?«

Der Polizist bedeutete ihm mit seiner freien Hand, mitzukommen, und sie traten zusammen in das kleine Schlafzimmer, wo Wei Wei an einem Strick hing, der an einem Deckenbalken befestigt war.

»Anscheinend hat ihn ein Konkurrent aus dem Weg geräumt.« Der Polizist gestikulierte mit seiner Pistole. »Ich muss Sie bitten, die Wohnung zu verlassen. Die Forensiker sind schon unterwegs. Wir sprechen draußen auf dem Flur weiter. Ich muss Ihnen ein paar Fragen stellen.«

Bourne wollte protestieren, als er ein Geräusch hörte, als würde ein kleines Holzkästchen zugeklappt. Die Augen des Polizisten weiteten sich, sein Mund öffnete sich und entblößte die vom Nikotin verfärbten Zähne, dann fiel er nach vorn in Bournes Arme.

Ein kleiner Pfeil steckte in seinem Hals.

NEUN

Dani Amit, der Leiter der Mossad-Abteilung für Informationsbeschaffung, betrat Direktor Yadins Büro mit einem finsteren Gesichtsausdruck. Yadin gegenüber saß Amir Ophir.

»Wir haben Davidoff verloren«, begann Amit.

Der Direktor zog die Stirn kraus. »Was soll das heißen? Ist er nicht mehr in Shanghai?«

»Vielleicht«, antwortete Amit. »Vielleicht auch nicht.«

»Was heißt das genau?«, fragte Ophir.

Amit warf Ophir nur einen kurzen Blick zu und rief auf einem Tabletcomputer ein kurzes Video auf, das auf den riesigen Monitor des Direktors übertragen wurde. Darauf verfolgten die drei Männer, wie Bourne die Passkontrolle passierte.

»Das haben wir vom Flughafen Shanghai«, erklärte Amit. »Bourne ist mit unserem Ticket geflogen und als Lawrence Davidoff wohlbehalten in Shanghai angekommen.«

Yadin breitete die Hände aus. »Wo liegt dann das Problem?«

Amit fuhr sich mit der Hand über die Stirn. »Seit seiner Ankunft fährt er scheinbar ziellos kreuz und quer durch die Stadt.«

»Hast du eine Liste der Orte, die er aufgesucht hat?«, fragte Ophir.

Amit tippte auf das Display des Tablets, und das Video wurde durch eine Liste von Adressen ersetzt.

»Vielleicht versucht er einen Beschatter abzuschütteln«, meinte Ophir.

Amit schüttelte den Kopf. »Das geht jetzt schon stundenlang so.«

Direktor Yadins Stirnrunzeln wurde noch tiefer. »Unser Agent in der Stadt hat sich noch nicht gemeldet.« Er sah auf seine Uhr. »Er und Bourne sollten sich ungefähr jetzt treffen.« Er wandte sich vom Bildschirm ab und blickte in die Gesichter der beiden Männer. »Wir sollten ihm etwas Zeit geben.«

»Was, wenn Bourne untergetaucht ist?«, fragte Amit. »Dann hätten wir genau das Problem, das schon die Amerikaner mit ihm hatten.«

»Er weiß zu viel von unseren Plänen, Direktor.« In Ophirs Ton schwang leise Kritik an Yadins Vertrauen in den Ausländer mit. »Wie ich gesagt habe, er ist nicht einer von uns.«

Der Direktor wog die verschiedenen Argumente ab, dann veränderte sich sein Gesichtsausdruck abrupt. Er hatte eine Entscheidung getroffen.

»Amit, das ist eine Überwachungsangelegenheit. Deine Abteilung soll die Sache übernehmen.«

Ophir wollte das nicht hinnehmen. »Sir, Retzach kann in einer Stunde vor Ort sein.«

»Retzach ist ein Killer«, wandte Amit ein.

»Er ist viel mehr als das«, beharrte Ophir, um die Angelegenheit an sich zu reißen. »Und er hat viel Erfahrung mit China.«

Der Direktor überlegte einige Augenblicke. »Im Moment unternimmst du nichts, Amir. Verstanden?«

»Elef Ahuz«, tausendprozentig, antwortete Ophir, während er hinter dem Rücken bereits Retzachs Nummer auf seinem Handy eintippte.

Es hatte eine Zeit gegeben, dachte Maricruz, während sie neben Wendell Marsh auf dem Rücksitz eines gepanzerten Fahrzeugs saß, da hätte sie eine solche Konfrontation genossen. Ja, sie hätte sogar verlangt, dass ihr Vater sie anstelle ihres Bruders mitnahm, der kein besonderes strategisches Geschick besaß. Heute war es für sie nur noch eine ganz normale geschäftliche Angelegenheit. Ihr Leben spielte sich weit weg von Mexiko ab, und sie verfolgte ihre Pläne mit professioneller Sachlichkeit.

Die Männer hier in Mexiko erschienen ihr unglaublich unreif mit ihren Pistolen, Messern und Macheten, mit denen sie sich an Schwächeren und Wehrlosen vergriffen. Es machte sie wütend, dass sie immer wieder Frauen töteten. Allein in Ciudad Juárez waren seit 2008 Tausende Frauen und Mädchen verschwunden oder ermordet worden. Gewiss waren einige davon bei familiären Auseinandersetzungen ums Leben gekommen, doch die Mehrzahl fiel der Gewalt der Drogenkartelle zum Opfer.

Die Anführer der Kartelle wussten nichts von der Welt außerhalb der blutigen mexikanischen Grenzen. Sie kannten nur die Sprache der primitiven Gewalt. Dass ihr Vorgehen relativ leicht vorhersehbar war, machte sie um nichts weniger gefährlich. Ihre Waffen waren immer geladen, und der Finger immer am Abzug. Maricruz wusste, dass diese Leute nicht zögerten, jeden zu töten, der ihren Zorn auf sich zog. Sie waren nicht bloß gesetzlos, sondern auch unzivilisiert und primitiv.

Sie blickte durch das kleine quadratische Fenster hinaus. Das kugelsichere Glas war so dick, dass die Welt ihrer Kindheit, die an ihr vorbeizog, nur eine entfernte Ähnlichkeit mit ihren Erinnerungen aufwies.

Ihre Hand ging an den Griff der Bersa Thunder Kaliber .380, die sie in einem Holster an der Taille trug. Eine kleinere Pistole – eine Fünfundzwanziger – war am rechten Bein oberhalb des Schuhs befestigt. Alles in allem war sie stärker bewaffnet als ein römischer Legionär, der in die Schlacht zog.

Es war tatsächlich ein Schlachtfeld, wohin sie sich begab. Sie hatte Felipe Matamoros angerufen, den Chef von Los Zetas, jenen Drogenbaron, mit dem sie sprechen musste. Das Golfkartell war von den Zetas dermaßen dezimiert worden, dass es kaum noch eine Rolle spielte, und Sinaloa, das zahlenmäßig immer noch größte Kartell, wurde von den Zetas seit Monaten auf seinem angestammten Territorium zurückgedrängt. Es war nur noch eine Frage der Zeit, bis Raul Giron, der Chef von Sinaloa, seine Macht ganz verlieren würde. Den paramilitärischen Strategien der Zetas konnten die anderen Drogenbarone nichts entgegensetzen. Nachdem sie Marsh von ihrem Vorhaben in Kenntnis gesetzt hatte, war ein Trupp von fünfzehn schwer bewaffneten Männern beim Haus ihres Vaters eingetroffen, die sie zu dem gepanzerten Fahrzeug geleiteten, mit dem sie zu dem Ort fuhren, den Matamoros vorgeschlagen hatte.

»Warum hast du es getan?«, riss Marsh sie aus ihren Gedanken.

»Was getan?«, fragte sie geistesabwesend.

»Mich verführt.«

Sie sah ihn an und zuckte die Achseln. »Wie sollte ich sonst herausfinden, was für ein Mann du bist?«

»Du meinst, es war ein Test?«

»Ja, damit ich weiß, ob ich dich behalten oder feuern soll.«

Er schüttelte ungläubig den Kopf. »Ich wüsste nicht, was du …«

»Im Sex zeigen Männer Seiten an sich, von denen sie selbst nichts wissen. Du hast etwas in dir, das ich nicht aufgeben will.«

»Du meinst, ich kann dir nützlich sein.«

»So würde ich es nicht ausdrücken. Ich habe gespürt, dass ich dir vertrauen kann, dass du aus deinem Vergehen gelernt hast.«

»Das habe ich.«

»Gut, dann war unser kleines Erlebnis ein Erfolg« – bei ihrem Lächeln lief ihm ein Schauer über den Rücken – »für uns beide.«

Marsh starrte auf den Metallboden zwischen seinen Füßen. Sie spürte, dass ihm nicht wohl war bei dem, was sie vorhatten. »Du bist perfekt geeignet für die kleine Show, die wir abziehen werden«, beteuerte sie, um ihm jede Angst zu nehmen.

»Eine Show? So nennst du ein Treffen mit dem gefürchtetsten Mann in ganz Mexiko?«

Sie legte ihm die Hand auf den Unterarm. *»Cálmate, Juanito, por favor.«* Sie sah ihn mit ihrem gewinnenden Lächeln an. »Es ist alles vorherbestimmt. Die Macht meines Vaters beschützt uns besser als diese bewaffneten Männer.«

»Warum sind sie dann hier?«

Ihr Lächeln wurde noch breiter. »Machismo, Wendell, darum dreht sich schon mein ganzes Leben. Deshalb bin ich aus Mexiko weggegangen, und es ist immer noch so, dass man als Frau in diesem Land kein normales Leben führen kann. Aber heute komme ich als Weltbürgerin zurück. Davon verstehen Männer wie Matamoros nichts. Die Welt außerhalb Mexikos ist für sie ein einziges Rätsel. Sie wissen alles, was sie für ihre Welt wissen müssen, aber ihr Horizont ist begrenzt.«

»Matamoros ist anders«, wandte Marsh ein. »Er wurde in der mexikanischen Armee ausgebildet.«

»Und du glaubst, das Militär ist anders als die Kartelle?« Sie schüttelte den Kopf. »Höchstens in der Art der Kriegführung. Aber obwohl die Armee bessere Waffen und Hubschrauber hat und auch zahlenmäßig überlegen ist, hat sie keine Chance gegen die Kartelle, weil die einfach entschlossener sind. Sie zwingen dem mexikanischen Staat ihren Willen auf. Und ich biete ihnen einen Weg zu ihrem Ziel: Drogen und Geld. Hier in Mexiko geht es nur darum.«

Inzwischen hatten sie die nördlichen Bezirke des Distrito Federal erreicht. Sie bogen einige Male ab und folgten am Ende einer Straße schließlich einer gewundenen Auffahrt zu einem riesigen Haus im Stil einer mexikanischen Hazienda. Als ihr Fahrzeug zum Stehen kam, traten Männer aus dem Schatten der Palmen hervor, grimmig und offensichtlich bewaffnet, jedoch ohne drohende Gestik. Sie wirkten wie Statuen auf dem Gelände, doch Maricruz machte sich keine Illusionen. Im Handumdrehen konnten sie sich in scharfe Landminen verwandeln.

Der Wagen kam vor einem Säulenvorbau zum Stehen. Ihre Männer stiegen zuerst aus und blieben, ihrer Anweisung folgend, dicht beim Fahrzeug.

»Komm«, forderte sie Marsh auf, als sie ausstieg und das Territorium des Kartells betrat. Die Haustür war in dem charakteristischen Blau gestrichen, das die Mexikaner *azul* nennen. Sie schwang nach innen, und ein massiger Mann trat ihr entgegen. *Das muss Juan Ruiz sein,* dachte sie, einer von Matamoros' engsten Mitarbeitern. Er hatte die Statur eines Sumoringers und war nach ihren Informationen so gefährlich wie eine Klapperschlange.

Sie wusste, jedes Zögern würde ihr als Schwäche ausgelegt, deshalb schritt sie entschlossen zur Tür. Sie hatte gegenüber Marsh nicht übertrieben, als sie auf den Respekt hinwies, den ihr Vater bei diesen Leuten genossen hatte; was sie nicht erwähnt hatte, war ihr Nachteil als Frau in dieser primitiven, gewalttätigen Welt. Sie musste den Ruf ihres Vaters wahren – das hatte sie sich geschworen, als sie in Peking von seinem Tod erfuhr.

»Juan Ruiz?«, sagte Maricruz.

Der Hüne nickte fast unmerklich, als Maricruz auf ihn zutrat. Dann richteten sich seine harten Augen auf Wendell Marsh.

»Wer?«, sagte er. »Warum?«

Geschwätzigkeit konnte man dem Mann nun nicht vorwerfen. Das Reden würde wahrscheinlich Diego de la Luna übernehmen, Matamoros' zweiter enger Vertrauter.

»Juan Ruiz, es freut mich, Ihnen Wendell Marsh vorstellen zu dürfen.«

»Señor Matamoros hat von einer Person gesprochen. Ich sehe zwei.«

»Señor Marsh war der Berater meines Vaters und ist jetzt meiner. Er begleitet mich auf allen Wegen.«

Juan Ruiz schien die Augen zu schließen, als schliefe er im Stehen ein. In Wahrheit musterte er Marsh mit prüfendem Blick. Schließlich nickte er knapp und trat zur Seite, als Aufforderung, einzutreten.

Maricruz hatte das Gefühl, einen modernen Kaiserpalast zu betreten. Allein in dem riesigen Eingangsbereich war eine unglaubliche Fülle von Kristalllüstern, Beistelltischen mit Jaspisplatten, Marmorstatuen, Porzellantöpfen, aztekischen Jademasken, Elfenbeingegenständen, olmekischen Steinfiguren, Schnitzereien aus Walzähnen und antiken Uhren untergebracht. Eine majestätische Mahagonitreppe wand sich in den ersten Stock hinauf, mit einer Balustrade, die auch in Versailles nicht fehl am Platz gewirkt hätte.

»Waffen«, verlangte Juan Ruiz in seinem typisch einsilbigen Stil.

Maricruz händigte ihm ihre beiden Pistolen aus.

Juan Ruiz deutete mit seinem mächtigen Kinn auf Marsh. »Er?«

»Wendell ist nicht bewaffnet«, sagte sie.

Juan Ruiz legte ihre Pistolen auf die Jaspisplatte eines Beistelltisches.

»Arme hoch.«

Juan Ruiz filzte sie beide mit raschen, geübten Handgriffen. Er fand keine weiteren Waffen und führte sie über den Flur, durch einen Salon, eine Bibliothek und das Wohnzimmer, jeder Raum noch größer und prächtiger als der vorhergehende, als wären sie mit den verborgenen Schätzen der weltgrößten Museen eingerichtet worden. Als sie schließlich das Arbeitszimmer erreichten, war sie wie erschlagen von all den Kostbarkeiten, was wohl auch beabsichtigt war. Felipe Matamoros hatte ihr seine Macht und seinen Reichtum mehr als deutlich vor Augen geführt.

Er selbst stand mit dem Rücken zur Tür und blickte auf den anmutig geschwungenen smaragdgrünen Rasen hinaus, der zu einem glitzernden Pool führte. An einem Ende des Beckens rauschte ein Wasserfall herab, am anderen saß eine Schar junger, braun gebrannter Mädchen im Bikini. Eine hielt ein altmodisches Glas in der Hand, in dem sich, wie Maricruz vermutete, ein edler Tequila befand.

Nachdem Juan Ruiz sie ins Arbeitszimmer geleitet hatte, trat ein gertenschlanker Mann aus einem Winkel hervor und schritt ihnen über den dicken Perserteppich entgegen. Auch er hielt ein traditionelles Tequilaglas in der Hand.

»Señorita Encarnación«, sagte er, »darf ich Ihnen und Ihrem Begleiter einen Drink anbieten?«

»Inzwischen *Señora*«, erwiderte sie in neutralem Ton.

»Ah ja. Señora Ouyang, nicht wahr?«

»Mezcal«, sagte Maricruz mit einem ungekünstelten Lächeln, »für uns beide.«

»Sehr gern.«

Der schlanke Mann trat zu einem Sideboard. Matamoros stand weiter reglos am Fenster. Es schien, als würde er nicht einmal atmen.

»Ich bin immer noch die Tochter meines Vaters«, sagte Maricruz, während der schlanke Mann ihre Drinks einschenkte. »Immer noch eine Encarnación.«

Nun drehte Matamoros sich zu ihr um. Er sah auf eine etwas grobschlächtige Art gut aus. Seine Augen waren klar, dunkel und intelligent. Er hatte eine Adlernase und den Mund eines Jaguars. Seine Wangen waren mit Narben übersät.

»Das ist gut.« Seine tiefe Stimme war wie Donner, der durch ein Gebirgstal rollte. »Ihre Haut ist nicht gelb geworden, und Sie haben noch keine Schlitzaugen.«

»Da bin ich aber froh!«, rief Maricruz aus.

Matamoros' dünne bläuliche Jaguarlippen zuckten in einem angedeuteten Lächeln – leicht spöttisch, doch Maricruz ließ sich davon nicht beirren. Matamoros wollte sie bestimmt testen, um herauszufinden, wie stark sie war.

Der gertenschlanke Mann brachte ihnen ihre Drinks. »Ich habe Ihren Bruder getroffen, Señor de la Luna.«

Das leichte Zittern des Glases, das er ihr reichte, zeigte ihr, dass sie einen Treffer gelandet hatte.

»Meinen Bruder?« De la Luna brauchte einen Moment, um sich zu fassen.

»Elizondo de la Luna.« Sie nahm einen Schluck Mezcal und warf ihm einen Blick über den Rand des Glases hinweg zu. »Er ist doch Ihr Bruder, oder?«

De la Luna sah sie an, als hätte er gerade eine giftige Spinne in seinem Bett gefunden. »Wo sind Sie ihm begegnet?«

»In Manila.« Maricruz fragte sich, wie Manila sein mochte – sie hatte noch nie die Philippinen besucht. Über die richtigen Informationen zu verfügen war schon etwas Unschätzbares, dachte sie. Vor allem in Momenten wie diesem. »Sie und Elizondo haben sich wohl eine Weile nicht gesehen.« Sie genoss das Aroma des gereiften Agavenbrands am Gaumen. »Und auch nicht miteinander gesprochen.«

»Señora Encarnación«, schaltete sich Matamoros mit einem Raubtierlächeln ein. »Ich bin eigens aus Nuevo Laredo hergeflogen, um mich mit Ihnen zu treffen. Wir haben wichtige Dinge zu bereden.«

Maricruz nickte, ohne den Blick von de la Luna zu wenden. Er schien unter seiner dunkel getönten Haut erblasst zu sein.

»Manila«, fügte sie hinzu. »Dort hat Elizondo mit seinem Interpolteam eine illegale Pharmafabrik hochgehen lassen.« Ihr Blick wandte sich schließlich dem Chef von Los Zetas zu. »Zum Glück für Sie, Señor Matamoros, liegen Ihre geschäftlichen Interessen in Mexiko.«

Matamoros lächelte breit, was kein angenehmer Anblick war. »Ich komme über die Runden.« Er deutete auf zwei tabakfarbene Ledersessel. »Bitte.«

Maricruz wählte den Sessel mit dem Rücken zur Terrassentür. Matamoros setzte sich ihr gegenüber. Marsh und Juan Ruiz standen nebeneinander, als würden sie die beiden bewachen, während sich de la Luna in einen Winkel zurückzog.

»Ihr Vater war ein guter Mann«, sagte der Mexikaner. »Ich habe ihn respektiert. Mein aufrichtiges Beileid. Es ist tragisch, dass er nicht mehr da ist.«

»Sie sind meinem Vater nie begegnet.«

»Ich habe über einen Mittelsmann mit ihm Geschäfte gemacht.«

»Tulio Vistoso. Der Azteke.«

Matamoros neigte den Kopf. »Er wollte es so.«

»Vistoso ist ebenfalls tot«, sagte Maricruz. »Und Sie haben sich seine Organisation angeeignet.«

»Nun …« Matamoros breitete die Hände aus. »Was hätte ich Ihrer Meinung nach tun sollen? Ohne den Azteken und die leitende Hand Ihres Vaters waren die Männer führungslos. Giron hatte ein Auge auf sie geworfen. Ich konnte sie nicht der Sinaloa in die Hände fallen lassen.« Er leerte seinen Drink und stellte das Glas auf den Beistelltisch. »Dummerweise ist die Familie Encarnación damit nicht mehr in der Welt der Kartelle vertreten.«

Maricruz hatte gewusst, dass dieser Moment kommen würde. »Dummerweise haben Sie dadurch keinen Zugang zu unseren Rohstoffen.«

»Ich habe meine eigenen Quellen.«

»Nicht direkt aus China. Sie benötigen eine Kette von Mittelsmännern, die alle von Ihrem Kuchen naschen und ihn beträchtlich verkleinern.«

»Das fällt nicht ins Gewicht.«

Maricruz wusste, dass er log, doch sie hatte auch nicht die Wahrheit von ihm erwartet. Jedenfalls nicht in diesem Punkt.

»Ich frage mich, wie hoch die Kosten für Ihr Methgeschäft sind. Meth ist die Zukunft, deshalb sollte dieser Zweig kräftig wachsen.«

Matamoros schwieg einige Augenblicke und überlegte offenbar, wie er ihrem Argument begegnen sollte.

Sie wartete nicht auf eine Antwort. »Meth wäre einträglicher, wenn die Kosten nicht so hoch wären, stimmt's?« Sie nippte an ihrem Drink. »Ich habe direkten Zugang zu den erforderlichen Rohstoffen, eine schier unerschöpfliche Quelle.«

»Ihr Mann.«

»Gehört dem chinesischen Politbüro an. Ein immenser Vorteil, wie Sie sich denken können.«

»In der Tat, Señora Encarnación, das kann ich mir sehr gut vorstellen.« Matamoros nickte.

De la Luna trat aus seinem dunklen Winkel hervor, eine 9-mm-Pistole in der Hand. Er richtete sie auf Wendell Marsh.

»Es ist gut, dass Sie Ihren *Abogado* mitgebracht haben«, sagte Matamoros. »Gut für mich, nicht für Sie. Sie werden mir jetzt alles geben, was ich brauche, jeden Vorteil, den Ihr Kartell genossen hat, sonst stirbt dieser Mann.«

ZEHN

Bourne stieß den Toten zur Seite und sah durch das Fenster eine Gestalt flüchten. Er sprang auf den Fenstersims und auf das schräge Dach hinaus. Die Dachziegel waren tückisch glatt, und er schlitterte auf die Dachkante zu. Vor sich sah er einen schmalen Spalt zwischen den Häusern, darunter verlief die Gasse, die er durch das Fenster im Flur gesehen hatte.

Er nahm seine ganze Energie zusammen, sprang über den Spalt und hielt sich an den Antennen auf dem Dach gegenüber fest. Dann folgte er der flüchtenden Gestalt, die bereits den First überquert hatte und aus seinem Blickfeld entschwunden war.

Vom Dachfirst aus erkannte er, wohin sich die Gestalt wandte, und glaubte, den Weg abkürzen zu können. Er sprintete schräg hinunter und sprang auf das nächste Dach, sodass sein Weg ungefähr parallel zum Flüchtenden verlief. Der Killer wollte offensichtlich einen ganz bestimmten Ort erreichen.

Bourne stellte fest, dass er auf den schlüpfrigen Ziegeln leichter vorankam, wenn er seinen Schwerpunkt möglichst niedrig hielt. Dennoch holte er kaum auf – der Flüchtende bewegte sich extrem flink über die Dächer, die er vermutlich gut kannte.

Halb laufend, halb rutschend überquerte Bourne die steilen Dächer und übersprang die schmalen Gassen, in denen es nach Müll und Tierkadavern stank, doch der Unbekannte vor ihm schien nicht müde zu werden.

Er erhaschte einen kurzen Blick auf das Gesicht des Flüchtenden, als er sich nach seinem Verfolger umsah, ehe er die Dachschräge hinunterglitt und hinter der Kante verschwand. Bourne hetzte hinterher und landete im dichten Gedränge eines Marktes mit Obst- und Gemüseständen und Verkäufern, die DVD-Raubkopien von amerikanischen Filmen anboten.

Der Flüchtende schlüpfte zwischen den Ständen hindurch und schlängelte sich geschickt durch die Menge der Einkäufer. An der nächsten Ecke bog er ab, und Bourne verlor ihn aus dem Blick. Als er nach oben schaute, sah er eine kleine Gestalt an einem Regenrohr hochklettern wie ein Affe.

Er erkannte, dass das Rohr sie nicht beide tragen würde, lief in das Haus und sprintete die Treppe hinauf. Im obersten Stockwerk stürmte er durch eine Tür, durchquerte den Raum unter den Schreien der erschrockenen Bewohner, zertrümmerte das Fenster und hielt sich am Dachvorsprung fest.

Er schwang die Beine hinauf, kletterte auf das Dach und sah den Flüchtenden bereits zwei Häuser weiter. Bourne sprang auf das nächste Dach, bekam ein Lüftungsrohr zu fassen und katapultierte sich mit einem mächtigen Satz auf das Dach, auf dem sich auch der Flüchtende befand, der sich erneut kurz umblickte. Plötzlich erstarrte der Unbekannte, stieß einen leisen Schrei aus und begann am ganzen Leib zu zittern.

Mit einem Satz war Bourne bei ihm, packte ihn um

die erstaunlich schmale Taille und drehte ihn herum. Vor sich sah er eine klein gewachsene junge Frau, höchstens zwanzig Jahre alt.

Ihr Gesicht war schmerzverzerrt, und als Bourne hinunterblickte, sah er, dass ihr rechter Fuß in den stählernen Zähnen einer Bärenfalle steckte.

»Wirklich?«, sagte Maricruz. »Ist das die Art, wie Sie die Sache regeln wollen?«

»Gibt es denn eine andere?«, erwiderte Matamoros. »Das Altbewährte funktioniert immer wieder, Señora Encarnación. Was gestern gegolten hat, das gilt auch heute.«

Ohne ein weiteres Wort stand Maricruz auf und trat zu Marsh.

»Sie können mir nicht drohen, stimmt's, Wendell?«

»Nein«, sagte er.

Mit einem raschen verächtlichen Blick auf de la Luna knallte sie Marsh das schwere Glas ins Gesicht. Er taumelte verwirrt, und sie zog einen kleinen Dolch zwischen ihren Brüsten hervor und stieß ihm die Klinge in den Hals.

Sie trat einen Schritt zurück, obwohl kaum Blut floss. Marsh sank auf den Teppich nieder. Einige Augenblicke hörte man ein schreckliches Gurgeln, als Marsh Luft zu holen versuchte. Maricruz blickte mitleidlos auf ihn hinunter. Wer einmal betrogen hatte, dem konnte man nicht mehr trauen. Doch jetzt hatte er seinen Zweck erfüllt, er hatte Wiedergutmachung geleistet.

Schließlich hörte sein Zucken auf. Maricruz blickte zu Matamoros auf, der aus dem Sessel gesprungen war und breitbeinig, kampfbereit dastand.

»Na los«, winkte sie ihn heran. »Das wollten Sie doch von Anfang an, oder?«

»Ich heiße Yue«, sagte die junge Frau atemlos.

»Wie kommt eine Bärenfalle hier auf das Dach?«

Bourne sah, dass sie große Schmerzen haben musste; die Zähne der Falle hatten sich bis zum Knochen ins Fleisch gegraben.

»Früher wurden damit Sonnenbären gejagt.« Yue atmete tief durch, um die Schmerzen unter Kontrolle zu halten. »Das ist jetzt illegal, deshalb legen manche die Fallen auf den Dächern ihrer Häuser aus.«

Bourne riss einen Dachziegel heraus und drückte ein Ende gegen eine Seite der Falle, klemmte einen Fuß zwischen die stählernen Zähne und drückte sie Millimeter für Millimeter auseinander, bis Yue ihr Bein herausziehen konnte. Im nächsten Augenblick brach der Ziegel, die Falle schnappte erneut zu, und Bourne konnte seinen Fuß gerade noch in Sicherheit bringen.

Yue versuchte, mit ihrem verletzten Fuß aufzutreten.

»Scheiße!«

Bourne fing sie auf, als sie stürzte. Er trug das federleichte Mädchen bis zur Dachkante. Unter ihnen in der Gasse türmten sich riesige Müllsäcke.

»Halt dich fest«, sagte Bourne und sprang.

Er hielt sie schützend im Arm, als sie auf den Säcken landeten, und Bourne rollte sich über die Schulter ab, um den Sturz abzufedern.

Ihre Waffe rutschte ihr aus der Tasche. Rasch griff sie danach, doch er riss sie ihr aus der Hand. Damit hatte sie dem Polizisten in den Hals geschossen.

»Woher haben Sie die?«

Yue setzte sich auf den Müllhaufen, verschränkte die Arme vor ihrer knochigen Brust und funkelte ihn kämpferisch an.

Bourne versuchte es anders. »Warum haben Sie den Polizisten umgebracht?«

Sie warf den Kopf zurück und lachte. Es war ein echtes Lachen tief aus dem Bauch.

Als sie ihn zu beschimpfen begann, packte er sie an den zarten Handgelenken und zog sie zu sich. »Ich spreche deine Sprache«, sagte er im Shanghai-Dialekt. »Lass den Unsinn.«

Sie schob trotzig die Unterlippe vor. Sie war zwar klein und schmächtig, aber wieselflink. Bourne fragte sich, ob sie im Denken genauso schnell war.

»Warum waren Sie bei Wei Wei?«, fragte sie schließlich.

»Er wollte, dass ich zu ihm komme.«

»Warum?«

Bourne musterte sie einen Augenblick. »Er hatte mir etwas zu sagen.«

»Ich glaube Ihnen nicht. Wei Wei hätte nie vorgeschlagen, dass Sie zu ihm nach Hause kommen.«

»Warum nicht?«

»Seine Wohnung war ihm heilig«, sagte Yue. »Er hat sie nie für solche Treffen benutzt.«

Bourne dachte an die Nachricht, die er in dem Restaurant erhalten hatte. »Verschwinden wir von hier. Kennen Sie jemanden, der sich um Ihr Bein kümmern kann?«

»Meine Mutter hat mir beigebracht, nicht mit Fremden zu sprechen«, erwiderte Yue.

Bourne seufzte, zog den Zettel mit Wei Weis Nachricht hervor und hielt ihn ihr hin. »Ist das Wei Weis Handschrift?«

Sie riss ihm das Papier aus der Hand und faltete es auseinander. »Wei Wei hat das nicht geschrieben«, sagte sie und gab ihm den Zettel zurück. »Aber das überrascht mich gar nicht.«

»Wie meinen Sie das?«

»Der Mann, den ich getötet habe, war kein Polizist. Er war ein Killer und hatte den Auftrag, Wei Wei umzubringen. Sie haben ihn ertappt, bevor er die Wohnung verlassen konnte. Ich bin ihm zum Haus gefolgt, aber er war schneller. Ich konnte ihn nicht mehr aufhalten. Dann sind Sie aufgetaucht.«

»Jedenfalls habe ich ihn lange genug abgelenkt, dass Sie einen sauberen Schuss anbringen konnten«, stellte Bourne fest.

Sie blickte zur Seite.

»Für wen arbeiten Sie?«

Wieder warf sie ihm einen giftigen Blick zu. »Sie sagen, Sie wollten sich mit Wei Wei treffen.«

»Das stimmt. In einem Teehaus.« Er nannte ihr den Namen und die Adresse.

Ihr Blick war nicht mehr ganz so misstrauisch. »Was hätten Sie zu ihm gesagt, wenn Sie sich getroffen hätten?«

Bourne zögerte nur eine Sekunde, dann nannte er den Erkennungscode, den ihm der Direktor mitgegeben hatte.

Etwas Dunkles und Gefährliches verschwand aus ihren Augen.

»Okay.« Ihr Ton war nüchtern und knapp. »Bringen Sie mich zu Tak Sin. Er wohnt gleich um die Ecke.«

»Steck die Waffe weg«, sagte Matamoros zu de la Luna, ohne Maricruz aus den Augen zu lassen. »Du und Juan Ruiz, macht euch nützlich.« Er deutete zum Pool hinaus. »Plaudert mit den Mädchen, sie scheinen sich zu langweilen.« Er schnaubte verächtlich. »Und nehmt dieses Stück Scheiße mit, bevor er mir den ganzen Teppich versaut.«

Als die beiden draußen waren, entspannte sich Matamoros mit einem Seufzer, kickte ihr heruntergefallenes Glas in die Ecke und ging zum Sideboard, um ihnen beiden einen großzügig bemessenen Tequila einzuschenken.

»Ihr Vater hat Sie gut erzogen«, sagte er, als er sich ihr zuwandte.

Maricruz wischte das Blut von der Klinge und steckte das Messer weg. »Mein Vater hat damit nichts zu tun.«

»¡Ay de mí!« Er reichte ihr den Drink. *»Cálmate, mi princesa guerrera. Usted ha ganado la batalla.«* Ruhig Blut, meine Kriegerprinzessin. Sie haben die Schlacht gewonnen.

Er hob das glitzernde Glas, und sie stießen an und nahmen einen kräftigen Schluck. Matamoros seufzte. »Offen gesagt bin ich froh, dass Sie so sind. Eine Kämpferin, genauso tödlich wie meine Männer, aber viel listiger.«

»Ich glaube Ihnen nicht.«

Er schüttelte lachend den Kopf. »*Mujer*, ich bin noch nie einer Frau wie Ihnen begegnet. Ich will mit Ihnen ins Geschäft kommen. Ist das immer noch nicht ehrlich genug?«

»Das Erbe meines Vaters ist mir sehr wichtig.«

Matamoros zog die Stirn kraus und wirkte zum

ersten Mal ein wenig verwirrt. »Spielt Geld denn überhaupt keine Rolle?«

»Sie verstehen gar nichts.«

»Bitte.« Er hob sein Glas erneut. »Klären Sie mich auf.«

Sie schwieg, und sein Stirnrunzeln wurde noch tiefer, bis er schließlich nickte, so als wäre ein Schleier gelüftet worden. »Ich verstehe. Sie halten es für Zeitverschwendung, mit mir zu sprechen.«

Er drehte sich um und ließ sich auf dem Sessel nieder, auf dem sie gesessen hatte. Die Sonnenstrahlen fielen über seine Schulter herein und hüllten seinen Kopf in ein goldenes Licht. »Sie irren sich, wenn Sie mich für einen ignoranten Einfaltspinsel halten.«

Sie setzte sich ihm gegenüber. »Klären Sie mich auf.«

Sein seltsames Jaguarlächeln wirkte nach ihrer Konfrontation nicht mehr gefährlich, nur noch markant. »Als Kind war ich einmal schwer krank. Meine Familie lebte damals in einem kleinen Dorf in den Bergen. Wir wohnten in einer Hütte mit Lehmboden, und mein Vater arbeitete zwölf Stunden am Tag. Als er starb, war seine Lunge so schwarz wie die Kohle, die er aus der Mine grub.

An dem Tag wurde ich krank. Ich war zehn und bekam ganz plötzlich hohes Fieber. Niemand wusste, was mit mir los war, weder der Dorfdoktor, der mir Kräuter verschrieb, noch die alten Frauen, die es mit beschwörenden Formeln versuchten. Niemand.

In der zweiten Woche wurde ich immer schwächer. Da nahm mich meine ältere Schwester Marissa und ging mit mir zum Fluss. Sie trug mich auf den Armen und watete mit mir ins Wasser. Es gab da eine Stelle, die sie besonders mochte, wie ein rundes Becken außerhalb der Strömung. Dort badete sie mich in dem klaren, kalten Wasser.

Stundenlang hielt sie mich in den Armen. Ich erinnere mich an die Wolken, die über mir vorüberzogen. Sie sahen aus wie große Fabelwesen, die über mich wachten. Ich hörte die Rufe der Vögel wie aus weiter Ferne, wie in einem Traum.

Die Sonne ging unter, und sie wiegte mich immer noch sanft im Arm. In der Dunkelheit sang sie für mich. Der Mond kam hervor, und ich starrte in ihr Gesicht und hielt es für den Mond. Dann muss ich eingeschlafen sein. Das Nächste, an das ich mich erinnere, war der Sonnenaufgang, und Marissa sah mich an und sagte: ›Schau an, Junge, du lächelst ja.‹

Am selben Tag, vielleicht war es auch der nächste Tag, ich weiß es nicht mehr genau, aß ich zum ersten Mal nach zwei Wochen wieder eine richtige Mahlzeit. Marissa sah mir in die Augen und sagte: ›Du wärst beinahe gestorben … weil dir niemand helfen konnte, weil die Menschen zu wenig wissen. Merk dir, mein Junge, je mehr du weißt, umso besser kannst du dich schützen.‹ Nie habe ich vergessen, was sie damals zu mir gesagt hat. Verstehen Sie, meine Schwester ist eine Göttin. Von diesem Tag an habe ich jede Gelegenheit zum Lernen genutzt, die sich bot.«

Matamoros trank sein Glas leer. »Kommen Sie. Besprechen wir bei einem Festmahl, wie wir gemeinsam das Erbe von Maceo Encarnación am Leben erhalten können.«

ELF

Retzach traf in Shanghai ein und ging sofort an die Arbeit. Er war mit siebzehn vom Mossad rekrutiert worden. Drei Jahre später wurde er für die Mitarbeit in der Spezialabteilung Metsada ausgewählt. Einen Namen innerhalb des Kidon-Teams machte er sich, als er den Leiter des syrischen Atomprogramms tötete, mit Schüssen von einem Boot aus, während die Zielperson sich am Strand von Tartus sonnte. Er festigte seinen Ruf, indem er in Damaskus Imad Mughniyya, einen der Führer der Hisbollah, ausschaltete, der an dem Bombenanschlag auf die US-Botschaft in Beirut im Jahr 1983 beteiligt war. Er zündete mit seinem Handy einen Sprengsatz, den er in Mughniyyas Auto platziert hatte.

Dieser Auftrag war für Retzach von besonderer Bedeutung gewesen, weil sein Bruder als Verbindungsoffizier in der amerikanischen Botschaft tätig gewesen und bei dem Anschlag ums Leben gekommen war. Rache war eine Sache der Familienehre, weshalb Amir Ophir, der damals neu ernannte Leiter der Metsada, Retzachs Wunsch erfüllte, den Auftrag zu erhalten. Ophirs zweiter Grund war, Retzach damit für alle Zeit an sich zu binden. Retzach war das auch sehr schnell bewusst, als Ophir ihm einen inoffiziellen Mordauftrag erteilte. Ihm machte das nichts aus – im Gegenteil, es freute ihn sogar. Der Mossad war wie eine Familie, und ganz besonders galt das für die Metsada. Dass Ophir ihn wie einen Sohn behandelte, war für ihn eine hohe Ehre.

Auf der Fahrt vom Flughafen in die Stadt rief Retzach seine lokalen Kontakte an, wie er sie in jeder größeren Stadt hatte. Keiner von ihnen wusste, dass er Israeli war, geschweige denn, vom Mossad. Er bezahlte diese Leute aus seiner eigenen Tasche; nicht einmal Ophir wusste von ihrer Existenz. Geld war für ihn nur insofern wichtig, als er damit wertvolle Informationen kaufen konnte. Materielle Dinge interessierten ihn nicht. Er war einmal verheiratet gewesen und hatte ein etwas sonderbares Kind, das er einmal im Jahr sah.

Er war selbst als Kind etwas eigen gewesen. Später, nachdem er viel gelesen hatte, wurde ihm klar, dass es ihm an Empathie fehlte. Dass das eine Definition für einen Psychopathen war, störte ihn nicht besonders. Ärzte und Akademiker lebten in einer anderen Welt als er, einer rundum behüteten Welt. Was wussten sie schon von den Erfordernissen seines Lebens?

Nachdem er fürs Erste genug Informationen gesammelt hatte, stieg er in der belebten Shanxi-Nan-Straße in Huangpu aus dem Taxi und ging zum Dongbei Ren, einem vollen, lauten Restaurant, das bei Einheimischen und Touristen gleichermaßen beliebt war. An einem großen runden Tisch fand er einen freien Platz zwischen einer chinesischen Familie und einem dicken Einheimischen.

»Was soll ich bloß bestellen?«, fragte Retzach, während er die umfangreiche Speisekarte überflog.

»Probieren Sie die Betrunkenen Shrimps«, riet der fette Shanghaier.

»Ich bin allergisch gegen Shrimps«, erwiderte Retzach, ohne aufzublicken.

»Schade«, sagte der Dicke. »Die sind so frisch, dass sie sich noch winden, wenn Sie sie in den Mund stecken.«

Retzach bestellte gefüllte Teigtaschen, Lammschenkel und eine Kanne Chrysanthementee. Dann legte er die Speisekarte beiseite. »Haben Sie ihn gesehen?«, fragte er seinen Sitznachbarn.

Der Dicke warf einen Blick auf das Foto von Bourne, das Retzach ihm auf sein Handy geschickt hatte. »Nein«, antwortete der Mann. »Aber es kommt jemand hierher, der ihn gesehen hat.« Er erhob sich mit einem lauten Rülpser, und Essensreste flogen von seinem breiten Schoß. »Bis dahin genießen Sie das Essen, aber Vorsicht – es schmeckt so gut, dass Sie sich ins Koma fressen können.«

Retzach lachte, und als die Teigtaschen gebracht wurden, häufte er eine scharfe Sauce darüber, griff nach den Stäbchen und ließ es sich schmecken.

Tak Sin besaß eine Apotheke, wie man sie nur hier in China kannte. Zu beiden Seiten waren hölzerne Schubladen mit zahllosen Kräutern gefüllt, daneben gab es gemahlenes Rhinozeroshorn, Tigerzähne, getrocknete Bärentatzen und dergleichen mehr. Der Laden war lang und schmal angelegt und so dunkel wie ein U-Bahn-Tunnel.

Als Bourne mit Yue in den Armen eintrat, blickte eine alte Frau von dem Abakus auf, mit dessen Hilfe sie etwas ausgerechnet hatte. Sie stieß einen Fluch aus und verschwand im Hinterzimmer. Augenblicke später kam ein relativ dünner Mann mit Kugelbauch, weißem Bart und wässrigen Augen in Pantoffeln herausgeschlurft.

Er begutachtete Yues Wunde durch seine dicken runden Brillengläser und sah Bourne vorwurfsvoll an. Schließlich verzog er das Gesicht, drehte sich um und bedeutete ihm, mitzukommen. Sie betraten die hinteren Räume, die im Gegensatz zum eigentlichen Laden hell erleuchtet und makellos sauber waren.

Mit einer knappen Geste wies Tak Sin Bourne an, die junge Frau auf einen langen Tisch zu legen.

»Dieser Mann hat mich gerettet, Onkel«, sagte sie. »Er spricht unsere Sprache.«

»Ach ja?«, sagte Tak Sin, ohne Bourne anzusehen, und begann, die Wunde am Knöchel zu reinigen und zu desinfizieren. »Wo bist du da nur wieder reingeraten, kleine Schwester?«

Sie lachte und verzog gleich darauf das Gesicht, als ein stechender Schmerz durch ihr Bein fuhr.

Tak Sin schüttelte den Kopf. »Ich hätte dir den Passiflora-caerulea-Extrakt nicht geben sollen.«

»Blausäure«, bemerkte Bourne.

Tak Sin nickte. »Wissen Sie, ich habe nun mal eine Schwäche für die kleine Schwester hier.«

Nachdem er die Wunde gereinigt hatte, legte er ihr einen Verband an, der mit einem aus Kräutern hergestellten Antibiotikum imprägniert war. Er lächelte achselzuckend. »Was soll man machen?«

Bourne nahm Yue an der Hand und half ihr dabei, sich aufzusetzen. »Wer war der Mann, den Sie erschossen haben?«

»Ein professioneller Killer.«

»Wer hat ihn angeheuert?«

»Ein Mann aus Peking, der aber seit einer Woche hier in der Stadt ist. Oberst Sun.«

Bourne sah sie überrascht an.

»Sie kennen Sun?«, fragte sie.

»Wir hatten schon öfter miteinander zu tun«, sagte Bourne nachdenklich. »Warum hatte er es auf Wei Wei abgesehen?«

»Ich weiß es nicht.« Yue sprang vom Tisch. Der verletzte Knöchel gab unter ihr nach, und Bourne stützte sie, während sie sich an der Tischkante festhielt. Sie sah ihn an. »Aber ich kenne jemanden, den Sie vielleicht fragen können.«

»Sie haben ein Problem«, stellte Maricruz fest und schob einen Teller mit Shrimpsschalen beiseite. »Ein ernstes Problem.«

Felipe Matamoros wischte sich das Fett von den Lippen. »Welches?«

»MEL Petroservicios.«

Er lehnte sich zurück, seine steinerne Miene verriet keine Regung.

Maricruz wusste jedoch, dass sie ins Schwarze getroffen hatte. »Die Amerikaner haben MEL aus dem Verkehr gezogen.«

»Und was hat das mit mir zu tun?«

»Machen wir uns doch nichts vor. Sie haben die Ölfirma benutzt, um Ihre Gewinne zu waschen. Jetzt wissen Sie nicht mehr, wohin damit.«

»Ich sehe schon, Sie sind besser informiert, als ich dachte, *mi princesa.*« Er legte den Kopf auf die Seite.

»Aber wir kommen trotzdem ganz gut zurecht. Wir sind diese Scheiße von den Gringos gewohnt. Das Leben ist nun mal Scheiße in Mexiko. Hier hat das Leben keinen Wert. Glauben Sie, wir sind die Einzigen im Drogengeschäft? Nein, *mujer.* Die Polizei und die Armee mischen genauso mit, auch die Wirtschaftsbosse und am allermeisten die Politiker, die bei mir mitnaschen, während sie in der Öffentlichkeit ihre Phrasen dreschen.«

Er breitete die Hände aus. »Und jetzt sagen Sie mir, was werden Sie für mich tun? Bieten Sie mir die Firma für Internet-Sicherheit Ihres Vaters an, um unser Geld zu waschen?«

»Sicher nicht. SteelTrap ist hundertprozentig legal, und das soll auch so bleiben.«

»Dann verstehe ich nicht …«

»Kunst, Señor Matamoros. Die neue Oberschicht in China ist scharf darauf, Geld auszugeben, um sich erfolgreich zu fühlen.« Sie blickte sich in dem luxuriösen Raum mit all den wertvollen Kunstgegenständen aus der mexikanischen Vergangenheit um, ehe sie sich wieder ihm zuwandte. »So erbärmlich es ist, aber so stehen die Dinge nun einmal im Reich der Mitte.«

»Ich stamme aus ärmlichen Verhältnissen, *mujer.* Aus meinem Blickwinkel sieht die Welt ganz anders aus.«

»Das mag schon sein.« Sie deutete auf die kostbaren Stücke, von denen sie umgeben war. »Aber ist das wirklich alles, was ein ehrgeiziger Mann hinterlassen will? Meinen Sie nicht auch, dass er sich größere Ziele setzen sollte?«

»Sprechen Sie weiter«, sagte Matamoros nach einem Moment des Schweigens.

»Der Vorteil an der Sache ist, dass anders als im Westen der chinesische Kunstmarkt völlig undurchsichtig ist. Echte Kunstwerke vermischen sich mit Fälschungen, und keiner erkennt den Unterschied. Beides wird für extrem hohe Preise gekauft und noch teurer wieder verkauft.«

»Also nehmen Sie das Geld der Zetas, kaufen damit Kunst in Peking, verkaufen sie an reiche Chinesen und bringen das Geld für ein Honorar wieder zu uns zurück.«

»Fünfzehn Prozent«, sagte Maricruz. »Plus fünfzig Prozent des Gewinns bei jedem Verkauf. Und glauben Sie mir – es wird ein satter Gewinn herausspringen.« Sie lächelte, und ihre Augen leuchteten. »Es ist absolut sicher. Und das Beste ist, die Amerikaner können Ihnen nichts anhaben.«

Matamoros stand auf und ging im Zimmer auf und ab, berührte da und dort eine aztekische Skulptur, als würde sie zu ihm sprechen und ihn bei seiner Entscheidung beraten. Schließlich wandte er sich wieder ihr zu. »Wenn ich Ja sage, müssen auch noch fünf andere zustimmen.«

»Euer Schwarmdenken. Das verstehe ich voll und ganz.«

Sein Gesichtsausdruck verfinsterte sich. »Wir sind vor allem Elitesoldaten, *mi princesa*, auch wenn wir nicht mehr der mexikanischen Armee angehören. Wir haben dort die Kriegskunst gelernt und bei unserem Ausstieg moderne Waffen und wichtige Kontakte mitgenommen. Wir sind zu sechst und operieren als Team. Das macht uns so stark, so unverwundbar.«

»Dann bringen Sie mich zu den anderen Teammitgliedern. Ich werde sie überzeugen, so wie ich Sie überzeugt habe.«

Er lächelte und nahm eine Zigarre aus einem kunstvoll geschnitzten Humidor. Er bot sie ihr an, steckte sie, als sie ablehnte, selbst in den Mund und nahm sich viel Zeit, um sie anzuzünden und den blauen Rauch in die Luft zu blasen. »Nach dem viel zu frühen Tod Ihres Vaters müssen Sie die Zusammenarbeit mit den Kartellen weiterführen – eine Aufgabe, die Ihnen bestimmt nicht leichtfällt. Schließlich sind Sie nicht in diesem Geschäft zu Hause. Sie haben normalerweise mit Politikern, Wirtschaftsbossen und Künstlern am anderen Ende der Welt zu tun. Jeder Tag, den Sie hier verbringen, ist gefährlich, daran muss ich Sie wohl nicht erinnern.«

»Ich bezweifle, dass Sie mir Angst machen können, Señor Matamoros.«

»Felipe, *por favor.*« Er neigte den Kopf zurück und blies den Rauch an die Decke seines riesigen Speisezimmers. »Sie haben natürlich recht. Und es ist auch gar nicht meine Absicht, Ihnen Angst zu machen. Ich muss Sie aber vor meinen Partnern warnen. Sie sind einfache, brutale Männer und vielleicht nicht so empfänglich für Ihren Charme. Ich weiß auch nicht, ob sie Ihre Vorschläge so klug und interessant finden wie ich.«

»Überlassen Sie das ruhig mir.«

»Jetzt beleidigen Sie mich. Sie sind hier mein Gast. Wenn wir diese Reise unternehmen, stehen Sie natürlich unter meinem Schutz. Ich bin für Ihr Wohlergehen verantwortlich.«

Diese Zusicherung war genau das, was sie hören wollte. Jetzt war es Zeit, ihn mit ihrem ganzen Plan zu konfrontieren. »Das weiß ich zu schätzen, Felipe. Aber wenn wir uns schon mit Ihren Partnern treffen, sollten wir auch den Chef der Sinaloa mit einbeziehen.«

Matamoros blieb wie angewurzelt stehen. *»¡Mujer, por favor!«*

»Das ist mein voller Ernst, Felipe.«

»Sie schlagen vor, dass wir uns mit unseren Todfeinden zusammensetzen. Das ist Wahnsinn. Wir gewinnen den Krieg gegen sie sowieso. Und dann …«

»Ja, irgendwann. Wie viele Männer werden Sie in diesem Kampf noch verlieren, bis es so weit ist?« Maricruz lächelte immer noch, doch in ihrem Herzen breitete sich etwas Dunkles aus. Sie hatte keine Freunde hier und würde auch nie welche haben. Doch sie würde hier in Mexiko etwas bewirken, davon war sie überzeugt. »Hören Sie mir zu. Bedenken Sie die hohen Verluste, die Sie und die Sinaloa einander noch zufügen werden. Und die Zeit und Energie, die Sie jetzt schon besser dafür verwenden könnten, Geld zu machen.«

Ihre Augen suchten seine, um die Wirkung ihrer Worte zu beobachten. »Was glauben Sie, warum der Präsident so gut wie nichts gegen Sie unternimmt? Weil Sie unverwundbar sind? Das mag auch eine Rolle spielen, aber ich glaube, es gibt noch einen anderen Grund. *El Presidente* lehnt sich in seinem goldenen Sessel zurück und verfolgt geduldig, wie Sie und die Sinaloa sich gegenseitig schwächen. Dann schickt er seine Panzer und Helikopter und lässt sich als Triumphator über das organisierte Verbrechen feiern, als der Mann, dem es gelungen ist, die geschwächten Kartelle zu zerschlagen.

Aber wenn ihr euch zusammentut, entsteht ein Kartell,

das nichts und niemanden mehr zu fürchten braucht. Wir müssen das Blutvergießen hinter uns lassen und endlich im einundzwanzigsten Jahrhundert ankommen. Überlegen Sie doch, was das für ein Triumph für Sie wäre, Felipe.«

Eine Weile war es still im Raum, dann brach Matamoros in schallendes Gelächter aus. Er schien gar nicht mehr aufhören zu können, bis er sich schließlich über die feuchten Augen wischte. »*¡Ay de mí!* Sie haben eine goldene Zunge, *mujer*. Sie könnten einem Schäfer Wolle verkaufen. *Es la verdad.*«

»Trotzdem, Sie müssen die Entscheidung treffen.«

»Ich muss erst ein paar Gespräche führen.« Er deutete auf den Tisch. »Nehmen Sie sich Kaffee und alles, was Sie wollen.«

»Sie wissen, was ich will.«

Er lächelte und verließ den Raum, ein Aroma von kubanischem Tabak hinter sich herziehend. Maricruz dachte daran, Jidan anzurufen, doch die Gefahr, abgehört zu werden, ließ sie darauf verzichten. Stattdessen begnügte sie sich mit ausschweifenden erotischen Fantasien.

Zwanzig Minuten später kehrte Matamoros zurück. Er sagte nichts, sondern nickte ihr nur zu.

Maricruz verspürte tiefe Erleichterung, aber zugleich das kribbelnde Gefühl des Aufbruchs. Deswegen war sie hergekommen, dafür war sie geboren: um neue Bande zu knüpfen, neue Bündnisse zu schmieden, die alles in den Schatten stellten, was ihr Vater erreicht hatte.

»Wir schreiten vorwärts, Felipe.« Sie streckte die Rechte aus und schüttelte seine harte, schwielige Hand. »Die Zukunft gehört uns.«

Yue führte Bourne durch die engen, belebten Straßen von Huangpu. Ihr Hinken ließ immer mehr nach, und sie schlug sein Angebot, sie zu stützen, aus. Sie waren bereits eine halbe Stunde unterwegs, ohne dass sie eine Pause eingelegt hätte.

Schließlich betrat sie mit ihm ein kleines, aber elegantes Perlengeschäft, das eher in das aufstrebende Wirtschaftsviertel Pudong auf der anderen Seite des Flusses zu passen schien. Doch vielleicht war genau das sein Geheimnis, denn das Geschäft war voll mit Touristen, die erstklassige Perlen zu einem günstigeren Preis erstehen konnten als in den teuren Läden am Bund. Das Geschäft hatte Sam Zhang gegründet, der etwas außer Atem war, nachdem er eben erst zu Fuß vom Dongbei Ren zurückgekommen war, wo er sich mit Retzach getroffen hatte.

Zhang führte ein kompliziertes, nervenaufreibendes Leben. Die Idee, zwei Seiten gegeneinander auszuspielen, hatte er in einem dunklen Kino Clint Eastwood abgeguckt, der in einem Film auf diese Weise zwei geldgierige Klans überlistet. Er hatte sich *Für eine Handvoll Dollar* eine Zeit lang jede Woche angesehen, bis er jede Szene und jedes gesprochene Wort auswendig kannte.

Die Lektion des Films leistete ihm seit fast zwei Jahrzehnten gute Dienste. Er bewegte sich auf einem schmalen Grat, was die meisten Männer zermürbt hätte, doch Zhang genoss das Adrenalin, zumindest noch bis vor Kurzem. Doch seit einiger Zeit konnte er kaum noch schlafen und sehnte sich zunehmend nach einem etwas weniger komplizierten Leben irgendwo weit weg von China.

Durch seine kapitalistische Ausrichtung war Shanghai zu einem Mittelpunkt für geheime Aktivitäten von Ost und West geworden. Zhang nutzte ganz einfach die Vorteile des Wirtschaftslebens und der geografischen Lage seiner Geburtsstadt.

Er begrüßte Yue herzlich. Die Zuneigung, die er für sie empfand, war für ihn etwas sehr Seltenes. Wenn man so gefährlich lebte wie er, konnte es sich als fatal erweisen, emotionale Bindungen zu Klienten zu knüpfen. Doch ihre persönliche Geschichte hatte ihn tief berührt. So wie sie war er ein Kind der Straße, war ohne Eltern aufgewachsen und stets auf seinen eigenen Verstand und die gelegentliche gütige Hilfe von Fremden angewiesen gewesen, um überleben zu können. Diese harte Schule hatte ihn zäh und schlau gemacht – und diese Eigenschaften sah er auch in Yue. Durch diese Wesensverwandtschaft war sie in gewisser Weise wie eine Tochter für ihn.

Umso besorgter war er, als er von ihrer Verletzung hörte und der Art und Weise, wie es dazu gekommen war. Und dann sah er den Mann, der sie begleitete. Nachdem Retzach ihm Bournes Foto gezeigt hatte, erkannte er ihn natürlich sofort. Als Yue ihm erzählte, dass der Mann ihr das Leben gerettet habe, war ihm klar, dass er sich nicht darauf hätte einlassen dürfen, ihn für Retzach zu finden. Er fragte sich, wie er den Mann, der bereits zu dem Treffen im Dongbei Ren unterwegs war, zurückpfeifen konnte, ohne Retzach misstrauisch zu machen, während er die beiden in sein Büro hinter dem Laden führte.

Die blassgrünen Wände waren mit Schwarz-Weiß-Fotos von schlanken Perlentauchern geschmückt, die geschickt durch das Wasser glitten oder mit glitzernden

Fontänen auftauchten und ihre Funde präsentierten. Hinter dem schlichten Schreibtisch befanden sich ein Wandtresor und ein Aktenschrank. Sein Drehstuhl ächzte, als er sich setzte.

Er bot ihnen mit Jute bezogene Stühle an und lächelte, obwohl sein pochendes Herz voller Sorge war. »Was kann ich für dich tun, kleine Schwester?«

»Heute Nachmittag wurde Wei Wei getötet, aber das weißt du wahrscheinlich schon, so wie du alles weißt, was in Shanghai geschieht.«

Zhang widersprach ihr nicht mit falscher Bescheidenheit. Er wusste tatsächlich alles, was in dieser Stadt vor sich ging, jedenfalls alles Wichtige. »Sprich weiter«, sagte er nur.

»Vor drei Tagen hat mich Wei Wei angeheuert, um ihn zu beschützen.«

Zhang nickte und musterte sie aufmerksam.

»Ich habe versagt«, gestand Yue zerknirscht. »Amma hat ihn getötet. Du kennst Amma.«

»Ja.« Zwecklos, es zu leugnen.

»Sie *haben* ihn gekannt«, korrigierte Bourne. »Yue hat ihn mit einem Giftpfeil getötet.«

Zhang massierte seine Augen mit Daumen und Zeigefinger, um die aufkommenden Kopfschmerzen zu besänftigen.

»Warum haben Oberst Sun und Amma Wei Wei umgebracht?«, fragte Bourne.

Zhang zögerte einen Augenblick. »Wissen Sie, für wen Sun arbeitet?«, fragte er schließlich.

»Ouyang Jidan.«

Zhang nickte anerkennend. »Dann kennen Sie die beteiligten Personen.«

»Wahrscheinlich nicht alle.«

»Dann erlauben Sie mir, Sie zu informieren.« Er verlagerte seinen massigen Körper auf dem Sessel. »Ouyang befindet sich in einem unerbittlichen Kampf mit seinem Todfeind Cho Xilan. Beide gehören dem Politbüro an, doch ihre Ziele sind völlig unterschiedlich. Cho leitet die mächtige Partei von Chongqing, die ultrakonservativ eingestellt ist und die Uhren in China um drei, vier Jahrzehnte zurückdrehen will. Ouyang hingegen verfolgt sehr fortschrittliche Ziele.«

»Er mischt nebenbei im mexikanischen Drogengeschäft mit«, warf Bourne ein.

Zhang hob seinen dicken Zeigefinger. »Genau. Ihre Ansichten könnten nicht unterschiedlicher sein, und Cho versucht schon seit Jahren, Ouyang zu stoppen, doch der war bisher immer zu schlau für ihn. Mit dem bevorstehenden Parteitag, der die Richtung im Land für die nächsten zehn Jahre bestimmen wird, spitzt sich ihre Auseinandersetzung zu.

Cho wird versuchen, Ouyangs illegale Geschäfte mit den mexikanischen Drogenkartellen ans Licht zu bringen. Vielleicht hat er tatsächlich eine Schwachstelle in Ouyangs Panzer entdeckt. Maceo Encarnacións Tod hat einiges geändert. Er hat Ouyangs Aktivitäten gedeckt und ihn unverwundbar gemacht. Jetzt, da er weg ist, wittert Cho seine Chance, seinen Erzfeind zu beseitigen. Andererseits macht er sich in seinem Eifer, Ouyang zu erledigen, selbst verwundbar.«

Yue schüttelte den Kopf. »Was hat das alles mit Wei Weis Tod zu tun?«

»Ganz einfach«, erklärte Zhang. »Die größten Kriege beginnen immer an irgendwelchen Nebenschauplätzen.

Die eigentlichen Akteure halten sich anfangs immer im Hintergrund.«

Er nahm eine Whiskyflasche und drei Gläser aus einem Schrank, schenkte in jedes einen Fingerbreit ein und reichte ihnen ihre Gläser. Er kippte seinen Drink in einem Zug und schenkte sich gleich noch einen doppelten ein. »Wei Wei ist Ouyangs Mann.«

»Moment«, wandte Bourne ein. »Er arbeitet für den Mossad.«

Zhang lächelte. »Willkommen in Shanghai, werter Herr.« Er nahm einen kräftigen Schluck und schmatzte mit den Lippen. »Wie gesagt, der Kampf spitzt sich zu. Amma arbeitet für Hauptmann Lim, der seine Anweisungen von Oberst Sun bekommt. Und wer hinter Oberst Sun steht, das wissen Sie ja.«

»Ouyang«, bestätigte Bourne. »Aber wenn es stimmt, was Sie sagen, dann hat Ouyang seinen eigenen Mann beseitigen lassen. War er für Ouyang zu einem Unsicherheitsfaktor geworden?«

In diesem Augenblick platzte eine Frau, die sie zuvor im Laden gesehen hatten, ins Büro, so bestürzt, dass sie nicht einmal anklopfte. Sie eilte um den Schreibtisch herum und flüsterte Zhang etwas ins Ohr.

Seine Augen weiteten sich, dann schickte er sie in den Laden zurück. Zhang rollte seinen Stuhl auf die Seite des Schreibtisches und winkte seine beiden Besucher zu sich. »Kaum haben wir von Hauptmann Lim gesprochen, taucht er auch schon aus der Hölle auf.«

»Er ist hier?«, fragte Bourne.

Zhang nickte. »Seine Männer haben das Geschäft umstellt. Wir müssen uns beeilen!«

Er deutete auf den kleinen Teppich, auf dem sein

Stuhl gestanden hatte. Bourne schlug ihn zurück und entdeckte eine geheime Klapptür.

»Die führt in den Keller«, erklärte Zhang, während Bourne die Luke mit einem Messingring öffnete. »Unten neben der Leiter findet ihr in einer Nische eine Kerosinlampe und eine Schachtel Streichhölzer. Durch den Kellerausgang gelangt ihr in einen Tunnel mit vielen Abzweigungen. Haltet euch immer links. Kurz nach der vierten Abzweigung findet ihr den Ausweg.« Er hob warnend den Zeigefinger. »Aber seid vorsichtig, die Tunnel sind alt und brüchig.«

Sie hörten Stimmen aus dem Geschäft. Hauptmann Lim redete in scharfem Ton auf die Frau ein, die zuvor die Nachricht von seinem Kommen überbracht hatte.

»Schnell!«, mahnte Zhang. »Ihr müsst los! Ich kümmere mich um unseren Freund von der Armee.«

Bourne stieg auf die senkrechte Holzleiter und hob Yue zu sich herunter. Langsam kletterten sie Sprosse für Sprosse, und Yue zog mit einer Schnur die Klapptür zu. Im nächsten Augenblick hörten sie Hauptmann Lims zornige Stimme direkt über ihnen, dann krachte ein Schuss.

ZWÖLF

Sam Zhang wusste nicht, dass Retzach Israeli war und für die Kidon-Abteilung arbeitete. Er kannte ihn als Jesse Long, vermutete wohl, dass das eine falsche Identität war, doch sein richtiger Name interessierte ihn nicht weiter. Er stöberte grundsätzlich nicht im Privatleben seiner Klienten herum. Würde auch nur der Verdacht aufkommen, dass er es tat, wäre das das Ende seines Geschäfts gewesen. Dementsprechend wusste Hauptmann Lim noch weniger über Retzach als er selbst. Zhang wusste jedoch, dass Oberst Sun Bourne durch Lim suchen ließ, weshalb er Lim kontaktiert und ihm mitgeteilt hatte, er solle sich im Dongbei Ren mit »Jesse Long« treffen. Die beiden Männer konnten einander nicht leiden, was noch schlimmer wurde, als Lim erfuhr, dass Long hinter dem Mann her war, den er festnehmen sollte.

Long hatte wahrscheinlich ausweichend geantwortet, als Lim gefragte hatte, warum er Bourne finden wolle, was den Hauptmann zu der verständlichen – wenn auch irrigen – Annahme verleitete, der westliche Agent sei von der CIA.

Lim hatte Bourne seit dem Vorfall im Tunnel von seinen Leuten verfolgen lassen, was er gegenüber Long natürlich nicht erwähnte. Er stellte sich unwissend und ratlos, wusste jedoch nicht, ob Long es ihm abnahm. Seine Skepsis stellte sich als begründet heraus, als er bemerkte, dass Long ihn beschattete, leider erst, als er seine Leute bereits bei Sam Zhangs Perlengeschäft postiert hatte.

Lim entdeckte ihn in der Menschenmenge, die sich in der Nähe des Ladens bildete. Er überlegte kurz, ob er einen seiner Männer anweisen sollte, Long festzunehmen, entschied sich jedoch dagegen, weil jede Verzögerung Bourne Gelegenheit geben konnte, zu entkommen.

Er betrat das Geschäft und befahl seinen Männern, die hauptsächlich weiblichen Kunden geordnet hinauszuführen, was sich als unerwartet schwierig erwies. Die Frauen aus dem Westen, die hier einkauften, waren alle reich, ihre Männer einflussreiche Geschäftsleute oder Politiker. Sie waren es nicht gewohnt, sich von Polizisten vorschreiben zu lassen, wohin sie zu gehen hatten, und sich draußen auf der Straße wie Affen im Käfig begaffen zu lassen.

Es kam zu lauten Schreiduellen, und eine Frau schlug sogar auf einen Polizisten ein, der ihr zu nahe kam. Ein Schrei erhob sich aus der Menge. Lim erkannte, dass die Situation zu eskalieren drohte. Er schickte seinen Leutnant hinaus, um die Lage zu beruhigen, während er selbst durch das leere Geschäft stürmte und die Tür zu Zhangs Büro aufriss.

Drinnen sah er Sam Zhang dick wie ein Wal an seinem Schreibtisch sitzen und einen Whisky trinken. Ein zweites Glas stand neben der Flasche, und als Lim hereinplatzte, beugte Zhang seinen massigen Körper vor – sein Stuhl ächzte protestierend –, füllte ein drittes Glas und schob es über den Tisch.

»Willkommen, Hauptmann. Das ist eine Überraschung.«

»Das kann ich mir denken«, erwiderte Lim beißend.

Zhang lächelte. »Setzen Sie sich. Trinken Sie einen Whisky mit mir, das beruhigt die Nerven.«

»Wo ist er?«, verlangte Lim, die Hände in die Hüften gestemmt.

»Wo ist wer?«

Lim trat drohend auf ihn zu. »Lassen Sie den Unsinn.« Er griff nach seiner Pistole. »Jason Bourne.«

»Der Name sagt mir nichts«, beteuerte Zhang wahrheitsgemäß.

»Jemand hat gesehen, wie er Ihr Geschäft betrat.«

Zhang zuckte mit den Achseln. »Dann muss er wieder gegangen sein. Ich hatte nur Besuch von meiner kleinen Schwester Yue.«

»Hören Sie …«

»Sie war verletzt, wissen Sie. Sie …«

Lim hob die Pistole und schoss in die Decke. Zhang brachte rasch seinen Whisky in Sicherheit, konnte jedoch nicht verhindern, dass Staub und Putz in das Glas rieselte, das er Lim hingestellt hatte.

»Sie haben den feinen Whisky ruiniert, Hauptmann.« Zhang schüttelte den Kopf. »Kein gutes Benehmen.«

Lim senkte die Pistole. »Die nächste Kugel trifft Ihr Herz.«

»Und was hätten Sie davon? Ich sage die Wahrheit. Der Mann, den Sie suchen, ist nicht hier.«

»Wo ist er dann?«

»Woher soll ich das wissen?«

»Ich werde ihn finden, Zhang, verlassen Sie sich drauf.«

»Herr Hauptmann, es geht mich wirklich nichts an,

was Sie tun«, versicherte Zhang, während Lim sein Büro verließ.

Als die Polizei weg war und er sein Geschäft wieder für sich hatte, zog Zhang ein großes Taschentuch hervor und wischte sich das Gesicht ab.

Götter und Dämonen, dachte er. *Ich werde langsam zu alt für so was.*

In der Dunkelheit griff sich Bourne die Lampe und die Streichhölzer, die er bereits erblickt hatte, bevor Yue die Klapptür schloss. Er zündete die Lampe an, und Yue, die er immer noch trug, hielt sie hoch, um einen möglichst großen Abschnitt des Kellers auszuleuchten.

Am Fuß der Leiter war es extrem eng. Die Decke war zu niedrig, um aufrecht stehen zu können.

»Lass mich runter«, flüsterte Yue.

Als ihre Füße den Boden berührten, testete sie ihren Knöchel und nickte. »Es geht schon«, flüsterte sie.

Doch als sie zum Tunnel weitergingen, sah er, dass sie beim jedem Tritt das Gesicht verzog. Sie konnte sicher nicht weit gehen, geschweige denn laufen, sollte es die Situation erfordern.

Der Keller erinnerte an einen Lagerraum, überall stapelten sich Kisten und Kartons. Sie zwängten sich in einen schmalen Durchgang zwischen zwei Stapeln, die bis zur Decke reichten. Yues Bein gab unter ihr nach, und sie stützte sich auf eine staubige Schachtel, wollte sich jedoch nicht von Bourne helfen lassen.

»Ich werde niemandem zur Last fallen«, flüsterte sie entschlossen.

Die Mündung des Tunnels war deutlich zu erkennen. Sie war irgendwann mit Brettern vernagelt worden, von denen noch einige übrig waren, die von Eisenbändern zusammengehalten wurden. Bourne überlegte einen Moment und riss ein etwa zwanzig Zentimeter langes Eisenstück von dem morschen Holz.

Als sie den Tunnel betraten, musste sogar Yue sich ducken. Es roch nach Dreck, abgestandenem Wasser und Verwesung, nach jahrhundertealtem menschlichem Elend. Bourne nahm ihr die Lampe ab und ging voraus. Der Tunnel führte zunächst steil nach unten, ehe sich der Boden wieder ebnete. Über ihnen verliefen die Dielen der angrenzenden Keller. Ein Rinnsal in der Mitte des Tunnels erschwerte das Gehen auf dem festgestampften Lehmboden. Gelegentlich war ein leises Rascheln zu hören, und rote Augenpaare leuchteten in der Dunkelheit. Im Licht der Lampe sahen sie die großen Ratten, die sich hier unten tummelten.

Plötzlich hörte Bourne ein anderes Geräusch hinter sich. Er drehte sich um und sah, dass Yue ins Stolpern kam. Trotz ihres Protests hob er sie auf, um sie zu tragen.

»Verdammt«, seufzte sie. »Ich bin nicht hilflos.«

»Aber du hast Schmerzen.«

»Was weißt du von Schmerzen.«

Sie erreichten die erste Gabelung, und Bourne folgte Zhangs Hinweis und hielt sich links.

»Okay«, sagte er, um sie von ihren Schmerzen abzulenken. »Dann erzähl mal.«

Yue schwieg einige Augenblicke. »Mein Vater war Schriftsteller, ein Dissident«, begann sie zögernd. »Er schrieb über die Korruption im Politbüro, über den Skandal, dass die Elite nur mit hochwertigen Gütern versorgt wird, während die Bevölkerung Lebensmittel bekommt, die mit Schwermetallen und Melamin verseucht sind.

Du kannst dir vorstellen, was passierte. Er wurde unter falschen Anschuldigungen angeklagt und bekam zwanzig Jahre Zwangsarbeit. Am Tag seiner Verurteilung begann meine Mutter mit ihren Protesten. Zwei Wochen später wurde sie wegen Verhetzung festgenommen und verschleppt – keiner weiß, wohin.

Ich war damals sieben. Ich bewundere ihren Mut, aber an mich haben sie dabei nicht gedacht. Ich kam zum Bruder meiner Mutter. Er hasste meinen Vater für das, was er meiner Mutter angetan hatte, und ließ seinen Hass an mir aus. Er schlug mich, ließ mich hungern und sperrte mich in einen Schrank. Eines Tages entkam ich und ging nie mehr zurück. Da war ich gerade elf. Die vier Jahre bei ihm waren vier Jahre in der Hölle.«

Bourne hörte sie schwer atmen wie nach einem Sprint. Er kam zur zweiten Gabelung und hielt sich erneut links. Er dachte an seine eigenen Jahre in der Hölle – der Hölle, nicht mehr zu wissen, wer er war, wer seine Eltern waren und woher er kam. In seiner Erinnerung tauchten für Momente all die Menschen auf, die ihm nahegestanden hatten und die heute tot waren. Aber am allermeisten dachte er an Rebekka, die Zeit mit ihr, an ihren Mut und ihre Entschlossenheit. Er dachte daran, wie er sie schwer verletzt durch einen Abflusskanal in Mexiko City geschleppt hatte, um sie in Sicherheit zu bringen – eine Situation, die auf unheimliche Weise an das erinnerte, was er gerade mit Yue erlebte. Am Ende war sie dennoch auf dem Weg ins Krankenhaus auf dem Rücksitz des Autos verblutet. Er tastete nach dem kleinen Davidstern, den er ihr abgenommen hatte und seither bei sich trug.

Er hatte über seine Vergangenheit nachgedacht, während er sich am Strand von Caesarea erholte, war jedoch zu keinem Ergebnis gekommen. Zu viel von ihm lag immer noch im Dunkeln. Abgesehen von seinen Fähigkeiten, die er sich im ursprünglichen Treadstone-Programm angeeignet hatte, wusste er nicht, wer er war oder welche Motive ihn antrieben, wusste nicht, woher die Emotionen kamen, die ihn bewegten: das ausgeprägte Gerechtigkeitsgefühl, der tief sitzende Zorn, die Traurigkeit, die fast an Verzweiflung grenzte. Manchmal fragte er sich, ob es ihm an Empathie fehlte, was ein sicheres Zeichen für eine Psychose gewesen wäre. Doch dann erschien jemand wie Rebekka in seinem Leben und bewies ihm, dass er sehr wohl zu tiefen Gefühlen fähig war, was seine Angst besänftigte.

Doch sobald ihm ein Mensch nahekam, musste er sterben, und er war wieder allein und schwor sich, nie wieder jemanden so nahe an sich heranzulassen. Sein Leben pendelte ständig zwischen diesen beiden Extremen hin und her, das Gefühl eines inneren Gleichgewichts oder Friedens war ihm unbekannt. Es kam ihm vor, als würde er auf einem Schiffswrack auf hoher See dahintreiben, ohne Land in Sicht, in einem nicht enden wollenden Nebel, der jede Kurskorrektur unmöglich machte.

Ein Geräusch hinter ihm riss ihn in die Gegenwart zurück. Es klang, als hätte jemand einen kleinen Stein vor sich hergekickt.

»Jemand ist hinter uns her«, flüsterte Yue.

Er erreichte die dritte Gabelung – eine lag noch vor ihnen. Statt wieder links weiterzugehen, wandte er sich diesmal nach rechts. Er verscheuchte ein paar Ratten mit dem Fuß und setzte Yue vorsichtig vor der Laterne ab, damit eventuelle Verfolger das Licht nicht sehen konnten. Dann drehte er sich um und ging auf dem Weg zurück, den sie gekommen waren.

Retzach hatte gewartet, bis Hauptmann Lim und sein Polizeitrupp das Perlengeschäft verlassen hatten, ehe er es selbst betrat, zusammen mit den teuer gekleideten Frauen aus dem Westen, die nach wie vor fest entschlossen waren, erstklassigen Schmuck zu einem relativ günstigen Preis zu erstehen, obwohl die Shanghaier Polizei sie nicht gerade zuvorkommend behandelt hatte. Retzach mischte sich unter sie und erkannte rasch, dass die beiden Verkäuferinnen viel zu beschäftigt waren, um ihn aufzuhalten.

Er platzte in das Büro, ohne anzuklopfen. Zhang blickte erschrocken auf. Es dauerte einen Moment, bis er Retzach erkannte.

»Was gibt's, Mr. Long?«, seufzte er. »Ich habe einen anstrengenden Tag hinter mir.«

»Das kann ich mir vorstellen. Ich halte Sie nicht lange auf.« Retzach ging um den Schreibtisch herum.

»Was soll das?«, protestierte Zhang.

»Wissen Sie, was ein stumpfes Trauma ist?«, fragte Retzach und knallte ihm die Seite seiner Beretta auf die Schädeldecke.

Zhang schwang so weit in seinem Stuhl zurück, dass Retzach ihn auffangen musste. Als sich Zhangs blutunterlaufene Augen klärten, beugte sich Retzach vor und drückte ihm den Lauf der 9-mm-Pistole an die Schläfe. »Bourne hat dieses Geschäft betreten und ist nicht wieder rausgekommen. Wo zum Teufel versteckt er sich?«

Zhang blickte zu ihm auf. »Wie ich schon Hauptmann Lim sagte …«

»Ich bin nicht Hauptmann Lim. Ich werde Ihnen das verdammte Hirn aus dem Schädel pusten, und dann nehme ich den Laden auseinander.«

Zhang versuchte vergeblich zu atmen. »Ich will nicht, dass Yue etwas passiert.«

»Wer ist Yue?«

»Sie ist wie meine Tochter. Sie ist bei dem Mann.«

»Sie ist mir egal.«

»Ihr darf nichts geschehen.«

»Ich verhandle nicht mit Ihnen.«

»Sollten Sie aber«, erwiderte Zhang. »Für sie gebe ich nämlich gern mein Leben.«

Retzach studierte das Gesicht des Mannes und suchte nach dem kleinsten Anzeichen, dass er bluffte. Er fand nichts. »Okay, ich sorge dafür, dass Yue nichts passiert.«

Zhang studierte seinerseits den Mann, in dessen Hand sein Leben lag. »Woher weiß ich, dass ich Ihnen trauen kann?«

»Ich weiß es genauso wenig von Ihnen. Manchmal muss man etwas im guten Glauben tun.« Das war natürlich eine Lüge. Als Mensch ohne Empathie glaubte Retzach an nichts und niemanden. Dennoch würde er versuchen, das Mädchen nicht hineinzuziehen.

»Schieben Sie mich zurück«, sagte Zhang, nachdem er sich entschieden hatte.

»Was?«

»Den Sessel. Ich kann ihn nicht bewegen mit dem Ding an meinem Kopf.«

Retzach nahm die Beretta herunter, und der dicke Mann rollte seinen Stuhl zur Seite.

»Unter dem Teppich, und im Tunnel immer links«, sagte er mit einem verzweifelten Seufzer.

»Taschenlampe«, sagte Retzach, als er in die Dunkelheit blickte.

Zhang blieb nichts anderes übrig, als ihm eine zu geben.

Bourne ging in die Hocke und verhielt sich vollkommen still. Er hatte keine weiteren Geräusche mehr gehört, abgesehen von dem trostlosen Tröpfeln irgendwo in der Nähe und dem flinken Trippeln der Ratten. Doch es kam ihm vor, als würde die Luft irgendwie anders zirkulieren, was darauf hindeutete, dass ein Körper die Luftbewegung im Tunnel teilweise blockierte. Plötzlich sah er das Licht einer Taschenlampe näher kommen. Er befand sich tief genug in der rechten Abzweigung, um außerhalb des Lichtkegels zu bleiben, der nach links gerichtet war.

Der Lichtstrahl hüpfte bei jedem Schritt ein wenig auf und ab und kam unaufhörlich näher. Bourne bereitete sich innerlich vor. Im letzten Moment schwenkte der Strahl in die linke Abzweigung, und Bourne erkannte eine schattenhafte Gestalt hinter dem grellen Licht.

Ihr Verfolger ging unbeirrt weiter. Bourne zählte bis fünfzehn, dann richtete er sich auf, kehrte lautlos zur Gabelung zurück und wandte sich nach links. Er wollte sich von seinem Geruchssinn leiten lassen, nahm jedoch absolut nichts wahr. Keinen Hauch eines menschlichen Geruchs, nur Steine, Erde und das einsickernde Wasser.

Das ist unmöglich, dachte Bourne. *Er muss hier sein, ganz nahe.*

In diesem Augenblick traf ihn etwas Metallisches an der Schläfe, und ein Schuss ging los.

DREIZEHN

Maricruz und Felipe Matamoros waren mit seinem Privatflugzeug unterwegs. Mit ihnen waren drei ihrer und drei seiner Männer an Bord. Sie waren von einem verborgenen Privatflugplatz eineinhalb Kilometer von seiner Villa in Malacates gestartet und flogen nordwärts nach San Luis Potosí.

»Wo wir hinfliegen«, erklärte Matamoros, »hatten wir unsere erbittertsten Kämpfe mit Raul Giron und dem Sinaloa-Kartell.«

»Dann wird es das letzte Schlachtfeld und zugleich die Geburtsstätte des neuen Bündnisses sein«, meinte Maricruz.

Er blickte aus dem Fenster auf die hügelige Landschaft nördlich der Hauptstadt hinunter. Maricruz fragte sich, ob er sich wie ein Gott fühlte – die gefiederte aztekische Schlange Quetzalcoatl.

»Sinaloa hat Mexiko über viele Jahre beherrscht«, sinnierte er. »Dann machte das Golfkartell mir und einigen meiner Kameraden in der Elitetruppe ein Angebot, das wir nicht ablehnen konnten. Wir verließen die Armee, doch es kam anders, als unsere neuen Chefs es sich vorgestellt hatten.

Eine Zeit lang arbeiteten wir für diese Leute, töteten

Sinaloa-Soldaten und vergrößerten unser Territorium, bis wir uns einen vollständigen Überblick über die Situation verschafft hatten. Dann machten wir uns selbstständig, gründeten unser eigenes Kartell und bekämpften unsere ehemaligen Chefs. Heute ist das Golfkartell nur noch ein Schatten von einst. Wir haben ihr Territorium übernommen und drängen auch die Sinaloa immer weiter zurück. Aber Sinaloa ist stärker, ihre Führer sind schlauer und haben die richtigen Politiker hinter sich. Dennoch nehmen wir ihnen immer mehr von ihrem Territorium ab.« Er wandte sich an sie. »Aber Sie haben recht, der Preis für diesen Sieg ist einfach zu hoch. Meine Kameraden sehen genauso wie ich die Alternative, die sich uns jetzt bietet: Ihren absolut sicheren Weg der Geldwäsche und die Möglichkeit, Rohstoffe in unbegrenzter Menge zu beziehen.

Dank Ihnen brauchen wir keine Geschäfte mehr mit diesen widerlichen Schweinen in der Politik machen, oder mit gierigen Polizeikommandanten. Jetzt können wir allen in den Arsch treten, wie wir's schon seit Jahren wollten.«

Maricruz hatte immer wieder beobachtet, dass die Gier die Menschen dumm und unvorsichtig machte. Der Glanz in Matamoros' Augen war reine Gier. Er hatte sich verraten, ohne es zu merken. Maricruz war zufrieden, doch sie wusste, dass sie weiterhin in extremer Gefahr schwebte. Sie würde ihre ganze List und Konzentration brauchen, um die nächsten Stunden gut zu bewältigen.

Sie spürte die Luftdruckänderung, als das Flugzeug über San Luis Potosí in den Sinkflug ging. Als sie aus dem Fenster blickte, sah sie bereits einen Trupp bewaffneter Männer um mehrere große schwarze SUVs stehen, die Köpfe gehoben, um das Flugzeug zu beobachten, das sich anschickte, auf dem abgelegenen Flugplatz zu landen.

Matamoros wandte sich an sie, als die Räder aufsetzten. »Meine Kameraden haben mich ermächtigt, für sie zu verhandeln, *mujer*. Sie müssen sich nicht mit ihnen treffen.«

Mit dieser rätselhaften Bemerkung löste Matamoros seinen Gurt, erhob sich, obwohl das Flugzeug noch ausrollte, von seinem Platz und schritt an ihren Männern vorbei zum Cockpit, wo er leise mit seinem Piloten sprach.

Hinter ihm griffen seine Männer zu ihren Sturmgewehren. Dann reichten sie als Zeichen der Verbundenheit auch Maricruz' Männern solche Gewehre. Matamoros kam wieder nach hinten und lächelte, als er die sechs Bewaffneten sah.

»Ist das wirklich notwendig?«, fragte Maricruz.

»Der Schutz muss gewährleistet sein«, antwortete er, »bis das Bündnis geschlossen ist.«

Das Flugzeug kam am Ende der Landebahn zum Stehen, doch Maricruz fiel auf, dass der Pilot das Triebwerk nicht abstellte. Dennoch öffnete einer von Matamoros' Männern die Tür und klappte die Metalltreppe aus. Er stieg als Erster aus und setzte eine Sonnenbrille auf. Die beiden anderen stiegen nach ihm hinunter, gefolgt von Maricruz' Männern.

Die Sonne war kurz vor dem Untergehen, der Himmel im Westen leuchtete rot und orange. Ohne den Dunstschleier der Stadt strahlte die Sonne kräftig und heiß, obwohl es schon Abend war. Maricruz und Felipe

Matamoros standen oben an der Treppe und überblickten das Gelände, während ihre Männer in Position gingen. Die Soldaten der Sinaloa hingegen rauchten Zigaretten, ihre Gewehre vor der Brust tragend. Einige waren zusätzlich mit Macheten bewaffnet. Ihre Blicke waren auf das Paar gerichtet, das gerade aus dem Flugzeug getreten war.

»Der Zweite von links«, sagte Matamoros, ohne mit dem Finger zu deuten oder den Kopf zu bewegen.

Maricruz sah einen stämmigen Mann, kleiner als sie erwartet hatte, mit einem großen Zapata-Schnauzer, der an jemand anderem eher komisch gewirkt hätte. Nicht an ihm. Er hatte kleine runde Ohren wie ein Affe, eine Adlernase und tief sitzende schwarze Augen. »Ja.«

»Raul Giron«, erklärte Matamoros. »Er trägt seine Persönlichkeit im Gesicht.«

»Sie respektieren ihn nicht«, stellte Maricruz fest.

»Ja und nein. Ich würde seinen Kopf am liebsten zertreten wie einen Käfer.«

Maricruz bemerkte das leichte Zittern in Matamoros' Gesicht. »Solche Gefühle gehören der Vergangenheit an, Felipe. Von jetzt an dürfen Sie nur noch an die Zukunft denken.«

»Dann sprechen wir jetzt mit dem Scheißkerl«, meinte Matamoros.

»Bleiben Sie ruhig und überlassen Sie das Reden mir. Darum bitte ich Sie.«

»Ja, sicher«, lächelte er, während sie die Treppe hinabstiegen.

Als sie beinahe unten waren, schwang an einem der schwarzen SUVs eine Tür auf, und ein Mann im teuren Maßanzug trat heraus, so gut aussehend wie ein Schauspieler einer Telenovela. Er war hochgewachsen, hatte glatt zurückgekämmtes silbernes Haar, einen makellosen Schnurrbart und ein telegenes Lächeln auf den Lippen.

Matamoros wirkte einen Moment wie elektrisiert. »Carlos Danda Carlos«, flüsterte er. »Chef der mexikanischen Antidrogenbehörde.«

»Was zum Teufel tut er hier?«

Matamoros ging nicht auf ihre Frage ein. »Manche nennen ihn auch Tezcatlipoca, den aztekischen Gott der Nacht und der Finsternis.«

Als sie unten waren, spürten sie die Anspannung unter den versammelten Männern.

»Raul Giron ist der Chef der Sinaloa, aber in gewisser Weise ist er nur ein Strohmann«, erklärte Matamoros. »Er bekommt seine Anweisungen von Carlos Danda Carlos, dem eigentlichen Kopf des Sinaloa-Kartells.«

Yue war Bourne gefolgt und warf sich gegen Retzachs Beine, sodass die Kugel wirkungslos in die Decke des Tunnels einschlug. Er trat reflexartig um sich und traf zufällig ihren verletzten Knöchel. Sie schrie auf, rollte sich zur Seite und krümmte sich vor Schmerz.

Bournes Kopf pochte von dem Schlag mit der Pistole, doch er reagierte mit drei schnellen Hieben gegen Retzachs Rippen. Retzach versuchte die Pistole auf ihn zu richten, doch Bourne war vorbereitet, packte ihn am Handgelenk und schlug mit der Handkante zu. Retzach stöhnte auf, dann rammte er Bourne die Schulter in die Brust und stieß ihn gegen die Wand.

Der Aufprall ließ Steine und Erde herabregnen. Retzach schmetterte Bourne erneut gegen die Wand, und diesmal prasselten auch verrottete Holzstücke auf sie herab und die morschen Balken über ihnen ächzten.

Bourne taumelte, und Retzach riss ihn herum, schlang den Arm um seinen Hals und setzte den linken Handballen unter sein linkes Ohr. Ein tödlicher Griff, den man schon den Rekruten der Kidon beibrachte und mit dem man dem Gegner mit einer jähen Bewegung das Genick brechen konnte.

Bourne erkannte Retzachs Absicht und trat ihm mit voller Wucht auf den Fuß. Für einen Sekundenbruchteil zögerte der Mossad-Agent, als ihn der jähe Schmerz durchfuhr. Bourne nutzte die Chance, packte Retzachs linke Hand und knallte sie gegen die Wand, dann bog er den Daumen zurück, bis er brach.

Retzach verzog das Gesicht, gab jedoch keinen Laut von sich – auch nicht, als Bourne ihm mehrere wuchtige Schläge versetzte. Statt die Hiebe abzuwehren, zückte Retzach ein Messer mit gezackter Klinge und einem Haken an der Spitze, der dem Gegner beim Herausziehen schwere Verletzungen zufügte.

Er täuschte einen Angriff mit dem Messer an und hämmerte Bourne die linke Faust gegen das Ohr. Als dieser den Hieb abzuwehren versuchte, stach der Israeli mit dem Messer zu und zielte auf eine Stelle zwischen der dritten und vierten Rippe. Bourne erkannte das Manöver im letzten Moment, wich aus und schlug das Messer mit der Handkante zur Seite.

Trotz des gebrochenen Daumens prügelte Retzach mit der linken Faust auf Bourne ein, ehe er erneut mit dem Messer angriff. Bourne packte sein Handgelenk, drehte es ruckartig, doch Retzach ließ das Messer nicht los, sondern griff aufs Neue mit der Waffe an. Bourne nutzte Retzachs Bewegung sowie die Tatsache, dass er nur ein Bein belasten konnte, und stieß ihn mit seinen Ellbogen und Knien gegen die Wand.

Die erneute Erschütterung ließ das morsche Holz über ihnen endgültig nachgeben. Die Tunneldecke donnerte mit dem Fußboden des Kellers auf die drei herab und begrub sie unter Erdmassen, Balken, Kisten und Flaschen.

VIERZEHN

Ouyang Jidan befand sich in einer geschäftlichen Besprechung in einem der Wolkenkratzer am Bund, als Oberst Sun den Konferenzsaal betrat. Da Ouyang klargestellt hatte, dass er nur in Fällen äußerster Dringlichkeit gestört werden dürfe, unterbrach er seine Verhandlungen mit Bauern und Vertretern der pharmazeutischen Industrie, die ihn mit den Rohstoffen zur Erzeugung von Drogen in Mexiko versorgten.

Er entschuldigte sich und erhob sich vom Konferenztisch, auf dem jede Menge Teekannen, Tassen sowie halb volle Whiskyflaschen und Gläser standen.

»Was gibt's?«, wandte er sich schroff an Oberst Sun. Die Verhandlungen waren an einem entscheidenden Punkt angelangt, an dem er sie nur höchst ungern unterbrach.

Oberst Sun deutete schweigend an, dass sie auf den Flur hinausgehen sollten. Als sich die schwere Tür hinter ihnen schloss, sagte Sun in leisem Ton: »Ein Abgesandter von Cho Xilan hält sich hier in Shanghai auf.«

Ouyang erschrak. *Abgesandter* war ihr Codewort für »Killer«.

»Hat er den Auftrag, meine Verhandlungen zu verhindern?«

»Das weiß ich nicht«, antwortete Oberst Sun.

»Wie viel weiß Cho Xilan von unseren Geschäften?«

Oberst Sun zuckte mit den Achseln. »Er dürfte jedenfalls wissen, dass Bourne hier ist. Ob ihm auch bekannt ist, was wir vorhaben, lässt sich nicht sagen.«

»Wie kann er überhaupt so viel wissen, Sun?«

Die Frage hing als ein unausgesprochener Vorwurf zwischen ihnen in der Luft.

Sun holte tief Luft und ließ sie langsam entweichen. »Es sieht so aus, als hätten wir eine Sicherheitslücke.«

»Es sieht so aus?«, ereiferte sich Ouyang. Dann rief er sich in Erinnerung, wo er sich befand, und mäßigte seinen Ton. »Sobald ich hier fertig bin, fliege ich zurück nach Peking und suche den Schuldigen.«

»Und was ist mit dem Abgesandten?«

»Was wissen Sie über ihn?«

»Er ist mit einer Frau unterwegs, die sich als seine Ehefrau ausgibt.«

»Eine aufwendige Tarnung, die sich Cho Xilan da ausgedacht hat.« Ouyang warf entschlossen den Kopf zurück. »Kümmern Sie sich um den Abgesandten, lassen Sie ihn nicht in Bournes Nähe. Ich beseitige die Sicherheitslücke.«

Er drehte sich um, öffnete die Tür und kehrte in den Konferenzsaal zurück, um seinen Reichtum für die kommenden zehn Jahre zu sichern.

Maricruz sah Carlos Danda Carlos' Augen wie Miniatursonnen glühen, als er sie beobachtete, wie sie über das Rollfeld schritt. Und plötzlich – noch bevor er ihr die Hand hinhielt, bevor er sich über ihre beugte, um ihren Handrücken zu küssen und sie wie ein Vertreter des Fremdenverkehrsverbands im sonnigen San Luis Potosí willkommen hieß – erkannte sie, dass sie alle ihren Teil von ihr wollten: Wendell Marsh, Matamoros, Carlos Danda Carlos. Und natürlich Ouyang Jidan. Er wollte ihren Körper besitzen, und sie hatte ihn ihm bereitwillig und lustvoll gegeben. Im Gegenzug benutzte sie ihn, um das zu erlangen, was sie wollte: Unabhängigkeit natürlich, aber auch die Macht und den Reichtum, um ihren Vater zu übertreffen, den sie zugleich liebte und hasste.

Jidan wusste besser als jeder andere, wie lukrativ das Geschäft mit den Drogenkartellen war, bei dem sie ihm stets geholfen hatte, und dass er sie nach dem Tod ihres Vaters umso mehr brauchte, als den Schild, hinter dem er seine Geschäfte weiter betreiben konnte, ohne dass es jemand mitbekam. Er hatte keinerlei direkten Kontakt zu den mexikanischen Kartellen. In dieser Hinsicht war er völlig auf sie angewiesen. Alles in allem brauchte sie ihn zwar, doch mit Liebe hatte es nichts mehr zu tun.

»Ich bin sehr gespannt, warum Sie dieses Treffen vorgeschlagen haben, Señora Ouyang«, sagte Carlos Danda Carlos, als er seine feuchten Lippen von ihrer Hand hob.

Diese Mexikaner, dachte sie, wollen alle an die Rohstoffquelle herankommen, die ihr Vater mit ihrer Hilfe erschlossen hat.

»Ihre Anwesenheit überrascht mich ein wenig, Señor«, gab Maricruz trocken zurück. »Ich hatte keine Ahnung …«

»Wenn die Tochter von Maceo Encarnación ein Treffen wünscht und den weiten Weg von China herkommt«, warf Raul Giron ein, »wer kann da Nein sagen?«

Maricruz sah die Feindseligkeit und tiefe Verachtung in seinen Augen.

Doch Carlos lächelte freundlich, als er Felipe Matamoros die Hand schüttelte. »Freut mich«, murmelte er, als wären sie zu einer Cocktailparty zusammengekommen. Dann wandte er sich wieder Maricruz zu. »Bitte, haben Sie ein wenig Nachsicht mit diesem Soldaten«, sagte er mit einem scharfen Blick zu Giron. »Bei dem rauen Leben, das er führt, hat er offenbar seine Manieren vergessen.« Zu Giron gewandt, fügte er hinzu: »Raul, bitte sagen Sie Ihren Männern, sie sollen die Waffen wegstecken. Wir sind hier schließlich unter Freunden, stimmt's, Señora Ouyang?«

»Richtig«, nickte sie. »Das garantiere ich Ihnen.«

»Sehen Sie, Raul?« Carlos breitete die Arme aus. »Wir sind hier mit zivilisierten Menschen zusammen. Bitte vergessen Sie das nicht, wenn Sie das nächste Mal mit der Señora sprechen.«

Giron murmelte etwas Unverständliches und wandte sich seinen Soldaten zu, um ihnen Anweisungen zu geben.

»Sie müssen ein wenig Geduld haben, Señora Ouyang«, sagte Carlos in vertraulichem Ton. »Diese Männer sehen in jedem den Feind und reagieren instinktiv – eine Überlebenstechnik, die sie perfektioniert haben. Man kann's ihnen auch nicht verdenken nach den endlosen blutigen Kämpfen zwischen Sinaloa und Los Zetas.«

»Endlos müssen sie nicht sein, Señor Carlos«, betonte Maricruz. »Deswegen bin ich hier. Ich schlage Ihnen einen dauerhaften Waffenstillstand vor. Mehr noch, ich möchte eine Vereinigung der Kartelle.«

»Und warum genau sollten wir so etwas in Erwägung ziehen?«

»Der kurzfristige Nutzen ist das Ende der sinnlosen Verluste auf beiden Seiten.«

Carlos schüttelte den Kopf. »Ich bezweifle, dass ich Giron oder seine Stellvertreter damit überzeugen kann ...«

»Wir drängen euch seit einem Jahr immer weiter zurück«, warf Matamoros ein. »Wir haben also durch ein Bündnis mehr zu verlieren als Sinaloa.«

»Und langfristig«, spann Maricruz den Faden weiter, »wird die Zusammenarbeit von Sinaloa und Los Zetas dem neuen Kartell die Kontrolle über ganz Mexiko sichern. Dazu kämen die Rohstoffe, die ich und mein Mann Ihnen liefern können und die Ihnen einen gewaltigen Vorteil verschaffen werden.«

Carlos schien über ihre Argumente nachzudenken. »Und wer soll Ihrer Meinung nach dieses vereinigte Kartell anführen?«

»Deswegen sind wir hier«, sagte Maricruz, »um alle Details auszuarbeiten.«

»Und darin steckt ja bekanntlich der Teufel«, gab Carlos zurück.

»Das ist doch Quatsch!« Giron trat kämpferisch vor. »Das ist ein abgekartetes Spiel. Die wollen uns übers Ohr hauen.«

»Sie irren sich«, erwiderte Maricruz. »Aber ich verstehe Ihr Misstrauen nach all den blutigen Kämpfen.«

Girons kaltes Lächeln ließ sie innerlich zusammenzucken. »Die Geschichte der Menschheit war immer schon kriegerisch. So sind wir nun einmal. Wir Männer genießen die Schlacht und den Triumph, und wir streben immer nach neuem Territorium.«

»Und wir Frauen?«, fragte sie und trat langsam auf ihn zu. »Was ist mit uns?«

»Euer Blut ist anders«, stellte Giron fest. »Ihr seid dafür da, neues Leben in die Welt zu bringen. Frauen haben auf dem Schlachtfeld nichts verloren. Das ist eine Tatsache, so ist nun mal eure Natur.« Er zuckte mit den Achseln. »Das ist gottgewollt und hat seine guten Gründe. Wer sollte sich sonst um die Verwundeten kümmern, die Toten begraben und betrauern?«

Es verlangte Maricruz ihre ganze beträchtliche Stärke ab, ihm nicht die Augen herauszureißen. Welche Genugtuung das wäre! Doch sie musste tun, was die Situation erforderte, und ihren Drang auf später verschieben.

Als würde er ihre Gedanken erahnen, trat Carlos dazwischen. »Wenn wir noch länger hier stehen, verdursten wir alle.« Es war inzwischen dunkel geworden, nur noch ein letztes schwaches Leuchten des Sonnenuntergangs erhellte den Himmel. »Ich schlage vor, wir verlegen die Diskussion in …«

»Eine Cantina meiner Wahl«, führte Matamoros den Satz zu Ende.

»Wie Sie wünschen, Señor«, antwortete Carlos mit einem freundlichen Lächeln. »Führen Sie uns hin, wir folgen Ihnen.«

FÜNFZEHN

Als sich Bourne bewegte, löste er eine Schuttlawine aus, blieb jedoch verschüttet. Er konnte kaum atmen und arbeitete sich mit dem rechten Arm nach oben, bis er kühle Luft auf der Hand spürte. Rasch schaufelte er so viel wie möglich von dem Schutt weg, ehe er sich unter Einsatz der Schultern nach oben kämpfte.

Ein wenig Licht sickerte aus dem Keller in den Tunnel herunter. Die Luft war von Staub erfüllt, der sich erst legen musste. Er blickte sich um und sah die Beine seines Verfolgers in der Dunkelheit. Sonst war nichts zu erkennen. Doch Bourne dachte zuallererst an Yue, die vor der gegenüberliegenden Wand gelegen hatte, als der Stollen einstürzte.

Er wühlte sich aus den Trümmern heraus und stolperte durch den Schutt. Mithilfe des Eisenstücks, das er mitgenommen hatte, schaufelte er Erde und Holz beiseite, doch von Yue war nichts zu sehen.

Mit wachsender Sorge grub er immer schneller, räumte Bretter, Erde und kleine Gesteinsbrocken aus dem Weg, bis er zu zwei kreuzförmig übereinanderliegenden Balken gelangte. Sehr vorsichtig, damit das faulige Holz nicht ganz zerfiel, räumte er die Bruchstücke beiseite, schaute in das Loch, das er gegraben hatte, und erblickte Yues rechte Schulter. Er rief ihren Namen, leise zuerst, dann immer lauter, doch weder antwortete sie, noch rührte sie sich. Es war auch nicht zu erkennen, ob sie noch atmete.

Bourne beeilte sich, mehr Trümmer und Erde zu entfernen, bis er sie mit den Armen erreichen und heraufheben konnte. An ihrer Halsschlagader fühlte er einen schwachen Puls. Er öffnete ihren Mund, neigte ihren Kopf zurück, um ihre Atemwege zu öffnen, beugte sich über sie und begann, Luft in ihre Lunge zu blasen.

Immer wieder hielt er inne, um ihren Puls zu fühlen und zu sehen, ob ihre Brust sich hob und senkte. Der Puls wurde etwas stärker, doch ihre Brust bewegte sich noch immer kaum. Er machte mit der Beatmung weiter und füllte ihre Lunge mit Luft.

Plötzlich begann sie zu zucken, ihre Augen öffneten sich, und sie drückte die Hände gegen seine Brust. »Was tust du da?«, brachte sie mit schwacher Stimme hervor.

Bourne setzte sich auf die Fersen und sah sie lächelnd an. »Der Tunnel ist eingestürzt.«

»Sieht so aus.« Sie reckte den Hals, um sich umzublicken. »Wo ist der Mistkerl?«

»Verschüttet.« Bourne deutete auf die Füße des Mannes. »Tot.«

»Das will ich verdammt hoffen.«

Bourne lachte. »Jetzt weiß ich, dass dir nichts fehlt.« Er stand auf, hielt ihr die Hand hin und zog sie auf die Beine. »Wie geht's dem Knöchel?«

»Gut.«

»Tut sicher verdammt weh.«

»Geh zur Hölle.« Sie lächelte breit.

»War ich schon.« Bourne erwiderte ihr Lächeln.

»Glaubst du, wir kommen aus dem Drecksloch heraus?« Sie blickte nach oben. »Die Bullen dürften bald hier sein.«

»Erst muss ich rauskriegen, wer uns gefolgt ist und warum.«

»Glaubst du, du erfährst das von einem Toten?« Sie kletterte mit schmerzverzerrtem Gesicht über den Schutthaufen und folgte ihm zu der Stelle, wo der Mann zur Hälfte verschüttet war.

Bourne begann ihn auszugraben. »Tote können viel erzählen, manchmal mehr als Lebende.«

Sie stützte sich auf eine Trümmerwand und half ihm beim Graben, sodass Bourne den Toten nach wenigen Minuten herausziehen konnte. Eine Blutspur zeichnete sich auf dem Boden ab wie die Schleimspur einer Schnecke.

Rasch durchsuchte Bourne seine Taschen. Er fand ein Bündel Geldscheine, einen Führerschein auf den Namen Jesse Long, der offensichtlich gefälscht war, aber weder Brieftasche noch Reisepass oder sonst etwas, das auf seine wahre Identität hingewiesen hätte. Bourne nahm das Messer und das Handy des Toten an sich, als Sirenengeheul aus der Ferne zu hören war.

Er steckte alles ein, hob Yue hoch und stieg auf den höchsten Trümmerhaufen, um in den Keller des Hauses über ihnen zu klettern.

Die Kneipe, die Matamoros ausgewählt hatte, war lang und schummrig, es roch nach Tequila, Tortillas und abgestandenem Bier. Bunte Partylichter in Form von kleinen Laternen hingen von der Decke. Eine junge

Frau tanzte allein vor einer Jukebox zu den Klängen von Shakiras »Addicted to You«.

Die langen Holztische waren so gut wie leer, die wenigen Gäste saßen im vorderen Bereich beisammen, wie zur Bestätigung des alten Spruchs »Geteiltes Leid ist halbes Leid«.

Die Bodyguards postierten sich bei der Eingangstür, während Matamoros die Gruppe zu einem kleinen Tisch ganz hinten führte. Der Besitzer erschien blitzartig aus der Küche und beugte sich über den Tisch, um Speisekarten zu verteilen und ihre Getränkewünsche entgegenzunehmen.

Im Handumdrehen war das Bier serviert, und die vier waren wieder unter sich. Matamoros und Giron beäugten einander wie zwei Wölfe, die um einen Kadaver schlichen.

»Señora«, wandte sich Carlos an Maricruz, »vielleicht möchten Sie mich hinaus auf die Terrasse begleiten, wo wir unsere *Cerveza* in einer etwas ruhigeren Umgebung trinken können.«

»Nein«, wandte Matamoros ein, als sich die beiden erhoben. »Ich lasse sie nicht hinausgehen, wo sie leicht einer eurer Scharfschützen aufs Korn nehmen könnte.«

»Señor Matamoros«, erwiderte Carlos trocken, »wir sind hier auf Ihrem Territorium. Sie haben alle Karten in der Hand. Wir sind als Gäste hier, auf Einladung dieser reizenden Dame. Seien Sie so freundlich …«

»Schon gut«, sagte Maricruz und griff nach ihrem Bier. »Mir passiert sicher nichts.«

In Wahrheit fühlte sie sich alles andere als sicher, als sie mit Carlos auf die breite Terrasse mit den grob gezimmerten Tischen und Stühlen hinaustrat. Die nördlichen Ausläufer der Stadt wirkten grau und staubig in der Ferne.

»Sie gehören nicht zu den Frauen, die Zigarren rauchen, oder?«

Sie funkelte ihn schweigend an.

»Dachte ich mir doch.« Er zündete sich die Zigarre mit großem Getue an, wie um seine Wichtigkeit zu unterstreichen. »Ich möchte Ihnen eine Geschichte erzählen.«

»Ist das wirklich notwendig?«

»Bitte.« Er ließ den Rauch aus dem Mund entweichen. »Girons Großvater hatte einen Geschäftspartner. Ein Gringo, der ihm alles Mögliche versprach und es nach und nach auch erfüllte. Die beiden Männer wurden reich, bis der Gringo eines Tages verschwand und Girons Großvater feststellte, dass ihm nichts geblieben war. Sein Partner hatte sich mit allem davongemacht.«

Maricruz' steinerne Miene blieb unverändert. »Hier ist nirgends ein Gringo.«

Carlos nickte eifrig. »Das stimmt, keine Frage. Aber Giron sieht das ein bisschen anders. Für ihn sind Sie fast noch schlimmer als ein Gringo. Sie sind eine Mexikanerin, die das Land verlassen hat. Er betrachtet Sie als Außenstehende, nicht mehr als eine von uns, eine Abtrünnige, wenn Sie so wollen.«

»Sehen Sie mich auch so?«

»Nein, natürlich nicht.« Er seufzte. »Trotzdem muss ich nun einmal mit Giron auskommen.«

»Das ist Ihr Problem«, erwiderte Maricruz knapp.

»Okay, aber wenn wir wirklich zusammenarbeiten, wird es auch zu Ihrem Problem, Señora.«

Sie schwiegen eine Weile. In der Kneipe tönte ein gefühlvolles Ranchera-Lied aus der Jukebox. Maricruz stellte sich die junge Frau vor, wie sie die Hüften im Rhythmus wiegte, die Arme um einen imaginären Geliebten geschlungen. Wie traurig ihr Leben sein musste!

Maricruz zwang sich, zum Wesentlichen zurückzukehren. »Vermutlich haben Sie mich herausgebeten, um mir eine Lösung vorzuschlagen.«

Carlos blickte in die Ferne, wo die winzigkleinen Lichter der Stadt die Nacht kaum zu erhellen vermochten. »Wissen Sie, Maricruz – darf ich Sie Maricruz nennen?«

»Unbedingt.«

Er nickte sichtlich erfreut. »Ich weiß zwar, dass mich viele beneiden, aber so ein Doppelleben ist auch ziemlich schwierig.«

»Wollen Sie sich jetzt bei mir ausweinen?«

Er lächelte, obwohl sein Blick immer noch auf die fernen Lichter gerichtet war, die der Stadt eine geisterhafte Aura verliehen. »Sie werden lachen, aber wenn man niemanden hat, mit dem man reden kann, dann kommt manchmal der Moment, wo man sich fragt: Wofür tu ich das alles?«

»Sie haben keine Familie?«

»Meine Frau ist zu Hause bei den Kindern. Glauben Sie, ich erzähle ihr, was ich hier so mache?«

»Vielleicht gehen Sie überhaupt nie nach Hause.«

Er wandte sich ihr zu und sah sie durchdringend an. »Meiner Geliebten erzähle ich noch weniger als meiner Frau – das heißt, gar nichts.«

»Eine kluge Entscheidung.«

Er warf ihr einen bitteren Blick zu.

»Dann gibt es also niemanden.«

»Genau. Die Leute, mit denen ich zusammenarbeite, sind Idioten.«

»Und jetzt vertrauen Sie sich ausgerechnet mir an, einer Fremden.«

»Manchmal ist es leichter, mit jemandem von außen zu sprechen.«

»Sie sehen mich also als eine Außenstehende?«

»Ich sehe Sie als jemanden, der keine feindseligen Gefühle hegt und sich an niemandem rächen will, sondern rein geschäftliche Interessen verfolgt.«

Maricruz' Herz blieb einen Moment lang stehen. »Wollen Sie mich etwa anheuern?«

»Ich versuche einfach nur, unser Problem zu lösen: die Animositäten zwischen Giron und Matamoros.«

»Wir können …«

Doch er schüttelte bereits den Kopf. »Es wurde zu viel Blut vergossen, zu viele Familienmitglieder mussten sterben, zu lange hat nur Hass und Mordlust geherrscht. Das lässt sich nicht so einfach auslöschen oder vergessen, egal, was Matamoros Ihnen gesagt hat.«

»Was wollen Sie damit sagen?«

Carlos trat näher zu ihr. »Giron und Matamoros haben eines gemeinsam: Sie gehören der Vergangenheit an. Ihre Zeit ist vorbei.« Seine Stimme war leise, aber eindringlich. »Sie und ich, Maricruz, wir sind ein Teil der Zukunft. Das ist unser Moment. Wir brauchen ihn nur zu ergreifen.«

Als Hauptmann Lim die Nachricht vom eingestürzten Keller in dem Seidengeschäft erhielt, sah er auf seinem detaillierten Plan des Viertels, dass sich der Laden ganz in der Nähe von Sam Zhangs Perlengeschäft befand, und folgte seinem Bauchgefühl.

Er mobilisierte seine Männer via drahtloses Netzwerk und wies sie an, zum Seidengeschäft zu kommen und es abzuriegeln.

»Halten Sie jeden fest, der das Haus betritt oder verlässt«, befahl er. »Aber niemand geht hinein, bevor ich dort bin.«

Er stieg in seinen Wagen und wies den Fahrer an, ihn mitten durch den dichten Shanghaier Verkehr ans Ziel zu bringen.

»Schneller«, forderte er den Mann auf.

Als sie um die letzte Ecke bogen und das Geschäft in Sicht kam, zog er seine Pistole.

SECHZEHN

Das flackernde Licht zweier nahezu ausgebrannter Leuchtstoffröhren warf bizarre Schatten in den zerstörten Keller. Das laute Sirenengeheul sigalisierte Bourne, dass die Polizei bereits eingetroffen war. Statt die Treppe nach oben zu nehmen, ging er in die rechte hintere Ecke des Raumes, wo er eine zweite, weniger steile Treppe gesehen hatte. Er eilte hinauf und warf sich mit der Schulter gegen die Tür. Sie flog auf.

Yue hatte tapfer gegen die Schmerzen angekämpft, doch nun lag sie bewusstlos in seinen Armen. Ihr Kopf baumelte bei jedem seiner Schritte. Er ging weiter zur Hintertür, sah durch die durchscheinende Glastür jedoch Schatten, die sich davor bewegten, und hörte laute Stimmen – wahrscheinlich Polizeikommandos. Er machte kehrt und sprintete zurück in den Keller, gerade noch rechtzeitig, bevor die Hintertür aufflog und Stiefel über die Dielen trampelten.

Bourne rutschte über einen Erdhaufen zurück in den Tunnel, wo er Yue absetzte und sich durch den Schutt zu graben begann, bis er auf die andere Seite der Einsturzstelle gelangte. Dann kroch er zu Yue und eilte mit ihr durch den Tunnel den Weg zurück, den sie gekommen waren. In der Dunkelheit kam er auf dem unebenen

Boden nur langsam voran, von den vielen Gesteinsbrocken behindert, die im Laufe der Jahre herabgefallen waren, seit der Tunnel von unbekannten Händen gegraben worden war.

Irgendwann hörte er Geräusche. Er blieb stehen, hielt den Atem an und lauschte. Es klang wie Schritte. Plötzlich schnitt hinter ihm für einen kurzen Moment der Strahl einer Taschenlampe durch den Tunnel.

Hauptmann Lim wies seine Männer an, jedes Stockwerk und jede Wohnung zu durchkämmen, in jedem Schrank und jedem Winkel nach Bourne zu suchen, doch er selbst begleitete sie nicht. Er eilte die Treppe in den Keller hinunter.

Da sah er im flackernden Licht der Neonröhren die Trümmer und Erdmassen des Einsturzes. Er blickte über einen Schutthaufen und sah im Licht seiner Taschenlampe einen wahrscheinlich toten Mann, der mit dem Gesicht nach unten dalag. Die Blutspuren ließen vermuten, dass der Mann ein Stück weit über den Boden geschleift worden war. Lim leuchtete in das Loch, aus dem der Mann offenbar herausgezogen worden war.

War der Tote Jason Bourne? Er klemmte sich die Taschenlampe zwischen die Zähne und kletterte den Schutthaufen hinunter. Es dauerte einige Augenblicke, bis er erkannte, dass er sich in einem Tunnel befand, der allem Anschein nach bis zu Zhangs Perlengeschäft verlief.

So bist du mir also entwischt.

Er hockte sich zu dem Toten und drehte ihn auf den Rücken. Es war Long. Lim presste einen stillen Fluch hervor. Wie zum Teufel war Long ihm zuvorgekommen? Dann überlief ihn eine Welle der Erleichterung: Der Tote war nicht Bourne. Oberst Suns Anweisung lautete, Bourne festzunehmen. Hätte er ihm nur Bournes Leiche gebracht, würde er in Teufels Küche geraten. Der Gedanke ließ ihn erschaudern. Oberst Sun war ein Mann, den man besser nicht verärgerte.

Er richtete sich auf und leuchtete nach vorn. Und sah die Schneise, die Bourne in den Trümmerhaufen gegraben haben musste, um voranzukommen. Er stieg hindurch und eilte in die Richtung, in die Bourne vermutlich geflüchtet war.

Mit Yue in den Armen erreichte Bourne die Leiter zu Sam Zhangs Geschäft, doch als er hochsteigen wollte, hörte er Stimmen. Polizei! Hauptmann Lim war so schlau gewesen, zwei Männer hier zu postieren, für den Fall, dass Bourne zurückkehren würde. Er lauschte den Stimmen der beiden Polizisten, die sich über ihre frustrierende Situation unterhielten.

»Was habe ich Hauptmann Lim nur getan, dass er mir diesen Scheißjob überträgt?«

»Diese Typen tun, was sie wollen.«

»Aber das ist doch verrückt. Der *Gwailo* kommt sicher nicht zurück; wahrscheinlich ist er längst über alle Berge.«

»Du weißt es und ich weiß es. Zu dumm, dass Lim etwas anderes glaubt.«

»Lim ist ein Idiot, ein richtiger Militärkopf, und nicht mal von hier.«

»Er ist wie all die anderen Typen in Peking. Für die Karriere tun die alles.«

»Den interessiert nur eins: Oberst Sun in den Arsch zu kriechen.«

»So wirst du Hauptmann in der Armee.«

»Scheiß drauf. Mir können die alle gehörig gestohlen bleiben.«

Kurzes Schweigen, dann: »Wie lange noch?«

»Eine gute Stunde, dann können wir heimgehen und den Scheißkerl Lim vergessen.«

Bourne lehnte Yue an die Kellerwand. Sie schlief friedlich. Dann ging er lautlos zur Leiter zurück. Er konnte es sich nicht leisten, eine Stunde zu warten, nicht einmal zehn Minuten. Jeden Moment konnte Lim erkennen, dass Bourne nicht im Tunnel weitergegangen, sondern zu Zhangs Büro zurückgekehrt war.

Rasch kletterte er die Leiter hoch, stieß die Klapptür mit der Schulter auf und sprang aus dem Schacht hervor. Er rammte einem Bullen den Ellbogen in den Magen und erwischte den zweiten mit dem Messer, das er aus dem Tunnel mitgenommen hatte. Einer sank blutend zu Boden, der andere zog die Pistole, doch Bourne schlug sie ihm mit einem blitzschnellen Handkantenschlag aus der Hand. Er versetzte ihm einen Hieb gegen die Kehle, und der Bulle stürzte bewusstlos zu Boden. Bourne wirbelte herum, kickte dem anderen das Handy aus der Hand und ließ einen Tritt gegen das Ohr folgen, der den Polizisten ebenfalls außer Gefecht setzte.

Als Bourne aufblickte, sah er im gegenüberliegenden Winkel des Büros Sam Zhang, der mit angstgeweiteten Augen gefesselt und geknebelt auf seinem Stuhl saß. Seine Augen sprangen wie verrückt zwischen Bourne und den bewusstlosen Polizisten hin und her.

»Warum sind Sie zurückgekommen?«, flüsterte Zhang aufgeregt, als Bourne ihm den Knebel abgenommen hatte. »Wo ist Yue?«

Mit dem Messer durchschnitt Bourne die Stricke, mit denen Zhang an seinen Stuhl gefesselt war. »Ich dachte mir, hier würde mich Lim bestimmt nicht suchen.«

Zhang nickte und streckte den zittrigen Arm aus, als Bourne ihm ein Glas Whisky reichte. Zhang kippte den Drink in einem Zug hinunter. Er schüttelte den Kopf wie ein nasser Hund und hielt ihm auffordernd das Glas hin.

»Und Yue?«, fragte er, als Bourne ihm erneut einschenkte.

»Schläft unten im Keller.«

Zhang nippte von seinem Whisky. »Wie geht es ihr?«

»Ich bringe sie herauf«, antwortete Bourne, ohne zu erwähnen, dass der Tunnel eingestürzt war und Zhangs »kleine Schwester« einiges abbekommen hatte.

Erst jetzt fiel Zhang auf, wie staubig und abgerissen Bourne aussah. »Moment mal. Was ist da unten passiert?«

Ohne auf die Frage einzugehen, verschwand Bourne im Keller, hob Yue auf und kletterte mit ihr, ohne sie zu wecken, ins Büro zurück.

»Du lieber Himmel!«, rief Zhang aus und erhob sich mit wackligen Beinen von seinem Stuhl. »Sie sieht ja noch schlimmer aus als Sie!«

»Ihr fehlt nichts«, beruhigte ihn Bourne. »Der Tunnel ist eingestürzt.« Bevor der Dicke etwas sagen konnte, fügte er hinzu: »Der Mann, der hinter mir her war, ist dabei ums Leben gekommen.«

Zhang ging vor ihrem Stuhl in die Knie und fasste sie

an den Armen. »Kleine Schwester«, flüsterte er. »Kleine Schwester.«

»Wer war der Mann, der uns verfolgt hat?«

Zhang untersuchte Yues Gesicht, ohne auf die Frage einzugehen.

»Zhang«, wiederholte Bourne eindringlich. »Der Mann hat den Einsturz verursacht.«

Der Dicke fuhr hoch, als hätte Bourne ihn mit der Peitsche geschlagen. »Er hat versprochen, ihr nichts zu tun!«, jammerte er.

Er hielt Yues kleine Hand zwischen seinen Händen. »Ich weiß es nicht«, sagte er so sanft, als spräche er mit ihr. »Ich habe ihn noch nie gesehen. Ich habe gefragt, aber er hat mir nur die Pistole an den Kopf gesetzt.« Er schüttelte traurig den Kopf. »Ich hätte nicht nachgeben dürfen. Hätte ihm nicht sagen dürfen, wohin ihr gegangen seid.«

»Sie hatten keine andere Wahl.«

»Feiglinge haben nie eine andere Wahl, oder?«

Bourne legte ihm die Hand auf seine massige Schulter. »Denken Sie nur, welchen Schmerz Sie Yue erspart haben, indem Sie überlebt haben.«

Zhang wollte lachen, doch es kam nur ein kläglicher Laut heraus. Bourne schleifte die beiden Polizisten durch die Hintertür hinaus und legte sie in die schmutzige Gasse. Als er zurückkam, wischte Zhang das Blut vom Fußboden auf.

»Kommen Sie«, forderte Bourne ihn auf, als Zhang damit fertig war. Er hob Yue auf. »Wir müssen ein stilles Plätzchen zum Reden finden. Dort können Sie sich um die kleine Schwester kümmern.«

Zhang nickte, watschelte hinaus auf die Gasse, zog

sein Handy hervor und rief seinen Chauffeur mit dem Wagen her.

Amir Ophir bereitete letzte logistische Details für eine Rettungsmission auf dem Sinai vor. Ein Hamas-Trupp hatte drei Israelis, die den Berg Sinai hochwanderten, fälschlicherweise für Mossad-Agenten gehalten und gefangen genommen. Als er gerade an einem aktuellen Lagebericht arbeitete, erhielt er einen Anruf auf seinem privaten Handy. Er stand vom Schreibtisch auf und trat auf den Flur, ehe er sich meldete.

»Einen Moment.«

Er suchte die Herrentoilette auf, checkte die Kabinen, die alle leer waren, und stellte sich mit dem Rücken an die Tür, damit niemand eintreten konnte. »Was gibt's?«

Er hörte einige Sekunden zu, und sein Gesicht verfinsterte sich zusehends. »Retzach ist tot? Sind Sie absolut sicher?« Er verdrehte frustriert die Augen. Die Situation war mehr als bedrohlich. Wie sollte er diesen Fehlschlag dem Direktor erklären? Yadin war nicht gerade für seine Nachsicht bekannt, wenn jemand Mist baute, und Ophir hatte nicht vor, sich zu opfern.

Es gab einen Ausweg, wenn auch keinen angenehmen. Er hatte nicht gedacht, auf seinen Plan B zurückgreifen zu müssen, doch Retzachs Tod – für den wahrscheinlich Bourne verantwortlich war – ließ ihm keine andere Wahl. Andernfalls hätte er seinen Fehler eingestehen und die Konsequenzen tragen müssen.

Nein, er hatte absolut keine Wahl.

Ophir kehrte in sein Büro zurück, griff zum Telefon und wählte eine Nummer.

SIEBZEHN

Der Direktor stand vor einem Gemälde von Alighiero Boetti, das aus Buchstaben zusammengesetzt war, lateinischen und arabischen. In diesem Kontext gewannen die Buchstaben eine neue Bedeutung und eine zusätzliche Dimension, die in krassem Gegensatz zur gewohnten konkreten Bedeutung der Sprache stand. Er drehte sich nicht um, als Ophir neben ihn trat. Um diese Tageszeit war das Tel Aviv Museum of Art so gut wie leer. Da und dort sah man die Bodyguards des Direktors durch die Räume schlendern und so tun, als würden sie die Bilder betrachten.

»Haben wir unsere Kryptografen schon mal hierhergeschickt?«, sagte der Direktor. »Ich hatte immer schon den Verdacht, dass sich da drin eine geheime Botschaft verbirgt.«

Ophir sparte sich eine Antwort; er wusste, dass sich der Direktor genauso wenig für Boettis Bild interessierte wie er selbst.

»Update«, sagte der Direktor in so eisigem Ton, dass Ophir schauderte.

»Bourne ist tatsächlich entwischt«, meldete Ophir. Es machte ihn krank, nicht zu wissen, welches Ziel der Direktor verfolgte. »Ich habe dich gewarnt. Die Amerikaner konnten Bourne nicht kontrollieren. Ich weiß nicht, warum du geglaubt hast, es zu können.« Der Direktor schwieg. »Er hat den Tracking-Chip im Pass gefunden. Offenbar hat er ihn in Shanghai gleich nach der Ankunft an einem Taxi befestigt, und wir folgten einem Phantom, bis wir merkten, was los war.«

»Schlauer Bursche, dieser Bourne.«

»Wie? Du verteidigst ihn auch noch?«

Direktor Yadin wandte sich ihm schließlich zu. »Bourne hat genau das getan, was ich erwartet habe.«

Ophir starrte ihn völlig verdutzt an. »Ich … ich verstehe nicht.«

Der Direktor zuckte mit den Achseln. »Amir, mein Freund, es ist genau so, wie du sagst. Bourne lässt sich nicht kontrollieren. Er lässt sich nicht an der Leine führen. Das haben die Amerikaner nie begriffen. Sie haben immer versucht, ihn zu zähmen und in eine Schablone zu pressen. Und als er ausbrach, war er fest entschlossen, nie mehr zurückzukehren.«

»Wie kann er uns dann helfen, Memuneh?«

Der Direktor schlenderte mit Ophir an seiner Seite weiter. »Man kann Bourne zwar nicht an der Leine führen, aber dennoch lenken. Bourne ist eine Kugel. Wenn du gut zielst, findet die Kugel ihr Ziel. Genau das habe ich getan: Ich habe ihn auf den richtigen Weg geführt. Wie er ihn geht, ist seine Sache.« Er nickte, wie um seine Worte zu bekräftigen. »Ich fahre jetzt mit dem Boot hinaus, um zu trauern und einen klaren Kopf zu bekommen.«

»Und ich?«

»Bring die Sinai-Sache zu Ende, bevor sie noch mehr eskaliert. Bis Mitternacht müssen unsere Landsleute aus der Hand des Feindes befreit und wieder zu Hause sein. Ist das klar?«

»Hundertprozentig, Memuneh.«

»Vergiss Bourne, Amir. Du hast deinen Teil beigetragen. Jetzt überlässt du ihn mir.«

Ophir sah dem Direktor nach, wie er mit seinem Gefolge von Leibwächtern das Museum verließ, ehe er ebenfalls ging. Auf dem Platz vor dem Gebäude sah er drei Autos wegfahren und beobachtete überrascht, dass die zwei Wagen mit den Leibwächtern in eine andere Richtung fuhren als der Direktor. Sein Ziel war offensichtlich nicht der Hafen, wo sein Boot auf seinem Liegeplatz schaukelte.

Neugierig setzte sich Ophir in seinen Wagen und folgte dem Fahrzeug des Direktors. Er hatte verstehen können, dass der Direktor ein paar Stunden auf seinem Boot verbringen wollte. Er hatte blass und abgespannt ausgesehen. Bildete Ophir es sich nur ein, oder hatte Yadin tatsächlich abgenommen?

Der Wagen des Direktors bog in die Weizmann-Straße ein und hielt schließlich vor dem Sourasky-Krankenhaus.

Was hat das zu bedeuten, fragte sich Ophir, während Yadin zum Gebäude hinaufging. Ophir parkte sein Auto, stieg aus und eilte ebenfalls in das kühle, ruhige Innere.

Er trat an den Informationsschalter und fragte nach Eli Yadin, einem ambulanten Patienten des Krankenhauses. Der Mann hinter dem Granittresen schickte ihn zu einem anderen Schalter in der riesigen Eingangshalle.

Die Frau am Schalter war jung und athletisch und

zeigte das selbstsichere Auftreten, das man durch den Dienst in der israelischen Armee gewann.

»Was kann ich für Sie tun?«, fragte sie mit routiniertem Lächeln.

»Ich suche Eli Yadin«, sagte Ophir. »Ich glaube, er ist als ambulanter Patient bei Ihnen.«

»Welche Abteilung?«

»Das weiß ich nicht.«

Die junge Frau rümpfte die sommersprossige Nase und sah ihn stirnrunzelnd an. »Wir haben sechzehn verschiedene Abteilungen für ambulante Patienten.«

Ophir überlegte einen Augenblick. »Sehen Sie in der Onkologie nach.«

Sie gab den Namen des Direktors ein. »Tut mir leid. Er ist nicht eingetragen.«

»Sie können doch sicher überall nachsehen.«

Sie sah ihn argwöhnisch an. »Schon, aber …«

Ophir zog seinen Ausweis hervor. Er hatte sich eigentlich nicht zu erkennen geben wollen, doch sie ließ ihm keine Wahl.

Die junge Frau betrachtete seinen Ausweis eingehend. »Ich werde sehen, was ich tun kann«, sagte sie schließlich.

Ihre Finger flogen über die Tastatur, bis sie schließlich entschieden den Kopf schüttelte. »Tut mir leid, mein Herr, wir haben niemanden mit diesem Namen bei uns eingetragen.«

»Aber das kann nicht sein«, sagte Ophir ungläubig.

»Mehr kann ich nicht tun«, beharrte die junge Frau und wandte sich dem klingelnden Telefon zu.

Natürlich, dachte Ophir, während er das Haus verließ und zur Straße hinunterging. Wenn sich der Direktor unter einem falschen Namen eingetragen hatte, würde er ihn nie finden. Als er am Lenkrad saß und wegfuhr, hatte er das kleine Rätsel schon wieder aus seinen Gedanken verbannt. Er konzentrierte sich ganz auf die letzten Schritte zur Befreiung der drei Israelis auf dem Sinai.

»Carlos ist an Bord«, sagte Maricruz, nachdem sie und Matamoros auf das Anwesen von Los Zetas zurückgekehrt waren.

Sie standen auf der langen Veranda, schlürften edlen Mezcal und betrachteten die Palmwedel, die sich im Wind wiegten.

»Du warst lange mit ihm draußen.«

»Eifersüchtig?«

Matamoros schnaubte verächtlich.

Es war kurz nach Mitternacht. Die Mondsichel tauchte immer wieder zwischen den Wolken auf, die von einem feuchten Wind über den Himmel getrieben wurden und starken Regen ankündigten. Bewaffnete Wächter patrouillierten vor der zweieinhalb Meter hohen Mauer, die das Anwesen umgab. Weitere Männer streiften durch die Gärten und zwischen den Palmen. Abgesehen vom Zirpen der Zikaden, dem Quaken der Baumfrösche und dem gelegentlichen Bellen eines streunenden Hundes lag eine samtige Stille über der Nacht, sodass man sich fühlte wie in einem Urlaubsort an der Riviera Maya. Fehlte nur noch das sanfte Plätschern der Wellen am Strand.

»Ich hatte ein recht angenehmes Gespräch mit Carlos«, fuhr sie fort. »Er ist ein hundertprozentiger Geschäftsmann und hat die Vorzüge meines Vorschlags auf Anhieb verstanden, ohne dass ich erst eine Show abziehen musste.«

»Und Giron?«

»Er hat ihn nicht einmal erwähnt.« Maricruz trank ihren Mezcal aus. »Wir drei treffen uns morgen früh um neun, um das Bündnis zu besiegeln.«

Matamoros nickte; er wirkte abwesend. Als sie ins Haus zurückkehrten, zeigte er ihr ihr Zimmer und ging über den holzgetäfelten Gang zu seinem eigenen.

Maricruz' Zimmer war geräumig und mit einem King-Size-Bett und anderen riesig wirkenden Möbelstücken eingerichtet. An den Wänden hingen Stierkampfradierungen und Fotos von exotischen Tänzerinnen. Das luxuriöse, in Marmor gehaltene Badezimmer war mit Dusche und einer Badewanne mit Blick auf den beleuchteten Garten ausgestattet.

Sie zog sich aus und trat in die Dusche, um den Staub und Schweiß des Tages wegzuspülen und an nichts mehr zu denken.

Als sie in dem weichen Bett lag, erwartete sie fast, dass Matamoros an ihre Tür klopfen würde. Er kam nicht, und sie wusste nicht, ob sie erleichtert oder enttäuscht sein sollte.

In dieser Nacht träumte sie, in einem Meer aus Blut zu schwimmen. Als sie aus dem bizarren Traum auftauchte, glaubte sie, Schüsse zu hören. Doch als sie schließlich ganz wach war und sich aufsetzte, war da nur das Krähen der Hähne, die den frühen Morgen begrüßten, und das Bellen der Hunde, die durch die Straßen von San Luis Potosí streiften.

Maricruz zog sich rasch an und trat hinaus auf den Flur. Das Wohnzimmer war verlassen, sie blickte sich um und ging weiter in die Küche. Beunruhigt kehrte sie auf den Flur zurück und drückte die Tür zu Matamoros' Zimmer auf. Es war leer; im Bett hatte niemand geschlafen.

Sie kehrte in ihr Zimmer zurück, zog ihre Bersa Thunder Kaliber .380 hervor und vergewisserte sich, dass sie geladen war, dann ging sie zur Haustür und trat in den Hof hinaus. Es waren keine Wächter mehr zu sehen. Über dem ganzen Anwesen lag eine tödliche Stille, die sie an ihren befremdlichen Traum erinnerte.

Sie eilte durch die Gärten, zwischen Palmen hindurch, und zog das Tor des Anwesens auf. Ein großer schwarzer SUV stand etwa hundert Meter entfernt. Die aufgehende Sonne schien auf die Windschutzscheibe und machte sie undurchsichtig.

Vorsichtig näherte sie sich dem SUV, trat an die linke Seite des Fahrzeugs und beugte sich zum Fenster hinunter, durch das getönte Glas war aber nichts zu erkennen.

Sie blickte sich suchend nach Matamoros oder einem seiner Männer um, doch es war weit und breit niemand zu sehen. Sie unterdrückte den Drang, wegzulaufen, trat an die Beifahrerseite des Wagens und öffnete die Tür.

Ihr entfuhr ein erschrockener Laut. Nicht weniger als vierzehn Männer waren in den SUV gezwängt. Alle enthauptet. Sie fuhr zurück, als etwas Rundes hervorsprang und auf dem Boden landete.

Mit glasigen Augen starrte sie der abgetrennte Kopf von Raul Giron an.

»Sie brauchen einen sicheren Ort«, meinte Sam Zhang. »Wo Sie weder Hauptmann Lim noch sonst jemand finden kann.« Er tippte seinem Fahrer auf die Schulter und sprach leise mit ihm. Dann lehnte er sich zurück und drückte seine beiden Fahrgäste mit seiner Körperfülle zusammen. »Ich kenne einen solchen Ort – dort fahren wir jetzt hin.«

Yue lehnte mit Kopf und Schultern an Bournes Brust.

»Lim hat unser Gespräch unterbrochen«, sagte Bourne zu Zhang.

»Ja? Worüber haben wir denn gesprochen?«

»Ouyang Jidan.«

Zhang schürzte seine dicken Lippen. »Daran kann ich mich nicht erinnern.«

»Er soll von Peking hergekommen sein.«

»Inwiefern betrifft Sie das?«

»Wir beide haben noch eine Rechnung offen. Er ist für den Tod von jemandem verantwortlich, den ich gut kannte.«

»Das klingt sehr allgemein.« Zhang zuckte mit den Achseln. »Ouyang hat viele auf dem Gewissen.«

»Mir geht es nur um diese eine Person«, sagte Bourne.

Sie überquerten die Brücke in das aufstrebende, neue Stadtviertel Pudong. Der Wagen folgte der Uferpromenade und hielt vor der Glas-und-Stahl-Fassade eines der feinsten Hotels in der Stadt.

Zhang bat um einen Rollstuhl, als ein livrierter Angestellter die Autotür öffnete. Augenblicke später setzte Bourne Yue hinein, und der Mann, der den Rollstuhl gebracht hatte, schob ihn in die Hotelhalle. Mit dem Aufzug fuhren sie schweigend in den zwanzigsten Stock hinauf.

»Ich übernehme jetzt«, sagte Zhang, steckte dem Mann einen Geldschein zu und schob den Rollstuhl aus der Aufzugskabine. Bourne folgte ihm über den mit einem dicken Teppich ausgelegten Flur, vorbei an muschelförmigen Wandleuchten, die ein warmes Licht abgaben, bis sie zu einer Suite gelangten. Zhang öffnete die Tür mit einer Schlüsselkarte und schob den Rollstuhl mit Yue hinein.

Als Bourne über die Schwelle trat, spürte er einen blitzschnellen Nadelstich am Hals. Er wollte herumwirbeln, doch die Substanz verlangsamte bereits seine Reflexe. Mitten in der Drehbewegung gaben seine Knie unter ihm nach. Jemand fing ihn von hinten auf, und seine Sicht verschwamm ebenso wie seine Gedanken.

Das Letzte, was er wahrnahm, war Yue, die von ihrem Rollstuhl aufstand, ein Wolfslächeln im Gesicht. Sie küsste ihn auf die Lippen, dann schlug sie ihn hart ins Gesicht und beförderte ihn in die Bewusstlosigkeit.

ZWEITES BUCH

ACHTZEHN

Jin stellte seinen Fuß in die Aufzugtür, um zu verhindern, dass sie sich schloss. Dann drückte er den Nothalteknopf. Er lauschte angestrengt und hörte das leise Klicken des Rollstuhls auf dem Teppich im Flur.

Er zog die QSZ-92-Pistole aus dem Holster am Fußknöchel und meldete sich via drahtloses Netzwerk bei seinem Kommandanten.

»Hauptmann«, flüsterte er, seine Aufregung nur mit Mühe bezähmend, »wir erwischen hier zwei Fliegen mit einer Klappe. Cho Xilans Abgesandten und Jason Bourne.«

»Gehen Sie vorsichtig vor«, mahnte Hauptmann Lim. »Unterstützung ist bereits vor Ort und wird in wenigen Minuten auf Ihrem Stockwerk sein.«

»Wir sollten die angrenzenden Zimmer vom Hotelmanager räumen lassen, mehr ist nicht nötig. Ich brauche keine zusätzliche Unterstützung.« Jin trat auf den menschenleeren Flur hinaus.

»Ich will nicht, dass Sie schutzlos vorgehen«, beharrte Lim.

»Bei allem Respekt, Herr Hauptmann, Sie kennen mich und wissen, dass Sie sich keine Sorgen machen müssen. Ich arbeite besser allein.«

»Wir können uns keine Fehler leisten«, mahnte Lim.

»Ich mache keine Fehler, Herr Hauptmann.«

»Sie kennen die Anweisungen zu Jason Bourne.«

»Festnehmen, keinesfalls töten. Alles klar, Herr Hauptmann.«

»Also gut.« Es folgte eine kurze Pause. »Ich bin in zehn Minuten bei Ihnen.«

Jin trennte die Verbindung und schlich auf leisen Sohlen über den Flur. Seine QSZ-92 hielt er leicht nach oben gerichtet. Als er die Tür zur Suite erreichte, verharrte er zwanzig Sekunden reglos, ehe er das Ohr an das polierte Holz legte.

»Geh zurück ins Schlafzimmer und schließe die Tür«, befahl Yue dem Mann, der sie als ihr Ehemann aus Peking begleitet hatte. Er nickte und kam der Aufforderung nach.

Als sie mit Sam Zhang allein war, blickte sie auf Bournes reglosen Körper hinunter. »Du hast dich auf ein gefährliches Spiel eingelassen«, sagte sie zu Zhang.

Mit einem Seufzer ließ sich der beleibte Mann in einen Stuhl sinken. »Kommt diese Warnung von dir oder von Cho Xilan?«

Ihre Lippen zuckten in einem angedeuteten Lächeln. »Zwei Seiten gegeneinander auszuspielen kann einen ins Grab bringen. Schau dir an, wie es Wei Wei ergangen ist.«

»Musste das sein, ihn gleich umzubringen?«

»Alles, was ich tue, muss sein, Sam.«

»Und Sergeant Amma?«

»Ein ehrlicher Bulle ist ein gefährlicher Bulle, Sam. Das weißt du genau.«

Zhang schüttelte den Kopf. »Weißt du, kleine Schwester, das Problem mit dir ist, dass du keine ethischen Prinzipien hast.«

»O doch«, erwiderte Yue. »Ich kenne bloß keine Reue, und dafür danke ich den Göttern.«

Der Dicke neigte den Kopf zurück und sprach zur Decke. »Womit habe ich diesen unmoralischen Sumpf bloß verdient?«

»Mach dir nichts vor, Sam.« Yue versetzte Bourne einen Tritt, um sicherzugehen, dass er noch bewusstlos war. »Du tust genauso wie ich alles, um in dieser Schlangengrube von einer Stadt zu überleben.«

Ihre Augen senkten sich zu Bourne. »Irgendwie mag ich den Kerl. In ihm brennt irgendwas Wertvolles – darum beneide ich ihn sogar.« Zhang brummte nur, und sie blickte zu ihm auf. »Er hat mir wirklich das Leben gerettet, Sam.«

»Was spielt das jetzt für eine Rolle? Wir müssen ihn trotzdem an Oberst Sun ausliefern.«

»Noch nicht.« Yue ging neben Bourne in die Hocke und legte ihm eine Hand auf den Kopf. »Er interessiert mich irgendwie.«

»Komm schon, kleine Schwester, dich interessiert niemand.«

»Er schon, Sam. Wirklich. Er hatte schon früher mit Oberst Sun zu tun, und sogar mit Minister Ouyang.« Sie lächelte. »Und das ist sehr wohl interessant.« Sie strich sanft über Bournes Kopf. »Ich behalte ihn zumindest so lange, bis ich weiß, inwiefern er mit den beiden zu tun hatte und ob ich davon profitieren kann.«

Zhang leckte sich über die Lippen. »Also, wer lässt sich jetzt auf ein gefährliches Spiel ein?«

Yue lachte leise. »Der Unterschied ist, dass ich damit zurechtkomme, Sam. Bei dir bin ich mir nicht so sicher.«

»Stimmt, ich werde älter«, gab Zhang zu.

»Älter vielleicht … aber das ist nicht dasselbe wie alt«, meinte Yue.

Er lächelte. »Du verblüffst mich immer wieder.«

»Manchmal verblüffe ich mich selbst … dann frag ich mich, aus welchem Ei ich wohl geschlüpft bin.«

»Dein Reptilienhirn ist jedenfalls hoch entwickelt.«

Yue setzte sich auf ihre Fersen und musterte ihn nachdenklich. »Du bist der Einzige, der mich wirklich kennt, Sam.«

»So gut man einen Komodowaran halt kennen kann.«

Yue lächelte spöttisch und stieß Bourne zwischen die Rippen. Dann schlug sie ihm ins Gesicht. »Es wird Zeit, zur Sache zu kommen.«

Zhang beugte sich über seinen stattlichen Wanst nach vorn. »Wie willst du vorgehen?«

»Was denkst du denn?« Yue hob das Messer, das Bourne aus dem Tunnel mitgenommen hatte.

Zum ersten Mal wirkte Zhang besorgt. »Oberst Sun hat ganz klar gesagt, dass Bourne nichts geschehen darf. Minister Ouyang will ihn persönlich vernehmen.«

»Minister Ouyang ist nach Peking zurückgekehrt, um den Doppelagenten in seinen Reihen zu finden.«

»Das weißt du?«

»Ich lerne von dir, Sam. Mein Kontaktnetzwerk wird immer größer.«

Zhang seufzte tief. »Kleine Schwester, ich denke mir nicht zum ersten Mal, dass dieser ganze Wahnsinn … diese ständige Gefahr vielleicht nicht das ist, was wir eigentlich wollen.«

Sie musterte ihn neugierig. »Wir haben es uns so ausgesucht.« Sie zuckte mit den Schultern. »Außerdem gehört unser Leben nicht uns.«

»Das haben wir so gelernt. Eine Lüge wird irgendwann zur Wahrheit, wenn sie nur oft genug wiederholt wird. Sag, ist das für dich in Ordnung?«

Yue betrachtete ihn nachdenklich. »Du redest, als hätten wir tatsächlich eine Wahl.«

»Die haben wir auch.«

Sie schüttelte den Kopf. »Eine Illusion, Sam.«

»Wir können aussteigen.«

Yue sah ihn ungläubig an. »Aussteigen?«

»Ja. Wir gehen weit weg von hier. Das Geld dazu haben wir.«

»Das ja, aber wohin in China sollten wir schon gehen? Sie würden uns selbst im hintersten Winkel des Landes finden, obwohl ich mir ehrlich gesagt lieber die Pulsadern durchschneide, als in irgendeinem abgelegenen Dorf zu leben.«

»Die Welt außerhalb Chinas ist groß, kleine Schwester. So groß, dass wir schnell untertauchen könnten.«

»Glaubst du. Cho Xilans Einfluss reicht sehr weit.«

»Hier in China, ja. Aber über die Welt draußen weiß er nicht besonders viel. Hier hat Minister Ouyang einen großen strategischen Vorteil. Cho ist ein Taktiker und kennt alle Tricks, die man im Politbüro braucht. Er und seine Leute haben aber nur das Reich der Mitte im Blick. Ihr Einfluss im Ausland ist nicht besonders groß.«

Yue schaukelte auf den Fersen vor und zurück. »Du meinst es ernst.«

»Absolut.« Zhang fuhr sich mit der Hand über sein

breites Gesicht. »Es ist nicht bloß, dass ich älter werde, kleine Schwester, ich habe auch langsam genug von diesem Leben, immer nur zu tun, was andere wollen, ihnen zu Reichtum zu verhelfen und mich mit ein paar Krümeln vom Kuchen abspeisen zu lassen. Ich habe immer mehr das Gefühl, dass ich nie wirklich getan habe, was ich selbst wollte. Ich bin einfach nicht dazu gekommen. Dir geht es wahrscheinlich genauso.«

Er blickte auf Bourne hinunter. »Fangen wir damit an, dass wir diesem Mann die Freiheit wiedergeben.«

Yue überlegte einige Augenblicke. »Bourne weiß einiges über Sun und Ouyang … das könnten wir notfalls als Druckmittel benutzen. Bourne ist unsere Lebensversicherung.«

»Dann bist du dabei?«

In diesem Augenblick zertrümmerte eine Kugel das Türschloss.

»Was hast du getan?«, sagte Maricruz, als sie Felipe Matamoros im blassen Licht der Morgendämmerung auf sich zukommen sah. »Was zum Teufel hast du getan?«

»Ich?« Matamoros deutete auf seine Brust. »Ich habe gar nichts getan. Aber meine Kameraden haben dein Vertrauen in Raul Giron nicht geteilt. Sie glaubten nicht, dass er die Unabhängigkeit der Sinaloa aufgeben würde, und haben die Dinge in die Hand genommen.«

Maricruz blickte auf den abgetrennten Kopf zwischen ihren Füßen hinunter. »Giron hatte nichts mit der Entscheidung zu tun. Carlos hat bereits zugestimmt, das habe ich dir doch gesagt.«

»Carlos ist gleich nach dem Essen nach Mexiko City zurückgeflogen. Wahrscheinlich plant er schon deinen Tod.«

»Meinen Tod?«

»Du bist jetzt gefährlicher für ihn als Los Zetas. Mit uns kommt er klar, aber du bist ein ganz anderer Fall. Du könntest die Machtverhältnisse in Mexiko ins Wanken bringen. Das kann er nicht zulassen.«

Maricruz warf einen Blick auf die Leichen in dem SUV. »Trotzdem ist das Wahnsinn, was ihr getan habt, Felipe.«

»*Mujer, por favor.* Lass mich dir die Tücken der Situation erklären. Erstens hätte sich mein guter Freund Giron von niemandem überzeugen lassen, schon gar nicht von dir. Wenn du das glaubst, lebst du in einer anderen Welt.«

Er kickte Girons Kopf wie einen Fußball. Der Kopf flog durch die Luft, prallte gegen eine Palme und landete auf dem Boden. Die Augen waren so trüb wie die eines toten Fisches.

»Als Zweites muss man bedenken, dass Carlos aus reichen Verhältnissen stammt. Er hat sich nie die Hände schmutzig gemacht, hat nie im Dreck gelebt wie ich und unser Freund hier. Er versteht in Wahrheit nicht viel von uns und unseren Motiven. Drittens ist Carlos ein Arschloch, ein Lügner und Dieb. Und das Schlimmste – er ist ein Feigling. Feiglinge schreiten nie vorwärts, sie wollen, dass alles so bleibt, wie es ist. Sie verstecken sich hinter dem Rock ihrer Mama, in Carlos' Fall die Regierung. *El Presidente* hat ihm seinen Job gegeben, und er ist es auch, der ihn schützt. Carlos hat gerne bei Sinaloa mitgenascht, aber du kannst dich drauf verlassen, dass er sich aus dem Staub macht, wenn es haarig wird.«

»Wenn das so ist, warum hast du mir das alles nicht schon gestern Abend erzählt?«

»Hättest du mir geglaubt, nachdem du so nett mit ihm auf der Veranda geplaudert hast?« Er musterte sie eindringlich. »Jetzt stehen wir vor einer neuen Situation. Die Dinge haben sich verändert, aber nicht ganz so, wie du es dir vorgestellt hast.«

»Jetzt, da Giron und seine Stellvertreter aus dem Weg geräumt sind, werdet ihr wenig Mühe haben, die Sinaloa zu besiegen.«

»Da kann ich dir nicht widersprechen, *mi princesa.*«

Doch er wirkte trotzdem nicht zufrieden, und Maricruz wusste, warum.

»Carlos ist jetzt das Problem, und das ist gleichzeitig gut und schlecht«, sagte er. »Der Krieg gegen ein anderes Kartell hat sich auf den Krieg gegen einen Mann reduziert. Carlos kann eine Veränderung nicht akzeptieren, deshalb wird er mit der ganzen Macht der mexikanischen Regierung gegen dich und gegen die Zetas vorgehen. Wir haben uns die Armee zwar immer recht gut vom Leib halten können, aber für Carlos ist dieser Krieg zu einer persönlichen Angelegenheit geworden. Eine gefährliche Zeit liegt vor uns.«

»Dann gibt es nur eins, das wir tun können«, entschied Maricruz. »Wir müssen ihn töten, bevor er uns tötet.«

Felipe Matamoros warf den Kopf zurück und lachte. »Ich sehe schon, es war richtig, dir zu vertrauen.«

Er reckte eine Hand zum Signal in die Höhe, und Maricruz drehte sich um und sah seine Partner von Los

Zetas in Tarnuniformen auf sie zuschreiten, schwer bewaffnet, mit finsteren Gesichtern, Schulter an Schulter wie die glorreichen Sieben.

Als Jin die Tür aufriss und in die Hotelsuite stürmte, richtete er seine Pistole auf Zhang und Yue. Er achtete nicht auf die Gestalt, die reglos zwischen ihnen auf dem Boden lag. Das war ein Fehler.

Bourne riss Yue das Messer aus der Hand und warf es blitzschnell. Bevor Jin reagieren konnte, bohrte sich die Klinge bis zum Griff in seine Brust.

Er starrte ungläubig nach unten, als das Blut zu strömen begann, dann sank er in die Knie. Bourne entriss ihm die Pistole, wirbelte auf dem Boden herum und richtete sie auf Yue.

»Jetzt kommen wir zum Kern der Sache«, sagte er. »Wo sind Oberst Sun und Minister Ouyang?«

Yue sah ihn ausdruckslos an. Falls sie von seinem Manöver beeindruckt war, ließ sie es sich jedenfalls nicht anmerken. »Sun und sein Handlanger Lim sind wahrscheinlich schon auf dem Weg hierher, zusammen mit einer Handvoll schwer bewaffneter Soldaten.« Sie setzte ein rätselhaftes Lächeln auf. »Wir sollten jetzt gehen.«

»Ich gehe nirgendwohin mit dir«, sagte Bourne.

»Wenn du Ouyang finden willst, dann tust du's«, beharrte sie grimmig lächelnd.

Als sie ihm aufhelfen wollte, schlug Bourne ihre Hand zur Seite. »Du hast schon genug getan.«

Zhang hievte seine Körpermasse aus dem Stuhl. »Vielleicht können Sie ihr doch noch vergeben. Sie hat nun mal das Gehirn eines Reptils und das Herz einer Wildkatze.«

Bourne schüttelte die Nachwirkungen der Droge ab und führte die beiden auf den Gang hinaus, auf dem es seltsam still war.

»Sie haben das ganze Stockwerk evakuiert«, sagte Bourne.

Yue nickte. »Siehst du? Was habe ich dir gesagt?«

Als er zu den Aufzügen ging, drehte sie sich zu ihm um. »Was hast du vor? Sie warten bestimmt schon bei den Fahrstühlen.«

Bourne warf ihr einen bitterbösen Blick zu, ging an den Aufzügen vorbei und blieb vor einer schmalen Tür stehen. Er knackte das Schloss und öffnete die Tür. Dahinter befanden sich die vier Aufzugschächte.

»Das ist nicht Ihr Ernst«, sagte Zhang und blickte in die Dunkelheit. Er schwitzte wie ein Pferd. »Da können wir nicht rein.«

»Haben Sie eine bessere Idee?«, erwiderte Bourne.

»Sam«, drängte Yue, »alle Aufzüge stehen still, bis auf eine Kabine voller Polizisten. In wenigen Sekunden werden sie hier oben sein.«

Bourne trat durch die Tür auf einen Betonsims am Rand des äußersten rechten Schachtes.

»Komm, Sam.« Yue schob Zhang mit sanftem Nachdruck durch die schmale Öffnung.

Er stieß einen leisen Schrei aus, wankte hinein, und Bourne fing ihn auf und zog ihn neben sich auf den Vorsprung. Yue folgte ihnen und schloss die Tür. Bourne zog Zhang etwas zur Seite, um Platz für Yue auf dem Sims zu schaffen.

»Sam«, warnte Yue, »schau nicht runter.«

Doch es war schon zu spät. Zhangs Blick wurde von der dunklen Tiefe geradezu magnetisch angezogen. Er schien machtlos dagegen zu sein, bis Bourne ihm ins Gesicht schlug.

»Schau mich an, Zhang«, forderte er ihn auf. »Schau immer nur mich an, dann passiert dir nichts.«

»Was soll denn passieren?«, fragte Zhang zittrig.

»Wir steigen jetzt die Leiter hinunter.«

Bourne sah, dass Zhang aufheulen wollte, und hielt ihm den Mund zu.

»Halt verdammt noch mal die Klappe, Sam!«, zischte ihm Yue zu. »Willst du lieber von Oberst Sun verhört werden?«

Zhang schauderte, schien sich jedoch etwas zu beruhigen. Bourne nahm seine Hand weg.

»Welche Leiter?«, flüsterte Zhang in seiner Angst.

»Auf der die Wartungsarbeiter von einem Stockwerk zum nächsten kommen. Yue geht voraus, dann du und als Letzter ich. Sobald du auf der Leiter stehst, schaust du immer nur geradeaus auf die Wand und gehst weiter, bis ich Stopp sage. Mehr brauchst du nicht zu tun.«

Zhang stieß einen erstickten Schluchzer aus. »Hört zu«, sagte er. »Ich schaff das nicht. Lasst mich einfach hier. Ich komm schon zurecht.«

»Den Teufel wirst du tun«, erwiderte Yue, und Bourne zog ihn zu der eisernen Leiter. »Wie willst du der Polizei entkommen?«

Zhang schwieg und verfolgte bedrückt, wie Yue auf der Leiter nach unten zu klettern begann. Sie blieben stehen, als die nächstgelegene Fahrstuhlkabine heraufstieg und in dem Stockwerk anhielt, das sie zu verlassen versuchten. Die Aufzugtür öffnete sich, dann gab eine gedämpfte Stimme die Anweisung, sich um die Tür zur Suite zu verteilen.

»Sie werden nur den Idioten finden, mit dem ich hergekommen bin«, murmelte Yue. »Er hätte uns auf dem Flughafen fast auffliegen lassen. Was immer sie mit ihm anstellen, er hat's verdient.«

»Los«, forderte Bourne Zhang auf.

Yue stieg weiter nach unten, während Bourne die Hände des dicken Mannes auf die Sprossen legte und ihm half, auf die Leiter zu steigen. Zhang klammerte sich krampfhaft fest, bis Bourne ihm folgte und ihn zwang, sich in Bewegung zu setzen.

»Vergiss nicht, was ich dir gesagt habe«, mahnte Bourne. Er hasste es, sich in so extremen Situationen auch noch um andere kümmern zu müssen. Er operierte am liebsten allein, doch vielleicht hatte es in diesem Fall auch seine guten Seiten; er war überzeugt, dass Zhang und Yue über äußerst wertvolle Informationen verfügten. An die er jedoch nur herankommen würde, wenn sie am Leben blieben.

Im nächsten Augenblick brach im Stockwerk über ihnen heftiges Gewehrfeuer los, und Zhang, dessen Nerven bereits zum Zerreißen gespannt waren, verlor den Halt an der Sprosse und drohte in den Spalt zwischen Leiter und Kabine zu stürzen.

NEUNZEHN

Yue riss den Arm hoch und drückte mit der Hand gegen Zhangs Rücken, um seinen Absturz zu verhindern. Gleichzeitig griff Bourne nach ihm und zog ihn zur Leiter, bis Zhang sich an der Sprosse festhalten konnte.

»Alles okay, Sam«, redete Yue ihm zu. »Sie schießen ja nicht auf uns. Hier sind wir sicher.«

Zhang atmete genauso schnell, wie sein Herz schlug, er schluckte schwer, drückte die Stirn an den kühlen Stahl der Leitersprosse, schloss die Augen und atmete tief durch, um sich zu beruhigen.

»Gute Götter«, stöhnte er, »wenn ich das überlebe, ändere ich mein Leben.«

»Wir sind Zeugen«, sagte Bourne und blickte auf Yue hinunter, die zu ihm heraufschaute.

Sie nickte kurz, was nach Bournes Einschätzung so etwas wie eine Entschuldigung sein sollte. Er nickte ebenfalls – ein wortloser Austausch zwischen zwei Soldaten in feindlichen Lagern, die einander respektieren. Ein zähneknirschender Waffenstillstand, von dem man noch nicht wusste, ob er von Dauer sein würde.

Sie kletterten schweigend an der stehenden Kabine vorbei, nun mit dem offenen Schacht unter sich. Bourne hob eine Hand, und alle drei hielten inne.

»Hast du irgendeine Idee, wie wir hier rauskommen?«, fragte Yue. »Sun hat das Hotel bestimmt umstellt.«

»Zuerst in die Küche«, antwortete Bourne.

Zhang stöhnte.

»Ich muss dir recht geben«, bemerkte Yue. »Der Weg hinunter ist ganz schön lang.«

»Kommt drauf an, wie wir runterkommen.« Bourne zeigte nach oben. »Wir klettern zurück.«

»Was?«, fragte Zhang ungläubig. »Hinauf?«

»Ganz genau. Yue, los geht's. Wir dürfen keine Zeit verlieren.«

Sie stiegen schneller hinauf, als sie heruntergekommen waren.

Als Bourne auf der Höhe des Kabinendachs war, kletterte er hinauf. Er hockte sich hin und streckte die Hände aus, während Yue ihren beleibten Freund von unten festhielt. Bourne zog ihn auf das Dach und setzte ihn hin. Augenblicke später folgte auch Yue.

»Diese neuen Aufzüge werden über ein drahtloses Netzwerk elektronisch gesteuert.« Bourne öffnete eine Klappe im Dach. Dahinter befand sich eine kleine Computertastatur. Er zog sein Handy hervor. »Es hat das Netzwerk bereits identifiziert. Jetzt müsste man nur noch das System hacken, um an die Steuerung ranzukommen.«

Yue streckte die Hand aus. »Lass mich's versuchen.«

Bourne gab ihr das Handy und verfolgte, wie ihre Finger über die virtuellen Tasten flogen. Ihr Gesicht verdüsterte sich in ihrer Konzentration, und ihre Zungenspitze trat zwischen den Lippen hervor.

»Da.« Sie gab ihm das Handy zurück. »Wir sind drin.«

Bourne betrachtete anerkennend ihre Arbeit. Er gab den gehackten Code in die Tastatur der Aufzugsteuerung ein.

»Haltet euch fest.« Er drückte eine Taste, und mit einem Ruck setzte sich die Kabine in Bewegung und glitt sanft nach unten.

Sie gingen zurück zur Villa, als die frühmorgendliche Stille plötzlich vom Knattern von Helikoptern gestört wurde. Augenblicke später verdunkelten vier Silhouetten den Himmel, und sie sprinteten sofort los.

Matamoros fasste Maricruz am Ellbogen und lief mit ihr zu dem gepanzerten Wagen, in dem sie vom Flughafen hergefahren waren. »Einen halben Kilometer nordwestlich liegt ein Wald«, erklärte er, während er neben ihr einstieg. »Zwischen den Bäumen sind wir sicher.« Sein Mund zuckte. »Falls die Helis überhaupt so weit kommen.«

Maricruz hatte keine Ahnung, wovon er redete, doch als der Wagen ansprang und erstaunlich schnell beschleunigte, beobachtete sie durch das dicke kugelsichere Fenster, dass Matamoros' Kameraden ihm nicht folgten. Zwei von ihnen holten Boden-Luft-Raketenwerfer heraus, und die anderen begannen die Waffen zu laden.

Während der Wagen aus dem Anwesen brauste, sah Maricruz zwei weiße Lichtblitze emporschießen. Explosionen erschütterten das Fahrzeug, doch Matamoros behielt den Kurs bei. *Zwei Helis sind weg*, dachte sie.

Als sie von der Straße auf einen holprigen Feldweg wechselten, hörte Maricruz das Donnern einer dritten

Explosion. Sekunden später tauchte vor ihrem Fenster dichtes Grün auf, und sie seufzte erleichtert. Sie hatten den Wald erreicht und waren in Sicherheit.

Im nächsten Augenblick verwandelte sich das Grün vor ihren Augen mit einem durchdringenden Zischen in leuchtendes Rot. Ein Hubschrauber war den Raketen entwischt. Er zog tief über den Wald hinweg, und die Besatzung setzte die Bäume mit Flammenwerfern in Brand. Ein Baum nach dem anderen fing Feuer und knickte um, und die Flammen schlugen immer höher.

Die sichere Zuflucht des Waldes hatte sich in eine tödliche Feuerhölle verwandelt.

Sie fuhren mit dem Aufzug bis hinunter in den Wellnesstrakt. Yue beschrieb ihnen die Anordnung der einzelnen Hotelbereiche. Als die Kabine zum Stillstand kam, griff Bourne nach der Leiter und stieg das kurze Stück zu der schmalen Tür hinauf, die zum Restaurant und zur Küche führte.

Jetzt, da wieder fester Boden in Sicht war, fand Zhang seine Sicherheit wieder und kletterte ohne Bournes Hilfe die Leiter hoch. Yue folgte. Wenige Augenblicke später befanden sich die drei wieder im Hotel.

»Mir ist immer noch nicht klar, wie wir hier rauskommen sollen, ohne von Suns Soldaten erschossen zu werden«, meinte Yue.

Bourne ignorierte ihre Frage, rannte durch einen Korridor, der die verschiedenen Restaurants des Hotels von den Küchen trennte, und trat in eine Toilette für die Angestellten, wo sie sich hastig wuschen.

Danach eilten sie durch die geschäftige Küche in einen weiteren Korridor, der an einer Doppeltür endete, die auf die Straße hinaus zu führen schien. An einer Seite stand ein Hotelwächter, der gelangweilt in den Zähnen stocherte.

An der nächsten Ecke standen mehrere große Rollwagen, von denen zwei mit schmutzigen Tischtüchern aus dem Restaurant beladen waren. Bourne ließ Zhang auf einen Wagen klettern und deckte ihn mit den Tüchern zu, während sich der beleibte Mann so klein wie möglich machte. Yue versteckte sich auf dem zweiten Wagen, als sie plötzlich Schritte hörten.

»Wenn das nicht die letzte Fuhre ist …«, murrte eine frustrierte Stimme.

»Was dann? Kündigst du?« Die zweite Stimme lachte. »Große Töne.«

Bourne sprang auf den Wagen zu Yue und verbarg sich unter den Tischtüchern. Wenig später hörten sie, wie der Wagen mit Zhang weggerollt wurde, dann setzte sich auch ihr Wagen in Bewegung, den Korridor entlang und um die nächste Ecke. Ein kurzes Holpern, dann spürte Bourne durch den Berg von verschmutzten Tischtüchern, dass sie sich in einer deutlich feuchteren und wärmeren Umgebung befanden.

Sie hörten weitere Stimmen, als sie allem Anschein nach in einen Ladebereich gerollt wurden. Wieder ein kurzes Holpern, und sie landeten in einem großen Laster. Türen wurden zugeknallt, und es war stockdunkel um sie herum.

Im nächsten Augenblick setzte sich der Truck mit einem Ruck in Bewegung. Der Rollwagen schaukelte vor und zurück, während sie das Hotel hinter sich ließen.

»Raus, schnell!«, schrie Matamoros. »Raus! Raus!«

Im Wagen fühlte es sich an wie in einem Backofen. Einer seiner Männer riss die Tür auf, und sie sprangen hinaus. Der Wald war ein einziges Inferno, doch seine Männer führten sie durch einen Korridor zwischen den Bäumen, der noch nicht in Flammen stand.

Über dem tosenden Feuersturm hörten sie das rhythmische *Wop-wop-wop* des Hubschraubers. Er schien direkt über ihnen zu verharren. Der starke Abwind fachte das Feuer noch mehr an, das bereits an manchen Stellen den Korridor erreicht hatte, durch den sie rannten. Hinter ihnen züngelten die Flammen an den Bäumen hoch, sie spürten die Gluthitze im Rücken, die ihnen die Kleider zu versengen drohte.

Maricruz und Matamoros folgten den Soldaten, die nach rechts ausscherten, um dem Feuer zu entgehen.

»Sie verlieren keine Zeit, um uns auszuschalten«, rief Maricruz, während sie durch das trockene Unterholz stürmten.

»Er wird es immer weiter versuchen.« Matamoros ließ sich von einem seiner Männer ein Sturmgewehr geben. Er blickte im Laufen nach oben, um eine Lücke zwischen den Baumwipfeln zu entdecken, durch die er auf den über ihnen schwebenden Hubschrauber feuern konnte.

»Wie ich gesagt habe«, gab Maricruz zurück. »Wir müssen ihn töten, bevor er uns tötet.«

Vor ihnen fiel durch eine Lücke im Blätterdach ein Lichtstrahl herein, der sich in seinem klaren Blau vom Feuerrot der übrigen Welt abhob. Maricruz blickte auf und sah ein metallisches Schimmern, dann kam der Helikopter in Sicht, blaugrün wie ein gigantisches Insekt.

Matamoros riss das Sturmgewehr hoch und zielte, als der blaue Strahl einer Rakete den Schwanz des Helis traf. Der Hubschrauber drehte sich um die eigene Achse, taumelte und stürzte schließlich auf die kleine Lichtung zu, in der Maricruz und Matamoros standen.

ZWANZIG

»Wir möchten dir einen Vorschlag machen.« Sam Zhang blickte zu Yue, die an einem Tisch saß, eine Tasse Jasmintee mit beiden Händen umfassend, die Augen niedergeschlagen.

»Soll das ein Scherz sein?« Bourne rieb sich die Stelle am Hals, wo sie ihm das Betäubungsmittel gespritzt hatten.

Die drei saßen in einem heruntergekommenen Café in einer staubigen Straße in Zhujiajiao, einem Vorort von Shanghai, der auch als »Venedig Shanghais« bezeichnet wurde. Das »Wasserdorf« wurde von Kanälen durchzogen, über die viele Brücken aus Holz und Stein führten, manche mit Drachen oder wilden Löwen verziert. Draußen spiegelte das Wasser die Farben des Sonnenuntergangs.

Sie waren in dem Café gelandet, nachdem sie von dem Wäschereilaster abgesprungen waren. Zhang hatte einen Anruf mit Bournes Handy getätigt, worauf sie wenig später von einer Fahrradrikscha abgeholt wurden.

Zhang legte den Kopf auf die Seite. »Kleine Schwester?«

»Was hast denn du zu sagen?«, fragte Bourne. »Gar nichts?«

Yue schwieg immer noch. Sie hatte sich seit Minuten nicht mehr bewegt und schien kaum noch zu atmen.

Bourne sah Zhang vielsagend an, der den Wink verstand. »Entschuldigt mich, der Tee – ich muss mal verschwinden.«

Als er weg war, streckte Bourne die Hand aus und löste Yues Finger sanft von der Tasse. Erst jetzt blickte sie zu ihm auf.

»Ich habe mal jemandem vertraut«, sagte sie schließlich. »Danach habe ich mir geschworen, nie wieder jemandem zu vertrauen.«

»Was ist mit Zhang?«

»Sam ist ein Opportunist. Für ihn zählt nur, was ihm nützt.«

Bourne schwieg. Die Nervenanspannung ihrer Flucht löste sich langsam in der ruhigen Umgebung des Cafés. Der Gedanke an die hektische Großstadt, die sie beinahe verschluckt hätte, bekam hier drin fast etwas Unwirkliches.

»Ich frage mich schon die ganze Zeit, was will dieser Mann von dir?«, fügte Yue schließlich hinzu.

»Was glaubst du denn, dass ich will?«

»Das ist es eben – ich weiß es nicht.«

»Ich habe es dir doch schon gesagt: Ich will an Oberst Sun und Minister Ouyang herankommen.« Er betrachtete sie einen Augenblick. »Verstehe. Du glaubst mir nicht.«

Yue legte die Hände auf den Tisch, als wollte sie aufstehen. »Warum sollte ich?«

Eine gute Frage, auf die Bourne keine Antwort wusste. Draußen glitt ein Boot vorbei, mit Tee und Gewürzen beladen. Bourne überlegte einen Augenblick, wie er an sie herankommen konnte. »An nichts und niemanden zu glauben ist eine furchtbare Bürde, an der man schwer zu tragen hat«, sagte er schließlich, »vor allem wenn man so jung ist wie du.«

Eine Träne löst sich aus ihrem Auge, bevor sie sich abwenden konnte. Fast wütend wischte sie sie weg.

»Sun und Ouyang sind für den Tod von jemandem verantwortlich, der mir sehr viel bedeutet hat«, fuhr Bourne fort. »Ich kann nicht weggehen, bevor ich nicht meine Schuld an ihr beglichen habe.«

»Du begibst dich für sie in Gefahr. Nicht einmal für sie, sondern für deine Erinnerung an sie.«

»Die Erinnerung ist alles, was ich von ihr habe.«

Sie blickte zur Seite, wie so oft, wenn sie mit sich rang, ob sie eine verborgene Seite von sich preisgeben sollte. »Es muss wehtun, wenn einem jemand so wichtig ist.«

Bourne empfand Mitleid mit ihr. »Manchmal hat der Schmerz etwas Tröstliches.«

Yue beobachtete die Kellnerinnen, die mit Tabletts voll duftender Tees und Dim-Sum-Leckerbissen in kleinen Bambuskörben zwischen den Tischen hin und her schritten. Eine ganze Weile war sie tief in Gedanken versunken, bis sie sich wieder Bourne zuwandte.

»Liebe ist auch eine Form von Vertrauen, oder?«

»Ich habe es zwar nie so gesehen, aber vielleicht ist es so.«

Sie schenkte sich etwas Tee ein, ohne jedoch zu trinken. »Das Leben in China lässt einen leicht jeden Glauben verlieren«, flüsterte sie. »Falls man überhaupt jemals an etwas geglaubt hat.«

»Hast du denn an etwas geglaubt?«

»Ich erinnere mich nicht, zu lange her«, antwortete sie knapp.

»Das glaube ich dir nicht.«

Sie wandte sich ihm abrupt zu. »Ich erinnere mich lieber nicht, okay?«

»Nein, das ist gar nicht okay.« Er ignorierte ihr zorniges Funkeln. »Für mich ist Erinnerung etwas sehr Kostbares. Ich habe fast keine seit meinem Gedächtnisverlust.«

Yues Gesichtsausdruck veränderte sich schlagartig. »Du weißt nicht, wer deine Eltern sind und woher du kommst?«

»Genau.«

Sie schnaubte frustriert. »Ich würde das als verdammtes Glück betrachten.«

»Das würdest du kaum sagen, wenn deine Erinnerungen tatsächlich von einem Moment auf den anderen weg wären.«

Yue blickte einen Moment lang zur Seite, ehe sie sich ihm wieder zuwandte. »Mag sein, aber ich kann's mir schwer vorstellen.«

»Na endlich, ein kleiner Lichtblick.«

Sie lächelte. Es wirkte schüchtern, wie das Lächeln eines Kindes. Ihr Gesicht wurde jedoch gleich wieder ernst, das Lächeln zog sich hinter ihren Schutzpanzer zurück.

»Tut mir leid«, murmelte sie. In dem Moment kehrte Zhang zurück. Er sah zwischen ihnen hin und her. »Die Stimmung scheint mir deutlich weniger angespannt zu sein.« Er rieb sich die Hände. »Heißt das, wir können weitermachen?«

»Immer auf einen Deal aus«, meinte Yue.

Zhang nahm ihre Bemerkung erfreut auf. »Kennt ihr den Film *Glengarry Glen Ross*? Meine Lieblingsfigur ist Blake. Warum? Weil er weiß, dass man zupacken muss, um etwas zu erreichen.« Er tippte sich mit seinem dicken Zeigefinger an die Brust. »Blake und ich, wir sind … wie nennt man das gleich? Seelenverwandte.«

Er bestellte noch eine Kanne Jasmintee und einige Teller mit kleinen Dim-Sum-Gerichten.

»Also.« Er breitete die Hände aus. »Kommen wir zur Sache? Du willst Informationen über Oberst Sun und Minister Ouyang. Dafür wollen wir raus aus China. Eine Hand wäscht die andere.«

»Verlange lieber etwas, das nicht unmöglich ist«, gab Bourne zurück.

Zhang beugte sich vor. »Hör zu. Du willst an Oberst Sun herankommen. Das ist im Moment auch unmöglich. Du musst Shanghai ebenso schnell verlassen wie wir. Wir sitzen also im selben Boot. Ich habe Kontakte – für mich ist es ein Kinderspiel. Aber das Land zu verlassen ist eine ganz andere Sache.«

»Und du glaubst, ich könnte das für euch arrangieren?«

»Leichter als wir auf jeden Fall.«

Das Gespräch stockte für einen Moment, als ein Kellner den Tee und das Essen brachte.

»Die Sache ist die«, begann Zhang, nachdem er sich eine Siu-Mai-Teigtasche in den Mund gesteckt, gekaut und geschluckt hatte, »Ouyang ist nicht mehr hier. Er ist gestern Abend nach Peking zurückgeflogen, und dort ist er unverwundbar. Weder du noch sonst jemand aus dem Westen könnte ihm dort etwas anhaben.«

»Wofür brauche ich dich dann, Zhang?«

»Ouyang hat viele Feinde. Ich kann einen Sympathisanten von Cho in Peking finden, dem es gelingen könnte.«

»Erstens bezweifle ich das, und zweitens muss ich meine Schuld persönlich begleichen.«

Zhangs Mund öffnete und schloss sich. Er griff sich noch eine Teigtasche, als eine etwas ratlose Stille eintrat.

»Okay«, meldete sich schließlich Yue zu Wort. »Es gibt noch einen anderen Weg, an Ouyang heranzukommen.« Die beiden Männer sahen sie an. »Einen, von dem du wahrscheinlich nichts weißt.« Zhang stierte sie ungläubig an; schließlich war er überzeugt, so gut wie alles zu wissen.

»Und welcher Weg wäre das?«, fragte Bourne.

Zhang deutete auf die Teller. »Greift zu. Die Siu-Mai sind wirklich exzellent.«

Bourne griff über den Tisch, packte Zhang am Hemd und zog ihn zu sich. »Mir reicht's, Zhang. Halt den Mund und lass die Lady sprechen.«

Bourne wandte sich wieder an Yue, als ein anerkennendes Lächeln über ihr Gesicht huschte. Er nickte ihr auffordernd zu.

»Ouyang hat eine Frau.«

Bourne nickte. »Eine Frau aus dem Westen, Maricruz heißt sie, stimmt's?«

»Ja. Sie ist Mexikanerin.«

»Kleine Schwester, was tust du da?«, warf Zhang ein. »Du untergräbst unsere Verhandlungsposition.«

»Es wird nicht mehr verhandelt«, entschied Yue und wandte sich wieder Bourne zu. »Was nur wenige wissen – Maricruz ist Maceo Encarnacións Tochter.«

Bourne saß wie erstarrt da, sein Herz schlug schneller.

»Maceo Encarnación hatte ein Kind, einen Sohn, der ebenso tot ist wie sein Vater.«

»Nein«, widersprach Yue. »Er hatte noch ein Kind von einer Frau namens Constanza Camargo, eine Tochter, die er vor der Welt verbarg. Diese Tochter ist Maricruz.«

»Yue, hör auf!«, rief Zhang aus. »Es ist Wahnsinn, Informationen ohne Gegenleistung preiszugeben.«

Bournes Aufmerksamkeit war nur noch auf Yue gerichtet. »Sie ist also die Frau, die mit Ouyang Jidan verheiratet ist.«

»Genau.«

Wenn das stimmte, erklärte es die enge Zusammenarbeit zwischen Maceo Encarnación und Ouyang. »Und wie sollte mir das helfen?«

»Ouyang vergöttert Maricruz, sie ist seine Schwachstelle.« Yue lächelte erneut, auch diesmal mit kindlicher Schüchternheit. »Und sie ist zurzeit nicht in Peking bei ihrem Mann.«

»Weißt du, wo sie ist?«

»Ja, in Mexiko City. Sie kümmert sich um das Vermächtnis ihres Vaters, vor allem um seine Drogengeschäfte mit den Kartellen.«

Zhang wippte bestürzt vor und zurück. »Oh, kleine Schwester, du wirfst so wertvolle Informationen einfach weg. Warum?«

Endlich wandte sie sich ihm zu. »Weil ich diesem Mann vertraue. Manchmal im Leben muss man wenigstens ein kleines bisschen Vertrauen haben.«

Die beiden Soldaten, die sie begleiteten, wurden unter den Trümmern des abgestürzten Hubschraubers begraben. Matamoros und Maricruz hatten Glück, dass die Maschine in die Bäume neben der Lichtung krachte. Sie konnten noch rechtzeitig kehrtmachen, doch ein heißes Metallstück prallte direkt neben ihnen gegen einen Baum und traf Matamoros an der Schulter.

Er wurde von den Beinen gerissen, und Maricruz, die schon ein paar Meter weiter war, lief zu ihm zurück. Blut strömte aus seiner Wunde, und seine Augen waren starr vom Schock. Sie zog ihm die Jacke aus und zerriss seinen Hemdsärmel, um ihm die Schulter zu verbinden.

Plötzlich schlugen Flammen aus dem Wrack hervor, und sie duckte sich und warf sich auf ihn. Er schien aus seiner Benommenheit zu erwachen, sah, dass sie ihn vor dem Feuer schützte, und zuckte zusammen, als ihn der Schmerz durchfuhr.

»Komm!« Maricruz half ihm auf. Er konnte kaum stehen, doch mit großer Willenskraft und ihrer Hilfe taumelte er durch das Feuer und den Rauch, um den Waldrand zu erreichen.

Mehrmals mussten sie stehen bleiben, um zu verschnaufen. Der Rauch, der in dicken Schwaden über sie hinwegzog, drohte sie zu ersticken. Schließlich wurde er so dicht, dass Maricruz ihn zu Boden drückte, und obwohl ihm das Kriechen auf allen vieren höllische Schmerzen bereitete, bekamen sie wenigstens wieder Luft.

Vor sich hörten sie laute Stimmen, und Maricruz nahm das Sturmgewehr an sich und richtete es auf die dunklen Gestalten im Unterholz. Augenblicke später erkannte sie erleichtert, dass es sich um Matamoros' Männer handelte, die die vier Regierungshubschrauber abgeschossen hatten.

Zwanzig Minuten später saß sie mit Matamoros in einem gepanzerten Fahrzeug, von einem Konvoi von Jeeps mit Maschinengewehren geschützt. Die Männer wollten Maricruz von ihrem Anführer wegziehen, doch Matamoros schüttelte den Kopf.

»Lasst sie hier«, sagte er mit schwacher Stimme. »Lasst sie.«

Maricruz flößte ihm etwas Wasser aus einer Flasche ein und trank selbst mit gierigen Schlucken, wie ausgetrocknet von dem Feuer. Sie fuhren auf abgelegenen Straßen – Maricruz hatte keine Ahnung, wohin, doch es war ihr auch egal, solange sie sich nur von dem brennenden Wald entfernten.

Als Matamoros sie mit dem Finger zu sich winkte, beugte sie sich über ihn und legte das Ohr an seine Lippen, um ihn über dem Motorenlärm zu verstehen.

»Du hast recht. Wir müssen Carlos töten. Es gibt keinen anderen Weg. Aber wie?« Er stockte, als der Wagen eine enge Kurve nahm. Er leckte sich unentwegt über die Lippen. »Meine Männer haben keine Chance, an ihn heranzukommen. Carlos wird ab jetzt besonders wachsam sein.«

»Überlass das mir.« Maricruz hob den Kopf und sah ihm in die Augen, die sich überrascht weiteten.

»Was hast du vor?«

»Ich gehe zurück nach Mexiko City. Du wolltest mich umbringen, aber ich bin entwischt – das werde ich ihm erzählen.«

»Carlos wird dir niemals glauben.«

»O doch, das wird er. Warum? Weil er es glauben will. Ich bin seine einzige Chance, Los Zetas zu Fall zu bringen.« Sie warf ihm einen vielsagenden Blick zu. »Du wirst mich verletzen müssen.«

»Nein, *mujer!* Nein!«

»Felipe, es muss sein, das weißt du.«

Er verzog das Gesicht vor Schmerz. »Das lasse ich nicht zu.«

»Das ist nicht deine Entscheidung, Felipe«, erwiderte sie mit sanfter Stimme und legte ihm die Hand an die Wange. »Wie du gesagt hast, es gibt keinen anderen Weg.«

Matamoros' Augen verdunkelten sich, und er biss sich auf die Lippe. Schließlich nickte er. Mit traurigen Augen blickte er an ihr vorbei nach oben.

Maricruz sah ihm tief in die Augen. Dann explodierte etwas an ihrem Hinterkopf. Sie sank nach vorn und verlor das Bewusstsein.

»Das israelische Konsulat?«, nörgelte Zhang. »Nicht das amerikanische?«

»Tja, man erlebt immer wieder Überraschungen.«

»Auch gut«, murrte Zhang. »Oberst Sun lässt das amerikanische Konsulat sowieso rund um die Uhr bewachen.«

»Dann ist ja alles bestens. Wenn …« Bourne deutete auf einen Notizblock, den er vor den dicken Mann hingelegt hatte. »Schreib alles auf, was du über Sun und Minister Ouyang weißt. Wenn es mir genügt, bringe ich euch ins israelische Konsulat und sorge dafür, dass ihr China verlassen könnt.«

»Ist das eine Garantie?«

»Sam, sei kein Idiot«, sagte Yue entschieden. »Gib ihm, was er verlangt.«

Zhang verzog das Gesicht, nickte aber widerwillig und begann zu schreiben. Bourne befragte inzwischen Yue. Zwei Stunden später – die Nacht hatte sich bereits über die Stadt gesenkt – erreichten sie die Loushanguan-Straße, in der sich das Konsulat befand.

»Wartet hier«, sagte Bourne und trat aus dem dunklen Winkel hervor, in dem sie sich versteckt hielten. In den nächsten vierzig Minuten streifte er durch das Viertel, checkte Türeingänge, parkende Autos und den fließenden Verkehr, sogar die Dächer mit direkter Sicht auf das Konsulat.

Zufrieden kam er zu dem Schluss, dass die Gegend nicht überwacht wurde, und kehrte zu Yue und Zhang zurück, um mit ihnen zum Konsulatsgebäude zu eilen.

Drinnen verlangte Bourne den Generalkonsul, der jedoch gerade beim Abendessen war. Mithilfe des Codes, den Yadin ihm in Tel Aviv gegeben hatte, wurden sie wenig später vom diensthabenden Assistenten ins Büro des Generalkonsuls geführt, wo schon nach wenigen Augenblicken das Telefon klingelte. Der Assistent nahm den Anruf entgegen und reichte Bourne den Hörer.

»Hier spricht Avi Brun.«

»Jason Bourne.«

»Was für eine Überraschung«, sagte Brun säuerlich. Es war ihm sichtlich zuwider, beim Essen gestört zu werden. »Wir können nicht weitersprechen ohne den …«

Bourne nannte ihm den zweiten Code.

Brun räusperte sich. »Sie müssen Shanghai unverzüglich verlassen.«

»Genau.«

»Dafür ist alles vorbereitet.«

»Ich bin nicht allein.«

»Wie bitte?«, fragte Brun.

»Ich habe zwei chinesische Staatsbürger bei mir. Ich habe ihnen die Ausreise und Asyl versprochen.«

Es folgte eine lange Pause, in der Bourne den Konsul schwer atmen hörte.

»Das kann ich nicht bewilligen«, sagte Brun schließlich.

»Aber Direktor Yadin kann es. Rufen Sie ihn an.«

»Ich glaube nicht …«

»Tun Sie es«, sagte Bourne knapp. »Sonst tu's ich.«

»Elize balagan!« Was für ein Schlamassel!

»Avarnu et Paro, na'avor gam et zeh«, erwiderte Bourne. »Wir haben den Pharao überwunden, wir werden auch das schaffen.«

»Was? Spreche ich plötzlich mit einem Juden?« Doch sein milderer Ton verriet Bourne, dass er zu ihm durchgedrungen war.

»Sagen Sie dem Direktor, meine Gäste verfügen über wertvolle Informationen über zwei Leute, die ihn sehr interessieren.«

»Hmm. Gut, gut, ich spreche mit ihm und rufe Sie dann zurück.«

Bourne ließ Yue und Zhang in den fähigen Händen von Bruns Assistenten, während er das Büro verließ, um die Toilette aufzusuchen. Er schloss sich in einer Kabine ein und zog die Gegenstände hervor, die er dem Mann im Tunnel abgenommen hatte. Das Messer, das Yue ihm zurückgegeben hatte, war eine hochwertige Waffe, jedoch kein wirklicher Hinweis, weil es von der NATO verwendet wurde.

Der zweite Gegenstand, den er dem Toten abgenommen hatte, war sein Handy. Jetzt, da er allein war, schaltete er es ein. Das Telefonbuch war leer. Er sah, dass der Akku gerade noch für einen Anruf reichte. Er drückte die Wahlwiederholungstaste und sah die Nummern eine nach der anderen aufscheinen. Mit der Vorwahl von Israel sowie der von Tel Aviv.

Bournes Blut gefror zu Eis. Der Mossad, dachte er.

Eine männliche Stimme meldete sich. »Retzach, wo zum Teufel haben Sie gesteckt? Ich habe schon gedacht, Sie …« Der Ton veränderte sich plötzlich, er klang zugleich misstrauisch und beunruhigt. »Wer ist da?«

Bourne trennte die Verbindung. Retzach war ein Deckname und bedeutete auf Hebräisch so viel wie »Mord«. Er wusste, wer Retzach auf ihn angesetzt hatte.

Er schaltete das Handy aus, steckte es ein und trat aus der Toilette. Yue und Zhang sahen ihn neugierig an, als er zurückkehrte.

»Hat er sich schon gemeldet?«, fragte Bourne.

Der Assistent schüttelte den Kopf. »Diese Dinge brauchen Zeit.«

»Nein«, erwiderte Bourne. »Es muss sofort sein.« Er griff nach dem Telefon, sah nach, rief die Nummer des letzten eingegangenen Anrufs auf und wählte sie.

»Ich wollte gerade anrufen«, meldete sich Brun, als er Bournes Stimme hörte. »Ich habe mit Eli gesprochen.« Sein Ton ließ erkennen, dass er es nicht gern getan hatte. Er seufzte tief. »Ich hoffe, Ihren Gästen gefällt es in Tel Aviv. Sie werden eine längere Zeit dort verbringen.«

EINUNDZWANZIG

Amir Ophir nahm sein privates Handy vom Ohr und schleuderte es durch sein Büro wie ein giftiges Insekt. Es krachte gegen die Wand und zerfiel in seine Bestandteile. Sofort steckte ein Assistent den Kopf durch die Tür herein.

»Ist alles in Ordnung?«

»Natürlich!«, blaffte Ophir. »Was soll denn sein?« Er funkelte den jungen Mann so wütend an, dass der sofort wieder verschwand und die Tür schloss.

»Scheiße, Scheiße, Scheiße!«

Ophir hatte das Gefühl, zu ersticken. Er stand auf und stürmte aus dem Büro, ohne seinen Leuten zu sagen, wo er hinging. Die Fahrt mit dem Aufzug hinunter schien eine Ewigkeit zu dauern. Seine Ohren brannten ebenso wie seine Kehle.

Erst draußen, als er eiligen Schrittes Richtung Hafen ging, konnte er wieder einen halbwegs klaren Gedanken fassen, um die Panik zu unterdrücken, die ihn zu überwältigen drohte.

Es war schon schlimm genug, dass Retzach tot war. Doch indem er den Anruf von Retzachs Handy entgegengenommen hatte, hatte er dem Mann, der seinen Agenten getötet hatte, seine eigene Identität verraten.

Aber nur, rief er sich in Erinnerung, falls der Anrufer seine Stimme erkannt hatte. Die Nummer ließ sich sicher nicht zu ihm zurückverfolgen.

Im nächsten Augenblick stieg die Panik erneut in ihm auf. Immerhin wusste der Anrufer, dass es sich um eine israelische Nummer handelte. Man brauchte kein Genie zu sein, um draufzukommen, dass Retzach vom Mossad war. Wenn diese Information in die falschen Hände geriet, war das nicht nur für ihn selbst, sondern für den Mossad eine Katastrophe. Falls Retzachs Handy den chinesischen Behörden, und nicht Bourne, in die Hände gefallen war … Er schauderte bei dem Gedanken.

Das wütende Dröhnen einer Autohupe ließ Ophir zusammenzucken. Er hatte gar nicht darauf geachtet, wo er hinging, und wäre beinahe überfahren worden. Er wischte sich die schweißnassen Hände an der Hose ab und wartete ungeduldig, dass die Ampel auf Grün sprang, ehe er über die Straße eilte.

Die logische Reaktion wäre gewesen, unverzüglich den Direktor von dem Sicherheitsbruch in Kenntnis zu setzen. Doch Eli würde fragen, wie es zu Retzachs Tod gekommen war, und darauf wusste Ophir im Moment keine Antwort.

Wenn der Anrufer wenigstens ein Wort gesagt hätte, doch er hatte wohlweislich geschwiegen. Ophir schloss die Augen und fragte sich, wie er sich in diese Situation manövriert hatte. Es war ihm so naheliegend erschienen, jemanden loszuschicken, um Bourne zu finden. Er hatte sogar von Eli grünes Licht dafür erhalten. Doch jetzt wurde ihm klar, dass es ein grober Fehler gewesen war, einen seiner Killer auf den Agenten anzusetzen. Er hätte auf Eli hören und die Sache der Abteilung für Informationsbeschaffung überlassen sollen, doch er hatte sich von seinem Hass auf Bourne leiten lassen.

Ophir hatte nicht die Absicht gehabt, Bourne am Leben zu lassen. Er hatte sich über eine direkte Anweisung hinweggesetzt. Er ballte die Hände zu Fäusten. Selbstvorwürfe brachten ihn jetzt nicht weiter. Was er brauchte, war ein wasserdichter Plan. Während er zum Hafen hinunterging, dachte er über das Problem nach, und als er schließlich die frische salzige Luft einatmete, sah er die Lösung plötzlich klar vor Augen.

Es gab nur einen absolut sicheren Weg, den Schlamassel zu bereinigen. Er musste die Sache selbst in die Hand nehmen.

Maricruz erwachte mit höllischen Schmerzen. Jeder Knochen im Körper schien zu vibrieren, sie musste die Zähne zusammenbeißen, um das Klappern zu unterdrücken. Selbst das tat weh. Sie öffnete die verklebten Augen und sah das Dach eines Vans über sich, der mit halsbrecherischem Tempo dahinzurasen schien. Sie lag auf einer schmutzigen Decke am Boden des Vans. Ein Soldat hatte ihr seine Hand auf das Brustbein gelegt, damit sie nicht hin und her rollte. Es war einer von Felipes Kameraden, einer der Anführer von Los Zetas. Er hatte einen dichten, gekräuselten Bart und die Augen eines Raubtiers.

Grinsend blickte er auf sie herab. »Willkommen zurück im Land der Lebenden, *mujer.*«

»Wirklich?« Ihre Stimme klang so dünn wie das Flüstern des Windes in einem Weizenfeld. »Ich fühle mich wie tot.«

»Vielleicht werden Sie sich das noch wünschen«,

meinte der Mann, »falls dieser Dreckskerl Carlos draufkommt, was Sie vorhaben.«

Maricruz versuchte vergeblich zu lächeln. Ihre Lippen fühlten sich geschwollen an, vielleicht waren sie es auch. Sie musste entsetzlich aussehen, doch genau darum ging es ja. Es war ihre eigene Idee gewesen. Der Van holperte über eine Unebenheit, und sie stöhnte leise auf.

»Wie bitte?«, fragte der Mann und beugte sich über sie.

Maricruz versuchte, sich über die Lippen zu lecken, doch ihre Zunge fühlte sich ebenfalls geschwollen und klebrig an.

»Wasser«, krächzte sie.

»Sie kriegen Wasser von Ihrem neuen Freund Carlos.« Er blickte auf, als ein gedämpfter Ruf ertönte, wahrscheinlich vom Fahrer. »Okay«, antwortete er und blickte wieder auf Maricruz hinunter. »Wir sind fast da. Den Rest überlassen wir Ihnen.«

Er zwinkerte ihr zu, ehe er die Tür öffnete. »Achtung, es ist so weit.« Der Van verlangsamte seine Fahrt für einen kurzen Moment, und der Mann beförderte sie mit einem Fußtritt aus dem Wagen. Sie rollte über den Asphalt, während der Van bereits davonbrauste.

Maricruz lag halb tot im Staub der Straße. Augenblicke später summten die Fliegen heran und umschwärmten ihren blutigen Körper.

»Die Situation ist dramatisch«, begann General Wang Liqun, nachdem er Minister Ouyang in der VIP-Ankunftshalle des Flughafens Peking in Empfang genommen hatte. »Die Konservativen in Chongqing versuchen nun mit allen Mitteln, Cho Xilan auf dem Kongress als neuen Parteichef durchzusetzen. Außerdem haben die Unstimmigkeiten über den künftigen Weg des Landes auch auf die militärische Führung und die größten Unternehmen übergegriffen. Die alten Koalitionen bröckeln zusehends. Die Atmosphäre ist völlig vergiftet.«

Sie erreichten Ouyangs Limousine. Ein livrierter Fahrer öffnete die hintere Tür, und die beiden Männer stiegen in das kühle Innere des Wagens.

»Sonst noch etwas?«, fragte Ouyang, während er sich in den bequemen Sitz sinken ließ.

»Cho Xilan ist verschwunden. Er wurde nicht mehr in der Öffentlichkeit gesehen, seit Sie nach Shanghai aufgebrochen sind.«

»Und privat?«

Der General rutschte nervös auf seinem Sitz hin und her, während die Limousine aus dem Flughafen rollte. »Meine Leute haben nichts gehört.«

»Das heißt, wir haben Cho aus den Augen verloren.«

Wang blickte starr geradeaus und schwieg.

»Sie enttäuschen mich, General.« Ouyang schaute aus dem Fenster. »Muss ich Sie etwa degradieren?«

Wang zuckte zusammen. »Es gibt auch gute Nachrichten. Cho ist angeblich schwer krank. Möglicherweise ist das der Grund, warum er sich nicht mehr blicken lässt.«

»Quatsch!«, schleuderte ihm Ouyang entgegen. »Ich kenne Cho. Ich weiß, warum er nicht an der Universität für Agrarwissenschaft erschienen ist, um den Tag der Wissenschaften zu feiern, und auch nicht bei irgendeiner anderen idiotischen Veranstaltung in letzter Zeit.

Er war zu sehr damit beschäftigt, eine Koalition zu schmieden, die groß genug ist, um meinen Aufstieg zu verhindern.«

Er wandte sich Wang zu. »Es ist schlimm, dass ich Ihnen das erst sagen muss, dabei ist es doch so offensichtlich wie Ihr bedröppeltes Gesicht.« Er beugte sich abrupt zu seinem Fahrer vor. »Halten Sie an.«

»Aber Herr Minister, wir sind auf der Autobahn zur Stadt, und es gibt keinen Standstreifen …«

»Warum erzählen Sie mir etwas, das ich selbst sehe?«, brüllte Ouyang. »Halten Sie den verdammten Wagen an!«

Der Fahrer kam der Aufforderung nach. Der Verkehr hinter ihnen kam zum Stillstand, ohne dass jemand hupte; die Limousine war ein deutliches Zeichen der Macht.

»General«, sagte Ouyang mit giftigem Blick. »Sie steigen hier aus.«

Wang fielen fast die Augen aus dem Kopf. »Herr Minister?«

»Raus, Wang, Sie nichtsnutziger Schwachkopf.« Er schob ihn zur Tür. »Raus!«

Ouyang lehnte sich in seinem Sitz zurück, schloss die Augen und spürte, wie sich Wangs Gewicht vom Sitz hob. Im nächsten Augenblick wurde die Autotür geschlossen, und er seufzte tief. Dann fischte er sein Handy hervor und machte einen Anruf. Oberste Priorität hatte für ihn im Moment, die Kontrolle im Ständigen Ausschuss des Politbüros an sich zu reißen. Wenn er die Mitglieder dieses allmächtigen Gremiums in der Tasche hatte, würden Cho seine Machenschaften nichts mehr nützen.

Cho und seine Leute hatten keine Ahnung, was für ein

gefährliches Spiel sie trieben. Wenn man die Kräfte des Nationalismus unter den Massen erst einmal entfachte, war das wie ein Ritt auf einem Tiger.

»Wir haben ein Problem, das beseitigt werden muss«, sagte er zu der Stimme am anderen Ende.

»Hat das Problem einen Namen?«

»General Wang Liqun.«

»Ein Jammer.«

»Nein«, widersprach Ouyang. »Ein Segen. Ich glaube, der General arbeitet schon eine ganze Weile für Cho Xilan.«

»Säuberungen sind ein wichtiger Teil unserer Geschichte. Sie sind wie ein Einlauf, der die Scheiße aus dem Darm spült.«

Ouyang lachte zum ersten Mal, seit Maricruz nach Mexiko geflogen war. Wie er sie vermisste! Niemand verstand ihn so wie sie. Seine Welt war wie ein Haifischbecken. Sie war die Einzige, der er vertrauen konnte.

»Wie geht es dem alten Patriarchen?«, fragte er.

»So agil wie eh und je.«

»Ich werde ihn besuchen.« Der alte Patriarch kontrollierte mehr als die Hälfte der Stimmen zur Wahl der neuen Mitglieder des Ständigen Ausschusses. »Ich habe Wang gerade aus dem Auto geworfen. Nimm den weißen SUV. Wir treffen uns beim Turm, sobald du das Problem beseitigt hast.«

Die Stimme am anderen Ende lachte leise. »Der Einlauf ist so gut wie erledigt. Ich höre es schon in den Gedärmen rumoren.«

Maricruz lag benommen auf dem Boden, doch ihre Gedanken waren glasklar. Sie wusste genau, was sie zu tun hatte. Ihr Plan stand bis in alle Einzelheiten fest, mit der Präzision eines militärischen Feldzugs.

Einige Minuten lang hörte sie nur das Brummen des Verkehrs und das Gemurmel von Stimmen. Ein Hund bellte, näherte sich und vertrieb die Fliegen, als er an ihr zu schnuppern begann. Dann hörte sie Schritte auf Marmorstufen und laute Stimmen, die sowohl die Hunde als auch die Fliegen verscheuchten.

»*Dios mio*«, rief jemand, »ruft einen Krankenwagen!«

»Um Himmels willen, lasst sie nicht auf der Straße liegen!«, rief eine zweite Stimme.

Kräftige Hände hoben sie vom Asphalt auf und trugen sie vorsichtig eine Marmortreppe hinauf, durch eine massive Eichenholztür ins kühle Innere eines Hauses.

Der Duft frischer Blumen stieg ihr in die Nase. Über einen langen holzgetäfelten Flur gelangte sie in ein Zimmer mit Bleiglasfenstern. Ein Leintuch wurde über ein Sofa gebreitet, auf das sie vorsichtig gelegt wurde.

Mit einem Seufzer sank sie in die weiche Polsterung.

»Mein Gott, seht sie euch an!«, rief eine Stimme.

»Sprich nicht so!«, mahnte eine andere. »Sie kann dich hören.«

Maricruz spürte, wie eine tiefe Müdigkeit sie überkam, die schweren Augenlider fielen ihr zu, und sie sank in einen ohnmachtsähnlichen Schlaf, aus dem sie nie wieder erwachen wollte.

ZWEIUNDZWANZIG

Das Erste, was Maricruz sah, als sie die Augen aufschlug, war eine blendend weiße Wand. Der widerliche süßliche Geruch von Desinfektionsmittel drang ihr in die Nase und verursachte ihr Übelkeit. Sie hörte das gleichmäßige Piepen eines Herzmonitors. Als sie den Kopf drehte, sah sie eine Infusionsnadel in ihrer Armbeuge.

»Keine Sorge«, sagte eine bekannte Stimme, »das ist nur wegen der Flüssigkeitszufuhr.«

Sie drehte den Kopf etwas weiter und sah Carlos Danda Carlos, der in einem leichten Sommeranzug an ihrem Bett saß.

»Wo …?« Die Worte blieben ihr im Hals stecken, sie leckte sich über die trockenen, aufgesprungenen Lippen und blickte sich im Raum um. »Wo bin ich?«

»Im Hospital Ángeles Pedregal«, sagte Carlos. »Sie wurden ziemlich übel zugerichtet.« Er legte den Kopf auf die Seite. »Erinnern Sie sich daran?«

Eine Krankenschwester trat ein und scheuchte Carlos vom Bett weg.

»Wie fühlen wir uns denn?«, fragte sie lächelnd und begann, die Verbände an Maricruz' Schulter, Brust und Hüfte zu wechseln. Sie erwartete offensichtlich keine

Antwort, was Maricruz nur recht war. Sie war nicht in der Stimmung für Small Talk.

»Und Sie bleiben bitte nicht zu lang«, ermahnte sie Carlos. »Sie braucht dringend Ruhe.«

»Niñera«, erwiderte Carlos, »wissen Sie, wer ich bin?«

»Und wenn Sie der liebe Gott persönlich wären, es spielt keine Rolle«, beharrte sie steif. »Das hier ist mein Haus und meine Patientin, hier gelten meine Regeln.«

Carlos' Lippen zuckten, er neigte den Kopf und hatte die Frau schon wieder vergessen, als er sich Maricruz zuwandte. Doch anstatt sich zu ihr zu setzen, blieb er stehen, um die Hackordnung im Zimmer wiederherzustellen.

»Ist Ihre Erinnerung wieder da?«

In ihrem momentanen Zustand konnte sie nicht einschätzen, ob er misstrauisch oder einfach nur neugierig war. Sie musste extrem wachsam sein, wenn sie ihr Ziel erreichen wollte. Einen Mann wie Carlos auszutricksen wäre selbst im Vollbesitz ihrer Kräfte keine leichte Aufgabe gewesen, und davon war sie im Moment weit entfernt.

»Ich bin müde«, sagte sie, und das war nicht gelogen. »Bitte lassen Sie mich schlafen.«

Einen beängstigenden Moment musterte Carlos sie mit prüfendem Blick. Dann zuckten seine Lippen erneut, und er nickte.

»Einer meiner Männer wird zu jeder Zeit draußen warten. Wenn Sie so weit sind, lassen Sie es ihn wissen, dann unterhalten wir uns ausführlich.« An der Tür drehte er sich zu ihr um und entblößte seine Zähne zu einem Lächeln. »Ich wünsche Ihnen süße Träume, Señora.«

Irgendwann während des Fluges nach Tel Aviv schlief Bourne ein und träumte von einem sonnigen Strand. Hinter ihm standen die Ruinen einer römischen Stadt. Die Sonne war gerade aufgegangen, und ein frischer Wind wehte von der endlosen Weite des Meeres herein.

Er hörte ihre Schritte hinter sich, obwohl sie barfuß über den Sand ging.

»Hast du mich vermisst?«, fragte Rebekka.

Bourne wollte etwas sagen, doch die Worte blieben ihm im Hals stecken.

Sie legte ihre Arme um ihn, und er spürte ihren Körper so warm wie die Strahlen der Morgensonne auf seinem Gesicht.

»Ich habe dich vermisst.«

»Du warst lange weg«, brachte er schließlich heraus.

»Ich war weit fort.«

Er wollte sich umdrehen, doch irgendetwas hinderte ihn daran.

»Wie war es dort?«

»Ein Schattenland. An mehr kann ich mich nicht erinnern.«

Es schnürte ihm das Herz zusammen. »Du bist wieder da, nur das zählt.«

Er drehte sich endlich um und sah sich in den Armen von Maricruz Encarnación. Sie sah ihn mit einem Wolfslächeln an.

»Bald wirst du mich vermissen«, sagte sie.

Er stieß sie zurück. Sie taumelte und fiel in den Sand, der sie verschluckte, als hätte sie nie existiert. Er war wieder allein am Strand, die Brandung umspülte seine Füße. Allein im Nirgendwo.

Als er erwachte, sah er Yue neben sich sitzen.

»Ich bin rübergekommen um nachzusehen, ob alles in Ordnung ist.«

»Was soll denn nicht in Ordnung sein?« Es ärgerte ihn, dass sie ihn störte, während er noch halb in den seltsamen Traum verstrickt war.

»Du hast im Schlaf gesprochen.«

»Was habe ich gesagt?«

»Du hast einen Namen gerufen.«

»Welchen Namen?«, fragte Bourne. War es Rebekka gewesen?

Sie sah ihn an. »Maricruz.«

Bourne wandte sich ab und blickte aus dem Fenster, doch alles, was er sah, war Rebekkas Gesicht.

Als er sich wieder Yue zuwandte, sagte sie: »Danke, dass du uns hilfst. Ich hoffe, du kannst mit unseren Informationen etwas anfangen.« Sie hielt einen Moment inne, und er spürte, dass etwas in ihr arbeitete. »Diese Israelis, wir kennen sie nicht. Sie sind völlig Fremde für uns. Wir wissen nichts über ihre Motive. Wir können ihnen nicht trauen.«

»Was willst du mir damit sagen, Yue?«

»Wir werden nur mit dir sprechen, nicht mit ihnen.«

»Sie haben euch aber aus China herausgebracht.«

»Sie haben die Mittel zur Verfügung gestellt, aber herausgebracht hast uns du.«

Er erkannte, dass es wenig Sinn hatte, weiter darüber zu diskutieren. »Ich sage es ihnen.«

»Ich meine es ernst.«

»Ich weiß.« Er bemühte sich, beruhigend zu klingen. »Woher weißt du so viel über Ouyangs Frau?«

Yue lächelte verschlagen. »Selbst in China haben

Frauen ihre Möglichkeiten, Informationen über andere Frauen einzuholen.«

Bourne lachte und schüttelte die letzten Nachwirkungen seines Traums ab. »Eine allgemeingültige Wahrheit.«

»Wie die Notwendigkeit, zu vertrauen«, fügte sie hinzu.

Knapp acht Stunden später war Carlos wieder bei Maricruz. Diesmal saß sie aufrecht im Bett, nachdem sie gerade gefrühstückt hatte – weich gekochte Eier, Toast und Kaffee. Ihr riesiges Zimmer erinnerte mehr an eine Hotelsuite als an ein Krankenhaus. Vermutlich genoss sie einen gewissen VIP-Status, da Carlos sich so um sie bemühte.

»Die Spinnweben im Kopf sind weg«, sagte sie mit ihrer normalen Stimme. Es stimmte. Der Schlaf hatte Wunder gewirkt. Ihr Kopf war klar und arbeitete mit der gewohnten Präzision.

»Großartige Neuigkeiten«, bemerkte Carlos in einem Ton, der sie an den Bestatter erinnerte, der sich um den Leichnam ihres Vaters gekümmert hatte. »Können wir ganz offen sprechen?«

»Immer«, sagte Maricruz. *Jetzt kommt's,* dachte sie.

»Schön. Sie können sich also daran erinnern, was geschehen ist?«

»So als wär's gerade passiert«, sagte sie schaudernd. Sie spürte Carlos' Misstrauen und hatte sich gut überlegt, wie sie damit umgehen würde. Sie machte ein trotziges Gesicht, das Gegenteil von dem, was er erwarten würde. »Es ist verdammt schwer, sich in diesem Land Freunde zu machen.«

Carlos brummte abschätzig. »Dazu braucht es immer zwei.«

»War nur eine Feststellung.«

»Sie scheinen unser Gespräch draußen vor der Cantina vergessen zu haben.« Er konnte seinen Ärger nicht verbergen. »Was ist mit Ihnen passiert?«

»Die haben mich verprügelt. Sieht man das nicht?«

»Ich habe gute Augen. Die Frage ist, wer hat Sie verprügelt, Señora?«

Sie wandte das Gesicht von ihm ab. Es war nicht ratsam, ihm so bereitwillig Auskunft zu geben. Sie musste ihn zappeln lassen, sonst würde sein Misstrauen nur noch steigen.

»Sie wollen es nicht sagen?« Er trat ans Bett, bis er direkt neben ihr stand. »Warum?« Er verschränkte die Arme vor der Brust und tippte mit dem Fuß ungeduldig auf den Boden. »Kommen Sie, Señora. Die Zeit der Geheimniskrämerei ist vorbei. Warum sagen Sie mir nicht, was passiert ist?«

»Weil es erniedrigend ist«, gab sie zerknirscht zurück.

Als hätte er auf diese Worte gewartet, legte er ihr sanft eine Hand aufs Knie. »Maricruz, hier in diesem Zimmer kann niemand Sie erniedrigen.«

Dass er sie mit Vornamen ansprach, hieß, dass sie die erste Tür geöffnet hatte. Sie ging hindurch und ließ ihn an ihren Gefühlen teilhaben. Diese Verbindung zwischen ihnen würde die Basis für die weiteren Gespräche bilden.

»Wenn ein Freund Sie verrät«, sagte sie langsam, »ist es immer erniedrigend.«

»Verletzend vielleicht, das verstehe ich.« Er lächelte

schmallippig. »Aber wissen Sie, Maricruz, Sie haben mich genauso verletzt.«

»Ich? Wie?«

»Wenige Stunden nachdem ich San Luis Potosí verlassen hatte, schlachteten die Zetas Raul Giron und seine Stellvertreter ab und haben damit die gesamte Führung der Sinaloa beseitigt.«

Maricruz sah ihn verwirrt an. »Aber Carlos, haben wir denn nicht genau davon gesprochen?«

»Was meinen Sie?«

Sie sah, dass sie ihn völlig überrascht hatte, und lächelte innerlich. Die Prügel begannen sich bereits bezahlt zu machen.

»Haben Sie nicht gesagt, die Zeit von Giron und Matamoros ist vorbei und Sie und ich sind die Zukunft?«

»Ja, aber ...«

»Irgendwo musste ich ja anfangen. Jetzt ist Giron tot ...«

Er starrte sie mit großen Augen an. »Und Sie wurden verprügelt ...«

»Weil Matamoros dachte, ich hätte mit Ihnen gemeinsame Sache gemacht und wäre mitverantwortlich dafür, dass ihn die Regierungshubschrauber angriffen. Er war überzeugt, dass Sie nur deshalb so früh aufgebrochen sind, weil Sie mit mir eine Vereinbarung getroffen hätten.« Sein bestürzter Gesichtsausdruck ließ sie fortfahren. »Er lag ja auch nicht ganz falsch damit.« Sie zuckte mit den Achseln. »Um uns beiden eine Lektion zu erteilen, hat er mich zusammenschlagen und vor Ihre Haustür werfen lassen.«

»Dann müssen wir ihm ebenfalls eine Lektion erteilen. Wir müssen ihm klarmachen, dass er nicht gegen uns ankommt.« Erneut legte er ihr die Hand aufs Knie. »Aber Sie müssen sich jetzt ausruhen. Wir sehen uns, sobald Sie wieder bei Kräften sind.« Die Hand am Türgriff, drehte er sich lächelnd zu ihr um. »Sie überraschen mich immer wieder, Maricruz. Das ist gut.«

In Tel Aviv traf sich Bourne mit Direktor Yadin und Amir Ophir. Es gefiel ihm nicht, ließ sich jedoch nicht vermeiden. Ophir hatte Retzach auf ihn angesetzt, mit oder ohne Yadins Zustimmung. Jedenfalls konnte er beiden nicht trauen. Wie so oft in seinem Leben hatte er das Gefühl, sich im Treibsand zu bewegen. Er konnte niemandem trauen außer sich selbst und seinem Instinkt, um sich die Wolfsmeute vom Leib zu halten.

»Ich sollte Sie rauswerfen«, donnerte der Direktor, als Bourne eintraf, »nach dem Streich, den Sie uns gespielt haben.«

»Mit dem Tracking-Chip im Pass haben Sie mir keine andere Wahl gelassen«, gab Bourne zurück.

»Das geschieht zum Schutz unserer Agenten«, erklärte Ophir. »Eine übliche Maßnahme.«

»Ich bin nicht Ihr Agent«, schoss Bourne zurück.

»Was tun Sie dann hier? Sie wollten, dass wir Sie aus Shanghai rausholen, zusammen mit zwei Chinesen von zweifelhaftem Wert für uns.«

»Sie wissen viel mehr als der Mossad über Ouyang und Sun, aber sie sprechen nicht mit Ihnen, nur mit mir.«

»Siehst du?«, sagte Ophir angewidert. »Ich habe gleich gesagt, dass es ein Fehler ist, ihn anzuheuern.«

»Jetzt wissen wir, woran wir sind«, stellte Bourne fest.

»Ihre chinesischen Freunde gehören jetzt uns. Wir machen mit ihnen, was wir wollen.«

»Sie sind Menschen, keine Dinge.«

»Wir bestimmen, was sie sind!«

»Es reicht!« Yadin kochte vor Wut. »Lass uns allein, Amir.«

»Aber, Direktor …«

»Kein Aber«, beharrte Yadin. »Ich übernehme die Sache.«

Nach kurzem Zögern stapfte Ophir wütend hinaus, nicht ohne Bourne noch einen bitterbösen Blick zuzuwerfen. Bildete Bourne es sich nur ein, oder lag auch ein Hauch von Angst in diesem Blick?

Als die Tür geschlossen war, seufzte der Direktor. »Die Manieren waren deutlich besser in den alten Zeiten.« Müde setzte er sich an seinen Schreibtisch. »So etwas hätte man damals nicht toleriert.«

»Was hat sich verändert?«

»Alles.« Der Direktor forderte ihn mit einer Geste auf, sich zu setzen. »Die Araber, wir, die Welt. Nichts ist so, wie es einmal war. Alte Bündnisse zerbrechen, Freunde machen sich aus dem Staub, und die Feinde werden immer gefährlicher.«

Die Ellbogen auf den Tisch gestützt, legte er die Finger aneinander. Sein Gesicht war blass, seine Augen waren ausdruckslos und leer. »Sie fragen sich wahrscheinlich, warum ich Amir auf seinem Posten lasse.«

»Beim Geheimdienst ist nichts so, wie es aussieht«, sagte Bourne. »Die Gründe liegen oft im Verborgenen.«

Der Direktor nickte. »Ein wahres Wort. Okay, ich sag's Ihnen trotzdem. Er ist der Beste, den ich habe.« Er breitete die Hände aus. »Das zeigt auf deprimierende

Weise, was aus uns allen geworden ist. Ein zivilisierter Umgang miteinander ist heute eine Seltenheit.«

Bourne schwieg, und der Direktor nickte schließlich. »Okay, es gab auf beiden Seiten Fehler.«

»Ich konnte es mir nicht leisten, mich in Shanghai von Ihnen beobachten zu lassen.«

»Es gab da einen Mann«, sagte der Direktor fast geistesabwesend, »aber ich habe Amir gesagt, er soll ihn zurückpfeifen.«

Das war der richtige Moment, dachte Bourne, um Yadin von Ophirs Verrat zu erzählen. Doch dann fiel ihm eine bessere Lösung ein, und er behielt es für sich.

Yadin trommelte mit den Fingern auf den Schreibtisch. »Diese beiden Chinesen.«

»Halten Sie sie von Ophir fern, kümmern Sie sich um sie, wie Sie sich um einen Garten kümmern würden«, riet Bourne. »Dann werden sie Früchte tragen.«

»Ich kann Sie nicht mit ihnen sprechen lassen«, sagte Yadin. »Das verstehen Sie sicher.«

»Es spielt keine Rolle. Morgen bin ich nicht mehr hier.«

Der Direktor hob die Augenbrauen. »Wo wollen Sie hin?«

Bourne lächelte.

DREIUNDZWANZIG

Deng Tsu lebte in den Wolken, und das in jeder Hinsicht. Sein luxuriöses Domizil nahm das ganze oberste Stockwerk des Fortune-Plaza-Gebäudes ein und lag in etwa zweihundertfünfzig Meter Höhe. Die Büros seiner vielen miteinander verflochtenen Firmen befanden sich zehn Stockwerke tiefer, sodass er sich zwischen Wohnung und Büro hin und her bewegen konnte, ohne sich der verpesteten Pekinger Luft aussetzen zu müssen.

Mit seinen fast siebenundachtzig Jahren war Deng Tsu, der Patriarch einer besonders traditionsreichen Revolutionsfamilie, immer noch so vital wie mit fünfundfünfzig. Er schwamm täglich in seinem privaten Salzwasserbecken, praktizierte mit handverlesenen Meistern Tai-Chi und Aikido und meditierte jeden Morgen und Abend je eine Stunde. Er war nie krank, was er seinem streng geregelten Leben sowie der Tatsache zuschrieb, dass er über jedes kleinste Detail seiner Firmen auf dem Laufenden war und darüber hinaus über alles Bescheid wusste, was im politischen Leben seines Landes vor sich ging. Zudem teilte er dreimal die Woche das Bett mit drei verschiedenen Frauen.

Natürlich war auch die richtige Ernährung wichtig, doch seine unverwüstliche Energie schrieb er vor allem dem gemahlenen Rhinozeroshorn und den getrockneten Tigerpfoten zu.

Deng Tsu empfing Minister Ouyang im traditionellen Mandarin-Gewand, das er zu Hause stets trug. Zehn Stockwerke tiefer sah man ihn nie ohne eleganten Huntsman-Maßanzug und John-Lobb-Schuhe.

»Tee und Kuchen stehen bereit«, sagte Deng ohne einleitende Worte, während er Ouyang in seinen verglasten Wintergarten führte, in dem er preisgekrönte Rosen und Orchideen züchtete.

In der Mitte des Raumes lagen Kissen zu beiden Seiten eines antiken Tisches aus Blauglockenbaumholz, auf dem ein Teeservice und kleine Teller mit »Kuchen« standen, die aus gebratenem Seetang bestanden. Deng nahm keinen Zucker zu sich.

Die beiden Männer setzten sich.

Deng schenkte mit der rituellen Zeremonie der alten Mandarine Tee ein, und sie genossen die erste Tasse in gemeinsamem Schweigen. Die feuchte Luft war vom Duft der Rosen erfüllt, die ihre seidigen Blütenblätter wie Arme ausbreiteten. Der Lärm und Schmutz der Stadt schien tausend Meilen entfernt zu sein.

»Also, mein junger Bruder«, begann Deng, während er Tee nachschenkte, »was führt Sie in meinen Adlerhorst?« In Dengs Welt war die zweite Tasse Tee für Fragen da, die dritte für die Diskussion und die vierte für Antworten.

»Sie denken bestimmt, es geht um Cho und seine Konservativen«, sagte Ouyang, »aber sie sind nur ein Teil des Problems.«

»Sprechen Sie weiter.«

»Ich denke vor allem an den Tod von Lings Sohn.«

»Ja, eine furchtbare Tragödie, aber diese italienischen Autos – es war ein Ferrari, oder? – sind ja bekanntlich schwer unter Kontrolle zu halten.«

»Vor allem wenn der Fahrer viel zu viel Alkohol getrunken hat und mit zwei Mädchen im Auto eine Party feiert.«

»Worauf wollen Sie hinaus, Ouyang?«

»Diese Mädchen sind immer noch in kritischem Zustand.«

»Ja, aber das ist nicht mein Problem.«

»O doch, Patriarch. Genauso wie der stümperhafte Vertuschungsversuch des Unfalls auch Ihr Problem ist.«

Deng wandte sich ab und schaute aus dem Fenster auf die umliegenden Hausdächer hinaus, die in einem Nebel lagen, so dicht wie ein Sandsturm in der Wüste Gobi.

Ouyang trank seinen exquisiten Tee, der unter anderen Umständen eine äußerst entspannende Wirkung gehabt hätte. »Der Vorfall wirft ein schlechtes Licht auf die Elite und ist sogar dem Präsidenten zu Ohren gekommen.«

Deng presste die schmalen Lippen zusammen. »Ling ist immerhin ein Schützling des Präsidenten und sein politischer Macher.«

»Diese Sache schwächt tatsächlich die Position des Präsidenten. Sie lässt ihn korrupt oder zumindest unfähig erscheinen.«

Dengs Gesicht war bleich, als er sich zu ihm umdrehte. »Sie haben kein Recht, so empörende Vorwürfe zu erheben!«

»Ich gebe nur wieder, was die Medien berichten«, beteuerte Ouyang.

»Davon hat man mich bereits in Kenntnis gesetzt.«

»Es wäre gefährlich, es zu ignorieren, werter Patriarch.«

Deng sah Ouyang an und blinzelte langsam wie eine Eule. »Ich nehme an, Sie haben auch schon eine Lösung für das Problem«, seufzte er schließlich.

»Ihr Ahne hat der Bevölkerung einst ein Versprechen gegeben …«

»Und sie hat davon profitiert.«

»Absolut. Er versprach, den Wohlstand der Menschen anzuheben und die Wirtschaft zu modernisieren. Dafür sollte das Volk die Vorgaben und den Herrschaftsanspruch der Partei akzeptieren.«

»Das war damals der einzig mögliche Weg«, betonte Deng.

»Da kann ich Ihnen nicht widersprechen.« Ouyang stellte seine leere Tasse ab, und Deng schenkte ihm sofort nach. »In Anbetracht der aktuellen Ereignisse fürchte ich jedoch, dass das Gleichgewicht, das Ihr Ahne damit geschaffen hat, zunehmend ins Wanken gerät. Wenn wir so weitermachen, wird uns das Volk eines Tages als Feind betrachten. Heute sind die Leute wohlhabender, gebildeter und bekommen viel mehr mit, was in der Welt um uns herum vorgeht. Das Internet hat die Menschen politisch sensibilisiert und den Glauben an die Rechte des Einzelnen gestärkt, und dagegen können wir nicht ankämpfen.«

Deng schenkte sich noch etwas Tee ein. »Wie kommen Sie darauf?«

»Wenn die Katze erst einmal aus dem Sack ist, bekommt man sie nur wieder hinein, wenn man sie tötet.«

Deng starrte aus dem Fenster auf das eintönige Grau

und schlürfte nachdenklich seinen Tee. Nach einer Weile wandte er sich wieder Ouyang zu.

»Also, junger Bruder, was schlagen Sie vor?«

»Sie werden es nicht gerne hören.«

»Ich habe so einiges in letzter Zeit nicht gerne gehört. Bitte sprechen Sie.«

Zeit für die vierte Tasse Tee.

»Der Weg Ihres Ahnen war zu seiner Zeit genau das Richtige. Doch die Zeiten haben sich geändert. Ich glaube nicht, dass es noch länger funktionieren wird, die Wirtschaft immer mehr am Kapitalismus zu orientieren und das politische System völlig unverändert zu lassen. Wir erleben immer mehr Skandale in der Elite, was die Bevölkerung zunehmend wütend macht.«

»Das wissen wir alles«, sagte Deng. »Noch einmal – wie sieht Ihre Lösung aus?«

»Wir müssen der Katastrophe zuvorkommen. Wir müssen Schritte setzen, die den Zorn besänftigen, bevor er überkocht. Und das erreichen wir nur, indem wir beim Parteikongress nächste Woche tief greifende Änderungen beschließen. Wir müssen dem Volk eine Regierung präsentieren, die transparent ist und die für das Wohl der Bevölkerung arbeitet.«

»Sie meinen es sicher gut, Bruder, aber was Sie fordern, ist ausgeschlossen. Der Kongress wird einer so tief greifenden Änderung niemals zustimmen. Es gibt zu viele, denen ihr Status wichtiger ist als das Gesetz. Alte Gewohnheiten sind schwer abzulegen – manchmal auch gar nicht.«

»Der wirtschaftliche Wandel, den Ihr Ahne einleitete, hat Früchte getragen«, fuhr Ouyang fort. »Wir müssen mit diesen Früchten leben, den bitteren und den süßen.«

»Drücken Sie sich doch etwas deutlicher aus, junger Bruder.«

»Die Einführung des Kapitalismus hatte gewisse Konsequenzen, die man damals nicht vorhersehen konnte. Wir können das Rad nicht zurückdrehen, wir können aber auch nicht ignorieren, was in der zunehmend unruhigen Bevölkerung vor sich geht, zumal einige in der politischen Elite keine Grenzen kennen und sich rücksichtslos alles nehmen, was sie wollen. So etwas können wir nicht länger tolerieren.«

»Damit werden Sie nicht durchkommen. Es gibt zu viele, die sich niemals von ihren Privilegien trennen würden.«

»Dann wird das Volk sie ihnen wegnehmen. Verehrter Patriarch, wir können nicht so weitermachen wie bisher. Entweder wir finden einen Weg, die Erwartungen der Bevölkerung zufriedenzustellen, oder wir erleben eine Rebellion. Das garantiere ich Ihnen.«

Deng stellte seine Tasse ab. »Was wollen Sie tun?«

»Zuerst müssen Cho und seine Parteifreunde in die Schranken gewiesen werden. Zweitens werde ich auf dem Kongress mit der Parteiführung betraut. Mit Ihrer Hilfe werde ich eine Koalition schmieden, die allen Stürmen trotzt, die die notwendigen Veränderungen mit sich bringen.«

Deng schüttelte traurig den Kopf. »Dazu wird es niemals kommen. Wir sind wie ein Zug, dessen Schienen immer geradeaus führen.«

Ouyang erhob sich von seinem Platz. »Hören Sie, werter Patriarch. Im vergangenen Jahrhundert galt die Sowjetunion im Westen als das Reich des Bösen.« Er zitterte. Noch nie hatte er so mit Deng gesprochen.

»Wenn wir uns nicht ändern, werden bald wir in dieser Rolle sein.«

»Aber sehen Sie nicht, junger Bruder, dass Cho und die Seinen genau darauf hoffen? Sie wollen uns von der Welt isolieren. Sie warnen vor der Ansteckung, vor dem negativen Einfluss, der sich im Reich der Mitte ausbreiten würde. Sie wollen China säubern, damit es wieder so ist, wie es einmal war.«

»Nichts kann sein, wie es einmal war, werter Patriarch. Das wissen Sie besser als jeder andere. Schauen Sie nur, wo der Parteikongress diesmal stattfindet: in Beidaihe am Meer. Bislang wurde er immer in Peking abgehalten. Angeblich ist die Renovierung der Räumlichkeiten noch nicht abgeschlossen, aber Sie wissen ebenso gut wie ich, dass das Unsinn ist. Wir haben Angst vor Massendemonstrationen in den Straßen der Hauptstadt. Vor fünf Jahren hätte es solche Bedenken ganz sicher nicht gegeben.«

»Jidan, Jidan«, sagte der alte Mann, »wir sind nur zwei Blätter im Wind.«

Ouyang blickte auf Deng hinunter und sah ihn zum ersten Mal als das, was er war, und nicht als das, was Ouyang in ihm hatte sehen wollen. *Wenn Deng zu alt dafür ist,* dachte er, *wenn er nicht mehr den Willen hat, dann ist seine Zeit vorbei.* Er sammelte seine Gedanken für einen letzten Anlauf.

»Wir haben unser Leben lang die Geschichte mitgestaltet«, sagte er, »so wie unsere Väter vor uns. Das ist eine einzigartige Macht. Wir haben es immer noch in der Hand, doch die Möglichkeit entgleitet uns zusehends. Wenn wir jetzt nicht unseren Kurs ändern, verlieren wir diese einzigartige Fähigkeit, zu gestalten, und die Macht wird auf das chinesische Volk übergehen. Dann sind wir erledigt.

Deshalb gibt es nur einen Weg für uns, werter Patriarch. Wir müssen den Wind bändigen.«

Bourne fand Amir Ophir in seinem Büro hinter drei Computerbildschirmen verschanzt. Er blickte nicht auf, doch Bourne sah, wie sich seine Schultern anspannten.

»Sie haben ihn getötet.« Ophirs Stimme drückte keinerlei Emotion aus, nur einen bitteren Vorwurf.

»Sie haben ihn auf mich angesetzt, um mich zu töten.«

»Das ist eine Lüge. Er wurde mit Direktor Yadins Zustimmung losgeschickt, um Ihren Spuren zu folgen, nachdem Sie Ihr Versprechen gegenüber dem Direktor gebrochen hatten und einfach von der Bildfläche verschwunden waren.«

»Ich arbeite nicht gern an der Leine«, erwiderte Bourne. »Woher wollen Sie übrigens wissen, was ich dem Direktor versprochen habe? Und seit wann setzen Sie Kidon-Agenten für Überwachungsjobs ein?«

»Erstens ist Kidon kein Killerverein. Wir machen ständig Überwachungsarbeit und Befreiungsaktionen. Im Moment ist meine Abteilung mit der besonders heiklen Rettung von drei israelischen Staatsbürgern beschäftigt, die auf dem Sinai festgehalten werden.«

»Staatsbürger?«, fragte Bourne misstrauisch. »Oder Agenten?«

Ophir ignorierte seine Bemerkung. »Zweitens war der Mann, den ich nach Shanghai schickte, gerade in der Nähe und verfügte zudem über ein umfassendes Wissen über China.«

»Erstens bedeutet sein Deckname *Mord*«, erwiderte Bourne. »Und zweitens hat er mich und die junge Frau, mit der ich unterwegs war, angegriffen. Seine Absicht war klar.«

»Dann hat er sein Mandat überschritten. Warum hat er das wohl getan?«, sagte Ophir, ohne den Blick vom Bildschirm zu wenden.

»Weil Sie ihm die Anweisung gegeben haben, mich zu töten.«

Schließlich sah Ophir ihm in die Augen. »Sie haben keinen Beweis …«

Bourne zog Retzachs Handy hervor. »Retzach hat Sie angerufen, wenige Minuten bevor er den Tunnel betrat, um mich zu töten.«

»Das ist nicht …«

Bourne warf Retzachs Messer auf den Schreibtisch.

»Damit hat er mich umzubringen versucht.«

Ophir starrte das Messer an wie eine giftige Viper und leckte sich über die Lippen.

Bourne nahm das Messer und hielt es zusammen mit Retzachs Handy hoch. »Soll ich das Yadin zeigen, oder wollen Sie mir einen Stuhl anbieten?«

»Bitte«, sagte Ophir mit giftigem Blick.

Bourne lachte kurz auf und setzte sich ihm gegenüber. »Ich brauche einen Waffentechniker.«

Ophir wirkte erleichtert. *Ist das alles*, schien er zu denken. »Kein Problem. Wir haben ausgezeichnete Leute in unseren Labors.«

»Nicht hier«, fügte Bourne hinzu. »Ich rede von Mexiko City.«

Für einen Moment war Schweigen zwischen ihnen. Die leisen Stimmen von Assistenten und Sekretärinnen in den umliegenden Büros ebbten auf und ab wie Meereswellen. Jemand ließ ein Glas fallen, das auf dem Fliesenboden zersplitterte. Ein kurzer Fluch, dann wieder Stille.

Ophir räusperte sich schließlich. »Direktor Yadin wird das niemals absegnen.«

»Darum komme ich mit meiner Bitte zu Ihnen.«

»Nach einer Bitte hört es sich nicht an.«

Bourne sah ihn unbeirrt an.

Ophir schüttelte sich wie ein nasser Hund. »Sie brauchen vermutlich eine Handfeuerwaffe.«

»Alles, von der Pistole bis zum Granatwerfer. Plus ausreichend Munition dafür.«

»Ich weiß nicht …«

»Und es muss unter uns bleiben.«

»Das habe ich mir fast gedacht«, bemerkte Ophir spöttisch. »Kann ich Ihnen sonst noch etwas anbieten? Einen Panzer vielleicht? Oder einen Kampfjet?«

»Ein andermal.«

Ophir winkte mit der Hand ab, als gebe er sich geschlagen. »Also gut, mal sehen.« Er wandte sich seinem Computer zu. »Ich habe einen guten Mann in Mexiko City. Sein Deckname ist J.J. Hale. So sieht er aus. Mehr brauchen Sie von ihm nicht zu wissen.« Er griff sich einen Notizblock, kritzelte ein paar Zeilen, riss das Blatt ab und gab es Bourne. »Ab morgen wird er fünf Tage jeden Abend um acht Uhr in diesem Café sein. In der zweiten Zeile stehen die Codewörter, mit denen Sie sich an ihn wenden, und seine Antwort.«

Er lächelte. »Kann ich sonst noch etwas für Sie tun?«

»Ich lasse es Sie wissen.« Bourne stand auf und verließ das Büro.

Sobald er allein war, kontaktierte Ophir Hale und übermittelte ihm seine Anweisungen in einer verschlüsselten Mail. Zuletzt fügte er hinzu: *Ein Pkt. kommt auf üblichem Weg.*

Nachdem er die Nachricht abgeschickt hatte, öffnete er mit einem Schlüssel, den er am Hals trug, die unterste Schublade auf der rechten Seite seines Schreibtisches. Er nahm eine schwarze Mappe heraus und öffnete sie. Drinnen befand sich das Klebeband mit dem Fingerabdruck, den sein Mann in Bournes Hotelzimmer in Caesarea von einem Glas genommen hatte.

Ophir betrachtete den Abdruck einen Moment, und ein dünnes Lächeln umspielte seine Lippen. Bourne wusste längst nicht alles über die Methoden des Mossad. Für die beiden Gegenstände, die er für so belastend hielt, hätte Ophir bestimmt eine Erklärung gefunden. Diesbezüglich hatte er nichts zu befürchten, doch anstatt ihm das zu sagen, war ihm etwas Besseres eingefallen. Ein Weg, der zu Bournes Untergang führen würde.

Ophir steckte das Klebeband vorsichtig in einen kleinen Umschlag, den er mit Wachs versiegelte und in einen größeren Umschlag gab. Dazu schrieb er seine Anweisungen für Hale, legte sie ebenfalls in den großen Umschlag und versiegelte auch diesen.

Das Paket schickte er umgehend per Kurier nach Mexiko City.

VIERUNDZWANZIG

Als Ouyang das Haus des Patriarchen verließ, sah er den weißen SUV bereits mit brummendem Motor am Straßenrand stehen. Die hintere Tür öffnete sich, er stieg rasch ein. Kaum hatte er die Tür geschlossen, fuhr der SUV los und fädelte sich in den dichten Verkehr ein.

»Es ist erledigt«, berichtete der hochgewachsene, dünne Mann neben ihm auf dem Rücksitz.

»Und wie ist es dir auf dem Gipfel des Reichs der Mitte ergangen?« Aus dem Mund jedes anderen hätte die Frage sarkastisch geklungen, nicht jedoch bei ihm.

»Kai«, begann Ouyang, »der Patriarch wird sich vielleicht unserer Haltung anschließen, aber vorläufig kommt er nicht aus seinem Heim in den Wolken hervor.«

»Schade«, seufzte Kai. »Der alte Mann war einmal ein sehr brauchbarer Visionär.«

»Seine Zeit ist vielleicht noch nicht vorbei«, erwiderte Ouyang eine Spur zu scharf.

»Zeit ist genau das, was wir nicht haben«, sagte Kai in geduldigem Ton. »In einer knappen Woche tritt der Parteikongress zusammen, um das neue Politbüro zu wählen, das die nächsten zehn Jahre von Chinas Zukunft planen wird. Wenn wir jetzt nicht handeln – und zwar sehr entschlossen –, werden wir keine zweite Chance bekommen.«

Ouyang rutschte unruhig auf dem Sitz hin und her. Er wusste, er wurde zunehmend in genau die gefährliche Situation gedrängt, die er eigentlich vermeiden wollte.

»Ich hoffe, du irrst dich, Kai, aber es ist tatsächlich Zeit zum Handeln.«

Bourne kam an einem nebelgrauen Morgen in Mexiko City an. Die Luft stank nach menschlichem Kot, der als Dünger für Obst und Gemüse verwendet wurde.

Er kannte die Stadt sehr gut. In gewisser Weise war er Rebekka hier noch näher, weil sie hier gestorben war, auch wenn der Gedanke daran nichts Tröstliches hatte. Für ihn war Mexiko City eine pulsierende Metropole mit dunklen Schatten, albtraumhaften Erinnerungen und einem ständigen Gefühl der Gefahr und der dunklen Vorahnungen.

Als sein Taxi die Stadt erreichte, hatte sich die Sonne durch den Nebel gekämpft, doch es war ein mattes, trübes Licht, das durch den Smogschleier drang, der die Stadt einhüllte.

Bourne hatte dem Fahrer eine Adresse in Coyoacán genannt, einem südlichen Bezirk der Hauptstadt. Der Name war von dem Wort »Coyohuacán« aus der Náhuatl-Sprache abgeleitet, das so viel wie »Ort der Kojoten« bedeutete.

Bourne stieg unweit der *Casa Azul*, des Geburtshauses der Malerin Frida Kahlo, aus und ging zu Fuß zur Caballo Calco 23, einem weiß getünchten, zweistöckigen Wohnhaus.

Er klingelte bei Wohnung Nummer 11, worauf die Tür umgehend mit einem Summer geöffnet wurde. Wohnung 11 lag im ersten Stock auf der Straßenseite. Fast direkt gegenüber erhob sich die heruntergekommene Iglesia de Coyoacán mit ihren von Graffiti verunzierten Wänden.

Als »808Azul« die Tür öffnete, erkannte Bourne sie im ersten Moment nicht wieder. Sie war Welten entfernt von dem verwirrten, wütenden Mädchen, das erst vor einigen Monaten mit seiner Hilfe aus Maceo Encarnacións Haus im noblen Viertel Polanco geflüchtet war.

Er hatte ihr geraten, Mexiko zu verlassen und weit wegzugehen, doch sie war in ihrer Heimat geblieben, hatte aber ihren Namen geändert. Inzwischen war sie als Computerhackerin ebenso geachtet wie gefürchtet.

Im Netz war sie als »808Azul« bekannt, doch für Bourne war sie einfach Anunciata. Ihre Mutter war lange Jahre Maceo Encarnacións Köchin gewesen, bis er sie hatte vergiften lassen. Daraufhin hatte Bourne Anunciata zur Flucht verholfen.

Heute war sie eine schöne junge Frau mit einem offenen, lächelnden Gesicht, schokoladenbraunen Augen und langem schwarzem Haar, das im Licht ihrer großen, luftigen Wohnung schimmerte. Fotos von ihrer Mutter standen auf Regalen und an ihrem Arbeitsplatz mit den leistungsstarken Laptops, Smartphones und Tablet-Computern.

»Jason, es hat mich so gefreut, dass du angerufen hast«, rief sie aus und umarmte ihn. »Ich hätte nicht gedacht, dass ich dich noch einmal wiedersehe.«

»Du hast den Kontakt ja nicht abreißen lassen.«

Sie lachte. »Gute Freunde sind so selten wie Hühnerzähne.« Sie deutete zur Küche. »Du bist sicher hungrig. Im Flugzeug isst man nicht besonders gut. Ich habe Enchiladas mit Reis und schwarzen Bohnen gekocht.«

Sie führte ihn in die große Küche, wo die Mahlzeit auf dem alten Holztisch angerichtet war.

»Das Händchen fürs Kochen hast du von deiner Mutter geerbt«, sagte er, als er zu essen begann. Sie hatte zwei Flaschen Bier aus dem Kühlschrank geholt.

»Geht's dir gut, Jason?«

»So einigermaßen.«

»Du siehst traurig aus, aber das tust du wahrscheinlich immer.«

Sie schwiegen einige Augenblicke, ließen die Augen sprechen.

»Ich habe dir noch gar nicht dafür gedankt, dass du meinen Vater umgebracht hast.« Es klang so, als wäre es die normalste Sache der Welt.

»Nicht nötig.«

»Das sehe ich anders.«

Bourne neigte verstehend den Kopf. Anunciatas Eltern hatten ihr verschwiegen, wer ihr Vater war. Doch als ihre Mutter herausfand, dass ihr Vater sie verführt hatte und mit ihr schlief, drohte sie ihrem Arbeitgeber. Ein mutiger, aber fataler Schritt.

Anunciata legte Messer und Gabel beiseite. »Was führt dich zu mir?«

»Etwas Ernstes.«

»Was sonst?«

»Ich suche Maceo Encarnacións Tochter.«

»Seine Tochter.« Anunciata lachte nervös. »Du sitzt vor ihr.«

»Er hatte noch eine andere. Maricruz.«

»Ach so, seine Tochter mit Constanza Camargo.«

Bourne nickte. »Du kennst sie?«

»Wir hatten noch nicht das Vergnügen«, erwiderte Anunciata grimmig. »Ich habe aber Geschichten gehört. Sie ist fast eine Legende.«

»Sie ist hier«, sagte Bourne. »Ich muss sie finden.«

Anunciata überlegte einen Augenblick. »Moment.«

Sie stand auf und ging an ihren Arbeitsplatz, setzte das Headset auf und begann auf einem der Laptops zu tippen. Wenig später begann sie ihm Fragen zu stellen, nahm nickend seine Antworten entgegen und tippte weiter.

Als Bourne aufstand und zu ihr trat, begann sie zu telefonieren. »Wirklich?«, sagte sie.

Ihre Augen blickten zu ihm auf, die Brauen gehoben, ehe sie ihre Aufmerksamkeit wieder dem Gespräch zuwandte.

»Ich brauche jemanden drinnen … nein, *wirklich* drinnen, absolut zuverlässig … natürlich für Geld.« Erneut blickte sie zu Bourne auf, und er nickte. »Verstehe. Die Höhe spielt keine Rolle«, fuhr sie fort, »aber absolute Zuverlässigkeit ist … ich hoffe, es stimmt. Wenn mein Klient in einen Hinterhalt läuft, dann finde ich dich und stopfe dir deine Eier in den Hals … Lach ruhig weiter, aber ich kann dir versprechen, es ist kein Spaß, an den eigenen Hoden zu ersticken.« Sie zwinkerte Bourne zu. »Okay, abgemacht. Bis später.«

Sie kritzelte einige Zeilen auf einen Notizblock, riss das Blatt ab, stand auf und gab es Bourne. Dann fotografierte sie ihn mit einem ihrer Handys und schickte das Foto an ihre Kontaktperson.

»Du hast Glück. Meine Halbschwester sitzt anscheinend tief in der Scheiße«, sagte sie. »Sie ist offenbar hier, um Maceos Kartellgeschäfte zu regeln, und wurde in den Krieg zwischen Los Zetas und Sinaloa verwickelt. So dumm kann sie unmöglich sein, also dürfte sie einen Plan verfolgen, so verrückt es auch klingt.«

Bourne wusste um Ouyangs Zusammenarbeit mit Maceo Encarnación, der die Rohstoffe für seine Drogengeschäfte aus China bezogen hatte, und fand ihr Vorhaben deshalb keineswegs verrückt, sondern absolut logisch.

Anunciata zuckte mit den Achseln. »Ich weiß nicht, was geschehen ist, aber sie wurde übel zugerichtet und erholt sich gerade im Hospital Ángeles Pedregal. Ich hab dir die Adresse aufgeschrieben. Sie dürfte aber bereits mächtige Freunde gefunden haben. Ihr Zimmer wird von der Polizei bewacht, und ihr einziger Besucher bisher war Carlos Danda Carlos, der Chef der Antidrogenbehörde.«

Sie legte den Kopf auf die Seite, als Bourne leise lachte. »Das ist kein Witz. Was ist daran so lustig?«

Maricruz ging auf eigenen Beinen zweimal täglich zur Physiotherapie, statt sich in den Rollstuhl zu setzen, den die Schwester hinter ihr herschob. Ihre Beine waren zwar voller blauer Flecken, doch ihre Arme hatte es weit schlimmer erwischt. An der Schulter war sogar ein arthroskopischer Eingriff erforderlich gewesen.

Es gab Momente, in denen sie Matamoros hasste, weil er es zugelassen hatte, dass seine Männer ihre ganze Wut an ihr ausgelassen und sie viel schlimmer zugerichtet hatten, als nötig gewesen wäre. Doch dann besuchte Carlos sie wieder im Krankenhaus, und sie sah in seinem Gesicht das ehrliche Bedauern, sie in die Sache hineingezogen zu haben. Da war ihr klar, dass ein paar blaue Flecken nicht gereicht hätten, um sein Misstrauen zu zerstreuen.

Nein, dachte sie schließlich, Matamoros hatte alles richtig gemacht und sie von seinen Männern so übel zurichten lassen, um Carlos zu täuschen, ohne ihr dauerhaften Schaden zuzufügen. Zudem hatten sie abgesehen von ein paar Kratzern und blauen Flecken ihr Gesicht heil gelassen, wofür sie besonders dankbar war.

Matamoros erwies sich jedenfalls als viel intelligenter, als sie es ihm zugetraut hätte. Und das Beste war, dass er geradezu versessen darauf war, Carlos zu besiegen – fast genauso versessen wie Carlos es war, ihn ein für alle Mal zu erledigen.

Maricruz befand sich in der idealen Situation zwischen diesen Männern, die ihr beide vertrauten. Sie lächelte bei dem Gedanken. Ihr war immer klar gewesen, dass ihre Aufgabe nicht einfach sein würde, doch sie hätte nicht erwartet, solche Schmerzen in Kauf nehmen zu müssen, um ihr Ziel zu erreichen.

Mit diesen Gedanken absolvierte sie ihre vormittäglichen Übungen, die ihre Physiotherapeutin ihr vorschrieb. Das Programm war schwierig und schmerzhaft, doch sie musste zugeben, dass sie sich hinterher besser fühlte. Einige Minuten nach dem Beginn ihres Nachmittagsprogramms schob ein Pfleger ein höchstens siebenjähriges Mädchen im Rollstuhl herein. Es sah aus, als wäre es misshandelt worden, und wirkte völlig ausgehungert, aber das Schlimmste war der leere Blick seiner großen schwarzen Augen. Es starrte in die Ferne, ohne etwas um sich herum wahrzunehmen. Maricruz beobachtete das Mädchen heimlich während ihrer Übungen. Hin und wieder hockte sich eine Therapeutin zu der Kleinen, versuchte mit ihr zu sprechen, ohne ihr jedoch die geringste Reaktion zu entlocken.

Als Maricruz eine Stunde später fertig war, hatte das Mädchen immer noch keinen Muskel bewegt oder seinen Blick verändert. Es war zutiefst bedrückend, die Kleine zu beobachten. Doch irgendetwas an ihr hatte Maricruz gepackt und ließ sie nicht mehr los.

»Diese Kleine«, wandte sich Maricruz an die Physiotherapeutin, »warum kümmert sich niemand um sie?«

»Wir haben es versucht«, versicherte die Frau und wischte sich die Massagecreme von den Händen, »aber niemand kommt an sie ran. Sie ist in einer Schockstarre. Sie war unten in der Psychiatrie, aber dort wussten sie auch nicht weiter, und jetzt ist sie hier oben.«

»Was geschieht mit ihr?«

Die Physiotherapeutin seufzte. »Ihr Vater war ein Drogenkurier. Sie wissen ja, wie das ist. Diese Leute glauben, es wäre leicht verdientes Geld und besser als eine geregelte Arbeit. Jedenfalls muss wie so oft irgendwas schiefgegangen sein.« Die Therapeutin faltete das Tuch zusammen. »Ihre Eltern und zwei ältere Brüder wurden vor ihren Augen umgebracht, mit Macheten enthauptet.«

Maricruz hielt den Atem an. »Wer war es?«

»Los Zetas, Sinaloa, irgendein Drogendealer, der für sie arbeitet … wer weiß?« Die Frau wandte sich angewidert ab. »Mit diesen Leuten kann man nicht reden oder vernünftig argumentieren. Ihre Gier ist stärker als alles andere, stärker sogar als ihr Verantwortungsgefühl für die eigene Familie.«

»Wie können Sie so kaltherzig sein? Was immer ihr Vater getan hat, Sie können doch nicht das Kind dafür büßen lassen.«

»Señora, wissen Sie, wie viele solcher Kinder wir Jahr für Jahr sehen? Sie können sie gar nicht zählen. Wenn ich mich um jedes einzelne kümmern würde, wäre ich nach einem Jahr völlig ausgebrannt, und meine Familie müsste es ausbaden.«

Maricruz hielt den Blick auf das Mädchen gerichtet, wie um es zu beschwören, aus der Schockstarre zu erwachen. »Was geschieht mit ihnen, wenn sie von hier wegkommen?«

»Meistens nimmt sie ein Onkel, eine Tante oder Cousine auf, falls sie welche haben. Wenn nicht, kommen sie ins Heim.«

»Was ist mit diesem Mädchen?«

»Woher soll ich das wissen?«

Als sie von ihrem Nachmittagsprogramm zurückkehrte, legte Tigger die Zeitung weg, stand auf und lächelte breit.

»Wie ist es gegangen, Señora?«

»Ganz gut«, antwortete sie abwesend. Ihre Gedanken waren immer noch bei dem Mädchen.

Sie hielt inne, als er die Tür zu ihrem Zimmer öffnete. Carlos hatte drei Schichten eingeteilt, um sie im Krankenhaus zu bewachen. Tigger gehörte zur zweiten Schicht. Das war natürlich nicht sein richtiger Name, doch er hatte eine gewisse Ähnlichkeit mit dem Tiger aus Winnie Puuh und sah zugleich grimmig und komisch aus. Wie er das fertigbrachte, wusste keiner, am wenigsten Tigger selbst.

»Sie werden wohl bald hier rauskommen, was?«

»Von mir aus könnte es schneller gehen.« Als sie sein betretenes Gesicht sah, schürzte sie die Lippen und strich ihm über die raue Wange. »Ach Tigger, ich bin sicher, wir sehen uns auch danach öfter mal. Ich werde verlangen, dass Sie mich nach Hause bringen. Na, was sagen Sie?«

Tiggers Augen leuchteten, und er sah nun endgültig wie ein Zeichentrick-Tiger aus, glücklich und eifrig.

»*Muchas gracias*, Señora.« Ohne die Schwester und ihren überflüssigen Rollstuhl zu beachten, geleitete er sie in ihr Zimmer. »Estefan ist gerade gekommen. Kann ich noch irgendwas für Sie tun, bevor ich Pause mache?«

»Nein, Tigger. Danke.« Maricruz stieg etwas unbeholfen ins Bett und bemühte sich, angesichts der Schmerzen in der Schulter nicht zusammenzuzucken. »Gehen Sie nur, Ihre Spielkameraden warten schon.«

Lachend verließ er das Zimmer. Die Schwester wuselte geschäftig um das Bett herum, rückte die Decke zurecht und goss Wasser aus einer der Flaschen, die ihr Carlos regelmäßig bringen ließ, in einen Krug.

»Es reicht!«, rief Maricruz schließlich. »Um der Liebe Christi willen, lassen Sie mich in Frieden!«

Die Schwester verzog keine Miene, verschwand jedoch so rasch und diskret wie möglich. Offenbar hatte sie genug Erfahrung mit den Launen und Ausbrüchen von VIP-Patienten, um zu wissen, wann es besser war, sich zu verdrücken.

Maricruz ließ sich in die Kissen sinken, wütend darüber, dass sie so außer Atem war, dass ihre Schulter höllisch wehtat und dass sie in diesem Krankenzimmer eingesperrt war. Ebenso wütend machte sie der Gedanke an das kleine Mädchen, dem man seine Kindheit, wenn nicht das ganze Leben geraubt hatte.

Von ihrem Ehemann hatte sie unter anderem den Wert von Geduld gelernt. Dennoch floss südländisches Blut in ihren Adern, und Geduld gehörte auch heute noch nicht zu ihren Stärken. Doch nun dachte sie an das, was er ihr beigebracht hatte, an die langen Stunden, in denen sie in Zen-Übungen versucht hatte, sich frei von allen Gedanken und Emotionen zu machen.

Langsam zwang sie sich, die Wut und Frustration loszulassen und, was am schwersten war, sich auch von allen zielgerichteten Gedanken zu lösen. Sie leerte sich innerlich wie eine Sanduhr und spürte, wie der tiefe Friede des Nichts sie umfing und auf eine andere Ebene des Seins hob.

Dann öffnete sich die Tür, und der Zauber wurde jäh unterbrochen.

FÜNFUNDZWANZIG

Bourne traf sich mit Tigger auf dem Gelände des Hospital Ángeles Pedregal. Die matte Sonne hatte sich frühzeitig zurückgezogen, von dem leichten Regen verdrängt, der Straßen und Gehsteige verdunkelte. Das Donnergrollen in der Ferne kündigte stärkeren Regen an.

Bourne überreichte ihm einen dicken Umschlag, den Tigger öffnete. Er fuhr mit dem schwieligen Daumen über die Geldscheine und entblößte seine braunen Zähne in einem zufriedenen Lächeln. »Amerikanische Dollar.«

»Stecken Sie das Geld ein«, sagte Bourne.

Tigger ließ den Umschlag verschwinden und bedeutete Bourne, ihm zu folgen. Sie durchquerten die Notaufnahme, wo in der allgemeinen Geschäftigkeit niemand auf sie achtete. In einem Lagerraum suchte Tigger einen Arztmantel heraus, und Bourne zog ihn an.

»Haben Sie den Ausweis?«

Tigger nickte. »Sie hat Sie noch nie gesehen?«

»Nein«, antwortete Bourne. »Aber Carlos kennt mich. Bleiben Sie in der Lobby und benachrichtigen Sie mich, sobald Sie ihn sehen.«

»Bueno.« Tigger heftete den Ausweis an die Brusttasche von Bournes Mantel. Für das Krankenhauspersonal war Bourne nun Dr. Francisco Javier.

»Das wär's«, sagte Tigger und nannte ihm die Zimmernummer. »Estefan wird keine Probleme machen«, fügte er mit einem breiten Grinsen hinzu. »Er hat eine Höllenangst vor Ärzten.«

Bourne fuhr mit dem Aufzug in den ersten Stock, trat zur Schwesternstation und fragte nach Maricruz' Krankenblatt. Die diensthabende Schwester betrachtete ihn nur kurz, ehe sie ihm das Krankenblatt aushändigte.

Während er durch den Korridor zu Maricruz' Zimmer ging, überflog er die Seiten rasch. Anunciatas Kontaktperson hatte recht gehabt: Maricruz war übel zusammengeschlagen worden.

Als er von den Unterlagen aufblickte, sah er Estefan mit einem Becher Kaffee vor dem Zimmer sitzen und eine SMS eintippen. Er sah Bourne kommen, vergewisserte sich kurz, dass das Ausweisfoto dem Gesicht entsprach, das er vor sich sah, und trat schaudernd zur Seite.

Maricruz wirkte benommen, die Augen glasig, als Bourne ins Zimmer trat. Sie blinzelte einige Male und zog die Stirn in Falten, als sie ihn sah.

»Noch ein verdammter Arzt? Ich habe Sie noch nie gesehen.«

»Ich habe schon einige Male reingeschaut, als Sie bewusstlos waren.« Bourne klappte die Mappe mit ihrem Krankenblatt zu. »Ich war bei Ihrer Schulteroperation dabei, mit der wir die Sehnen wieder am Knochen befestigt haben.«

»Ist das der medizinische Fachausdruck dafür?«

Bourne lachte, wie er schon oft Ärzte hatte lachen

sehen. »Ich rede lieber Klartext mit meinen Patientinnen und Patienten.«

»Wie erfrischend. Ärzte lassen einen gern ihre Überlegenheit spüren, wahrscheinlich weil sie irgendwie ahnen, wie wenig sie im Grunde wissen.« Sie neigte den Kopf. »Was steht denn in meinem Krankenblatt?«

»Da ich, wie Sie sagen, nicht viel weiß, wird Ihnen meine Meinung wahrscheinlich nicht wichtig sein.«

»Sehr komisch. Also, was steht drin?«

»Sie erholen sich gut«, sagte er in ernsterem Ton. »Sogar deutlich schneller, als man es erwarten würde. Wir sind sehr zufrieden mit dem Heilungsprozess.«

»Wann zum Teufel kann ich endlich hier raus?«

»Darf ich mich zu Ihnen setzen?« Er nahm sich einen Stuhl und setzte sich ans Bett.

»Bitte«, sagte Maricruz. »Wenn Sie nichts Besseres zu tun haben.«

»Was kann ein Arzt Besseres tun, als sich um seine Patienten zu kümmern?« Bourne schlug die Beine übereinander, stützte die Ellbogen auf die Mappe in seinem Schoß und beugte sich vor. »Maricruz … ich darf Sie Maricruz nennen?«

»Sie haben's ja schon getan.« Ihre Mundwinkel hoben sich kurz, und ihr Ton verlor seine bisherige Schärfe.

»Maricruz, können Sie mir erzählen, wie es dazu gekommen ist?«

Sie schien nicht mit dieser Frage gerechnet zu haben. »Wieso ist das wichtig?«

Er zuckte mit den Schultern. »Ich lerne meine Patienten gerne ein wenig kennen.«

»Du meine Güte, Sie sind wirklich ein etwas anderer Arzt.«

»Tun Sie mir den Gefallen?«

Ihr Stirnrunzeln wurde tiefer. »Sie machen doch hier nicht irgendein psychologisches Experiment mit mir, oder?«

Er lachte erneut. »Sicher nicht.«

»Ich bin mit dem Fahrrad gestürzt.«

»Und wurden anschließend von einem Auto überfahren?«

»Wie bitte?«

»Ihre Verletzungen sind ziemlich untypisch für einen Fahrradsturz.«

»Ich fuhr in ein Schlagloch und stürzte eine Böschung hinunter.«

Bourne warf einen Blick in ihr Krankenblatt. »Da ist ein Polizeibericht beigefügt. Ein Zeuge gibt an, jemand habe Sie aus einem Auto geworfen und sei davongefahren.« Er blickte zu ihr auf. »Freunde von Ihnen?«

Ihre Augen weiteten sich, und sie blickte zur Seite.

»Sonst steht nichts da. Offenbar hat die Polizei die Sache nicht weiter verfolgt.«

»Carlos Danda Carlos kümmert sich darum«, erwiderte sie knapp.

Bourne klappte die Mappe zu. »Ah, verstehe. Einflussreiche Freunde.«

Sie lächelte dünn. »So was in der Art.«

»Sagen Sie, wie finden Sie eigentlich Señor Carlos Danda Carlos?«

Sie lachte etwas überrascht, es klang glockenhell. »Was meinen Sie mit *finden*?«

»Ich habe so viel über ihn gehört und weiß nicht, was ich glauben soll. Ist er ein guter Mann, was denken Sie?«

Erneut zog sie die Stirn in Falten. »Sind Sie wirklich Arzt?«

»Warum fragen Sie?«

»Langsam glaube ich, Carlos hat Sie hergeschickt, um mich zu befragen.«

Bourne wusste, dass er sie irgendwie von solchen Gedanken abbringen musste, und stand auf.

»Ich entschuldige mich tausendmal, Señora. Ich wollte Sie nicht …«

»Arbeiten Sie für ihn?«

»Ich bin ihm einmal kurz begegnet«, sagte Bourne wahrheitsgemäß. »Das ist alles.«

Sie musterte ihn einen Moment. »Setzen Sie sich, Doktor.«

Er zögerte bewusst, ehe er sich betont steif hinsetzte.

»Entspannen Sie sich ruhig, ich beiße nicht.«

»Das glaube ich erst, wenn Sie mich Javvy nennen. Meine Freunde nennen mich alle so.«

Maricruz hob eine Augenbraue. »Sind wir jetzt schon Freunde? Ich dachte, ich bin Ihre Patientin.«

»Ich habe mich vorhin nicht ganz klar ausgedrückt. Sie *waren* meine Patientin, als Sie operiert wurden. Dr. Fernandez ist jetzt Ihr zuständiger Arzt.«

»Aber Sie sind trotzdem gekommen, um nach mir zu sehen.«

»Wie ich schon sagte, ich fühle mich meinen Patienten verbunden.«

»Das muss anstrengend sein.«

»Immer noch besser, als sie wie ein Stück Fleisch zu behandeln. Wenn es zur Fließbandarbeit wird, tötet es Herz und Seele.«

Sie schien ihn plötzlich mit etwas anderen Augen zu

betrachten, als hätte sich ein Vorhang gelüftet und ihr etwas enthüllt, das ihr bisher verborgen geblieben war.

In diesem Augenblick platzte die Schwester mit einem Essenstablett herein, stellte es auf den Betttisch und schwenkte es über das Bett. Mit einem schnippischen Lächeln verließ sie das Zimmer.

Bourne erhob sich. »Dann lasse ich Sie in Ruhe essen.«

Maricruz sah ihn über das Tablett hinweg an. »Ich bekomme mein Essen von Carlos' Koch. Es ist köstlich, aber sie schicken mir immer viel zu viel.«

»Laden Sie mich etwa ein, mit Ihnen zu essen?«

»Bilden Sie sich bloß nichts ein.«

»Ich habe meine Visite zu machen.« Bourne hob den Metalldeckel von dem dampfend heißen Hauptgang und atmete die köstlichen Düfte ein. »Aber das kann vielleicht ein paar Minuten warten.«

»Was wir da planen, ist Wahnsinn, das weißt du«, meinte Ouyang.

»Kommt darauf an, wie du *Wahnsinn* definierst.« Kai blickte einen Moment lang aus dem Fenster, obwohl ihn das vorbeiziehende Stadtbild nicht im Geringsten zu interessieren schien. »Für mich ist es Wahnsinn, den Ständigen Ausschuss von neun auf sieben Mitglieder zu verkleinern.« Er sah Ouyang ernst an. »Davon hat dir der Patriarch offenbar nichts erzählt.«

Ouyang spürte, wie seine innere Anspannung wuchs. »Bist du dir absolut sicher?«

»Ja«, seufzte Kai. »Die alte Garde tritt zwar nächste Woche zurück, aber ihren Einfluss wollen diese Männer aufrechterhalten. Indem sie den Ausschuss verkleinern, verhindern sie, dass die jüngeren, fortschrittlicheren Kandidaten genug Stimmen bekommen.«

»Und so werden große Entscheidungen unmöglich.«

»Der Ausschuss wird weiterhin ihren Vorstellungen entsprechen.«

Ouyang schüttelte den Kopf. »Du hast völlig recht, Kai. So etwas nennt man Wahnsinn.«

»Jidan, mein Freund, ich habe heute schon genug deprimierende Dinge gehört. Ich schlage vor, wir fahren in einen kleinen Club, der mir gehört. Ein bisschen ausspannen, in einem Schwimmbecken mit nackten japanischen Mädchen. Was hältst du davon?«

»Geh du nur, Kai. Ich bin verheiratet.«

»Verheiratet«, spöttelte Kai. »Deine Frau ist Tausende Kilometer weg.«

»Was macht das für einen Unterschied?«

»Einen großen, würde ich sagen.« Kai zwinkerte ihm anzüglich zu.

»Ich liebe meine Frau.«

»Ich verstehe sowieso nicht, wie du mit einer Frau aus dem Westen zusammenleben, geschweige denn, sie lieben kannst. Die, mit denen ich zusammen war, hatten einen furchtbaren Körpergeruch.«

»Ich weiß nicht, wovon du redest.«

Kai lehnte sich zurück und seufzte. »Dein Problem ist, dass du so stocksteif bist. Du musst ein bisschen lockerer werden, auch mal für ein paar Stunden vergessen, wer du bist.«

»Das kann ich nicht vergessen«, erwiderte Ouyang. »So bin ich nun einmal nicht.«

»Was zum Teufel heißt das nun wieder?«

»Es heißt, dass ich jeden Augenblick leide, wenn Maricruz fort ist.« Er verschränkte die Arme vor der Brust. »Du hast keine Ahnung, wovon ich rede, stimmt's?«

Kai zuckte mit den Schultern. »Für mich sind Frauen etwas absolut Austauschbares. Hin und wieder interessiert sich mein Penis für sie, und dann gebe ich ihm, was er möchte. Aber wenn es vorbei ist, habe ich das Ganze schon wieder vergessen. Warum auch nicht? Was soll an einer Sache interessant sein, die nur durch irgendwelche chemischen Vorgänge im Körper zustande kommt?«

»Am anderen ist nichts für dich interessant?«

»Frauen sind für mich eine wie die andere. An ihre Gesichter erinnere ich mich ehrlich gesagt nie.«

Ouyang lachte. »Weißt du, Kai, du solltest wirklich deinen Club aufsuchen. Wer weiß, vielleicht triffst du gerade heute eine Frau, die du nicht vergisst.«

»Das bezweifle ich.« Kai lehnte den Kopf zurück und schloss die Augen. »Ich glaube, ich war zu lange mit dir zusammen … jetzt habe ich auch keine Lust mehr dazu.«

»Hervorragend!« Ouyang deutete auf den Chauffeur. »Dann fahren wir ins Büro und überlegen uns, wie wir Cho aus dem Weg räumen.«

Nach einer Weile zog Kai ein Taschenmesser hervor und begann, mit der Klinge vorsichtig seine Fingernägel zu säubern.

»Kai, was tust du da?«

»Ich entferne die letzten Reste von General Wang Liqun.«

Ouyang sah Spuren von getrocknetem Blut unter Kais gepflegten Fingernägeln.

»An der Tür ist ein Aschenbecher. Ich möchte nicht, dass der Teppich schmutzig wird.«

»Keine Sorge.« Kai wandte sich dem zweiten Nagel zu.

»Was hast du mit ihm gemacht?«, fragte Ouyang schließlich.

»Das willst du nicht wissen.« Kai schnippte etwas getrocknetes Blut in den Aschenbecher. »Es sollte nicht nach einer Exekution aussehen, darum wurde es … ziemlich blutig.«

Er sah Ouyang lächelnd an. »Wie es eben so geht, wenn jemand – wie soll ich sagen? – etwas verwirrt ist.«

Plötzlich beschlich Ouyang ein ungutes Gefühl: *Bilde ich es mir nur ein, oder ist das das Lächeln eines Wahnsinnigen?*

Erneut beförderte Kai etwas getrocknetes Blut von der Messerspitze in Ouyangs Aschenbecher.

SECHSUNDZWANZIG

»Sie sind weit weg von zu Hause«, bemerkte Bourne, als sie mit dem Essen fertig waren.

»Ich bin weit weg von meinem Mann. Das ist nicht dasselbe.«

Bourne überlegte kurz – immerhin wusste er einiges über ihren Mann. »Warum sind Sie aus Mexiko weggegangen?«

»Ich habe diesen ständigen Machismo nicht mehr ertragen.« Sie lächelte. »Ich bin eine sehr moderne Frau.«

»Das merke ich.«

Maricruz wischte sich mit einer Papierserviette über die Lippen und schob den Betttisch beiseite. »Sagen Sie, Javvy, gibt es eine Frau in Ihrem Leben?«

»Nein.«

»Alleinsein ist traurig, oder? Ich war viel allein, ich weiß, wovon ich rede.«

»Noch trauriger ist, einen geliebten Menschen zu verlieren.«

Sie musterte ihn aufmerksam. »Das tut mir sehr leid. Ihre Frau muss etwas Besonderes gewesen sein.«

»Sie ist hier in Mexiko City gestorben.« Warum erzählte er ihr das? Er begab sich unnötig auf gefährliches Terrain.

»War sie krank?«

»Sie wurde erstochen.«

»Wie schrecklich.«

Maricruz wirkte ehrlich betroffen, was Bourne unerwartet das Gefühl gab, Rebekka wieder nahe zu sein.

»Sie hat mich noch angerufen, aber sie war bereits verblutet, bevor ich bei ihr war.«

»Sie haben sie also gefunden?«

»Ja.« Er sah auf seine Hände hinunter. »Es war zu spät. Ich konnte ihr nicht mehr helfen.«

»Wenigstens waren Sie bei ihr«, tröstete ihn Maricruz. »Ich war am anderen Ende der Welt, als mein Vater starb.«

Bourne hob den Kopf und sah ihr in die Augen. »Wie ist es passiert?«

»Das habe ich nie erfahren. Er muss sich auf riskante Geschäfte eingelassen haben, die ihm am Ende zum Verhängnis wurden.«

»Das tut mir leid.«

»Mein Vater wusste wenigstens, was er tat und worauf er sich einließ. Ihm war klar, dass es so ausgehen kann, hat also in gewisser Weise selbst bestimmt, wie er stirbt. Ich weiß nicht, wie viele Menschen das am Ende ihres Lebens von sich sagen können.«

»Wahrscheinlich nicht viele«, meinte Bourne.

Er gewann allmählich ein Bild von ihr. Sie war gar nicht so, wie er sie sich vorgestellt hatte, und das beunruhigte ihn. Es war gefährlich, Menschen vorschnell zu beurteilen, besonders wenn es sich um die Tochter von Maceo Encarnación und Ehefrau von Ouyang Jidan handelte. Für Bourne stellte sie jedenfalls ein wertvolles Gut dar, zumindest solange sie seine wahre Identität nicht kannte.

»Ich finde, Trauer ist das einsamste Gefühl, das es gibt«, fuhr sie fort. »Man schließt sich darin ein wie in einem Gefängnis, aus dem man nicht mehr herauskommt. Vielleicht will man es auch gar nicht.«

Bourne betrachtete sie aufmerksam. »Geht es Ihnen so?«

Sie antwortete nur mit einem dünnen Lächeln.

»Ich glaube, ich sollte jetzt gehen.«

»Natürlich.« Als er aufstand und zur Tür ging, fügte sie mit fester Stimme hinzu: »Sie sind auch in Ihrer Trauer gefangen, Javvy. Ihre Frau ist nicht mehr da. Sie haben sie geliebt, aber jetzt ist sie nur noch eine Erinnerung.«

Er blieb stehen, drehte sich jedoch nicht zu ihr um.

»Es ist Zeit, loszulassen.«

Plötzlich wurde ihm klar, dass Rebekkas Tod ihm mehr zu lösen aufgab, als sie zu rächen.

»Ich muss jetzt los. Ich sehe morgen wieder nach Ihnen.«

»Ich weiß, Sie können nicht loslassen. Männer sind in dieser Hinsicht schwach.« Maricruz drehte das Gesicht zur Wand.

»Traust du ihr?«, fragte Diego Salazar.

Felipe Matamoros zündete sich gemächlich eine Zigarre an. »Warum sollte ich ihr trauen?«

»Dann gibt es eine einfache Lösung«, meinte Salazar.

Die beiden Männer, die in einem Restaurant in der Calle Venustiano Carranza saßen, hatten soeben ihre Mahlzeit beendet. Nicht weniger als sechs Tische um sie herum waren von Los-Zetas-Männern besetzt, die nach unwillkommenem Besuch von Polizei oder Militär Ausschau hielten.

Matamoros schlug die Beine übereinander, lehnte sich zurück und blies eine Rauchwolke in die biergeschwängerte Luft. »Es gibt für alles eine Lösung, Diego. Aber im Gegensatz zu dir weiß ich, dass es nicht immer Mord sein muss. Ich lasse sie von jemandem beobachten.«

»Wir beide haben unser Handwerk in den Sondereinsatzkräften gelernt, *compadre*. Ich habe jedenfalls nicht gezögert, als das Golfkartell uns das Angebot machte. Mit dieser Entscheidung haben wir unsere Zukunft in die Hand genommen und sind damit reich geworden.«

»Heute hält Maricruz Encarnación den Schlüssel für unseren zukünftigen Reichtum in der Hand.«

»Ouyang«, erwiderte Salazar. Er war so dünn und so tödlich wie ein Degen, mit einem langen Gesicht, eingefallenen Wangen und glühenden, stets wachsamen Augen. »Sie ist heute Señora Ouyang.«

»Blut ist Blut«, beharrte Matamoros. »Sie ist eine Encarnación, sonst wäre sie nie nach Mexiko zurückgekehrt.«

»Sie muss heute an die Interessen ihres Mannes denken.«

»Und an das Vermächtnis ihres Vaters.« Matamoros blickte auf die breite Straße hinaus, deren Mittelstreifen mit Palmen bepflanzt war. »Solange die Interessen ihres Mannes sich mit denen ihres Vaters vertragen, wird sie sie verfolgen. Aber ich habe so das Gefühl, dass sie sich, wenn die Interessen aufeinanderprallen, für den Weg der Encarnacións entscheiden wird.«

Salazar zog die Stirn kraus. »Glaubst du, das könnte passieren?«

»Normalerweise nicht.« Matamaros wandte sich seinem Kameraden zu. »Es sei denn, wir helfen ein bisschen nach.«

Salazar grinste, zündete sich eine Zigarette an und sog das beruhigende Nikotin ein. »Ich sehe, du hast schon einen Plan.«

Matamoros nickte. »Zuerst wüsste ich noch gern, warum du den Helikopter abgeschossen hast, als er direkt über uns stand.«

Salazar schüttelte den Kopf. »Ich verstehe nicht, was du meinst, mein Freund. Die Soldaten im Heli haben aus allen Rohren auf dich geschossen. Da habe ich selbstverständlich den Feuerbefehl gegeben.«

»Beim Absturz kamen unsere Männer ums Leben. Ich und Maricruz um ein Haar auch.«

»Was sollte ich denn tun? Einfach nur zusehen, wie sie euch abschießen?«

Matamoros beugte sich über den Tisch, nahm die Zigarre aus dem Mund und sah, dass Salazars Augen seiner Bewegung folgten. Als Matamoros mit der schallgedämpften Pistole, die er unter dem Tisch hielt, auf ihn schoss, trat ein Ausdruck der Verblüffung auf sein erstarrendes Gesicht, ehe er vom Stuhl fiel.

»Du hättest zum Beispiel darauf verzichten können, mich unter dem Deckmantel des Chaos töten zu wollen«, sagte Matamoros, während seine Soldaten aufstanden, Salazar still und leise hochhoben und hinaustrugen – mit einer solchen Selbstverständlichkeit und Präzision, dass die übrigen Gäste Trunkenheit oder eine plötzliche Übelkeit als Ursache vermuteten.

Octavio Luz, einer von Matamoros' Partnern, setzte sich auf Salazars Platz, nachdem er das Blut vom Stuhl abgewischt hatte.

»Weißt du, Felipe, wenn wir so weitermachen, erledigen wir Carlos' Geschäft für ihn.«

»Nicht, wenn wir zusammenhalten.« Matamoros rauchte genüsslich seine Zigarre, als wäre nichts geschehen. »Gefährlich wird es, wenn einer von uns anfängt, seine eigenen Interessen zu verfolgen. Aber wenn ich deinen Einwand von einer anderen Seite betrachte, könnte es schon sein, dass Carlos einen Keil zwischen uns treiben möchte, um uns zu besiegen.«

»Wie sollte er das anstellen?«

»Vielleicht rechnet er damit, dass Maricruz bei uns Unruhe stiftet. Du weißt ja selbst, dass einige von uns strikt gegen eine Zusammenarbeit mit ihr waren.«

»Salazar war überzeugt, dass sie für Carlos arbeitet.«

»Ich kann mir zwar nicht vorstellen, dass Maceo Encarnacións Tochter, eine hochintelligente Person, sich von Carlos benutzen lässt, aber für Unruhe bei uns hat sie trotzdem gesorgt. Dass Salazar mich deswegen beseitigen wollte, war verrückt. Ich habe nur die Interessen der Zetas im Sinn.«

»Ich glaube dir.« Octavio Luz rückte seinen Stuhl näher an den Tisch. »*Pero, dígame, compadre,* einige von uns sind trotzdem besorgt, dass dich Maceo Encarnacións Tochter um den Finger wickeln könnte.«

Matamoros spuckte verächtlich auf den Boden. »Was sagst du da?«

»Sie glauben, dass du dich in die Frau verliebt hast, dass sie dich – wie soll ich sagen? – irgendwie verhext hat.«

»Was? Halten sie sie etwa für eine *bruja?*«

»Ich gebe nur das wieder, was manche meinen, Felipe. Ich sage dir das als Freund.«

»Nein, *compadre*, du sprichst für diese Feiglinge, die es nicht wagen, mir das ins Gesicht zu sagen.«

Luz fuhr zurück, als wäre er geschlagen worden. »Egal, ob es stimmt oder nicht, was sie denken – du siehst, welchen Einfluss sie auf uns hat. Einer von uns ist bereits tot, und wir gehen uns gegenseitig an die Gurgel.«

»Wenn wir untereinander Probleme haben, dann liegt das nicht an Maricruz«, erwiderte Matamoros eindringlich. »Dann sind nur wir selber schuld.«

Luz, ein Mann von der Statur eines Ringers, deutete auf Matamoros' Arm. »Hast du die Pistole unter dem Tisch jetzt auf mich gerichtet?«

Matamoros legte die Waffe zwischen zwei Teller auf den Tisch, sodass nur sie beide sie sehen konnten. »*Ay, compadre*, wofür hältst du mich?«

»Ich sag dir ganz ehrlich, Felipe, manchmal weiß ich nicht mehr, was ich denken soll.«

Matamoros lachte. »Bitte.« Er reichte seinem Partner eine Zigarre. Luz biss das Ende ab, steckte sie in den Mund und zündete sie langsam an. »Wir sind zusammen zur Schule gegangen, sind gemeinsam den Mädchen nachgelaufen und haben uns die Schulrowdys vorgeknöpft.«

»Ja, wir sind Brüder, das sehe ich genauso. Ich glaube dir auch, was du sagst. Trotzdem gibt es viele Gründe, der Frau nicht über den Weg zu trauen.«

»Aber genauso viele, auch die andere Möglichkeit in Betracht zu ziehen. Was sie sagt, ist sehr überzeugend. Wir würden alle von dem Geschäft profitieren. Ich glaube ihr, wenn sie sagt, dass sie das Erbe ihres Vaters weiterführen will. Wärst du Maceo Encarnacións Sohn, würdest du das Gleiche wollen.«

»Aber sie ist von ihm weggelaufen, hat die Heimat verlassen. Jetzt ist sie zurück und bietet uns genau das an, was wir wollen und brauchen.«

»Mein Freund, ich glaube, du überschätzt Carlos Danda Carlos. Er ist kein Machiavelli.«

»Okay«, räumte Luz ein. »Aber was ist mit der Frau? Was ist mit Maricruz?«

SIEBENUNDZWANZIG

Maricruz lehnte sich in ihre Kissen, nachdem der Mann, den sie als Javvy kannte, gegangen war. Sie tastete nach den Bedienelementen für das Bett, konnte jedoch die richtigen Tasten nicht finden. Frustriert drückte sie den Rufknopf, worauf die Schwester, geschäftig wie immer, hereinkam.

»Ich möchte wieder liegen.«

Maricruz beobachtete die Schwester, wie sie das Zimmer durchquerte und das Bett herabsenkte. Es war ihr zuwider, diese Frau um etwas zu bitten. Wenigstens brauchte sie sie nicht mehr wie in den ersten Tagen als Stütze beim Gang zur Toilette. Der Gedanke daran ließ sie immer noch schaudern; sie war so schwach und hilflos wie ein Baby gewesen.

»Kann ich sonst noch etwas für Sie tun, Señora?«

War da ein spöttisches Lächeln im Gesicht der Schwester? Normalerweise wäre Maricruz außer sich vor Wut gewesen, doch im Moment musste sie solche Kleinigkeiten ignorieren.

»Das wäre alles.«

Sie schloss die Augen, als die Schwester leise die Tür schloss. Sie wollte über Carlos' letzten Besuch nachdenken, doch ihre Gedanken schweiften unwillkürlich zu

Javvy zurück. Er strahlte zugleich innere Stärke und Traurigkeit aus, eine Mischung, die jeden Mann anziehend machte, umso mehr den Chirurgen, der sie operiert hatte.

In seiner Gegenwart hatte sie das merkwürdige Gefühl verspürt, sich ihm ausliefern zu wollen – etwas, das für sie völlig neu war. Sie war es gewohnt, in einer Beziehung zu dominieren, was ihrem Mann viel zu sehr gefiel, wie ihr plötzlich bewusst wurde. Dieses neue Gefühl führte sie in Neuland, das sie an ihre Jugend erinnerte, als ihre innere Wut und die Macht der Hormone sie rebellisch und sexbesessen hatten werden lassen. Damals hatte es nichts gegeben, was sie nicht ausprobiert hätte, einfach nur, um irgendetwas zu empfinden, das nicht von ihrem Vater vorgegeben war.

Ihre Ehe mit Jidan glich aus ihrer Sicht einem Geschäft zum beiderseitigen Nutzen, obwohl sie natürlich wusste, dass er sie anbetete. Für sie hatte genau das den Reiz ausgemacht – mit einem Mann verheiratet zu sein, der sie verehrte und der nichts von dem in Mexiko verbreiteten Machismo hatte, der für sie nur eine besondere Form der Frauenfeindlichkeit war. Zudem war China einst von der Kaiserin Wu Zetian regiert worden, deren soziale und religiöse Reformen über ihren Tod hinaus gewirkt hatten. Gewiss, auch in China waren Frauen nicht wirklich gleichgestellt, doch es gab eine gewisse Tradition weiblicher Herrschaft, auch wenn diese oft nur indirekt vom Schlafzimmer aus ausgeübt wurde.

Ihre Gedanken wanderten erneut zu Javvy zurück. Er zeigte keinerlei Machoallüren, die viele Frauen unerklärlicherweise attraktiv fanden, doch er wirkte dadurch keineswegs weniger männlich.

Maricruz musste sich eingestehen, dass er eine starke Anziehungskraft besaß, als hätte sich ihr innerer Kompass plötzlich neu ausgerichtet, was ihr irgendwie Angst machte.

Sie hatte die Augen geschlossen und war gerade im Begriff einzuschlafen, als ein Schrei die Stille durchbrach. Sie fuhr ruckartig hoch. Ein weiterer Schrei hallte durch die Korridore.

Maricruz stieg aus dem Bett und trat auf den Gang hinaus. Die Schwesternstation war verwaist, und abgesehen von Julio, einem ihrer nächtlichen Wächter, der nervös von einem Fuß auf den anderen trat, war niemand zu sehen.

»Was ist denn los?«, fragte sie ihn.

Er zuckte mit den Schultern.

Ein dritter Schrei, wie in panischer Angst, drang aus einem Zimmer etwa dreißig Meter entfernt.

»Wo zum Teufel sind die Schwestern?«

Wieder zuckte Julio nur mit den Schultern. »Das passiert oft in der Nacht«, sagte er. »Ein Grund, warum der Chef uns herschickt.«

Aber nicht der einzige Grund, dachte sie, während sie über den Gang zu dem Zimmer ging.

»Wo wollen Sie hin?«, rief ihr Julio nach. »Señora, *por favor!* Der Chef wird mich feuern!«

Maricruz hörte nicht auf ihn und eilte zu dem Zimmer. Die Tür war geschlossen. Es kamen keine Schreie mehr, nur noch ein herzzerreißendes Schluchzen. Sie spannte sich innerlich an und stieß die Tür auf.

Drinnen sah sie das Mädchen aus der Physiotherapie. Die Kleine saß auf dem Bett und starrte zur Zimmerdecke hinauf. Es stank nach Kot, und als Maricruz eintrat, sah sie, dass die Kleine in ihrer eigenen Scheiße saß. Als Maricruz auf sie zutrat, begann sie wieder zu schreien, von einer unvorstellbaren Angst erfüllt.

In einem Moment der Stille zwischen den furchtbaren Schreien rief Maricruz nach ihrem Wachmann. Augenblicke später steckte er den Kopf durch die Tür herein. »Um Himmels willen, wo sind denn die Schwestern?«

»Ich weiß es nicht, Señora, ehrlich.«

»Großer Gott«, murmelte sie.

»Señora?«

»Kommen Sie, Julio, und heben Sie das Mädchen auf.«

»Was haben Sie vor, Señora?« Er hielt sich die Nase zu. »Wie halten Sie bloß diesen Gestank aus?«

»Wie bitte? Herrgott!«

Maricruz beugte sich über das Bett und hob das Mädchen auf, das sich kalt und steif wie eine Marmorstatue anfühlte. Sie ignorierte den stechenden Schmerz in der Schulter und trug die Kleine ins Badezimmer, zog ihr das Nachthemd aus und wusch sie, während sie ihr beruhigende Worte zuraunte. Ihre Schulter tat höllisch weh, doch wie in der Physiotherapie war es ein guter, sinnvoller Schmerz.

Während sie das Mädchen wusch, spürte sie eine gewisse Veränderung bei ihm, so langsam, dass es ihr zunächst gar nicht auffiel. Doch als sie die Kleine abgetrocknet hatte, merkte Maricruz, dass sich ihre Erstarrung gelöst hatte und ihr Kopf sanft an ihrer Schulter ruhte. Sie schrie und weinte nicht mehr, war aber auch nicht still. Wörter und halbe Sätze platzten aus ihr heraus wie die Luftblasen einer Ertrinkenden.

Maricruz hörte aufmerksam zu, doch die Worte ergaben für sie keinen Sinn. Es klang wie das Plappern eines Kleinkindes, das noch nicht sprechen gelernt hatte.

Sie fand kein frisches Nachthemd, deshalb wickelte sie das Mädchen in ein Badetuch und ging mit ihm auf den Flur hinaus. Julio wich zurück, als er sie kommen sah. Maricruz wünschte sich, Tigger wäre jetzt hier gewesen. Er hätte ihr bestimmt geholfen.

Der Korridor war immer noch verlassen, doch als sie zu ihrem Zimmer gelangte, erschien endlich eine Schwester.

»Señora, was tun Sie da?«

»Wonach sieht es denn aus?«, gab Maricruz zurück, schob Julio mit dem Ellbogen zur Seite und trat in ihr Zimmer.

Die Schwester eilte hinterher. »Ist das eine Patientin? Señora, halt! Sie können doch nicht …«

»Und ob ich kann!«, schleuderte Maricruz wütend zurück.

Die Schwester eilte zu ihrer Station zurück und griff zum Telefon. »Wenn Sie nicht vernünftig sind, muss ich die Sicherheitsleute rufen, damit sie das Mädchen auf ihr Zimmer bringen. So etwas ist gegen die Krankenhausordnung …«

»Entspricht es auch der Krankenhausordnung, dass niemand kommt, wenn sich ein Mädchen die Seele aus dem Leib schreit und in seiner eigenen Scheiße sitzt? Und was sagt die Krankenhausordnung dazu, ein armes, traumatisiertes Kind nachts ganz allein zu lassen?« Sie funkelte die Schwester wütend an. »Nur zu, rufen Sie die Sicherheitsleute. Ich sage inzwischen Julio, er soll Señor Carlos rufen, dann werden wir ja sehen.«

Die Schwester hielt den Hörer noch einen Moment in der Hand, um wenigstens ein bisschen das Gesicht zu wahren. Als sie auflegte, verlangte Maricruz, dass sie einen Pfleger rief, um das Bett des Mädchens zu säubern. »Oder noch besser, machen Sie es gleich selbst. Und dann stellen Sie ein Bett zu mir ins Zimmer.«

»Das kann ich erst morgen tun«, gab die Schwester in eisigem Ton zurück. »Der Lagerraum im Keller ist die Nacht über verschlossen.«

»Dann bringen Sie mir ein frisches Nachthemd für sie«, befahl Maricruz, trug das Mädchen zum Bett und legte es hin.

Als die Schwester mit dem Nachthemd zurückkam und es dem Mädchen anziehen wollte, ließ Maricruz es nicht zu. »Ich mach das.« Sie nahm ihr das Hemdchen aus der Hand. »Machen Sie das Zimmer sauber.«

Als die Schwester zögerte, mischte sich Julio ein. »Tun Sie, was die Señora sagt«, bekräftigte er, »sonst sind Sie Ihren Job los.«

Mit einem frustrierten Stöhnen drehte sich die Schwester um und ging hinaus. Maricruz hörte ihre Schuhsohlen auf dem Linoleum quietschen, als sie über den Korridor zum Zimmer des Mädchens ging.

Julio trat zu Maricruz ins Zimmer. »Kann ich irgendwas tun?«

Sie warf ihm einen Blick zu, der ihn sofort kehrtmachen und an seinen Platz vor dem Zimmer zurückkehren ließ. Sie wickelte das Mädchen aus dem Badetuch und zog ihm das frische Nachthemd an. Die Kleine lag reglos in ihrem Bett und starrte sie an.

»Hier bist du in Sicherheit«, flüsterte Maricruz und beugte sich über sie. Ihre Lippen berührten flüchtig die kühle, feuchte Stirn des Mädchens. »Hier passiert dir nichts.«

Als sie ins Bett stieg und die Decke heraufzog, erstarrte das Mädchen und begann zu zittern wie ein Blatt im Sturm.

»Ist schon gut«, flüsterte Maricruz. »Es ist alles gut.«

Nach und nach wich die furchtbare Anspannung der Kleinen, bis sie sich schließlich an Maricruz schmiegte. Sie war so dünn, dass Maricruz jeden Wirbel spürte, als sie sich an sie drückte. Sie beugte sich vor und küsste das Mädchen auf den Kopf.

Eine ganze Weile später glaubte Maricruz, das Kind zufrieden schnurren zu hören.

Hale erhielt Amir Ophirs Paket in seiner elegant eingerichteten Wohnung im Bezirk Roma, südlich der Zona Rosa. Er schnitt die ominöse Verpackung auf und lächelte, als er das Siegelwachs sah. *Typisch Amir*, dachte er.

Eine ganze Weile betrachtete er den Fingerabdruck auf dem Klebeband, bis er schließlich Ophirs Anweisungen öffnete und zweimal las, um sie sich einzuprägen. Schließlich zog er einen Aschenbecher zu sich, zündete ein Streichholz an und hielt die Flamme an eine Ecke des Papiers. Als das Feuer den Zettel verzehrt hatte, ging er mit dem Aschenbecher auf die Toilette und spülte die Asche hinunter.

Danach machte er sich ans Werk. Als Erstes ging er zu seinem großen Eichenschrank mit dreizehn langen, schmalen Schubladen, wie Künstler und Kunsthändler sie benutzten, um Drucke aufzubewahren. Jede Schublade war mit zwei Buchstaben des Alphabets gekennzeichnet. Er öffnete die zweite Lade mit den Buchstaben C-D und zog die Pläne von Carlos Danda Carlos' Villa heraus. Er ging damit zu seinem Tisch, breitete sie unter einer Bogenleuchte aus und studierte sie eine gute halbe Stunde lang. Als er genau wusste, was zu tun war, legte er die Pläne in die Schublade zurück. Als Nächstes ging er in seine Werkstatt, holte sich alles, was er brauchte, und setzte die Teile mithilfe einer Juwelierlupe zusammen.

Bevor er fertig war, nahm er das Klebeband, das Ophir ihm geschickt hatte, und übertrug den Fingerabdruck auf die Innenseite des Gegenstands, den er gebastelt hatte.

Er brachte die Arbeit zu Ende, packte das Stück zusammen mit allem anderen, was er brauchte, in eine Klempnertasche und machte sich auf den Weg. Die Nacht hatte sich schon vor einigen Stunden herabgesenkt. Am Himmel ballten sich tiefe, bedrohliche Wolken zusammen, alle paar Sekunden hallte ein Donnerschlag durch die Stadt, und ein Blitz zuckte über den Himmel. Die Luft war wie elektrisch geladen.

Hale fuhr mit dem Bus den Chapultepec-Park entlang. Hinter der Diana-Statue stieg er aus. Es nieselte leicht, ehe es ganz plötzlich zu schütten begann. Er ging die Avenida Presidente Masaryk hinunter, bis er zur Rubén Darío gelangte. Als er in eine stille, von Bäumen gesäumte Straße einbog, sah er bereits die Sicherheitsleute in Zivil, die Carlos Danda Carlos' SUV und Haus bewachten. *Gut,* dachte Hale, *Carlos ist zu Hause.* Die Villa stand wie ein mittelalterliches Schloss hinter einer hohen Mauer, die von Bougainvilleen überwuchert und mit Stacheldraht gesichert war.

Er ging zur Rubén Darío zurück und zur nächsten Straße weiter. Die Bäume im Park auf der anderen Straßenseite wirkten dunkel und abweisend in dem Gewitter. Vorbeifahrende Autos ließen Wasserfontänen zur Seite spritzen, die Scheinwerfer leuchteten kurz auf und verschwanden wieder in der Dunkelheit.

Hale bog in die Straße ein, die an der Rückseite von Carlos' Villa entlanglief. In der dunklen Gasse fand er schließlich den Schaltkasten, halb vom Blattwerk verdeckt, genau da, wo er sich laut Plan befinden sollte.

Vor dem Regen und den wachsamen Augen der Sicherheitsleute geschützt, stellte er seine Werkzeugtasche ab, zog Gummihandschuhe an und machte sich an die Arbeit. Sieben Minuten später waren die Stromdrähte gekappt, und in der Villa gingen die Lichter aus. Sofort ertönten die Rufe der Sicherheitsleute. Hale ließ die Werkzeugtasche offen stehen und rannte auf dem Weg zurück, den er gekommen war.

Wie erwartet, eilten die Sicherheitsleute zu dem Schaltkasten. Wahrscheinlich durchsuchten sie bereits die Klempnertasche. Ein Mann stand auf dem Gehsteig vor der Villa Wache, doch auch er blickte immer wieder nach hinten, um zu sehen, was dort vor sich ging.

Als Hale auf der Höhe von Carlos' SUV war, sah er einen großen Laster in die Straße einbiegen. Als wäre das sein Signal, bückte er sich rasch und befestigte die kleine Box mit den belastenden Fingerabdrücken an der Unterseite des Fahrzeugs. Er zog sein Handy hervor und trat vor dem Laster auf die Straße. Der Fahrer hupte, der Wächter wirbelte herum und sah Hale von hinten, als er über die Straße sprintete.

»He, Sie!«, rief der Wächter. »Halt!«

Zwei weitere Männer kamen aus der Gasse gelaufen, als sie die Rufe ihres Kameraden hörten. In dem Moment drückte Hale im Schutz des Lastwagens eine Taste auf seinem Handy. Eine mächtige Explosion zerriss das Auto. Der Wächter, der ihm nachgerufen hatte, wurde von brennenden Trümmern getroffen. Dem ersten der Sicherheitsleute, die ihm zu Hilfe eilten, wurden Gesicht und Brust weggerissen. Ein Dritter wurde mit solcher Wucht gegen einen Laternenmast geschleudert, dass seine Wirbelsäule brach.

Hale selbst hatte sich bereits zwischen zwei Häuser geflüchtet. Er hörte weitere Schreie, doch er hatte seine Fluchtroute gut vorbereitet, und der strömende Regen machte es ihm noch leichter, unterzutauchen. Keine zehn Minuten später saß er in einem Bus, der ihn zurück zu seiner Wohnung brachte.

ACHTUNDZWANZIG

Als Maricruz endlich einschlief, träumte sie von Jidan. Es war ein unruhiger Traum, in dem sie ständig rannte und immer wieder in den Sackgassen eines Labyrinths landete, aus dem es kein Entrinnen gab. Als sie aufwachte, erinnerte sie sich nur an schattenhafte Bruchstücke, die sie mit einer seltsamen Angst erfüllten.

»Was willst du eigentlich von Maricruz?«, fragte Anunciata.

Bourne schüttelte den Kopf. »Es ist besser, wenn du nichts darüber weißt.«

Der Regen trommelte an die Fenster von Anunciatas Wohnung, Donner krachte, und die Kirche gegenüber wurde immer wieder von zuckenden Blitzen erhellt.

Anunciata sah ihn fragend an und zuckte schließlich mit den Achseln. »Du bist nicht gern hier in der Stadt, stimmt's?«

»So kann man es nicht sagen.«

»Hier in Mexiko City ist sie gestorben, die Frau, die du geliebt hast.«

Bourne legte sich auf dem Sofa hin. »Muss ich für die Sitzung bezahlen?«

Anunciata lachte. »Du bist nicht verpflichtet, mir etwas zu erzählen.«

»Ich bin hier, weil ich einen Job zu erledigen habe.«

Sie ging zum Kühlschrank, nahm zwei Flaschen Bier heraus und gab Bourne eine. Sie setzte sich ihm gegenüber. »Du hast doch gar keinen Job. Du tust, was du willst.«

»Ich tu, was ich tun muss.« Er stellte die Bierflasche auf den Tisch. »Ist es bei dir nicht genauso?«

Sie überlegte einige Augenblicke, während sie einen Schluck Bier nahm. Dann stand sie auf, trat zu ihm ans Sofa und setzte sich auf ihn.

»Anunciata, was machst du da?«

»Ich tu einfach, was ich will.« Sie hob ihre Arme. »Zieh mir die Bluse aus.«

»Das ist keine gute Idee.«

Sie stellte ihr Bier ab und zog die Bluse aus. Einen BH brauchte sie nicht. Ihre nackten Brüste schimmerten im warmen Licht der Lampe, die Warzen waren prall und dunkel. Als sie sich vorbeugte, um ihn zu küssen, hob er die Hände an ihre Schultern und hielt sie auf.

»Findest du mich nicht attraktiv?«

»Doch, das weißt du.«

»Wo ist dann das Problem?« Sie sah ihm lange in die Augen. »Oh, verstehe. Tut mir leid.«

»Das braucht es nicht.«

Sie zog sich wieder an, blieb jedoch auf ihm sitzen. »Du bist der einzige Mann, der mir je geholfen hat, der je gut zu mir war, und wolltest nichts dafür haben.« Sie beugte sich hinunter, aber nur, um den Kopf an seine Schulter zu legen. Als er spürte, wie ihre Schultern zu zittern begannen, legte er einen Arm um sie und streichelte ihren Kopf. Ihre heißen Tränen brannten an seinem Hals.

»Du hast etwas aus deinem Leben gemacht«, sagte Bourne.

Sie hob den Kopf und sah ihm in die Augen. »Ich habe gelernt, zu überleben, das ist nicht das Gleiche. Manchmal laufe ich in diesen Räumen hin und her und habe das Gefühl, dass mein Kopf explodiert. Und wenn ich es gar nicht mehr aushalte, gehe ich in eine Bar oder einen Club. Manchmal treffe ich jemanden, manchmal nicht. Und wenn es dann einmal passiert, dass ich jemanden wirklich mag, fällt mir ein, dass er mich nur als Lolita kennt – aber Lolita existiert nur in einem meiner Lieblingsromane. Ich frage mich, ob ich ihn zu mir nach Hause einladen soll, aber dann denke ich: *Was, wenn er einer der Leute meines Vaters ist, wenn er nach mir sucht, wenn er mir die Kehle durchschneidet?* Es ist nun mal so, dass ich keine Familie habe und keine Identität außer der als Hackerin.«

»Lolita.«

»Der Name ist ein dummer Scherz.«

Er legte sich neben sie. »Ist es nicht leichter, jetzt wo dein Vater tot ist?«

»Nicht wirklich. Seine Leute streifen weiter durch die Stadt, sein Einfluss ist immer noch da. Hier in Mexiko City kann man solchen Dingen nicht entkommen. Ich bin auch keine Lady wie Maricruz. Ich komme aus einfachen Verhältnissen, meine Vorfahren waren Bauern. Ich könnte mich nie in denselben Kreisen bewegen wie sie.«

»Ich glaube, das würdest du gar nicht wollen.«

»Das sagst du nur, weil du es genauso kannst wie sie.«

»Und du willst das auch?«

»Ich weiß nicht, was ich will«, seufzte sie. »Ich weiß nur, dass in meinem Leben irgendetwas Wichtiges fehlt, das ich unbedingt brauche.«

Sie schwiegen eine Weile und lauschten dem Prasseln des Regens und dem Bellen der Hunde in der Ferne.

»Es ist ziemlich anstrengend, immer tough sein zu müssen«, sagte er nach einigem Überlegen.

Sie schmiegte sich wieder an ihn. »Erzähl mir eine Geschichte«, flüsterte sie. »Eine schöne Geschichte von ihr. Ich möchte wissen, wie Rebekka war.«

»Der Mann wurde gesehen, als er eine Bombe an Ihrem SUV anbrachte«, sagte Sergeant Rivera.

»Haben Sie ihn genauer gesehen?« Carlos Danda Carlos stand im braunen Morgenmantel in der prächtigen Diele seiner Villa. Seine Männer waren dafür gewesen, ihn an einen sicheren Ort zu bringen, doch er hatte ihre Bedenken beiseitegewischt. Er weigerte sich, irgendeiner Bedrohung zu weichen. Er wollte nicht als Feigling dastehen, der bei der kleinsten Gefahr weglief.

»Leider nein«, gestand Rivera. »Ich habe ihn nur einen Sekundenbruchteil im Scheinwerferlicht des Lasters gesehen. Ich wollte ihn verfolgen, aber es war ein solches Chaos nach der Explosion. Drei Kameraden kamen ums Leben, und ich musste an Ihre Sicherheit denken. Außerdem hat es stark geregnet. Ich hätte ihn sicher nicht mehr erwischt.«

»Der Hundesohn hat meinen Wagen in die Luft gejagt und drei Männer getötet.« Carlos sah darin einen Racheakt für das, was in San Luis Potosí geschehen war.

Rivera trat nervös von einem Fuß auf den anderen.

»Die gute Nachricht ist, dass wir auf einem Bruchstück der Bombe einen Fingerabdruck gefunden haben.«

»Wie ist das möglich?«

»Da war eine Art Abschirmung in der Bombe. Sehr kompliziert, sagen die Forensiker.«

»Schicken Sie Leutnant Rios zu mir«, befahl Carlos. »Sofort.«

Der Strom war wieder da, die Lichter brannten im Haus, doch das Gefühl der Bedrohung wollte nicht weichen. Als der Strom ausgefallen war, hatte er sich gerade mit einem Mädchen vergnügt und war sofort aufgesprungen, das Schlimmste befürchtend. Er war extrem angespannt, seit Los Zetas Raul Giron und seine Stellvertreter hingerichtet hatten, seit man ihm gemeldet hatte, dass die vier Militärhubschrauber, deren Einsatz er befohlen hatte, abgeschossen worden und alle Soldaten tot waren. Der Kartellkrieg, der das Land seit vielen Jahren zerriss, nahm eine neue, dramatische Dimension an. Und es bestand für ihn kein Zweifel, dass Maricruz Encarnación Ouyang für diese Verschärfung verantwortlich war.

Wenig später traf Leutnant Rios ein, ein adretter Mann mit Schnurrbart, dem Carlos vertraute. »Ich möchte, dass dieser Fingerabdruck auf der Bombe mit allen amerikanischen Systemen abgeglichen wird. Schließlich reden sie immer davon, wie sehr sie uns im Drogenkrieg unterstützen.« Er legte Rios die Hand auf die Schulter. »Bis Sonnenaufgang muss der Kerl identifiziert sein. Ich will wissen, wer die Bombe gelegt hat.«

»Wen haben wir denn da?«, sagte Bourne, als er fast zur gleichen Zeit wie am Vortag Maricruz' Zimmer betrat.

»Sie sind also mutig genug, um wiederzukommen. Gut. Angél, das ist Dr. Javvy«, sagte Maricruz, den Arm schützend um das Mädchen gelegt.

»Hola.« Bourne lächelte. »Woher kommt sie?«, fügte er, an Maricruz gewandt, auf Englisch hinzu.

»Lächeln Sie einfach weiter.«

»Gern.«

»Und stellen Sie ihr keine direkten Fragen.«

»Wie Sie wünschen.«

Maricruz erzählte ihm kurz, warum das Mädchen im Krankenhaus war.

»Geht es ihr gut? Ich sollte sie untersuchen.«

»Untersucht hat man sie oft genug. Ich glaube nicht, dass das eine gute Idee wäre, vor allem wenn es ein Mann macht.«

Bourne nickte. »Hat sie Familie?«

»Bis jetzt hat sich niemand gemeldet.«

»Und wenn es niemanden gibt?«

»Dann lasse ich mir etwas einfallen.«

Er nickte erneut, dann ging er in die Hocke, um auf gleicher Augenhöhe mit dem Mädchen zu sein. »Angél, weißt du, warum Bienen so klebrige Haare haben?«

Das Mädchen starrte ihn an und schüttelte schließlich den Kopf.

»Weil sie sich mit einem Honigkamm frisieren.«

Angél kicherte, Bourne lachte, und Maricruz sah ihn überrascht an.

»Soll ich dir noch eine Frage stellen? Vielleicht weißt du die Antwort.«

Angél nickte schüchtern.

»Okay, mal sehen.« Bourne tat so, als würde er nachdenken. »Warum tragen Kühe Glocken?«

Das Mädchen zog die Stirn kraus. »Ich … ich weiß es nicht.«

»Weil sie nicht in ihre Hörner blasen können.«

Angél lachte. Es klang befreit, und Maricruz betrachtete die beiden staunend.

Als sich Bourne aufrichtete, bat das Mädchen um eine weitere Frage.

»Okay, eine noch«, sagte Bourne. »So viele kenne ich auch nicht. Mal sehen. Wo schlafen die Bücher in der Nacht?«

Angél überlegte einen Moment lang, dann lächelte sie breit. »Das weiß ich! Bücher schlafen unter ihrer Buchdecke!«

»Das stimmt.« Bourne streckte die Hand aus und strich ihr übers Haar.

»Nicht«, mahnte Maricruz.

Doch das Mädchen zuckte nicht zusammen. Es streckte sogar seine kleine Hand aus, und Bourne nahm sie. »Ich mag dich«, sagte es leise. »Du bist lustig.«

Bourne lächelte und stand auf.

»Danke, dass Sie sich ein bisschen Zeit für Angél genommen haben«, sagte Maricruz. »Das tun nicht viele.«

»Sieht so aus.« Das Mädchen hielt immer noch seine Hand. »Sie brauchen mir nicht zu sagen, wie die Kleine in Ihrem Zimmer gelandet ist«, sagte er auf Englisch zu Maricruz.

Manchmal war es zielführender, dachte Bourne, jemandem zu sagen, dass er etwas nicht zu tun brauchte, damit der Betreffende tat, was man wollte.

»Ich fand sie schreiend in ihrem eigenen Kot.« Maricruz strich der Kleinen übers Haar. »Mitten in der

Nacht. In der Schwesternstation war kein Mensch. Es war furchtbar.«

»Ja, furchtbar«, bestätigte Bourne. Er spürte, dass sie von unterschiedlichen Vorfällen sprachen.

Ihre Blicke trafen sich für einen Moment, dann sprangen Maricruz' Augen zur Seite.

»Sie hatten recht«, sagte sie schließlich, »es war kein Fahrradunfall. Überhaupt kein Unfall.« Ihre Augen fanden seine, und diesmal war darin eine neue Entschlossenheit. »Ich war in San Luis Potosí, als Gast, könnte man sagen, bei jemandem, mit dem ich eigentlich nichts zu tun habe.«

Es musste sich entweder um Felipe Matamoros oder Raul Giron handeln, dachte Bourne. Er tippte auf Matamoros, den bei Weitem mächtigsten Drogenboss.

»Ein schwieriger Mann.«

Sie sah ihn nachdenklich an. »*Rücksichtslos* würde es vielleicht besser treffen.«

»Er hat Sie geschlagen?«

»Es war ein Missverständnis, und das kam dabei raus.«

»Bloß ein Missverständnis?«

»Ein großes.«

Er sah ihr in die Augen. Sie schien zu wissen, dass er ihr nicht glaubte, doch sie war noch nicht bereit, ihm die ganze Wahrheit zu sagen. Das konnte er gut verstehen.

Er goss etwas Wasser aus dem Krug in einen Plastikbecher und reichte ihn ihr. Angél saß immer noch zwischen ihnen, wie eine Brücke, die es leichter machte, Vertrauen zwischen ihnen wachsen zu lassen.

»*Gracias*, Javvy.« Maricruz nahm einen kräftigen Schluck und stellte den leeren Becher ab.

Sie lächelte, das erste Zeichen von echter Wärme, das er an ihr sah. Er erkannte, dass sie nach und nach ihren Schutzpanzer ablegte.

»Maricruz, stecken Sie in Schwierigkeiten?«

Etwas in ihr zog sich sofort wieder zurück. »Ich habe Ihnen ja gesagt, es war ein Missverständnis, das ist alles.«

Doch die Angst, die in ihren Augen aufblitzte, verriet Bourne, dass sie log.

NEUNUNDZWANZIG

Sieben Minuten nachdem Carlos in seinem Büro eingetroffen war, trat Leutnant Rios mit einer dünnen Mappe ein, die er seinem Chef übergab.

»Laut Forensik handelt es sich um eine ziemlich raffinierte Bombe … C4, die Arbeit eines Profis. Nicht das, was wir von den Kartellen kennen.«

»Nicht einmal Los Zetas?«

»Wir haben so etwas noch nie von ihnen gesehen.«

»Also ein Ausländer«, sagte Carlos mit einem dumpfen Gefühl in der Magengegend.

»Es sieht ganz danach aus«, nickte Rios. »Das passt auch zu dem Treffer, den wir beim Fingerabdruck erzielt haben. Es war die amerikanische Datenbank, die uns ein Ergebnis geliefert hat.«

»Ausgezeichnet.«

Der nächtliche Regen hatte die Dächer gesäubert. Der Himmel war klar und blau, der gewohnte Dunstschleier würde sich erst wieder über die Stadt legen, wenn die Sonne höher stieg und es warm genug war, um den Smog zurückkehren zu lassen.

»Es war nicht einfach«, fuhr Rios fort. »Es ist eine Information, die eigentlich einer hohen Geheimhaltung unterliegt.«

»Aber Sie haben es geschafft.«

»Unsere Freunde in der CIA eröffneten uns schließlich den Zugang«, sagte Rios. »Sie wollten uns helfen, als ich ihnen die Umstände schilderte, die zu den Ermittlungen führten.«

Carlos öffnete die Mappe, die nur ein Blatt enthielt, einen Computerausdruck mit einem körnigen Porträt, mit dem Teleobjektiv aufgenommen.

»Bourne«, sagte er. »Die Bombe hat Jason Bourne gebaut und gelegt.«

Kein Wunder, dass es sich um eine besonders raffinierte Konstruktion handelte, dachte Carlos.

»Er ist den Leuten dort ein Dorn im Auge«, fuhr Rios fort. »Sie wollen ihn offenbar schon seit Längerem ausschalten.«

»Ich auch.« Carlos gab ihm die Mappe zurück. »Verbreiten Sie dieses Foto überall bei Polizei und Militär, an jedem Flughafen, jedem Bahnhof und jedem Taxistand. Finden Sie den Mistkerl, Leutnant. Und wenn Sie ihn haben, töten Sie ihn.«

Als Rios das Büro seines Chefs verließ, ging er den Korridor hinunter und rief Sergeant Rivera. Als der den Kopf aus seiner Arbeitsnische steckte, gab ihm Rios das Foto von Bourne. »Sorgen Sie dafür, dass das überall verbreitet wird … und ich meine *überall.*« Er erläuterte seine Anweisung, wie Carlos es ihm aufgetragen hatte.

»Wird erledigt, Herr Leutnant.«

Rios sah Rivera nach, dann ging er die Treppe zur Eingangshalle hinunter. Draußen überquerte er die Straße und betrat einen kleinen Park. Zu dieser frühen Stunde waren nur zwei Obdachlose, die er vertrieb, sowie ein paar Tauben zugegen, die ihm in der Hoffnung auf etwas Essbares folgten.

Rios zog ein Einweghandy hervor – er kaufte sich dreimal die Woche ein neues –, drückte eine Kurzwahltaste und wartete darauf, dass sich die vertraute Stimme meldete.

»Gibt's Neuigkeiten?«

»Sogar wichtige. Jason Bournes Fingerabdruck wurde in einer Bombe gefunden, mit der gestern Abend Carlos' SUV in die Luft gejagt wurde.«

»Das glaube ich nicht«, sagte Felipe Matamoros. »Bourne wäre nie so unvorsichtig.«

Rios fragte sich, warum es den Drogenboss nicht überraschte, dass sich Bourne in Mexiko City aufhielt. Er hütete sich jedoch, ihn darauf anzusprechen. Bei jemandem wie Matamoros konnte sich allzu große Neugier leicht als gefährlich erweisen. »Trotzdem … es ist der einzige konkrete Hinweis, den wir haben«, sagte er. »Der Chef lässt das Foto überall verbreiten …«

»Woher habt ihr ein Foto von ihm?«

»CIA.«

»Natürlich. Die CIA ist seit Jahren hinter ihm her. Jetzt lassen sie ihn von Carlos aus dem Weg räumen.«

Rios blickte sich verstohlen um. Er war immer besonders wachsam, wenn er mit dem Mann telefonierte, der ihm ein kleines Vermögen für Informationen über Carlos zahlte. »Irgendwelche Anweisungen?«

»Halten Sie mich auf dem Laufenden, wie Sie mit Bourne vorankommen.«

Maricruz kaute auf ihrer Unterlippe. »Ich möchte Ihnen vertrauen, aber ich glaube nicht, dass ich es kann.«

»Dann stecken Sie wirklich in Schwierigkeiten.«

Ihr Gesicht verriet Bourne, dass es so war.

»Ich würde Ihnen helfen, wenn Sie es möchten.«

Sie betrachtete ihn skeptisch. »Warum? Ich bin nur eine Patientin, eine von vielen …«

»Aber Angél nicht«, sagte Bourne.

Das gab ihr zu denken.

»Sie braucht jemanden hier, der für sie da ist«, fuhr Bourne fort. »Sie hat eine Bindung zu Ihnen aufgebaut. Aber Sie leben nicht mehr in Mexiko. Ich fürchte, Sie können nicht allzu viel für die Kleine tun.«

Maricruz legte die Arme um Angél. »Ich lasse nicht zu, dass ihr etwas geschieht. Niemals.«

»Das verstehe ich sehr gut.«

Sie musterte ihn eindringlich.

»Was denken Sie?«, fragte er.

»Ich frage mich, worum es Ihnen eigentlich geht.«

Er lachte. »Was glauben Sie denn, Maricruz? Wir hier helfen unseren Patienten zu überleben, das ist alles.«

Maricruz wandte sich dem Mädchen zu. »Was meinst du, *guapa?*«, flüsterte sie ihm ins Ohr.

Angél lächelte Bourne zu. Er lächelte zurück. Sie kommunizierten ohne Worte.

Maricruz hob den Kopf und nickte, als würde sie sich geschlagen geben. »Die Verletzungen«, sagte sie langsam, fast schmerzlich, »das war Absicht.«

»Natürlich war das Absicht. Dieser Mann in San Luis Potosí muss ein Profi sein. Der wusste genau, was er tat.«

Sie lächelte schwach. »Na ja, es war leider meine Idee.«

Bourne war nicht leicht zu überraschen, aber dieses Geständnis verblüffte ihn. »Warum sollten Sie auf die Idee kommen, sich so furchtbar zurichten zu lassen?«

»Um jemandes Vertrauen zu gewinnen. Jemand, der Grund hatte, mir zu misstrauen.«

Bourne stand auf. »Ich glaube, Sie sollten aufhören, bevor Sie etwas sagen, das Sie vielleicht später bereuen.«

»Javvy, Sie haben gesagt, ich kann Ihnen vertrauen.«

»Natürlich können Sie mir vertrauen, Maricruz. Ich würde niemandem ein Wort von unserem Gespräch verraten, aber so wie es sich anhört, ist mir jetzt doch nicht ganz wohl bei der Sache …«

»Javvy, setzen Sie sich. Bitte.«

Bourne blieb stehen. Sie brauchte einen stärkeren Anreiz, um auf ihn zuzugehen. »Vielleicht wäre es klüger, wenn Sie für sich behalten, wer für Ihre Verletzungen verantwortlich ist.«

»Das meinen Sie doch nicht wirklich«, sagte sie.

»Ich glaube, ich gehe jetzt besser.«

Als er sich zum Gehen wandte, sagte sie mit einigem Nachdruck: »Es ist Carlos, an den ich herankommen muss.«

Er drehte sich um. »Warum erzählen Sie mir das?«

»Ich weiß es nicht.«

Er musterte sie prüfend. »Ich glaube, ich weiß es. Indem Sie es mir beichten, machen Sie mich zum Mitwisser.«

»Ja.«

»Das wollten Sie von Anfang an.«

Sie zögerte einen Moment. »Kann schon sein, ja.«

»Warum?«

Sie hatte über diese Frage nachgedacht, seit sie aus ihrem seltsamen Traum aufgewacht war. »Wollen Sie die Wahrheit hören?«

»Sicher.«

»Sie scheinen keine Angst zu haben«, sagte sie. »Und wie gesagt, ich brauche Hilfe.«

»Hilfe wobei?«

»Um mit jemandem fertigzuwerden«, erklärte Maricruz.

»Carlos.«

»Ja«, gestand sie. »Carlos.«

»Maricruz, wenn wir schon so offen reden – warum sind Sie nach Mexiko zurückgekehrt?«

»Ich musste mit Felipe Matamoros und Raul Giron sprechen.«

»Drogengeschäfte. Woher wollen Sie wissen, dass ich Sie nicht der Polizei melde?«

Sie lächelte gewinnend. »Was würden Sie denen denn sagen?«

»Ja, was eigentlich?« Er lachte in dem Wissen, ihr Vertrauen gewonnen zu haben.

Sie liebt es, zu gewinnen, dachte Bourne. *Dafür tut sie alles.* Und darin lag die Schwäche in ihrer Stärke.

»Was wissen Sie über Carlos Danda Carlos?«

Bourne zuckte mit den Achseln. »Nur was ich in der Zeitung gelesen habe. Für den Präsidenten ist er so etwas wie ein Held.«

»Der Präsident hat ihn ernannt. Was soll er denn anderes sagen?«

»Es ist politisch opportun, verstehe.«

»Das ist alles?«

»Gibt es denn mehr?«

»Unter dem Deckmantel des Kampfes gegen die Kartelle profitiert Carlos persönlich von ihren Gewinnen«, erklärte Maricruz.

»Haben Sie Beweise dafür?«

»Als ich mich vor einigen Tagen in San Luis Potosí mit Matamoros und Giron traf, war Carlos auch dort. Es war nicht Giron, der für die Sinaloa gesprochen hat, sondern Carlos.«

»Ich habe gelesen, dass Giron und seine Stellvertreter in San Luis Potosí ermordet wurden«, sagte Bourne. »Aber ich glaube nicht alles, was in der Zeitung steht.«

»Das stimmt aber«, bestätigte Maricruz. »Ich war dabei. Die Zetas hatten genug vom falschen Spiel dieser Leute.«

»Aber Carlos haben sie nicht angerührt.«

»Carlos war schlau genug, noch in derselben Nacht in die Hauptstadt zurückzufliegen.«

»Er ist geflüchtet.«

Maricruz nickte zustimmend. »Er ist eben ein Feigling.«

»Und dann ließen Sie sich von Matamoros' Männern zusammenschlagen«, sagte Bourne.

»Ich bin ein trojanisches Pferd.«

»Und was nun?«

»Nun«, sagte Maricruz, »nun helfen Sie mir, Carlos Danda Carlos zu töten.«

DREISSIG

»Das ist nicht Ihr Ernst«, sagte Bourne, nachdem die Schwester das Frühstückstablett geholt hatte. Trotz Maricruz' Ermunterung hatte Angél nur wenig gegessen, wenn auch etwas mehr als gestern. »Ich bin Arzt. Wie kommen Sie darauf, dass ich Ihnen helfen könnte, jemanden zu töten?«

Angél flüsterte Maricruz etwas ins Ohr.

»Claro, sí, guapa«, sagte Maricruz und küsste sie auf die Wange.

Das Mädchen sprang vom Bett, blickte sich noch einmal zu Maricruz um und ging dann auf die Toilette.

»Ob Sie's glauben oder nicht, das ist für sie ein großer Fortschritt.«

»Ich sehe, Sie haben auch ein Bett für sie hereinstellen lassen.«

»Ja, aber bisher will sie nicht drin schlafen. Mir macht es nichts aus. Ich hab sie gern bei mir.«

Einige Augenblicke war Schweigen zwischen ihnen. »Um noch mal auf unser Thema zurückzukommen«, begann Maricruz erneut, »Carlos Danda Carlos ist kein Unschuldiger.«

»Mag sein, aber ich habe einen Eid abgelegt, Leben zu retten, nicht zu vernichten.«

Maricruz betrachtete ihn nachdenklich. »Extreme Umstände erfordern extreme Maßnahmen.«

»Okay«, sagte er. »Das müssen Sie mir genauer erklären.«

»Irgendjemand muss Carlos entlarven, damit herauskommt, was er tut. Sehen Sie das nicht auch so?«

»Natürlich.«

»Gut, aber wir sind hier in Mexiko, Javvy. Weder Sie noch ich oder sonst jemand wäre je imstande, Carlos zu entlarven. Und selbst wenn es durch irgendein Wunder gelingen sollte, genügend Beweise gegen ihn zu sammeln, würde das Material irgendwie verschwinden, und wir würden getötet.« Sie legte den Kopf auf die Seite. »Oder sehe ich das falsch?«

»Nein.«

»Trotzdem muss man Carlos irgendwie aufhalten, damit er sich nicht länger als Held des mexikanischen Volkes feiern lassen kann, während er sich die Taschen mit dem Blutgeld der Kartelle vollstopft.«

»Sicher. Da haben Sie völlig recht.«

»Dann bleibt nur die Möglichkeit, ihn zu töten, oder?«

»Kommen Sie, Maricruz. Leute wie wir sind für so etwas nicht geschaffen.«

Sie verschränkte die Arme vor der Brust. »Dann schlagen Sie doch eine Alternative vor.«

Bourne musste zugeben, dass sie sehr überzeugend war. Er konnte sich vorstellen, dass sie auch einen echten Chirurgen mit ihren Argumenten auf ihre Seite hätte ziehen können. In seinem Fall hätte es das zwar nicht gebraucht, doch um den Schein zu wahren, hatte er abgewartet, bis sie ihm wirklich zwingende Gründe lieferte. Sie hatte ihn nicht enttäuscht.

»Ich kann das nicht, aber das heißt nicht …«

»Sind Sie ein Feigling, wie Carlos Danda Carlos?«

»Ich glaube, Sie kennen die Antwort darauf.«

Sie schwang ihre Beine aus dem Bett, hielt ihm die Hand hin, und er nahm sie. »Gehen wir ein Stück, ich brauche Bewegung.«

Angél kam aus der Toilette und sah Maricruz bei Bourne untergehakt. Sie starrte sie beide mit großen Augen an. In diesem Moment steckte Tigger den Kopf herein, und das Mädchen sprang rasch ins Bett und zog sich die Decke über den Kopf.

»*Perdóneme*, Señora, ich soll Ihnen eine Nachricht von Señor Carlos überbringen. Er hat wichtige Angelegenheiten zu erledigen und kann Sie bedauerlicherweise heute nicht mehr besuchen.« Er lächelte. »Aber morgen ist auch noch ein Tag, nicht wahr?«

»Danke, Tigger«, sagte sie, doch Bourne wusste, dass die Information genauso für ihn wie für Maricruz bestimmt war.

Sie gingen durch die Suite, um das zweite Bett herum.

»Wie fühlen sich Ihre Beine heute an?«, fragte Bourne.

»Wie Baumstämme.« Sie lachte leise, und Angél lugte unter der Bettdecke hervor. Maricruz lachte ihr zu. Das Mädchen antwortete mit dem Hauch eines Lächelns.

Bourne glaubte Maricruz nicht ganz; ihre Schritte wirkten stark und sicher.

Maricruz wartete, bis sie weit genug von der Tür entfernt waren. »Wissen Sie, Javvy, ich bringe Ihnen großes Vertrauen entgegen, indem ich Ihnen das alles erzähle.«

»Ihre Geheimnisse sind bei mir gut aufgehoben, Maricruz.«

»Das freut mich, denn Sie sehen mich in einem wirklich schlimmen Zustand.«

»Bestimmt hat Sie Ihr Mann auch schon …«

»Nicht so. Nicht verletzt und mit Schmerzen. Ungeschminkt und die Haare seit Tagen nicht mehr gewaschen.«

»Nicht mal am Morgen, wenn Sie aufwachen?«

»Er steht um vier Uhr früh auf, um zu arbeiten. Bis wir uns dann sehen, bin ich für ihn wieder genauso perfekt wie immer.«

»Und was würde er denken, wenn er Sie so sähe wie jetzt?«

»Schwach und verwundbar? Das wäre für ihn wahrscheinlich ein Schock. Er hat ein ganz bestimmtes Bild von mir. Es kostet mich einige Mühe, es aufrechtzuerhalten.«

»Das klingt nicht gerade lustig.«

»Wer sagt, dass eine Ehe lustig ist?«

»Ich weiß, man muss daran arbeiten, aber …«

»Ob Sie's glauben oder nicht, manchmal ist es einfach nur ein Job«, erwiderte sie.

»Sagen Sie das nicht vor Angél.«

Maricruz schnaubte frustriert. »Okay.«

In diesem Augenblick vibrierte sein Handy. Tigger konnte es nicht sein; er hätte wie vorhin kurz den Kopf hereingesteckt, hätte er ihn vor Carlos warnen wollen.

»Entschuldigen Sie, ich muss drangehen.«

»Natürlich.« Maricruz wandte sich Angél zu, während Bourne hinausging.

Er schritt den Korridor hinunter zur öffentlichen Toilette und schloss sich ein. Der Anruf kam von Anunciata.

»Es gibt Ärger«, sagte sie ohne Einleitung. »Carlos' Büro hat eine Fahndung nach dir ausgeschrieben. Die Meldung ist an alle Polizeidienststellen, Bahnhöfe und an jeden Autoverleih gegangen.«

Bourne zog die Stirn in Falten. »Worum geht es?«

»Gestern Nacht ist vor Carlos' Haus eine Bombe explodiert. Dabei wurde sein Wagen in die Luft gejagt und drei Sicherheitsleute getötet. Du hast doch nicht …«

»Natürlich nicht.«

»Sie halten dich aber für den Täter. Die ganze Stadt ist hinter dir her. Du wirst wegen Mordes gesucht.«

Bourne fragte sich, woher die Behörden wussten, dass er im Land war. »Wie kommen sie auf mich?«

»Offenbar haben sie deinen Fingerabdruck auf einem Bruchstück der Bombe gefunden«, berichtete sie. »Es war ein ziemlich komplizierter Sprengsatz, wie ihn die Kartelle nie einsetzen.«

»Nicht einmal Los Zetas?«

»Dieses Wissen haben nicht einmal sie.« Anunciata holte tief Luft. »Du wirst Hilfe brauchen.«

»Nicht von dir.«

»Was? Warum?«

»Ich werde dich nicht noch mehr hineinziehen. Ab jetzt ist es extrem gefährlich in meiner Nähe. Der Gefahr will ich dich nicht aussetzen.«

»Aber es weiß doch niemand, wer ich wirklich bin und wo ich wohne.«

»Und das soll auch so bleiben. Mir passiert schon nichts. Ich weiß, wie man mit diesen Leuten fertigwird.«

»Aber …«

»Nein!«

»Okay, okay. Wie geht es mit Maricruz?«

»Sie ist nicht so, wie ich dachte.«

»Du wirst dich doch wohl nicht in sie verliebt haben? Nein, dafür bist du sicher nicht bereit.«

Bourne wusste, dass sie auf den gestrigen Abend anspielte, als er sie zurückgewiesen hatte. »Sie flirtet nicht mit mir«, erklärte er. »Sie ist viel zu sehr damit beschäftigt, Carlos' Ermordung zu planen.«

»Das klingt ganz nach ihr.«

»Weiß sie, dass sie eine Halbschwester hat?«, fragte Bourne.

»Wer hätte es ihr denn sagen sollen? Unser Vater sicher nicht, und meine Mutter auch nicht. Außer dir weiß es niemand.«

»Da ist noch etwas«, sagte Bourne.

»Dígame.«

Er erzählte ihr von Angél.

»Das hätte ich ihr nicht zugetraut«, staunte Anunciata. »Das Kind hat wirklich keine Familie?«

»Bis jetzt hat sich niemand gemeldet, und Maricruz wird sie nicht adoptieren.«

Anunciata zögerte einige Augenblicke. »Weißt du, wenn es um Kinder geht, kannst du nie wissen, wie Frauen reagieren. Ich hatte eine Freundin – ein richtig toughes Mädchen –, die sagte immer, sie würde nie Kinder haben. *›Ich könnte nie Mutter sein‹*, meinte sie. Dann wurde sie schwanger, und als das Baby da war, schmolz sie dahin wie Butter in der Sonne.«

Bourne wusste, dass Anunciata nicht über ihre Halbschwester oder ihre Freundin sprach; sie meinte sich selbst.

EINUNDDREISSIG

Oberst Sun traf unter diplomatischem Status in Mexiko City ein. Als er die Ankunftshalle verließ, hatte er augenblicklich einen ekelhaften Geschmack in der Kehle. Die Limousine der Botschaft brachte ihn in die Stadt. Vierzig Minuten später stellte er seinen kleinen Koffer in dem modernen Hotelzimmer hoch über der Stadt ab, das einer von Ouyangs gehorsamen Helfern für ihn gebucht hatte.

Es war das erste Mal, dass sich Sun in Mexiko aufhielt, überhaupt seine erste Reise auf den amerikanischen Kontinent. Er war noch nicht einmal eine Stunde hier und hasste bereits alles, vor allem die fremden Gerüche, die ihm Übelkeit verursachten und ihn zwangen, sich den Mund mit dem Wasser aus dem Minikühlschrank auszuspülen. Er drehte die Dusche auf und wünschte sich, er hätte sich mit dem in Flaschen abgefüllten Wasser waschen können statt mit der schmutzigen Brühe aus dem Duschkopf. Vielleicht würde sein Aufenthalt hier so kurz sein, dass er nicht zu duschen brauchte, doch das bezweifelte er.

Er war in einer privaten, absolut geheimen Mission für Ouyang unterwegs. Dem Minister war zu Ohren gekommen, dass seine Frau im Krankenhaus lag. Da die beiden vereinbart hatten, auf jeden Kontakt zu verzichten, solange sie sich in Mexiko aufhielt, und Ouyang sich Sorgen machte, hatte er Sun hergeschickt. *So tief bin ich schon gesunken*, dachte Sun säuerlich. *Ich soll seine Frau im Auge behalten wie ein verdammter Privatdetektiv.* Ouyang hatte ihm ein spezielles Handy mit einer 12-Megapixel-Kamera mitgegeben, mit der er Maricruz' körperlichen Zustand festhalten sollte. Ouyangs Paranoia bezüglich seiner Frau war ohnehin schon legendär. Andererseits hatte Sun auch ein gewisses Verständnis für seinen Chef. Er konnte nicht einmal in dem Krankenhaus anrufen und sich nach ihrem Gesundheitszustand erkundigen. So kurz vor dem Parteikongress durfte er Cho Xilan nicht die geringste Angriffsfläche bieten. Ouyang musste also abwarten, was ihm alles andere als leichtfiel, wenn es um seine Frau ging.

Sun hegte keine Sympathie für Maricruz – wie sollte er auch? Sie war eine Ausländerin, dennoch beneidete er sie nicht um ihre Aufgabe hier in Mexiko. Er schauderte. Diese Leute waren wie Tiere.

Sun fuhr zu einem Waffenhändler im Bezirk Iztapalapa, den Ouyangs Ministerium ausfindig gemacht hatte. Der Besitzer stank nach altem Bratöl, und Sun hielt, so gut es ging, die Luft an, während er ein Kampfmesser und zwei Pistolen samt Munition kaufte. Sun glaubte, ein höhnisches Lächeln im Gesicht des Mannes zu erkennen, als er ging.

Beim Hotel stieg er in die wartende Limousine ein. Auf dem Weg zurück von der schmutzigen Behausung des Händlers hatte ihn plötzlich das Gefühl beschlichen, verfolgt zu werden. Er zog eine der gekauften Pistolen und wirbelte herum, doch falls da jemand gewesen war, hatte er sich rechtzeitig in einen Hauseingang zurückgezogen.

Dennoch war er dankbar für den Schutz, den ihm die Botschaftslimousine bot. Ouyang hatte Maricruz' Spur von Mexiko City nach San Luis Potosí und wieder zurück verfolgt. In der Botschaft hatte Sun eine interessante Information aufgeschnappt: Vor dem Haus von Carlos Danda Carlos, dem Leiter der mexikanischen Antidrogenbehörde, war eine Bombe hochgegangen. Bei der Explosion waren drei Sicherheitsleute ums Leben gekommen. Die Stadt war im Alarmzustand. Die Limousine rollte an mehreren Armeejeeps mit schwer bewaffneten Soldaten vorbei.

»Sie gehören zwar offiziell zum diplomatischen Korps«, hatte ihn der Botschafter gewarnt, »trotzdem sollten Sie sehr vorsichtig sein. Diese Leute sind selbst unter den günstigsten Umständen ziemlich schießwütig, und im Moment ist die Lage zusätzlich angespannt.«

Gut bewaffnet machte sich Oberst Sun nun auf den Weg zum Hospital Ángeles Pedregal, wo er sich selbst ein Bild machen würde, was mit Maricruz passiert war und wie es ihr ging. Das Problem war, dass er sich auf fremdem Boden befand, wo ihm auch der diplomatische Status wenig half. Zudem fiel er natürlich auf, wenngleich manche Mexikaner mit indianischen Wurzeln fast die gleichen mandelförmigen Augen besaßen wie er. So ungern er es sich eingestand, aber der Botschafter hatte recht: Er musste sehr vorsichtig vorgehen und sich möglichst unauffällig verhalten. In der momentanen Situation wäre es für Ouyang möglicherweise fatal gewesen, wenn er hier in Mexiko Ärger mit den Behörden bekommen hätte.

Nachdem sie die Stadt durchquert hatten, hielt die Limousine endlich vor dem Krankenhaus an. Sun wies den Fahrer an, zu warten, stieg aus und betrat das Gebäude. Drinnen wandte er sich an den Informationsschalter, wo bereits einige Leute warteten. Als er an der Reihe war, zeigte er der Frau seine falschen diplomatischen Papiere und fragte nach Maricruz Ouyang.

»Tut mir leid, ich habe keine Informationen über diese Patientin«, sagte die Frau, ohne seinen Ausweis zu beachten.

»Was heißt das, Sie haben keine Informationen?«, fragte Sun in seinem stark akzentgefärbten Spanisch. »Sie haben ja noch nicht einmal nachgesehen. Ich weiß, dass sie hier bei Ihnen ist.«

Die Frau zuckte mit den Achseln. Sie war mittleren Alters und hatte ein faltiges, abweisendes Gesicht. »Es dürfen keine Besucher zu ihr. Anweisung von der Antidrogenbehörde«, beharrte sie steif.

»Das ist ungeheuerlich.«

Sie zuckte mit den Achseln. »Sagen Sie das der Behörde. Ich kann Ihnen nicht weiterhelfen.« Sie blickte an ihm vorbei. »Der Nächste bitte.«

Oberst Sun entfernte sich. Er war es zwar nicht gewohnt, so abgefertigt zu werden, doch er wusste genug über die westliche Welt, um seine Wut für sich zu behalten.

Seine letzte Reise in den Westen hatte ihn vor über einem Jahr nach Rom geführt, um die Mossad-Agentin Rebekka zu beschatten, für die Minister Ouyang sich aus irgendeinem unerfindlichen Grund interessierte. Er hatte sie jedoch in Begleitung von Jason Bourne vorgefunden und war den beiden in die Katakomben an der

Via Appia gefolgt. Die Sache war nicht gut für ihn ausgegangen. Die Schmach, die Bourne ihm zugefügt hatte, schmerzte ihn heute noch.

Als er nun an einer Säule in der Lobby des Krankenhauses stand und sich fragte, wie er vorgehen sollte, sah er einen jungen Mann durch die Tür hereinkommen. Er trug keine Uniform, doch Sun sah ihm an seiner Haltung an, dass der Mann Soldat war. Als er an den beiden Sicherheitsleuten vorbeiging, winkte er ihnen lächelnd zu, fast so als würde er salutieren, was sie entsprechend erwiderten.

Oberst Sun folgte dem Mann in den Aufzug und fuhr mit ihm in den ersten Stock. Er ließ den Soldaten zuerst aussteigen und folgte ihm über den Gang an einer Tür nach der anderen vorbei, bis er vor einem Zimmer einen weiteren Soldaten in Zivil auf einem Klappsessel sitzen sah. Er las in der Zeitschrift *Contralinea* und legte sie weg, als der Mann erschien, dem Sun gefolgt war. Sie grüßten sich, und der Wächter überließ seinen Platz dem Mann, der offensichtlich gekommen war, um ihn abzulösen. Kaum hatte er seinen Dienst angetreten, zog er sein Handy hervor und tippte eine Nachricht ein.

Oberst Sun war sich sicher, dass der Mann Maricruz' Zimmer bewachte. Er schritt an der Schwesternstation vorbei. Der Wachmann musste ihn aus dem Augenwinkel gesehen haben, denn er steckte sein Handy ein und stand auf, um Sun den Weg zu versperren.

»Halt«, sagte der Soldat erst auf Spanisch, dann auf Englisch. »Hier können Sie nicht durch. Gehen Sie zurück.«

»Ich besuche Maricruz Ouyang«, erwiderte Oberst Sun auf Englisch.

Der Soldat schüttelte den Kopf. »Hier sind Sie falsch, Señor.« Eine Hand glitt drohend in seine Jacke. »Ich sage es nicht noch einmal.«

»Sie verstehen mich falsch«, beharrte Oberst Sun. »Ich komme von der chinesischen Botschaft.« Er zeigte ihm seinen Ausweis. »Minister Ouyang Jidan, Maricruz' Ehemann, macht sich Sorgen um ihre Gesundheit.«

»Der Señora geht es gut.«

»Sie ist aber noch hier.« Oberst Sun zwang sich zu einem Lächeln. »Minister Ouyang hat mich aus Peking hergeschickt, um sie zu besuchen und mit ihr zu sprechen.«

Der Soldat beäugte Sun wie einen Skorpion, der gerade unter einem Felsen hervorgekrochen war. »Moment«, sagte er schließlich, zog sein Handy hervor und drückte eine Kurzwahltaste. »Chef«, sagte er ins Telefon, »da ist jemand, der behauptet, Minister Ouyang habe ihn aus Peking hergeschickt, um die Señora zu besuchen.« Er hörte einige Sekunden zu. »Ja, er hat mir seinen Ausweis gezeigt. Scheint in Ordnung zu sein … Okay.« Er wandte sich Sun zu. »Mein Chef ruft in der Botschaft an. Wir werden sehen … Ja, Chef, hier bei mir … Okay, gut, ich sag's ihm.«

Der Soldat beendete das Gespräch. »Sie haben fünf Minuten.«

»Das ist nicht einmal genug Zeit, um …«

»Wenn es stimmt, was Sie sagen, reicht das völlig aus, um sich zu vergewissern, dass sich die Señora gut erholt.«

Na schön, dachte Oberst Sun. *In fünf Minuten kann viel passieren.*

Als Maricruz Oberst Sun eintreten sah, verdunkelte sich alles in ihr.

»Was tun Sie hier?«, fragte sie auf Mandarin. »Sie kennen die Regeln, die Jidan und ich festgelegt haben. Absolut kein Kontakt.«

»Das war, bevor Sie ins Krankenhaus kamen. Er macht sich Sorgen. Was ist passiert?« Oberst Sun sprach mit ihr, doch sein Blick war auf die kleine Angél gerichtet, die Schutz suchend unter Maricruz' Armbeuge kroch. »Und was soll das?«

»Ich bin in San Luis Potosí gestürzt und habe mir die Schulter verletzt.«

Oberst Sun zog die Stirn in Falten. »Es sieht so aus, als hätten Sie sich mehr als nur die Schulter verletzt. Hat man Sie geschlagen?« Er zog sein Handy hervor.

»Was tun Sie da?«, fragte Maricruz alarmiert.

»Ich fotografiere Sie.«

»Sicher nicht.« Maricruz griff nach dem Handy, doch Sun ließ es sich nicht wegnehmen.

»Geben Sie mir das.«

»Ich denke nicht daran.«

»Reden Sie nicht so unverschämt mit mir.«

Angél neben ihr entblößte ihre kleinen Zähne und biss sie fest zusammen.

Sun hob das Handy vor die Augen. »Schicken Sie das Äffchen weg, ich will sie nicht auf dem Foto haben.«

Seine Worte waren nicht nur beleidigend, dachte Maricruz, sondern zeigten auch, dass es ihm überhaupt nicht um ihren körperlichen Zustand ging.

»Gehen Sie«, sagte sie. »Sie haben hier nichts verloren und richten höchstens Schaden an.«

»Wie es aussieht, tun Sie das schon selbst.«

»Wie können Sie es wagen, so mit mir zu reden! Hinaus, habe ich gesagt!«

Oberst Sun grinste wie ein Schakal. Die Situation schien ihm richtig Spaß zu machen. »Hören Sie, Sie haben keine Ahnung, wie geschützt Sie in Peking sind und wie sehr Ouyang Sie verwöhnt. Aber jetzt sind Sie hier, weit weg vom Reich der Mitte, deshalb will ich ganz offen mit Ihnen reden. Man verachtet Sie in Peking. Die anderen Minister lächeln Ihnen ins Gesicht, aber hinter Ihrem Rücken nehmen sie kein Blatt vor den Mund. Sie finden Sie unzivilisiert und primitiv.

Ohne Ouyangs Macht sind Sie nichts in China. Sie sind das, was er aus Ihnen gemacht hat, sonst nichts. Aber ich kenne die Wahrheit. Sie sind für ihn ein Klotz am Bein. Ständig muss er daran denken, Sie zu schützen, statt sich auf seinen Aufstieg in der Partei zu konzentrieren.« Er musterte das Kind abschätzig. »Und jetzt geben Sie sich auch noch mit diesem mexikanischen Kind ab. Was haben Sie denn vor? Wollen Sie es vielleicht ins Reich der Mitte mitnehmen, dieses stinkende Stück Scheiße?« Plötzlich trat er auf Angél zu. »Das lasse ich nicht zu. Ich schneide dem Balg die Kehle durch.«

»Wer ist da drin bei meiner Patientin?«, fragte Bourne, als er durch den Gang zu Tigger kam. »Señor Carlos?«

»Nein, Doktor.« Tigger war aufgesprungen und sichtlich erregt. »Ein Mann aus der chinesischen Botschaft. Er behauptet, eigens aus Peking zu kommen, um sich nach der Gesundheit der Señora zu erkundigen. Ich habe ihm gesagt, er kann fünf Minuten zu ihr, nicht länger.«

»Bleib hier«, sagte Bourne und stieß die Tür auf.

Tigger schüttelte nachdrücklich den Kopf. »Es klingt, als hätten sie Streit da drin. Das ist mein Job, Doc.«

Er eilte an Bourne vorbei, die rechte Hand am Griff seiner Pistole. Oberst Sun drehte sich um und sah Tigger, der ihm die Sicht auf Bourne verstellte. Maricruz hatte sich schützend vor das Kind gestellt.

»Gehen Sie zurück auf Ihren Posten«, warnte Oberst Sun. »Das ist eine diplomatische Angelegenheit. Gehen Sie hinaus, oder ich melde es dem Botschafter.«

»Das glaube ich nicht.« Tiggers Stimme klang leise und samtweich. »Wenn es eine offizielle Angelegenheit wäre, hätte der Botschafter Sie angekündigt und ich wüsste davon.« Er deutete mit dem Kopf auf Maricruz. »Ich habe die Anweisung, die Señora zu schützen ... und das Mädchen.«

»Diese Frau und ich haben etwas zu besprechen.« Oberst Suns Stimme war genauso glatt, doch darunter braute sich etwas Dunkles zusammen.

»Gehen Sie weg von ihr«, betonte Tigger mit etwas mehr Nachdruck.

»Nicht bevor wir fertig sind.«

»Ihre fünf Minuten sind um.«

»Sie sind um, wenn ich sage, dass sie um sind, *shăbī*.«

Tigger kniff die Augen zusammen und spannte sich an. »Was haben Sie zu mir gesagt?« Er wandte sich an Maricruz. »Als was hat mich dieser *maricón* bezeichnet?«

»Te llamó una chucha estúpida«, sagte Maricruz. Er hat dich eine blöde Fotze genannt.

Was dann folgte, ging sehr schnell. Tigger zog seine Pistole und machte einen drohenden Schritt auf Sun zu.

Der Oberst ließ die linke Hand sinken und lenkte Tigger damit ab, während seine rechte Hand zur Taille ging und blitzschnell nach oben zuckte. Das Kampfmesser bohrte sich bis zum Griff in Tiggers Brust.

Tigger riss die Augen weit auf, dann stürzte er vornüber, der Kopf direkt vor Suns Füßen. Maricruz drehte Angéls Kopf zur Seite und stellte sich schützend vor das Mädchen.

Bourne reagierte ebenfalls.

»Javvy«, rief Maricruz. »Ruf die Security!«

Bourne tat es nicht, sondern stürmte auf Sun zu, doch nicht schnell genug, um den Chinesen daran zu hindern, die Pistole zu ziehen. Als Sun aufblickte, erkannte er das Gesicht des Mannes, der ihn angriff, und war für einen Moment wie gelähmt vom Schock.

Dann krachte Bournes Unterarm gegen seine Kehle, und er stürzte rücklings gegen das Fensterbrett. Bourne schlug ihm die Pistole aus der Hand, und sie schlitterte unters Bett. Sun fing sich schnell und drückte seine Finger in den Nervenknoten zwischen Bournes Schulter und Hals. Bournes rechte Seite erschlaffte, das Taubheitsgefühl breitete sich von der Schulter bis zu den Fingerspitzen aus. Sun nutzte seinen Vorteil und hämmerte Bourne die Faust in die Rippen.

»Ich kriege also doch noch meine Rache«, fauchte der Oberst.

Doch Bourne versetzte Sun mit der Linken drei blitzschnelle, harte Handkantenschläge und rammte ihm den Handballen gegen den Mund, aus dem ein Blutschwall hervortrat. Angél stieß einen leisen Schrei aus, gedämpft durch Maricruz' Schulter.

Mit einem grimmigen Grinsen setzte Sun zu einem

mächtigen Hieb gegen Bournes Herz an, doch bevor seine Faust ins Ziel traf, konterte Bourne und brach Sun mit einem blitzschnellen Hieb das Handgelenk. Nun hatte jeder nur noch eine einsatzfähige Hand, doch gerade als das Gefühl in Bournes Rechte zurückkehrte, gelang es Sun, ihn zu Fall zu bringen.

Er stürzte sich auf Bourne und prügelte mit seiner gesunden Hand auf ihn ein. Aus dem Augenwinkel nahm Bourne Bewegung wahr. Das Mädchen kroch auf allen vieren von Maricruz weg und verschwand unter dem Bett.

Sun knallte Bournes Kopf auf den Fußboden und rammte ihm die Faust in die Kehle. Bourne rang nach Luft, doch im nächsten Augenblick packte er Sun zwischen den Beinen und drückte so fest zu, dass Sun die Tränen in die Augen traten.

Aus dem Augenwinkel sah Bourne, dass Angél unter dem Bett hervorkam. Sie hielt Suns Pistole in beiden Händen. Mit ausgestreckten Armen lehnte sie sich gegen das Bett.

»Maricruz!«, rief er. »Halte sie auf!«

Doch Maricruz tat nichts dergleichen, sondern erhob sich ganz langsam vom Bett. Ihr Blick war auf Oberst Sun gerichtet, als könnte sie mit den Augen eine tödliche Kugel abfeuern.

Angéls Gesicht ließ erkennen, dass sie wusste, was sie da in den Händen hielt. Ihr war offenbar klar, dass es kein Spielzeug war und dass es ernste Folgen hatte, den Abzug zu drücken. Zweifellos hatte sie miterlebt, was eine Pistole anrichten konnte.

Auf wen zielte sie … auf Sun, auf Bourne, auf beide Männer? Es war unmöglich zu erkennen.

Sie schloss ein Auge und drückte den Abzug langsam und gleichmäßig, so wie sie es oft von ihrem Vater und ihren Brüdern gesehen haben musste. Die Pistole ging los, der Rückstoß riss sie zurück.

Dann brach die Hölle los.

ZWEIUNDDREISSIG

»Ophir hat Israel verlassen«, meldete Dani Amit, der Leiter der Abteilung für Informationsbeschaffung.

Direktor Yadin nickte. »Ich weiß.«

»Du weißt alles, Memuneh.«

»Schmeichle mir nicht, Dani. Das ist unserer nicht würdig.«

Die beiden Männer saßen einander in einem Café im Hafen von Tel Aviv gegenüber. Von ihrem Platz aus konnten sie das Segelboot des Direktors sehen. Jemand verstaute mit ruhigen, bedächtigen Bewegungen Vorräte an Bord.

Beide Männer trugen kurzärmelige weiße Hemden, leichte Hosen und bunte Espadrilles. Sie sahen aus wie Verwandte, Vater und Sohn vielleicht. Und als Angehörige des Mossad waren sie tatsächlich wie Mitglieder einer Familie, wo einer sich auf die Fähigkeiten und die Erfahrung des anderen verließ.

Amit spielte mit den Oliven auf seinem Teller. »Weißt du, wo er hin ist?«

»Er folgt Bourne.«

»Aber wohin?«

»Das ist nicht wichtig.«

»Du vertraust Bourne sehr?«

Der Direktor nahm einen Schluck Eistee. »Bourne würde ich mein Leben anvertrauen.«

»Ophir wird ihn töten«, stellte Amit nüchtern fest.

»Er wird es versuchen.« Der Direktor biss von seinem Hühnchensandwich ab und kaute nachdenklich. »Ja, versuchen wird er es.«

Amit musterte seinen Chef prüfend. »Das heißt, du nimmst an, dass er scheitern wird.«

Yadin lehnte sich zurück und blickte in den blauen Himmel mit den weißen Wolken, die der Wind vor sich hertrieb.

»Heute ist ein guter Tag für eine Segeltour. Das glaubt man natürlich immer, wenn man hinausfährt, aber wissen kann man es nie. Hinter dem Horizont kann schon der nächste Sturm lauern und dich völlig unerwartet treffen, so wachsam und erfahren du auch sein magst.«

Der Direktor wandte sich wieder seinem Sandwich zu und tunkte eine Ecke in die Schüssel mit Hummus, die zwischen ihnen stand. »Du isst gar nichts, Dani. Hast du keinen Appetit?«

»Mir verderben die Geheimnisse den Appetit …«

»Dann solltest du dir einen anderen Job suchen, Dani.«

»Ich meine die Geheimnisse, die du mir vorenthältst.«

»Wir haben alle unsere Geheimnisse, die besser nie ans Licht kommen«, gab der Direktor zurück, »und schon gar nicht mit jemandem geteilt werden, auch nicht mit einem Kollegen.«

Amit hielt kurz inne, um seine Gedanken zu sammeln. »Alles hat sich geändert, seit Rebekka tot ist«, sagte er schließlich. Er wartete einen Moment auf eine Antwort,

doch der Direktor schwieg. *Gut,* dachte er, *wer A sagt ...*
»Und dann war plötzlich wieder alles anders, als Bourne auftauchte.«

»Kannst du es ihm verübeln?« Der Direktor nahm noch einen Schluck Eistee. »Er war mit Rebekka zusammen, als sie starb.«

»Er war nie als sentimental bekannt.«

»Das ist er auch nicht, soweit ich das erkennen kann. Aber er ist ein Mensch. Es war eine sehr menschliche Reaktion, zu ihrem Begräbnis zu kommen und um sie zu trauern.«

»Und noch während der Beerdigung hast du dir überlegt, wie du ihn benutzen kannst.«

»Du stellst mich als eiskalt hin.«

»Wie würdest du deine Vorgehensweise denn bezeichnen, Direktor?«

»Ist das ein Vorwurf, Dani? Vergiss nicht, es ist meine Aufgabe, den Staat Israel zu schützen. Das ist die Aufgabe, die wir alle zu erfüllen haben. Darum haben wir uns und unser Leben dem Mossad verschrieben. Oder sehe ich das falsch?«

»Nein, Direktor.«

»Dann lass uns jetzt mit unserer Arbeit weitermachen.«

»Nun, genau das ist das Problem«, erwiderte Amit. »Es gibt kein *Wir*, nur noch ein *Du*.« Er breitete die Hände aus. »Ich will dir nur helfen. Wir waren einmal wie Brüder.«

Yadins Blick schweifte zu seinem Boot hinaus, zum breiten Rücken des Mannes, der systematisch das Deck schrubbte.

»Ophir und ich waren auch einmal wie Brüder, Dani.

Soll ich ihm alle meine Geheimnisse anvertrauen?« Sein Blick ging zu Amit zurück. »Hältst du das für klug?«

»Offen gestanden bin ich nie besonders gut mit Ophir ausgekommen. Das weißt du, Direktor.«

»Sicher. Wie du gesagt hast, ich weiß alles.« Er seufzte und schob seinen Teller beiseite. »Es gab eine Zeit, da war es vielleicht wirklich so. Aber die Welt ändert sich. Jeder Tag bringt neue Rätsel, die zu lösen sind, nur sind sie heute so unendlich schwierig, dass ich mich ganz verloren fühle in dem Wald von Feinden, der uns umgibt.«

Amit beugte sich vor. »Ein Grund mehr, mein Hilfsangebot anzunehmen, Memuneh.«

»Ich habe den Fehler gemacht, mich Eden anzuvertrauen«, sagte der Direktor nachdenklich. »Jetzt ist er tot.«

»Ich habe keine Angst vor dem Tod, Memuneh.«

»Das hat keiner von uns.« Der Direktor trank seinen Tee aus und nickte. »Aber vielleicht hast du recht, Dani.«

Und er begann zu reden, mit leiser Stimme, zehn Minuten lang. Nicht ein Mal unterbrach ihn Amit, um eine Frage zu stellen. Er war zu verblüfft, um auch nur ein Wort herauszubringen.

Später, nachdem Amit ins Büro zurückgekehrt war, zahlte Eli Yadin die Rechnung. Dann spazierte er mit der Baseballkappe auf dem Kopf und den Händen in den Hosentaschen zum Anlegeplatz seines Bootes hinunter. Es war ein heißer Nachmittag. Trotz des Windes brannte die Sonne unbarmherzig vom Himmel. Die Wolken schienen vor der Gluthitze zu flüchten.

Der Mann, der das Boot klargemacht hatte, drehte sich um, als Yadin an Bord kam.

»Ist es erledigt?«, fragte er.

»Ja, *Abi.*«

Yadins Vater war ein Bär von einem Mann mit tonnenförmiger, weiß behaarter Brust. Er war Mitte achtzig und verfügte über die Energie eines zwanzig Jahre jüngeren Mannes. Mit seinem breiten Gesicht, den großen Ohren und dem offenen Blick sah er aus wie ein griechischer Seemann. Den Direktor erinnerte er an Odysseus, der über die Meere fuhr und alle Prüfungen bestand, die ihm die Götter in den Weg legten. Er hatte aber auch etwas von dem Fischer in Hemingways *Der alte Mann und das Meer.*

Obwohl viele Jahre vergangen waren, seit sein Vater als Direktor das Steuer des Mossad in der Hand gehalten hatte, war er immer noch genauso gut informiert wie Yadins Leute. Er war zudem der einzige Mensch, dem Yadin sich anvertraute.

»Bist du sicher, dass es das Richtige war?«, fragte der alte Mann, während sie sich zum Auslaufen vorbereiteten.

»Es war das einzig Mögliche.«

Yadins Vater nickte, und der Direktor startete den Motor.

»Ich beneide dich wirklich nicht«, meinte sein Vater. »Zu meiner Zeit als Direktor hatte ich Freunde im Mossad.«

»Das waren andere Zeiten.«

Der alte Mann trat zu ihm und legte ihm den Arm um die Schultern. »Du schaffst es, Eli. Du besiegst sie alle.«

»Im Yirze Hashem«, sagte der Direktor und steuerte das Boot auf das offene Meer hinaus. So Gott will.

Sein Vater setzte routiniert die Segel, um das Boot vor dem Wind laufen zu lassen. »Gott hat damit nichts zu tun«, bemerkte er. »Eher Jason Bourne.«

Doch seine Worte verloren sich im Rauschen des Windes.

DRITTES BUCH

DREIUNDDREISSIG

Die Pistole ging los, und der Rückstoß riss Angéls Arme und Schultern zurück, obwohl sie darauf vorbereitet war. Oberst Sun krümmte sich und fiel nach hinten. Blut, Knochen und Gehirnmasse spritzten aus seinem Kopf, und seine leblosen Augen starrten in eine andere Welt.

Bourne sprang auf und schob das Bett zur Tür, als draußen auf dem Korridor der Tumult losbrach. Die Tür flog auf, und Estefan, Tiggers Kollege, stürmte mit gezogener Waffe herein.

Als Bourne erkannte, was passieren würde, versuchte er Angél zurückzuhalten, doch zu spät. Das traumatisierte Kind schwenkte die Pistole herum und drückte den Abzug.

Die Kugel durchbohrte Estefans Brust, riss ihn von den Beinen und schleuderte ihn zurück in den Gang. Bourne knallte die Tür zu und schob das Bett davor, um sie zu verbarrikadieren.

Maricruz nahm dem zitternden, schluchzenden Kind die Pistole aus der Hand. Sie hob Angél auf und drückte sie an ihre Brust.

Bourne holte sich ein Handtuch aus dem Badezimmer und wickelte es um seine rechte Hand. Er schlug das

Fenster ein und entfernte rasch die verbliebenen Glasscherben.

»Okay«, sagte er zu Maricruz und Angél, »gehen wir.«

»Ich gehe nirgendwohin.«

»Drei Männer sind tot«, sagte Bourne.

»Carlos wird mich schützen.«

»Angél hat zwei Männer erschossen, darunter ein Ausländer mit Diplomatenstatus.«

»Ich werde sagen, Sie haben sie erschossen.«

»Mehrere Zeugen haben mich auf dem Gang gesehen, als der erste Schuss losging. Es ist eher wahrscheinlich, dass man Sie des Mordes beschuldigen wird. Selbst Carlos wird Sie dann nicht schützen können.« Draußen ertönten laute Rufe, jemand hämmerte an die Tür. »Sie haben keine Wahl.« Er deutete mit dem Kopf zum Fenster. »Gehen wir.«

»Durch das Fenster?«

»Wissen Sie einen anderen Weg hinaus?«

»Wer sind Sie?«, fragte Maricruz, während sie zum offenen Fenster eilte. »Sun hat etwas von Rache gesagt?«

»Sie da drin!«, rief jemand von draußen. »Die Polizei ist schon unterwegs!«

Das Pochen setzte erneut ein, diesmal noch heftiger. Bourne nahm Angél aus Maricruz' Armen, kletterte auf den Fenstersims und sprang auf den Rasen unter dem Fenster. Das Kind öffnete den Mund zu einem stummen Schrei. Tränen rannen ihm über die Wangen, und es zitterte am ganzen Leib. Er ließ es hinunter, blickte hinauf und sah Maricruz auf dem Fenstersims balancieren. Rasch hob er ihr die Arme entgegen.

»Spring!«, rief er. »Jetzt!«

Doch als sie zum Sprung ansetzte, sah Bourne aus dem Augenwinkel zwei Soldaten herbeilaufen. Sie zogen ihre Pistolen, und Bourne griff sich eine dolchförmige Glasscherbe und stieß sie dem ersten Mann in einer einzigen fließenden Bewegung in die Brust. Der Angreifer sank auf die Knie und fiel nach vorn.

Der zweite Soldat feuerte im Laufen, doch die Kugel verfehlte ihr Ziel und schlug in die Hauswand ein. Bourne stürzte sich auf den Angreifer, der versuchte, ihn mit der Pistole niederzuschlagen, aber Bourne wich aus und warf sich gegen die Beine des Mannes. Der Soldat stürzte nach vorn, und Bourne hämmerte ihm die Faust gegen die Wirbelsäule und ließ einen Schlag gegen den Hinterkopf folgen.

Er nahm dem Mann die Waffen ab und sah, dass Maricruz bereits gesprungen war. Ihre Fußsohlen bluteten von der Landung auf den scharfen Glassplittern. Bourne eilte zu ihr, hob sie auf und trug sie über die Scherben zu dem Mädchen.

Nach den blutigen Auseinandersetzungen hatte sich das Mädchen wieder ganz in sich zurückgezogen. Es kauerte wie ein Embryo auf dem Boden und reagierte kaum, als Maricruz es hochhob. Sie wiegte die Kleine in den Armen und flüsterte ihr beruhigende Worte ins Ohr.

Die Schüsse hatten die Leute ringsum flüchten lassen. Die Bewohner von Mexiko City waren es gewohnt, sich vor der allgegenwärtigen Gewalt in Sicherheit zu bringen. Da war weit und breit niemand, der sich ihnen in den Weg gestellt hätte, als sie zu dem leeren Wagen eilten, mit dem die beiden Soldaten gekommen waren. Die vorderen Türen standen noch offen.

Bourne schob die beiden ins Auto, setzte sich ans Lenkrad und startete den Motor. Doch ein paar Straßen weiter beugte sich Maricruz, die hinter ihm saß, plötzlich vor. »Halt an.«

Bourne hörte nicht auf sie, er war nur darauf bedacht, sich möglichst weit vom Krankenhaus zu entfernen.

Sie drückte ihm den Lauf der Pistole, die sie Angél abgenommen hatte, an die Schläfe. »Anhalten, habe ich gesagt.«

Bourne tat schließlich, was sie verlangte. »Sie sind nicht Dr. Francisco Javier. Sie sind überhaupt kein Arzt. Also, wer zum Teufel sind Sie?«

»Der Mann, der Sie aus einer schwierigen Situation herausgeholt hat.«

»Und mich in eine noch schwierigere gebracht hat. Erwarten Sie also kein Dankeschön.« Maricruz tippte den Pistolenlauf an seinen Kopf. »Sagen Sie mir, wer Sie sind.«

Bourne wirbelte blitzartig herum und riss ihr die Waffe aus der Hand. »Kommen Sie beim nächsten Mal Ihrem Ziel nicht so nahe.« Er legte die Pistole weg. »Ich habe verschiedene Namen, je nachdem, wen Sie fragen. Carlos Danda Carlos kennt mich als Jason Bourne.«

Als sie den Namen hörte, wich die Farbe aus Maricruz' Gesicht.

»So kannte Sie auch mein Vater.«

»Ja.«

»Sie haben ihn auf dem Gewissen.«

»War also doch nicht das Leben schuld, das er gewählt hat?«

»Sie können es drehen und wenden, wie Sie wollen.«

»Es stimmt aber, Maricruz. Das wissen Sie besser als jeder andere.«

»Tatsache ist, dass er tot ist.«

»Und haben Sie um ihn getrauert? Ich habe ihn besser gekannt als Sie.«

Ihre Hand schnellte vor, wie um ihm die Augen auszukratzen. Doch er war auf der Hut und packte ihre Handgelenke, während sie vor Wut tobte.

»Ihrem Vater konnte niemand helfen, Maricruz«, sagte er. »Am wenigsten Sie am anderen Ende der Welt. Wie können Sie um einen Mann trauern, vor dem Sie bis nach China geflüchtet sind, nur um sich von ihm zu befreien?«

»Er war trotz allem mein Vater.«

»Aber als Vater völlig ungeeignet.«

»Woher wollen Sie das wissen?«

»Das hat jeder gesehen, der ihm begegnete. Man brauchte ihn nicht einmal besonders gut zu kennen.«

Sie wollte nicht weinen, das sah ihr Bourne an. Dennoch traten ihr Tränen in die Augen und rannen ihr über die Wangen, weil sie sie nicht wegwischen konnte. Er sah, wie erniedrigt sie sich fühlte, und ließ ihre Hände los.

Das Mädchen auf dem Rücksitz hatte das verwirrende Gespräch mitverfolgt. Doch Tränen verstand es nur zu gut, und es schmiegte sich in Maricruz' Arme.

»Nicht weinen«, redete ihr das Mädchen zu. »Nicht weinen.«

Maricruz musste lachen. »Jetzt hör dir das Kind an.« Sie lehnte sich zurück und schloss die Augen. »Gott im Himmel.«

»Wir brauchen Kleider für euch beide«, sagte Bourne und fuhr los.

Maricruz öffnete die Augen und blickte auf ihre nackten Füße hinunter, als sähe sie sie zum ersten Mal.

»Herrgott«, sagte sie, »ich blute wie ein Schwein.«

Es war Amir Ophir, der zu J. J. Hale in das Café kam, in dem dessen Treffen mit Jason Bourne stattfinden sollte.

Hale saß draußen unter einem weißen Sonnenschirm, trank seinen Espresso und las die Zeitung *La Jornada* auf seinem Tablet. Er blickte auf, als sich Ophir auf den Stuhl ihm gegenüber setzte. Ophir stellte eine kleine Nylontasche neben sich.

»Wenn ich sage, ich bin überrascht, wäre das eine glatte Untertreibung«, bemerkte Hale.

»Hat sich Bourne schon gemeldet?«

Hale stellte seine Tasse ab. »Ich überlege gerade, wann du das letzte Mal in Mexiko City warst und mich mit deiner geschätzten Anwesenheit beehrt hast.«

»Lass die Späße.« Ophir hob die Hand und schnippte mit den Fingern, um einen vorbeigehenden Kellner zu rufen. »Einen dreifachen Espresso.« Der Mann nickte und verschwand im Inneren des Cafés.

Ophir beobachtete die Gäste an den umliegenden Tischen, bis sein Espresso kam. Er kippte ihn in einem Zug hinunter und schob die Tasse beiseite.

»Ich suche Bourne«, sagte Ophir.

»Das dachte ich mir.«

»Ich habe dich etwas gefragt.«

Hale zuckte mit den Achseln. »Er hat sich nicht gemeldet. Mir tut schon der Arsch weh. Was soll ich dir noch sagen?«

»Etwas, mit dem ich was anfangen kann.«

Hale tippte auf die elektronische Zeitung. »Sie fahnden nach Bourne wegen der Bombe, mit der er Carlos' Wagen hat hochgehen lassen.«

»Tja, Pech für ihn.«

Hale grinste verschlagen. »Kann man wohl sagen. Aber das heißt, er ist untergetaucht und wird schwer zu finden sein.«

»Im Gegenteil. Er wird jetzt umso dringender deine Hilfe benötigen.«

Hales Grinsen wurde noch breiter. »Er kann ruhig kommen.« Er tippte auf seinen Computer. »Es gibt noch eine Neuigkeit, die dich freuen wird. Unser Freund Carlos Danda Carlos wurde seiner Ämter enthoben.«

Die Nachricht war für Ophir ebenso überraschend wie erfreulich. »Was ist geschehen?«

»Die Chinesen sind ihm zum Verhängnis geworden.« Hale berichtete ihm in Kürze von dem Vorfall in dem Krankenhaus, in dem sich Maricruz von ihren Verletzungen erholt hatte. »Oberst Suns Tod hat hohe Wellen geschlagen und dem Präsidenten eine schlaflose Nacht bereitet. Minister Ouyang lässt eine solche Brüskierung nicht auf sich sitzen. Die chinesische Regierung hat eine Untersuchung von Carlos' Rolle gefordert, da er für die Sicherheit von Ouyangs Frau verantwortlich war.«

»Und wo befindet sich Maricruz Ouyang jetzt?«

Hale zuckte mit den Schultern.

»Nun, sie geht mich auch nichts an«, sagte Ophir. »Konzentrieren wir uns auf Bourne.« Er warf einen kurzen Blick ins Café und deutete auf einen Tisch im dunklen Inneren. »Ich warte da drüben. Sieh zu, dass er sich auf meinen Stuhl hier setzt.« Er beugte sich vor, öffnete die Tasche und zog für einen kurzen Moment eine Ruger Kaliber .22 hervor. »Ich schalte ihn mit einem Kopfschuss aus. Auf diese Entfernung ist das kein Problem, und mit dem Schalldämpfer und dem Lärm hier draußen wird keiner etwas merken.«

Hale wirkte irritiert. »Willst du mir jetzt erklären, wie ich meinen Job zu machen habe?«

»Tu einfach, was ich dir gesagt habe, und zapple nicht herum«, fügte Ophir lächelnd hinzu. »Ich würde dir ungern ein Ohr wegschießen.«

Bourne fuhr Richtung Coyoacán und hielt ständig nach Militärfahrzeugen Ausschau. Im Funk des Streifenwagens, den er sich angeeignet hatte, wurde das Kennzeichen des gestohlenen Wagens sowie die Fahndungsmeldung durchgegeben. Es war Zeit, sich nach einem anderen Fahrzeug umzusehen.

Bourne sah eine Apotheke und hielt an. Über die Tür des alten Hauses war ein Kojote gemalt, das offizielle Symbol von Coyoacán. Auf dem Platz neben der Apotheke stapelten sich alte, abgenutzte Möbel und anderes Gerümpel.

»Wartet hier«, sagte er zu Maricruz und stieg aus. »Ich bin gleich wieder da.«

Drinnen kaufte er einen antiseptischen Spray und Verbandszeug. Als er zum Wagen zurückkam, sah er die Beifahrertür offen; Maricruz' Beine und Füße ragten heraus. Angél hockte vor ihr und zog ihr mit der Sorgfalt einer Krankenschwester Glassplitter aus den Fußsohlen.

Bourne hockte sich neben das Kind. Er ließ sie ihre Arbeit zu Ende bringen, dann sprühte er Maricruz' Füße mit dem antiseptischen Spray ein und reinigte die vielen kleinen Wunden mit den Tupfern.

Als er ihre Füße zu verbinden begann, stand Angél auf und flüsterte Maricruz etwas ins Ohr.

»Dort drüben auf dem Platz«, sagte sie.

Als das Kind über den Gehsteig ging, blickte Bourne fragend zu Maricruz auf.

»Sie muss mal«, erklärte sie und behielt Angél im Auge.

»Maricruz, haben Sie sich schon Gedanken wegen Angél gemacht?«

»In den letzten vierundzwanzig Stunden habe ich an nichts anderes gedacht.«

»Sie können sie nicht behalten«, sagte er. »Sie können sie nicht mitnehmen.«

Sie sah ihn durchdringend an. »Sie hat keine Familie mehr, es hat sich niemand gemeldet, um sie zu sich zu nehmen.«

»Das heißt nicht, dass Sie …«

»Es heißt aber auch nicht, dass ich es nicht tue.«

Nachdem er mit ihrem rechten Fuß fertig war, wandte er sich dem linken zu. »Sun hatte in einem Punkt recht«, fügte er leise hinzu. »Wenn Sie nach China zurückkehren, können Sie Angél nicht mitnehmen. Ouyang würde es nie erlauben.«

»Jidan erlaubt mir alles.«

»Solange es seine politische Karriere nicht gefährdet.«

»Ich kann sie nicht einfach hier zurücklassen. Das werde ich nicht tun.«

Als er fertig war, packte er das übrige Verbandszeug zusammen und legte es in den Wagen. »Was Sie vorhaben, ist ausgeschlossen.«

»Dass ich sie hierlasse, kommt nicht infrage.«

»Maricruz, seien Sie vernünftig.«

Angél kam zurück, ihre großen dunklen Augen auf Maricruz gerichtet.

»Ich kann sie nicht alleinlassen«, beharrte Maricruz. »Niemals.«

Bourne fuhr zum nächsten Einkaufszentrum und stellte den Wagen am Rand des Parkplatzes ab. Maricruz nannte ihm ihre Kleidergrößen, und sie schätzten gemeinsam Angéls Größe.

»Halten Sie Ausschau nach Polizei und Soldaten«, mahnte er. »Heute wimmelt es nur so von diesen Typen.«

Er brauchte etwa zwanzig Minuten, um in vier, fünf Geschäften alles Nötige zu besorgen. Von Kopf bis Fuß neu eingekleidet, kehrte er auf den Parkplatz zurück. Er sah sofort, dass der Streifenwagen von zwei Jeeps und einem halben Dutzend Soldaten umgeben war. Maricruz und das Kind sah er nicht.

Mit einem leisen Fluch ging er am Rand des Parkplatzes entlang, in der Hoffnung, sie zu entdecken, da hielt ein weißer SUV vor ihm an. Die Beifahrertür wurde geöffnet. »Steig ein! Schnell!«

Sie trat aufs Gas, noch bevor Bourne die Tür geschlossen hatte.

»Wo fährst du hin?«, fragte er, als sie den Parkplatz verließ.

Hinter ihnen schwärmten die Soldaten aus, um systematisch nach ihnen zu suchen.

»Keine Ahnung.«

»Dann halt an und lass mich fahren. Setz dich mit Angél auf den Rücksitz.«

Maricruz überlegte einen Augenblick, dann bog sie in eine Seitenstraße ein und hielt an.

Bourne stieg aus, ging um den Wagen herum und hielt Maricruz auf, als sie einsteigen wollte.

»Du siehst selbst, dass es so nicht weitergehen kann, Maricruz. Du bringst das Kind in Gefahr.«

Maricruz blickte einen Moment lang zur Seite und biss sich auf die Unterlippe. »Ich weiß nicht.«

»Doch, du weißt es sehr gut«, beharrte Bourne. »Du musst daran denken, was für Angél das Beste ist.«

Ihr Blick ging zu ihm zurück. »Aber wer …?«

»Ich kenne jemanden, sie heißt Lolita. Sie ist jung, Single und ein liebevoller Mensch. Wir sollten Angél zu ihr bringen.«

Maricruz' Augen verhärteten sich. »Was hast du überhaupt mit der ganzen Sache zu tun?«

»Carlos«, antwortete Bourne, was im Grunde nicht einmal gelogen war. Es war aber auch nicht die ganze Wahrheit, doch dass er hinter ihrem Mann her war, konnte er ihr nicht verraten.

»Carlos«, sagte sie. »Quatsch.«

»Maricruz, du hast meine Frage nicht beantwortet.«

»Es gibt keine gute Antwort.«

»Doch – was ich vorgeschlagen habe.«

Schweigen.

»Sie hätten euch beide vorhin beinahe erwischt. Was glaubst du, würden die Soldaten mit ihr machen?«

Maricruz' Blick ging kurz zu Angél, die geduldig auf dem Rücksitz saß. »Sie ist traumatisiert, Bourne.«

»Du musstest auch erst lernen, damit umzugehen. Lolita wird es genauso lernen. Sie hat ein großes Herz.«

»Wirklich?«

»Wirklich.«

Maricruz holte tief Luft und ließ sie langsam entweichen. »Was, wenn ich sie nicht mag?«

»Du wirst sie mögen.«

»Aber wenn nicht?«

»Du würdest das Kind nicht bei jemandem lassen, den du nicht magst und dem du nicht vertraust, stimmt's?«

»Nein«, sagte sie. »Das würde ich nicht.«

»Ich würde es auch nicht von dir verlangen.«

Wieder Schweigen.

Bourne zog sein Handy hervor. »Ich werde Lolita sagen, dass wir kommen, und warum.«

»Anrufen? Ich weiß nicht ...«

»Du kannst nicht einfach mit Angél hereinplatzen. Das wäre nicht fair gegenüber ihr und dem Kind.«

Maricruz zögerte, betrachtete erneut Angél durch das getönte Fenster. Dann nickte sie.

Bourne rief Anunciata an.

VIERUNDDREISSIG

»Was ist passiert?«, fragte Matamoros in sein Handy. Der Anruf aus dem Krankenhaus erreichte ihn auf seiner Hazienda in San Luis Potosí, wo er gemeinsam mit seinen Partnern damit beschäftigt war, die Sinaloa-Leute in Los Zetas zu integrieren.

»Wir haben immer noch das reinste Chaos hier. Fünf Männer sind tot, es wimmelt nur so von Polizei«, meldete die Frau am anderen Ende. »Ich ... ich weiß es nicht.«

»Was heißt, Sie wissen es nicht?«, schrie Matamoros ungeduldig. »Sie waren ihre Krankenschwester! Ich bezahle Sie dafür, dass Sie alles wissen, was mit ihr im Krankenhaus geschieht.«

»Ich habe Ihnen alles gesagt, Señor Matamoros. Zuerst ließen Ihre Wächter einen Oberst Sun zu ihr, angeblich von der chinesischen Botschaft ...«

»Oberst Sun. Sind Sie sicher?«

»Absolut, Señor.«

Das heißt, Minister Ouyang steckt seine pissgelbe Nase in meine Angelegenheiten, dachte Matamoros säuerlich.

»Okay. Und dann?«

»Dann ist hier das Chaos ausgebrochen«, sagte die Schwester. »Plötzlich kamen laute Stimmen aus dem

Zimmer, die Señora und Oberst Sun hatten Streit, da stürmte Ihr Wächter Tigger hinein ... Es wurde geschossen, dann ging der Arzt, der die Señora untersuchen wollte, ins Zimmer. Der andere Wächter kam gerannt, zog seine Pistole und ging ebenfalls rein. Wieder fielen Schüsse, und ich hörte Glas splittern.«

»Und dieser Arzt, er ist mit ihr geflüchtet, sagen Sie?«

»Ja, mit ihr und dem Kind.«

»Das verstehe ich nicht.«

»Die Sache ist noch verzwickter, Señor.« Sie zögerte einige Augenblicke. »Es gibt gar keinen Arzt namens Francisco Javier bei uns.«

»Sie meinen, er ist aus einem anderen Krankenhaus?«

»Nein ... ich meine, ja. Ich habe einen Arzt mit diesem Namen gefunden, aber er ist ein Kinderchirurg. Und er war den ganzen Tag in seinem Krankenhaus.«

»Was?« Matamoros hätte am liebsten mit der Faust gegen eine Wand gehämmert. »Was sagen Sie da?«

»Ich weiß nicht, wer *dieser* Francisco Javier ist. Ich glaube, er hat die Señora und das Kind entführt.«

»Das Kind ist mir egal.« Matamoros massierte sich die Schläfen, hinter denen es schmerzhaft zu pochen begann. »Die Frau ... die Señora ...«

»Ist weg«, sagte die Schwester bestürzt.

»Weg«, wiederholte Matamoros tonlos. »Wohin?«

»Das weiß niemand, Señor. Einfach ... weg.«

»Und Carlos' Männer sind tot.«

»Ja, Señor. Der Chinese von der Botschaft ebenfalls. Und zwei Soldaten draußen ...«

»Moment! Mich interessiert nur die Frau. Sie war in Ihrer Obhut.«

»Señor?«

»Sie kriegen Besuch.« Matamoros legte abrupt auf.
Er wandte sich an Juan Ruiz und Diego de la Luna. »Macht das Flugzeug startklar! Wir müssen so schnell wie möglich nach Mexiko City.«

Carlos Danda Carlos war diesen Morgen aus einem furchtbaren Albtraum erwacht. Er konnte sich nicht mehr an die Einzelheiten erinnern, was das vorherrschende Gefühl umso beängstigender machte. Dann griff der Albtraum auf die Wirklichkeit über, als ihn die Nachricht erreichte, dass zwei seiner Wächter erschossen worden waren. Zwei weitere Soldaten waren unter mysteriösen Umständen ums Leben gekommen und Maricruz war fort. Als wäre das noch nicht genug, war auch noch ein chinesischer Armeeoberst in Maricruz' Krankenzimmer erschossen worden.

Nachdem er einen äußerst unangenehmen Anruf vom Präsidenten persönlich erhalten hatte, während er noch im Pyjama war – eine alte Gewohnheit, von der er sich nicht trennen konnte –, duschte er, rasierte sich und zog sich an, ehe er sich von seinem Chauffeur zum Krankenhaus fahren ließ.

Dort herrschte ein unglaubliches Chaos. Zahllose Uniformierte rannten herum wie kopflose Hühner. Die Krankenhausverwaltung war in hellem Aufruhr, ebenso der chinesische Botschafter, der drohte, sein gesamtes Team aus Mexiko abzuziehen, nachdem er in den internationalen Medien eine kaum verhüllte Drohung ausgesprochen hatte. Erst jetzt erkannte Carlos, dass die internationale Tragweite des Vorfalls seine eigene Sorge um Maricruz in den Schatten stellte. Er traf sich mit dem Botschafter, der unmissverständlich klarmachte, dass der Verbrecher gefunden werden müsse, der Oberst Sun, einen engen Vertrauten von Minister Ouyang Jidan, ermordet hatte.

Carlos schauderte, als er den Namen hörte. Er brauchte Ouyang und seine Frau, wenn er weiter an den Drogengeschäften der Kartelle verdienen wollte. Er musste herausfinden, was Sun zu Maricruz gesagt hatte, bevor sie ihn und seine Männer tötete – denn für ihn stand fest, dass sie den Abzug gedrückt hatte. Wer sonst? Er musste herausfinden, wo sie steckte und wer bei ihr war. Seine Befragung der Krankenhausmitarbeiter ergab, dass sich zum Zeitpunkt des Vorfalls ein siebenjähriges Mädchen und ein mysteriöser Mann, der sich als Arzt ausgegeben hatte, bei Maricruz befunden hatten. Konnte es sein, dass der Unbekannte Sun erschossen hatte?

Die bisher bekannten Fakten ergaben einfach keinen Sinn. Die Einzige, die ihm alle offenen Fragen hätte beantworten können, war Maricruz. Wo war sie hin?

Es gab immerhin einen interessanten Anhaltspunkt: Die drei waren in einem Streifenwagen geflüchtet, der schon nach kurzer Zeit bei einem Einkaufszentrum in Coyoacán gefunden wurde. Eine halbe Stunde später wurde ein weißer SUV als gestohlen gemeldet, der auf demselben Parkplatz abgestellt gewesen war. Seither waren zwanzig Minuten vergangen. Als Carlos dieser Spur nachging, stellte er fest, dass ein Dutzend Streifenwagen die Straßen nach dem gestohlenen Auto durchkämmten. Er befahl dem zuständigen Polizeichef, diese Zahl zu verdreifachen.

Als der Beamte fragte, woher er so viele Einsatzfahrzeuge nehmen solle, schrie Carlos: »Das ist mir egal!

Ziehen Sie sich die Autos aus dem Arsch, wenn es sein muss! Ich will, dass sie sofort losgeschickt werden!«

Er wischte sich den Schweiß von der Stirn. Als ihm klar wurde, dass er hier im Krankenhaus nichts mehr tun konnte, ging er zu seinem Wagen zurück. Die internationalen Verflechtungen hatten immer schon eine latente Bedrohung für seine Pläne dargestellt, doch nun drohten sie mit einem Schlag nicht nur seine Pläne, sondern seine ganze Karriere zu ruinieren.

»Wohin soll ich Sie bringen?«, fragte sein Fahrer.

Jetzt heißt es ruhig bleiben, dachte Carlos. *Es ist eine Scheißsituation, aber noch ist nichts verloren.*

»Nach Coyoacán.«

Während der Wagen auf die Straße hinausfuhr, machte Carlos den ersten von vielen Anrufen, um eine Schleppnetzfahndung im Viertel Coyoacán auf die Beine zu stellen.

Bourne lenkte den SUV die Caballo Calco entlang, hielt jedoch nicht bei Nummer 23 an. Stattdessen umkreiste er den Block mehrmals, um nach eventuellen Gefahren Ausschau zu halten. Schließlich bog er zwei Blocks entfernt in einen Parkplatz ein, stieg aus und tauschte das Kennzeichen des Fahrzeugs mit einem Wagen am Ende des Blocks. Als er losfuhr, bog vor ihnen ein Streifenwagen um die Ecke und rollte so langsam und zielstrebig heran, wie sich ein Hai einem Fischschwarm näherte.

»Runter!«, rief er nach hinten, und Maricruz duckte sich auf dem Rücksitz, während Angél sich auf den Boden kauerte. Für eine Siebenjährige war sie erstaunlich geschickt, wenn es darum ging, sich zu verstecken, möglicherweise die einzige positive Konsequenz aus ihren furchtbaren Erlebnissen.

»Keine Angst«, sagte er. »Die Bullen werden nur einen Blick auf das Kennzeichen werfen und feststellen, dass wir nicht die sind, die sie suchen.«

Augenblicke später bewahrheitete sich seine Vorhersage, und der Polizeiwagen bog an der nächsten Kreuzung rechts ab. Maricruz richtete sich wieder auf.

»So geht es wirklich nicht weiter«, sagte sie so leise zu ihm, dass Angél es nicht hören konnte. »Ich kann sie nicht länger in Gefahr bringen.«

Bourne nickte.

»Du kommst doch mit, oder?« Maricruz wirkte plötzlich unsicher, als bräuchte sie Hilfe, was bei ihr sicher nicht oft vorkam.

»Das ist nicht nötig«, sagte Bourne. »Ich muss die Zeit nützen, um uns ein neues Auto zu suchen. Der weiße SUV ist zu auffällig.«

»Aber ich weiß gar nichts über sie.«

»Ihr geht es genauso. Jetzt geh schon. Wohnung elf im ersten Stock.«

In den typisch mexikanischen Kleidern, die Bourne ihr besorgt hatte, öffnete Maricruz die Autotür und stieg aus. Sie wollte Angél hochheben, überlegte es sich dann aber anders und führte das Mädchen an der Hand. So gingen sie wie Mutter und Tochter auf dem Bürgersteig zu Hausnummer 23.

Bourne sah ihnen nach, bis sie im Haus verschwanden. Dann wischte er das Innere des Wagens ab und stieg aus. Er entfernte das Kennzeichen, warf es in den nächsten Gully und machte sich auf die Suche nach einem Fahrzeug, das für ihre Zwecke besser geeignet war.

FÜNFUNDDREISSIG

Anunciata öffnete die Tür und sah zu ihrem Erstaunen die Gesichtszüge ihres Vaters in einem schönen Frauengesicht.

»*Hola*«, sagte die Frau mit dem Lächeln ihres Vaters und hielt ihr die Hand hin. »Mein Name ist Maricruz.« Als ihr Anunciata etwas verwirrt die Hand schüttelte, fügte sie hinzu: »Sie müssen Lolita sein.«

»Das stimmt.« Anunciata brachte ein unsicheres Lächeln zustande.

Maricruz stellte das Mädchen vor sich und legte ihr die Hände auf die Schultern. »Und das ist Angél. Ihre Eltern sind tot, ermordet, und ihre Familie …«

»Verstehe. Möchten Sie reinkommen?«

Als Maricruz eintreten wollte, drückte sich das Kind an ihre Beine.

Anunciata ging in die Hocke, sodass sie mit Angél auf Augenhöhe war. »Du musst natürlich nicht«, sagte sie zu dem Kind. »Du musst überhaupt nichts, was du nicht willst.« Ihr Lächeln wurde breiter, als wäre ein Licht angegangen. »Sag, kannst du ein Geheimnis für dich behalten?«

Nach kurzem Zögern nickte Angél.

»Das dachte ich mir. Du hast ein Gesicht, das Geheimnisse bewahren kann.« Sie legte den Kopf auf die Seite. »Hast du das gewusst?«

Das Mädchen, dessen Interesse die Schüchternheit zu überwiegen begann, schüttelte den Kopf.

»Es ist aber so. Das können nämlich nicht viele Menschen. Und deshalb möchte ich dir ein Geheimnis verraten, wenn du magst.«

Angél zögerte einen Augenblick und nickte schließlich.

»Es ist eine traurige Geschichte, Angél, aber ich glaube, du verstehst sie. Meine Eltern sind auch tot. Sie wurden auch ermordet. Ich habe keine Familie mehr. Wir sind irgendwie … wie zwei Vögel auf einer weiten Reise. Und wenn du magst, können wir zusammen fliegen.«

Das Mädchen lachte spontan, vielleicht weil sie den Gedanken lustig fand, ein Vogel zu sein.

»Ich mag Vögel, aber am liebsten mag ich Kojoten«, sagte sie leise.

»Dann sind wir zwei Kojoten«, antwortete Anunciata.

Angél klatschte in die Hände, und Maricruz schob sie sanft weiter. Anunciata stand auf und trat beiseite, um die beiden in ihre Wohnung zu lassen.

Draußen suchte Bourne nach einem alten, klapprigen Auto, als ihm zwei entgegenkommende Streifenwagen auffielen. Er war inzwischen eine Straße von der Caballo Calco entfernt und hielt sich im Schatten der Häuserfronten. Er durfte sich möglichst nicht blicken lassen, weil bestimmt in jedem Polizeiwagen sein Foto am Armaturenbrett klebte.

Die Streifenwagen kamen näher, und Bourne verschwand rasch in einem Hauseingang, öffnete die Tür und trat in ein dunkles Treppenhaus. Ein kleiner Bub hockte vor der Treppe und ließ einen schmutzigen Gummiball in immer gleichen Bewegungen auf der untersten Stufe aufspringen.

Der Junge beachtete ihn nicht und machte mit seinem einsamen Spiel weiter. Bourne drehte sich um und schaute durch die dicke Glasscheibe der Haustür hinaus. Er sah die Frontpartie des ersten Streifenwagens vor dem Haus zum Stehen kommen. Augenblicke später kamen mehrere Uniformierte in Sicht. Sie schienen es nicht eilig zu haben, zündeten sich Zigaretten an und rauchten gemächlich. Alle paar Sekunden brachen sie in lautes Gelächter aus, so als erzählten sie sich abwechselnd Witze.

Dann erschienen zwei Zivilbeamte in seinem begrenzten Blickfeld. Sie traten zu ihren uniformierten Kollegen und richteten ein paar scharfe Worte an sie. Die Streifenpolizisten erstarrten und warfen die Zigaretten in den Rinnstein. Schließlich nickten sie, eilten über die Straße und verteilten sich, sodass Bourne sie nicht mehr sehen konnte.

Die beiden Kripomänner beratschlagten einen Moment, dann trennten sie sich ebenfalls. Einer kam direkt auf die Haustür zu. Bourne eilte die Treppe hinauf und wartete im ersten Stock.

Er hörte die Tür aufgehen und schließlich die hallenden Schritte des Polizisten auf den abgenutzten Steinfliesen.

Augenblicke später tönten Stimmen herauf, und er beugte sich vor, um zu hören, was der Mann zu dem Jungen sagte.

»Niño, hast du jemanden hereinkommen sehen, den du nicht kennst?«

Es folgte eine lange Pause. »Ich habe einen Mann gesehen, der nicht hier wohnt«, sagte der Junge schließlich.

»Wann?«

»Gerade eben.«

»Wo ist er hingegangen?«

»Hinauf«, sagte der Junge.

Ohne ein weiteres Wort zu seinem kleinen Zeugen stieg der Kripomann die Treppe hinauf. Bourne sah eine Pistole in seiner Hand aufblitzen.

Die Anwesenheit ihrer Halbschwester verursachte bei Anunciata eine gewisse Nervosität, vor allem Maricruz' selbstbewusstes, an Arroganz grenzendes Auftreten. Das Kind nahm ihr immerhin ein wenig von ihrer inneren Anspannung. Angél war wie ein Sonnenstrahl in der Wohnung. Sie schien allen Gegenständen, die sie berührte, einen gewissen Glanz zu verleihen, als hätte sie die Gabe, die innere Wärme von poliertem Holz oder einem Stück Seidenstoff ans Licht zu bringen.

»Sie haben ein schönes Zuhause«, bemerkte Maricruz, während sie langsam durch das Wohnzimmer schlenderte.

»Ich weiß nicht«, sagte Anunciata. »Es ist ziemlich bescheiden.«

»Bescheiden?« Maricruz wandte sich ihr zu. »Nein. Es fühlt sich so gemütlich an, wie sich das Zuhause eines Menschen anfühlen sollte. Man spürt die Wurzeln.«

Die Bemerkung verwunderte Anunciata, da sie stets mit ihren fehlenden Wurzeln gehadert hatte. Sie wandte sich Angél zu. Vielleicht hatte es auch nicht an der Einrichtung gelegen, dass sie sich hier bislang nicht wirklich hatte zu Hause fühlen können, denn jetzt, da das Kind hier war, wurde ihr klar, dass Maricruz recht hatte. Das hier *war* ein Zuhause.

Sie nahm den handgeschnitzten Kojoten, den sie in Nuevo Laredo gekauft hatte, von einem Regal. Das Tier hob den Kopf, als heulte es den Mond an. Sie ging vor Angél in die Hocke und reichte ihr das Holztier.

»Weißt du, dieser Kojote wartet schon lange auf einen Namen«, sagte sie. »Meinst du, du kannst ihm einen geben?«

Das Mädchen betrachtete den hölzernen Kojoten.

»Ist er ein Junge oder ein Mädchen?«, fragte Anunciata.

Mit ernstem Ausdruck drehte Angél das Tier in den Händen hin und her.

»Ein Junge«, entschied sie. »Er heißt Javvy.«

Maricruz betrachtete sie mit dem Hauch eines Lächelns auf den Lippen.

»Jetzt, wo du ihm einen Namen gegeben hast«, sagte Anunciata, »möchte der Kojote wahrscheinlich bei dir bleiben.«

Das Kind drückte das Holztier an seine Brust.

»Wer ist diese schöne Frau?«, fragte Maricruz.

Anunciata sah ihre Halbschwester mit einem gerahmten Foto in den Händen.

»Ist das Ihre Mutter?«

Anunciata stand auf. Ihr Herz schlug plötzlich bis zum Hals. »Ja, das ist sie.«

»Sie können sich glücklich schätzen.« Maricruz stellte das Foto fast ehrerbietig auf das Regal zurück. »Sie kennen Ihre Mutter«, fügte sie wie zu sich selbst hinzu. »Sie sagten, sie sei ermordet worden?«

»Vergiftet.«

»Wirklich? Wer würde das dieser schönen Frau antun?«

»Soll ich uns einen Tee machen?«, fragte Anunciata.

»Angél mag keinen Tee.« Maricruz drehte sich zu ihr um. »Sie sehen ihr sehr ähnlich … Ihrer Mutter.«

»Danke. Sie war eine besondere Frau …«

»Aber das sagt Ihnen sicher jeder.«

»… und nicht nur äußerlich.«

Maricruz sah sie mit einem strahlenden Lächeln an. »Angél trinkt lieber Kaffee. Und sie mag ihn schwarz, nicht wahr, *guapa?*«

Das Mädchen saß mit ausgestreckten Beinen auf dem Sofa, mit Javvy, dem Kojoten, in den Händen. »Mit Zucker«, nickte sie.

Maricruz lachte. »Ja. Ganz viel Zucker.«

Sie folgte Anunciata in die Küche und sah ihr zu, wie sie Wasser für den Kaffee aufsetzte.

»So viele Fotos von Ihrer Mutter«, fuhr Maricruz fort. »Aber kein einziges von Ihrem Vater.«

Anunciatas Herz pochte so heftig, dass es wehtat. »Meine Eltern haben sich sehr früh getrennt. Mein Vater hat uns verlassen.« Ihre Hand zitterte so stark, dass die Tasse auf der Untertasse klapperte, bevor sie sie abstellen konnte.

»Sehen Sie ihn nie?«

»Schon lange nicht mehr.« Anunciata füllte etwas Kaffee in den Filter. »Soweit ich weiß, ist er tot.«

Maricruz' Augen waren auf Anunciatas Rücken geheftet. »Und Sie haben keine Geschwister?«

Anunciata schüttelte schweigend den Kopf. Sie wusste nicht, ob sie ein Wort herausgebracht hätte. Es war, als hätte sie einen Feind hereingelassen, eine giftige Schlange, die sie in ihrer Loyalität zu ihrem Vater vernichten würde, hätte sie gewusst, wer Anunciata wirklich war. Warum hatte ihr Bourne das angetan? Doch sie kannte den Grund: das Kind. Sie sehnte sich nach einem Kind. Er hätte die Kleine selbst herbringen sollen. Andererseits verstand sie, warum das unmöglich gewesen war. Maricruz und Angél hätten es nicht gewollt.

Als der Kaffee fertig war, goss sie ihn in eine Tasse. »Wollen Sie den Zucker selbst reintun?«

»Vier Teelöffel.« Maricruz trat zu ihr. »Sie müssen sich ohnehin dran gewöhnen.«

»Vier ist nicht gesund«, sagte Anunciata. »Wir nehmen zwei.«

»Gute Entscheidung«, sagte Maricruz leise.

Ihre Stimme war so nahe, dass sich Anunciata umdrehte. Maricruz war nur einen Atemzug entfernt, ihre Augen fixierten Anunciata.

»Ich frage mich, kann ich Ihnen vertrauen?«

»In solchen Dingen gibt es keine hundertprozentige Sicherheit, oder?«

»Dass Sie die Wahrheit sagen, meine ich.«

In diesem Augenblick krachte draußen ein Schuss.

Bourne hörte von seinem Platz im ersten Stock, wie sich der Kripomann via drahtloses Netzwerk an seine Kollegen wandte. Er zog sich in den Türrahmen neben der Treppe zurück.

Mit angehaltenem Atem verfolgte er, wie der Beamte mit seiner 9-mm-Pistole in der Hand die letzten Stufen hochstieg. Da sich die Treppe nach rechts wand, war es nur natürlich, dass er zuerst in diese Richtung schaute.

In diesem Augenblick sprang Bourne hervor und schlug ihm mit der Handkante die Waffe aus der Hand. Als die Pistole auf den Fliesen landete, ging sie mit einem unnatürlich lauten Knall los.

Bourne rammte dem Polizisten das Knie gegen das Kinn, packte ihn am Kragen und versetzte ihm einen harten Schlag in den Hals. Der Mann verdrehte die Augen und verlor das Bewusstsein. Bourne zog ihm den langen Mantel aus, schlüpfte selbst hinein und deckte den Beamten mit seiner eigenen Jacke zu, ehe er ihn hinter die Treppe schleifte. In diesem Augenblick ging eine Wohnungstür auf. Bourne hielt den Dienstausweis des Kripomannes hoch. »Eine offizielle Angelegenheit, Señora.« Er steckte sich den Knopf ins Ohr, den er dem Bewusstlosen abgenommen hatte, um Zugang zum drahtlosen Netzwerk der Polizei zu haben. »Bitte gehen Sie in Ihre Wohnung und verschließen Sie die Tür, bis wir unsere Ermittlungen beendet haben.« Die Frau schlug die Tür zu, und Bourne hörte, wie der Riegel vorgeschoben wurde.

Unten öffnete jemand die Haustür, und der zweite Polizist trat in das Treppenhaus.

»Hernán?«, rief er. »Hab ich da einen Schuss gehört?«

»Ich bin hier oben«, meldete sich Bourne über die Netzwerkverbindung. »Ich habe den Mann in Gewahrsam.«

»Wir haben die Anweisung, ihn auf der Stelle zu töten.« Hernáns Partner lief die Treppe herauf. »Verdammt, worauf wartest du?«

»Darauf.«

Bourne trat ihm entgegen und warf ihn mit einem Tritt die Treppe hinunter. Der Junge, der unten gespielt hatte, war verschwunden, wie Bourne erleichtert feststellte. Er sprang über den hinabstürzenden Mann die Treppe hinunter und verschwand durch die Haustür ins Freie. Einen halben Block weiter schickte er die beiden uniformierten Polizisten über das Netzwerk zu einer Adresse fünf Blocks entfernt.

Dann eilte er direkt zu Anunciatas Wohnung.

SECHSUNDDREISSIG

»Angél!«

Maricruz rannte ins Wohnzimmer, ins Badezimmer und von dort ins Schlafzimmer, ehe sie wieder ins Wohnzimmer zurückkehrte. »Wo ist sie?«, wandte sie sich an Anunciata. »Sie ist weg!«

Anunciata hielt sie auf, als sie zur Wohnungstür lief. Sie zog die hölzernen Jalousien hoch und trat auf den langen, schmalen Balkon mit seinem verschnörkelten schmiedeeisernen Geländer hinaus.

Maricruz folgte einen Schritt hinter ihr. »Angél, was tust du da?«

Das Mädchen stand auf Zehenspitzen am Balkongeländer und blickte auf die Straße hinunter.

»Komm schnell rein!«, rief Maricruz. »Hier draußen ist es nicht sicher.«

Anunciata hielt sie zurück, als sie zu dem Mädchen eilen wollte.

»Sie passt schon auf«, flüsterte Anunciata. »Auf ihre Art.«

»Wie meinen Sie das?«

Wie als Antwort verkündete Angél: »Er kommt.«

»Wer kommt?«, fragte Maricruz.

»Dr. Javvy.«

»Das ist nicht sein richtiger Name.«

»Für mich schon«, erwiderte Angél, ohne sich umzudrehen.

»Kindermund.« Anunciata wandte sich an Maricruz. »Er ist er selbst.«

»Egal, welchen Namen er benutzt?«

»Das wissen Sie selbst.«

Nach dem Schuss hatte sich eine fast übernatürliche Stille über das Viertel gelegt. Auf der Straße unter ihnen war kein einziges Auto unterwegs.

»Er ist da«, sagte das Mädchen und wandte sich von der Straße ab. Sie rannte zwischen den beiden Frauen hindurch in die Wohnung.

Maricruz stand reglos da. »Ich werde mit ihm weggehen.«

Anunciata nickte. »Ich weiß.«

»Angél mag Sie.«

»Das beruht auf Gegenseitigkeit.«

Maricruz nickte. Als Anunciata ebenfalls in die Wohnung zurückkehren wollte, legte ihr Maricruz die Hand auf den Arm.

»Es ist mir auch egal, welchen Namen du benutzt.«

Als sich Anunciatas Augen weiteten, legte Maricruz ihr die Hand an die Wange. »Hast du gedacht, ich erkenne ihn nicht in deinem Gesicht wieder?« Ihr Lächeln war zögernd, fast schüchtern. »Der einzige Unterschied zwischen uns ist, dass ich die Mittel besaß, um wegzulaufen.«

»Leider ist das nicht der einzige Unterschied«, erwiderte Anunciata so leise, dass sich Maricruz vorbeugen musste, um sie zu verstehen.

Maricruz legte den Arm um Anunciatas Taille – fast eine schwesterliche Umarmung. »Wie meinst du das?«

Anunciata schaute ihrer Halbschwester in die Augen und überlegte einen Moment, ob sie ihr antworten sollte. Von drinnen hörten sie Bournes Stimme rufen: »Maricruz, wir müssen los. Schnell!«

In diesem angespannten Moment fasste Anunciata einen Entschluss. »Ich wusste nicht, dass er mein Vater war, bis es zu spät war und er mich schon gezwungen hatte, seine Geliebte zu werden.« Sie zuckte zusammen, als sie Maricruz' schockiertes Gesicht sah. »Was sollte ich tun? Der Lebensunterhalt meiner Mutter stand auf dem Spiel. Als er herausfand, dass sie es mir doch noch gesagt hatte, ließ er sie vergiften.«

Maricruz schloss ihre Halbschwester in die Arme. »Oh, Lolita!«

Anunciata lächelte traurig. »Jetzt weißt du, warum ich diesen Namen angenommen habe.«

In der Wohnung unterhielten sich Bourne und Angél mit leisen Stimmen so ernst, dass die beiden Frauen erstaunt stehen blieben. Sie standen beide noch unter der Wirkung dessen, was sie einander offenbart hatten. Ohne dass es ihnen richtig bewusst war, hielten sie sich an der Hand.

Als Bourne sie so sah, nickte er nur, als hätte er genau das erwartet. Vielleicht hatte er es tatsächlich vorhergesehen, dachte Anunciata mit großer Zuneigung zu diesem Mann, der sie in mehrfacher Hinsicht gerettet hatte.

»Wir müssen los«, mahnte Bourne und erhob sich von seinem Gespräch mit dem Mädchen.

Maricruz löste ihre Hand aus Anunciatas, ging zu Angél und hob sie auf die Arme. Sie küsste sie auf beide Wangen.

»Ich werde dich vermissen«, sagte sie leise.

»Es gefällt mir hier«, erklärte das Mädchen.

Maricruz lachte und stellte sie sanft auf den Boden.

»Das ist gut, *guapa.* Sehr gut.« Sie lächelte wissend. »Du kümmerst dich um Lolita, okay?«

»Okay«, versicherte das Mädchen ernst.

»Wir passen aufeinander auf«, fügte Anunciata hinzu und nahm die Hand des Mädchens in ihre.

Einen Moment lang ging etwas Starkes, Unausgesprochenes zwischen den beiden Frauen hin und her. Dann wandte sich Maricruz mit Tränen in den Augen Bourne zu.

»Gehen wir.«

»Du hast das Ganze geplant«, sagte Maricruz, und Bourne erkannte an ihrem Ton, dass es kein Vorwurf war. »Du wusstest, was geschehen würde.«

»Ich wusste, was geschehen könnte«, sagte er, während sie die Straße hinuntergingen. »Das ist nicht dasselbe.«

Ein klappriger, halb verrosteter Ford Pick-up schien ideal für ihre Zwecke. Es kostete Bourne kaum Mühe, die Tür zu knacken und den Wagen kurzzuschließen. Rauch speiend sprang der Motor an.

»Perfekt!«, sagte er und fuhr los.

»Ich habe eher gemeint, dass ich immer noch bei dir bin.«

»Wo willst du denn allein hin?«, fragte er. »Zurück zu Carlos? Er steckt bis über beide Ohren in einem internationalen Skandal.«

»Das ist vielleicht sogar noch besser, als ihn zu töten«, murmelte sie.

Er warf ihr einen kurzen Blick zu. »Ist es das, was Matamoros von dir wollte?«

»Es war meine Idee«, schnaubte sie. »Schau mich nicht so überrascht an.«

Er schüttelte den Kopf. »Warum bist du zurückgekommen? Warum hast du dich zwischen die Kartelle und Carlos gestellt?«

»Für meinen Vater.«

»Wirklich? Das glaube ich dir nicht.«

»Glaub, was du willst. Du weißt gar nichts über mich.«

»Ich weiß, dass du deinen Vater gehasst hast.«

»Ich habe ihn nicht …«

»Sonst wärst du nie so weit weggegangen.«

»Es kann noch andere Gründe geben.«

»Könnte, ja.« Er bog ab, um einem Streifenwagen auszuweichen. »Aber nicht in deinem Fall.«

Sie blickte aus dem Fenster auf die vorbeiziehende Stadtlandschaft wie auf einen Film, den ein alter Bekannter gedreht hatte. »Wo fahren wir hin?«

»Zu Matamoros, wohin sonst?«

Sie sah ihn mit zusammengekniffenen Augen an. »Was willst du von ihm?«

Bourne bog erneut ab, um den starken Verkehr der Hauptstraßen zu vermeiden. Sie kamen an heruntergekommenen Häusern vorbei, wo sie mit dem klapprigen Pick-up nicht auffielen.

»Es ist Zeit, alle Schulden zu begleichen«, antwortete er.

»Vergeltung«, sagte Maricruz.

»Vergeltung«, nickte er.

Sie schwieg einige Zeit lang, in Gedanken versunken.

»Du willst das Drogengeschäft meines Vaters ruinieren, stimmt's?«

»Dein Vater und seine Kumpane haben jemanden getötet, der mir sehr nahestand.«

Maricruz nickte. »Alle Schulden werden beglichen.« Sie blickte starr geradeaus. »Das schließt meinen Mann mit ein.«

Er fuhr an den Straßenrand und hielt an. »Du kannst aussteigen, wenn du möchtest. Es ist deine Entscheidung.«

»Ob ich gehe oder nicht – du wirst es trotzdem tun.«

»Nichts wird mich aufhalten.«

Sie zog die Pistole hervor, die sie bei sich trug, und setzte sie ihm an die Schläfe.

»Maricruz, das ist doch verrückt.«

Sie drückte ab.

SIEBENUNDDREISSIG

Yadin hatte nicht vorgehabt, die Nacht auf dem Boot zu verbringen, aber da sein Vater die Vorräte aufgefüllt hatte und es bereits dunkel geworden war, war er nicht mehr zur Küste zurückgefahren. Er und sein Vater refften die Segel, warfen den Anker und kümmerten sich um das Abendessen. Genau genommen war es Yadins Vater Ruben, der das Essen zubereitete, während sein Sohn den Tisch deckte, den er aus der Kabine heraufgetragen hatte.

»Wein?«, fragte Eli.

Ruben schüttelte den Kopf. »Die Gicht macht mir wieder zu schaffen.«

»Tja, das Alter.«

»Was ist dran verkehrt, alt zu werden?« Ruben rührte den Couscous um, während er Sultana-Rosinen, geschnittene Datteln und geröstete Mandelstücke dazugab.

Der Direktor setzte sich seinem Vater zugewandt ans Schott. »Du bist melancholisch geworden im Ruhestand.«

»Wenn du mich bloß in den Ruhestand gehen ließest, Eli!«

»Ha, ha! Sehr witzig, Pop.«

Ruben blickte scharf auf. »Weißt du, Eli, manchmal frage ich mich, ob du nicht ein bisschen zu amerikanisch wirst.«

Eli griff sich eine Handvoll Mandeln. »Wie kommst du darauf?«

»Siehst du, dir fällt es nicht einmal mehr auf!«, sagte der alte Mann in gespieltem Entsetzen.

Der Direktor seufzte tief. »*Abi*, ich fürchte, ich habe eine apokalyptische Konfrontation heraufbeschworen.«

»Das ist maßlos untertrieben, Eli.«

Der Direktor lachte bitter. »Ophir ist hinter Bourne her.«

»Kannst du's ihm verdenken, nachdem Bourne ihn in Damaskus gedemütigt hat?«

»Amir hatte es verdient, gedemütigt zu werden. Er verfolgte den geheimen Plan, General Wadi Khalid am Leben zu lassen. Khalid, dem Ouyang die abscheulichsten Foltermethoden beigebracht hatte und den Amir und ich in Damaskus ausschalten sollten. Das Vorhaben scheiterte wegen Amirs Verrat. Zum Glück war Bourne ebenfalls in Damaskus. Er war es schließlich, der Khalid tötete.«

Ruben begann, etwas Merguez-Wurst zu braten. »Alte Geschichten.«

»Nicht für Männer mit langem Gedächtnis, die extrem empfindlich auf solche Dinge reagieren. Ich spreche von unseren Freunden Ouyang und Amir Ophir, Ouyangs Maulwurf in unserer Familie.«

»Und für Bourne gilt das nicht?«

»Bourne kann kein langes Gedächtnis haben, und empfindlich ist er meines Wissens nur, wenn jemand seine Freunde bedroht.«

Ruben wandte sich seinem Sohn zu, während er die Merguez-Wurst in den Couscous gab und sich dabei die Hand verbrannte. »Verdammt!« Er steckte die zwei schmerzenden Fingerspitzen in den Mund.

»Butter«, bemerkte der Direktor.

»Haben wir nicht an Bord.«

Eli stand auf, ging zu der gekühlten Speisekammer, wickelte ein paar Eiswürfel in ein Tuch und gab es seinem Vater. Er trug den Topf zum Tisch, während sein Vater seine Verbrennung kühlte.

»In diesem Fall setzt du darauf, dass Bourne sehr empfindlich reagiert.« Ruben setzte sich, während sein Sohn den Couscous auf die Teller häufte.

»Weißt du, Pop, das ist wie früher, als ich ein Junge war. Du hast mir diesen Couscous jede Woche gekocht.«

»Was deine Mutter gar nicht gefreut hat. ›Ihr Jungs‹, hat sie oft gesagt. »Wie könnt ihr nur Fleisch essen?«

»Beim ersten Mal lief sie aus dem Haus.«

Ruben nickte. »Das stimmt.«

Der Direktor wurde wieder ernst. »Ophir hat auch unser gemeinsames Haus verlassen. Mein alter Freund arbeitet für den Feind.«

»Es war richtig von dir, ihn in deiner Nähe zu behalten.«

»Aber jetzt ist er hinter Bourne her.«

»Und du glaubst nicht, dass es sein Ende ist?«

Eli blickte auf das dunkle Meer hinaus, auf dem sich das Sternenlicht wie Funken eines kalten Feuers spiegelte. Er dachte an die Zuversicht, die er in seinem Gespräch mit Dani Amit zum Ausdruck gebracht hatte.

»Ich weiß nicht mehr, was ich glauben soll.«

Der Vater legte seine knorrige Hand kurz auf die seines Sohnes. »Verlier nicht deine Entschlossenheit, Eli. Das Schlimmste, was ein Direktor tun kann, ist, nicht mehr voll hinter dem Plan zu stehen, für den er grünes Licht gegeben hat. Die Unentschlossenheit führt einen in den Untergang.«

Ruben zerteilte eine Wurst mit der Gabel in drei Stücke und spießte eines auf. »Vertraue Bourne so, wie du dir selbst vertraust.«

»Ich habe ihn getäuscht.«

»Es gehört zu deiner Arbeit, Leute zu täuschen.«

»Das hier ist etwas anderes.«

»Wirklich?« Ruben steckte die Wurst in den Mund und kaute nachdenklich. »Gut, wenn du meinst, kannst du es ihm ja gestehen, wenn alles vorbei ist.«

Der Direktor nickte. »Danke, *Abi*.«

»Ich habe dir nichts gesagt, was du nicht ohnehin weißt.« Er häufte etwas Couscous auf die Gabel. »Deine Hauptsorge ist Dani Amit oder was du ihm gesagt hast.«

»Ich habe keinen Verdacht gegen ihn.«

»Den hattest du auch gegen Ophir nicht, bis sich herausstellte, was er tut.«

»Dani wollte ich testen.«

Ruben nickte, während er kaute. »Du hast das Richtige getan.«

»Das wird sich zeigen.«

»Maulwürfe sind oft wie Küchenschaben – wo eine ist …«

Der alte Mann sprach den Satz nicht zu Ende, doch der Gedanke begleitete sie die ganze Nacht und ließ sie kaum Schlaf finden.

Das trockene Klicken ließ Maricruz zusammenzucken.

»Ich habe mir erlaubt, die Patronen herauszunehmen«, erklärte Bourne. »Ich dachte mir schon, dass du deine Lektion noch nicht gelernt hast.«

Mit einem angewiderten Schnauben warf Maricruz die Waffe in den Fußraum.

»Du nichtsnutziger Mistkerl.« Ihre Augen brannten sich in seine. »Ich habe für meinen Vater abgedrückt.«

»Eine leere Geste.«

»Leider.«

»Nein, Maricruz. Du wolltest mich nicht wirklich umbringen. Irgendetwas hat dir gesagt, dass die Pistole nicht geladen war.«

Ihre Augen funkelten, sie presste die Lippen fest zusammen. »Glaubst du?«

»Ich glaube, es ist dir nur auf die Geste angekommen.«

»Du weißt vermutlich, was er Lolita angetan hat.«

»Ja.«

»Dafür gibt es keine Entschuldigung.« Sie schüttelte den Kopf. »Mein verdammter Vater.«

Schweigend fuhr er weiter. »Wie bist du mit deiner Schwester ausgekommen?«, fragte er schließlich.

»Wie kommt es, dass du mehr über meine Familie weißt als ich?«

»So geht es manchmal.«

Sie sah ihn durchdringend an. »Weißt du, wer meine Mutter ist?«

»Ich bin ihr begegnet, als ich vor einigen Monaten hier war.«

Maricruz starrte ihn verblüfft an. »Ich habe nicht gewusst, wer sie ist. Ich hielt sie für tot – frag mich nicht, warum. Vielleicht weil dann alles einfacher gewesen wäre. Dann hätte ich mich nicht damit quälen müssen, warum sie mich verlassen hat.«

»Vielleicht hatte sie keine Wahl.«

»Man hat immer eine Wahl.«

»Auch wenn man es mit deinem verdammten Vater zu tun hat?«

Sie stieß einen trockenen, harten Laut aus. »Vor einigen Monaten hat mir Jidan einen Zettel mit ihrem Namen und der Adresse gegeben. Ich weiß, dass sie hier in Mexiko City lebt.«

»Aber du hast sie nicht besucht.«

Sie schüttelte den Kopf. »Ich kann mich nicht dazu entschließen.«

»Ich habe keine Ahnung, wer meine Eltern waren, ob ich Brüder oder Schwestern habe. Meine Vergangenheit ist ein leeres Blatt.«

Bourne fragte sich, ob es jemanden auf der Welt gab, der von seiner Familie wusste. Jemand, der mehr wusste als er selbst, dachte er bitter. Er spürte wieder diesen Zorn in sich wie eine Flamme, die kühlte, statt zu wärmen. Er sah die Welt und sein Leben als eine einzige Abfolge von Verlusten, fühlte sich wie ein Nomade in der endlosen Wüste der quälenden Frage, wer er war und woher er kam. Ein Nomade auf der ewigen Suche nach dem Unauffindbaren, in einem dunklen Krieg, in dem es nur darum ging, die offenen Rechnungen zu begleichen.

Vergeltung.

»Danke«, sagte sie schließlich, »dass du mich und meine Schwester zusammengebracht hast.« Bourne schwieg. »Wie ist ihr richtiger Name?«, fragte sie.

»Das soll sie dir selbst sagen.«

»Javvy.« Sie legte den Kopf auf die Seite. »Dr. Javvy, so kennt dich Angél.«

»Ist das wichtig?«

Maricruz legte den Kopf an das Seitenfenster. »Wahrscheinlich nicht. Trotzdem … sie ist meine Schwester.«

»Fast da«, sagte Bourne.

Maricruz richtete sich auf. »Wo willst du hin?«

»In ein Café. Ich soll mich dort mit einem Waffentechniker treffen.«

»Wofür brauchst du einen Waffentechniker?«

»Ich wollte über Matamoros an dich herankommen. Nach dem, was jetzt geschehen ist, wird dich Matamoros bestimmt suchen.«

Sie schüttelte den Kopf. »Das verstehe ich nicht. Was willst du von mir?«

»Ich habe mit deinem Mann eine Rechnung zu begleichen.«

»Und du glaubst, ich führe dich zu ihm?«

»Ich glaube, du weißt auch, dass er nicht der Mann ist, für den du ihn gehalten hast.«

»Für mich war er nie mehr als ein Mittel zum Zweck«, sagte Maricruz.

»Um deinen Vater zu übertreffen.«

»Jetzt, da Maceo tot ist, kontrolliere ich seine Geschäfte.«

»Mich überrascht, wie viel Energie du in seine Drogengeschäfte steckst.«

»Sie sind lukrativ.«

»Das ist alles andere auch, was ihm gehörte.« Bourne trat aufs Gas, um einen Sattelschlepper zu überholen. »Du bist nach Peking gegangen, um möglichst weit weg von ihm zu sein. Jetzt musst du ihm nicht mehr aus dem Weg gehen, aber Mexiko ist nicht das Richtige für dich.«

»Das habe ich auch nie behauptet.«

»Und dennoch bist du hier und versuchst, die dunklen Geschäfte deines Vaters weiterzuführen.« Er warf ihr einen kurzen Blick zu. »Du bist ans andere Ende der Welt geflüchtet, um deinem Vater zu entkommen, nur um ihm in der Gestalt von Ouyang aufs Neue zu begegnen.«

»So siehst du das?«

»Wenn du so weitermachst wie bisher, wirst du dich von beiden nie lösen können.« Er hielt an einer Ampel. »Willst du nicht unabhängig sein?«

Sie schwieg, bis sie die Kreuzung durchfuhren. »Gibt es einen anderen Weg?«

»Hilf mir, zu tun, was getan werden muss.«

Sie musterte ihn einen Augenblick. »Was habe ich davon?«

»Die Genugtuung, dass der Mord an einer jungen Frau gerächt ist.«

»Du machst Witze.«

»Stell dir vor, Angél würde ermordet und müsste hilflos in einem Taxi in Mexiko City verbluten.«

Sie fuhren eine Weile schweigend weiter.

»Wurde deine Frau wirklich erstochen?«, fragte sie schließlich. »Oder war das gelogen?«

»Nicht meine Frau, aber es ist wirklich passiert.«

»Das tut mir leid.«

Er bog in eine Seitenstraße ab. »Wenn es vorbei ist, Maricruz, dann bist du frei. Du hast die Mittel, um zu tun, was du willst.«

Sie schaute einen Moment lang schweigend aus dem Fenster. »Musst du denn unbedingt zu diesem Waffentechniker?«

»Ich habe nicht vor, Felipe Matamoros nur mit einer 9-mm-Pistole gegenüberzutreten.«

Sie lachte rau.

Bourne trat auf die Bremse und bog in einen Parkplatz ein. Er deutete auf die andere Straßenseite. »Das Café dort drüben ist der Treffpunkt.«

Maricruz sah ihn skeptisch an. »Hältst du das für sicher?«

Bourne blickte durch die mit Dreckspritzern und Vogelkot bedeckte Windschutzscheibe. »Dem Mann, der das Treffen organisiert hat, traue ich keine Sekunde.«

»Warum sind wir dann hier?«

»Ich brauche die Waffen.« Bourne sah Hale an einem Tisch im Freien. Er trank einen Espresso und las auf seinem Tablet. »Unter bestimmten Umständen wird er mir geben, was ich brauche.«

»Unter welchen Umständen?«

»Wenn sein Leben auf dem Spiel steht.«

ACHTUNDDREISSIG

»Das gefällt mir nicht«, sagte Maricruz. »Es sieht mir irgendwie nach einer Falle aus.«

»Stimmt«, pflichtete Bourne ihr bei.

»Dann machen wir, dass wir wegkommen.«

»Sobald ich alles erledigt habe.«

»Wie kannst du dir deiner Sache so sicher sein?«

»Ich habe einen Plan.« Bourne bückte sich nach der Pistole, die sie in den Fußraum geworfen hatte, und lud sie. Dann gab er sie ihr. »Du müsstest mitspielen. Schaffst du das?«

Bourne nannte J. J. Hale den vereinbarten Code, als er sich ihm gegenübersetzte. Hale schaute von seinem Computer auf und antwortete mit seinem Codewort.

»Okay, damit hätten wir die Formalitäten erledigt«, sagte er. »Möchten Sie etwas essen oder trinken? Der Espresso hier ist fantastisch.«

»Nur Waffen«, sagte Bourne.

»Ein Mann weniger Worte.« Hale nickte. »Umso besser. Ich habe die Anweisung, Ihnen alles zu liefern, was Sie brauchen.«

Bourne zog die Liste hervor, die er zusammengestellt

hatte, und schob sie dem Mann über den Tisch zu. Hale überflog sie und stieß einen leisen Pfiff aus.

»Haben Sie vor, einen Krieg zu beginnen?«

»Wollen Sie es wirklich wissen?«

Hale hob abwehrend die Hände. »Gott, nein. Ich rede nur so dahin. Aber ich weiß schon, Sie haben für Small Talk nicht viel übrig.«

Er versuchte, locker zu bleiben, doch das Wissen, dass Ophir mit einer schallgedämpften Pistole hinter ihm saß, ließ ihn stocksteif dasitzen.

Er wandte sich wieder der Liste zu. »Das meiste kann ich Ihnen sofort geben, kein Problem. Sogar den Granatwerfer. Nur mit dem Flammenwerfer wird es schwierig.«

»Was heißt das genau?«

»Es wird ein bisschen dauern.«

»Nein«, erwiderte Bourne. »Das wird es nicht.«

Hale blickte auf und hob die Augenbrauen. »Wissen Sie etwas, das ich nicht weiß?«

»Ich weiß, was ich brauche, und wann.«

»Geben Sie mir vierundzwanzig …«

»Sie haben eine Stunde, um alles zu besorgen.« Bourne sah ihm in die Augen. »Alles.«

Hale lachte unsicher. »Oder was?«

»Oder ich puste Ihnen das Hirn raus.«

Hale blieb das Lachen im Hals stecken.

»Schauen Sie unter den Tisch«, sagte Bourne. »Los.«

Hale atmete ein und zitternd wieder aus. Er beugte sich weit genug hinunter, um die 9-mm-Pistole unter dem Tisch zu sehen, die genau zwischen seine Beine zielte.

»Das ist ein schlechter Witz«, sagte er und richtete sich wieder auf.

»Ich mache keine Witze.«

Hale blinzelte. »Klar.«

»Also, eine Stunde.«

Hale fluchte leise. Warum zum Teufel hatte Ophir den Hundesohn noch nicht erschossen?

Amir Ophir hatte mehrere Herren – ein Widerspruch, der ihn nie gestört hatte. Er war ein Israeli, der sich mit seinen Ansichten schon immer von seiner Umgebung unterschieden hatte. Er hatte früh gelernt, seine Meinung für sich zu behalten. Als Junge hatte er mehrere Terroranschläge erlebt. Bei einem war sein Bruder durch die Kugel eines israelischen Soldaten ums Leben gekommen. Vielleicht war es dieser Vorfall, der ihn für den Verrat anfällig machte.

Das Geld war jedenfalls nicht zu verachten, das Minister Ouyang über eine Bank auf den Cayman Islands waschen ließ und das sich still und leise auf einem Schweizer Konto anhäufte. Es war letztlich eine Mischung aus Rache und Gier, die ihn zu seinem Verrat trieb.

Das alles ging ihm binnen Sekunden durch den Kopf, während er Bourne gut zehn Meter entfernt mit Hale am Tisch sitzen sah. Ohne den Blick von Bourne zu wenden, griff er in seine Tasche, zog den Schalldämpfer hervor und schraubte ihn an den Lauf seiner .22er. Normalerweise verwendete er ein größeres Kaliber, doch hier in der Öffentlichkeit und auf diese Entfernung war das die ideale Waffe.

Er vergewisserte sich noch einmal, dass die Ruger geladen und entsichert war. Von seiner Serviette verdeckt, hob er die Waffe über den Tisch und nahm Bournes Kopf ins Visier, als er plötzlich den kalten Stahl eines Pistolenlaufs am Hinterkopf spürte.

»He, lange nicht gesehen!«

Eine weibliche Stimme! Er konnte es nicht glauben.

Sie klopfte ihm herzhaft auf den Rücken. »Nimm die Pistole runter«, flüsterte sie ihm ins Ohr.

Einen verwirrenden Moment lang dachte er, Rebekka stünde hinter ihm, von den Toten zurückgekehrt. Sein Herz pochte ebenso wie seine Schläfen, während ihre Stimme in seinem Ohr vibrierte. *Mein Geheimnis ist bei dir sicher, jetzt, wo du tot bist,* hätte er fast gerufen.

Dann griff eine Hand über seine Schulter nach vorn und nahm ihm die in eine Serviette gehüllte Ruger aus der Hand.

»Wer sind Sie?«, fragte er.

»Erst Sie.« Schweigen. »Nein?« Sie drückte ihm die Pistole in den Nacken. »Okay, dann fragen wir Leute, die Sie kennen.«

Als er sich nicht rührte, packte sie seine Schulter mit erstaunlicher Kraft. »Steh auf, verdammt!«, zischte sie ihm ins Ohr.

Ophir erhob sich, und Maricruz erinnerte sich an Bournes Ermahnung und trat einen Schritt zurück, außer Reichweite seiner erhobenen Faust.

»Ich bin beidhändig«, sagte sie und nahm die Ruger in die linke Hand.

»Sie werden hier drin nicht auf mich schießen.«

»Nicht?« Sie hob den Lauf der verhüllten Ruger. »Ein Schalldämpfer … sehr praktisch.«

Sie ging mit ihm auf die Terrasse des Cafés hinaus und forderte ihn auf, sich zwischen Bourne und Hale zu setzen.

»Wie versprochen«, sagte sie zu Bourne.

Bourne musterte Ophir. »Maricruz, darf ich dir Amir Ophir vorstellen, den Leiter der Mossad-Abteilung für gezielte Morde.«

»O Gott!«, stieß Hale bestürzt hervor.

»Der Plan ist wohl nicht ganz aufgegangen«, bemerkte Bourne.

»Deiner aber auch nicht«, erwiderte Ophir. »Die mexikanischen Behörden werden dich an den Eiern aufhängen.«

»Wirklich? Warum hast du ihnen nicht einfach gesagt, wo sie mich finden?«

»Weil sie es wahrscheinlich vermasselt hätten.«

»So wie Sie«, warf Maricruz hinter ihm ein. Sie drückte beide Pistolen durch das Rohrgeflecht seines Stuhles.

Bourne betrachtete den Mossad-Abteilungschef. »Du hast seit Damaskus viel von deinen Fähigkeiten verloren. Zeit, in Rente zu gehen, Amir.«

Ophir grinste mit zusammengebissenen Zähnen. »Träum weiter, Arschloch.«

In diesem Augenblick legte Bourne den Kopf auf die Seite und hörte das schwache Heulen von Polizeisirenen in der Ferne. »Du hast recht, Amir. Die haben es wirklich vermasselt.«

Er stand auf, packte Hale und bedeutete Maricruz, ihm zu folgen.

»Wir sehen uns wieder«, knurrte Ophir. »Verlass dich drauf.«

»Du bringst uns jetzt zu deinem Lager«, sagte Bourne zu Hale, während sie zu dritt in der Enge des Fahrerhauses saßen. Der Waffentechniker schwieg. »Wir können es auch auf die harte Tour machen«, fügte Bourne hinzu.

»Ist mir egal«, brummte Hale.

Blitzschnell hämmerte Bourne ihm die Handkante in den Hals. Der Mann stieß einen krächzenden Laut aus, krümmte sich und rang nach Luft.

Bourne blickte zu Maricruz hinüber. »Manchmal braucht man wirklich keine Waffe.«

Maricruz zog Hales Kopf an den feuchten Haaren hoch. »Wie fühlen Sie sich, Señor? Haben Sie eine angenehme Fahrt?«

Er blickte mit Tränen in den Augen nach vorn und nannte Bourne schließlich eine Adresse.

Zwei Streifenwagen brausten mit eingeschalteten Blinklichtern an ihnen vorbei zu dem Café, von dem sie kamen. Bourne bog bei der nächsten Kreuzung rechts ab und gab Maricruz sein Handy.

Sie nickte, öffnete Google Maps und gab die Adresse ein, die Hale angegeben hatte. »Zwei Blocks«, sagte sie, »dann links.«

Hale rang immer noch nach Luft. Er zuckte zusammen, als er sich an den Hals fasste, der im Bereich des Kehlkopfs geschwollen war.

»Das ist kein Job für dich«, meinte Bourne. »Du hast dir die falschen Freunde ausgesucht.«

Hales Lager war in einer riesigen Halle am Stadtrand untergebracht, inmitten mehrerer Reihen identischer Betongebäude mit großen rostigen Rolltoren. Der Ort erinnerte Bourne an einen Friedhof.

Der Waffentechniker wies ihnen den Weg zwischen

zwei Reihen und ließ Bourne etwa in der Mitte anhalten. Bourne stieg mit ihm aus, Maricruz folgte ihnen. Hale fischte einen Schlüssel aus seiner Tasche, schloss das Tor auf und zog es hoch.

Er knipste einen Lichtschalter an und führte sie in das höhlenartige Innere, in dem jede Menge Kisten von unterschiedlicher Größe gestapelt waren.

»Sieh dir das an«, sagte Bourne zu Maricruz und deutete auf einige der Kisten. »Die kommen aus China. Ich frage mich, bei wem ihr diese Waffen gekauft habt, Hale. Könnte es vielleicht Minister Ouyang sein?«

Der Waffentechniker hustete. »Was haben Sie noch mal gebraucht?«

»Ich habe Ihnen die Liste gegeben.«

»Ich …« Er schwitzte aus allen Poren. »Nach alldem …« Er griff sich an den geschwollenen Hals. »… bin ich ein bisschen neben mir.«

Bourne zählte ihm auf, was er benötigte, und Hale nickte und ging von einem Stapel zum nächsten, um ihm das Gewünschte zu bringen, dazu die jeweilige Munition.

»Vergessen Sie den Flammenwerfer nicht«, sagte Bourne, während er den Granatwerfer auf die rechte Schulter hob. Augenblicke später kam Hale mit dem Flammenwerfer zurück. »So viel zu den vierundzwanzig Stunden Wartezeit.«

Hale half ihm, die vier großen Kisten mit den Waffen auf den Truck zu laden. Bourne forderte Maricruz auf, schon mal einzusteigen. Dann wandte er sich wieder Hale zu. »Ich traue dieser Frau nicht«, sagte er leise. »Ich brauche eine kleine Pistole, die sich leicht verbergen lässt.«

»Ist das dann alles?«, fragte Hale.

»Das ist alles.«

Erleichterung trat in Hales Gesicht, und er ging in die Lagerhalle zurück. »Ich habe genau das Richtige.«

»Da bin ich mir sicher.« Bourne zog das rostige Eisentor herunter und schloss ab.

Einen Moment lang glaubte er das schwache Echo von Hales Stimme aus dem Inneren zu hören. Er drehte sich um, schwang sich hinter das Lenkrad und ließ den Motor an.

»Kannst du mit Matamoros Kontakt aufnehmen?«, fragte Bourne, während er zwischen den Lagerhallen hindurchfuhr.

»Sicher.«

»Nimm mein Handy. Finde heraus, wo er ist, und vereinbare ein Treffen.«

Maricruz nickte. Sie tippte eine Nummer ein und hob das Handy ans Ohr.

»Felipe. Ja, ich bin's … Das ist eine lange Geschichte, aber ich bin okay, was man von Carlos nicht behaupten kann. *Sí, sí,* er ist erledigt … Wo bist du, in San Luis Potosí? … Nein? … Hier in Mexico City. Wir müssen uns …«

In diesem Augenblick krachte ein schwarzer Chevy, der eine rote Ampel überfuhr, mit der Wucht eines Rammbocks in die Seite des Trucks.

NEUNUNDDREISSIG

Bevor Carlos Danda Carlos vom Gerichtsgebäude ins Untersuchungsgefängnis überstellt wurde, hatte man ihm seine Uniform abgenommen. Mit ihr verlor er seine Würde und einen großen Teil seiner Identität.

Der Richter, der die Untersuchungshaft verhängt hatte, war einer von vielen auf Carlos' Gehaltsliste. Er war des Öfteren in Carlos' Villa zu Gast gewesen, hatte seine exquisiten Weine genossen, seine teuren Zigarren geraucht und sich mit den Mädchen vergnügt, die Carlos für die Feste nach dem Abendessen hatte kommen lassen. Heute jedoch war seine Stimme ebenso kalt wie seine Augen gewesen. Er tat, als hätte er Carlos nie zuvor gesehen. Man konnte ihm nicht einmal einen Vorwurf machen. *El Presidente* hatte ihn unter Druck gesetzt, sodass ihm gar nichts anderes übrig geblieben war. Und dem Präsidenten selbst erging es nicht anders. Die internationalen Medien waren im Gericht versammelt, um mitzuverfolgen, wie der ehemalige Leiter der mexikanischen Antidrogenbehörde in Handschellen abgeführt wurde. Der Richter hatte Carlos den Wölfen zum Fraß vorgeworfen, so wie es jeder loyale Staatsdiener getan hätte.

Im Gefängnis war Carlos nur noch ein blasser Schatten

seiner selbst. Seine ganze Selbstsicherheit wurde mit der groben Seife weggespült, während er unter den Augen eines spöttisch grinsenden Wärters duschte. Er hatte des Öfteren Berichte von grausamen Morden in Gefängnisduschen gehört und gelesen, verübt von Psychopathen oder von Insassen, die sich für tatsächliche oder eingebildete Beleidigungen rächten. Er hatte diese Berichte stets mit unerschütterlicher Gleichgültigkeit zur Kenntnis genommen, als Teil einer anderen Welt, mit der er nichts zu tun hatte. Nun gehörte er selbst dieser Welt an. *Wie schnell man ganz unten landen kann*, dachte er, den Tränen nahe.

Während er die Seife abspülte, betraten zwei Insassen den Duschraum und nahmen die Duschköpfe links und rechts von ihm in Besitz. Ihre nackten Körper waren massig, muskulös und mit mehr Tätowierungen als Haaren bedeckt. Für Carlos schienen sie einer anderen Spezies anzugehören, die im Gegensatz zu ihm wirklich hinter Gitter gehörte.

Sie seiften sich ein und ließen ihn ebenso wie der Wärter nicht aus den Augen. Carlos' Herz schlug bis zum Hals, seine Hoden zogen sich zusammen und sein Magen rumorte bedenklich. Als er fertig war, drehte er die Dusche ab, schlang sich das dünne Handtuch um die Hüften und hastete über die Fliesen, ohne sich abzutrocknen.

»Spät dran für eine Verabredung, *pendejo?*«, höhnte der Wärter. Als Carlos vorbeigehen wollte, packte ihn der Mann am Arm. *»Te agarró con las manos en la masa, pendejo.«* Sie haben dich auf frischer Tat ertappt, du Arschgeige.

Carlos spannte sich an, doch als er den finsteren Blick

des Wärters sah, zwang er sich, seinen Körper erschlaffen zu lassen und ein fügsames Gesicht aufzusetzen.

»Schon besser«, sagte der Wärter und ließ ihn los.

Carlos eilte zu seiner Zelle zurück, wo seine Uniform auf ihn wartete, gereinigt, gebügelt und fein säuberlich gefaltet. Einen Moment lang konnte er nicht glauben, was er da sah. Dann zog er sich etwas verwirrt an. Wurde er freigelassen? Hatte sich »sein« Richter doch noch erkenntlich gezeigt, nachdem die Medien ihre Aufmerksamkeit dem nächsten Skandal zuwandten?

Kaum hatte er die Krawatte umgebunden, erschien ein Wärter draußen vor der Zelle. Er schloss die Tür auf und winkte Carlos heraus.

»Der Direktor will Sie sprechen, Señor«, sagte er in ganz anderem Ton als sein Kollege bei der Dusche.

Mit jedem Schritt wurde Carlos ein wenig leichter ums Herz. In seinem Kopf kreisten bereits die ersten Pläne, wie er sich an den Leuten rächen würde, die ihn so erniedrigt hatten. Je näher er dem Büro des Gefängnisdirektors kam, umso weniger bedrohlich erschien ihm der Korridor sowie die Leute in den Zellen. Carlos spürte, dass er drauf und dran war, diese Hölle hinter sich zu lassen und in das Leben zurückzukehren, das ihm zustand.

Der Wärter blieb vor einer massiven Mahagonitür stehen, in die das alte Wappen von Mexiko City eingraviert war, als sich an dem Ort noch die aztekische Stadt Tenochtitlán befand: der Adler auf einem Kaktus mit einer Schlange in den Krallen.

Der Wärter klopfte an die Tür, wartete auf das »Herein« von drinnen und öffnete sie für Carlos. Er blieb draußen und schloss hinter ihm die Tür.

Das Büro des Direktors wirkte mit seiner hohen Decke und den Büchern in Mahagoniregalen eher wie das Arbeitszimmer eines Anwalts. Der Direktor saß hinter einem massiven, kunstvoll verzierten Eichenholzschreibtisch, der mindestens hundert Jahre alt zu sein schien. Er schaute zu Carlos auf, lächelte und deutete auf einen bequem aussehenden Eichenholzstuhl.

»Es tut mir aufrichtig leid, wie man Sie behandelt hat, Señor.« Er breitete die Hände aus. »Sie verstehen sicher, wie heikel die ganze Angelegenheit ist. Ich habe erst vor einer Stunde einen Anruf von *El Presidente* persönlich erhalten. Sie verstehen sicher, dass auch einem Mann in meiner Position gewisse Grenzen gesetzt sind. Gäbe es jedoch einen zusätzlichen Anreiz, so könnte ich vielleicht …«

»No se puede resistir el cañonazo«, sagte Carlos. Einer stattlichen Summe kann man nicht widerstehen. »Habe ich nicht recht?«

»So in etwa.«

»Das lässt sich machen.«

Der Gefängnisdirektor nickte. »Sie verstehen sicher, dass ich Sie vorläufig nicht freilassen kann.« Er schnalzte mit der Zunge. »Aber keine Sorge. Sie werden ein, zwei Wochen wie ein König hier drin leben. Wenn Sie dann zur Verhandlung gebracht werden, wird Ihr Fahrzeug in einen Unfall verwickelt werden. Ich garantiere Ihnen persönlich, dass Sie den Verhandlungssaal nicht mehr von innen sehen werden. Wie klingt das?«

»Und die Summe?«

Der Direktor kritzelte eine Zahl auf einen Notizblock, riss das Blatt ab, faltete es in der Mitte und schob es ihm über den Tisch zu. Carlos nahm den Zettel, öffnete ihn und warf einen Blick auf die Zahl.

»Das lässt sich machen«, sagte er.

»Würden Sie mir erklären, wie? Ihre Konten sind eingefroren.«

»Nur die bekannten. Wenn Sie mir kurz Ihren Laptop überlassen, kann ich die Überweisung sofort durchführen.«

Der Direktor tippte sich einen Moment lang mit dem Zeigefinger an die Lippen und dachte über den Vorschlag nach. »Ich lasse Sie nicht so gern an meinen Computer.«

»Sie können mir dabei zusehen.«

»Ich müsste Ihnen meine privaten Bankdaten geben.«

»Das stimmt.«

»Das gefällt mir nicht.«

Carlos überlegte einen Augenblick. »Ändern Sie das Passwort, sobald ich die Transaktion abgeschlossen habe.«

»Hmmm ... okay, damit sollte das Konto sicher sein.« Der Direktor nannte Carlos seine Daten, dann drehte er den Laptop zu ihm hin. »Aber keine faulen Tricks.«

»Ich sage Ihnen genau, was ich tue«, versicherte Carlos. »Was halten Sie davon?«

Der Direktor wirkte immer noch etwas skeptisch. »Wir werden sehen.«

Carlos beugte sich vor und begann zu tippen, jeden seiner Schritte ausführlich beschreibend.

»Okay, ich bin online ... gehe jetzt zur Website meiner Bank ... so, jetzt gebe ich meinen Sicherheitscode ein und beantworte drei Sicherheitsfragen ... gut, weiter zu meinem Konto … ich bin drin. Ich überweise den Betrag, sobald ich Ihre Kontodaten eingegeben habe.«

Während Carlos weiter jeden seiner Schritte kommentierte, öffnete der Direktor heimlich eine Schublade in seinem Schreibtisch und nahm einen Fünfundvierziger-Colt mit Perlmuttgriff heraus, ein wertvolles Stück, das er als Geschenk erhalten hatte. Die Waffe war stets geladen und einsatzbereit. In einem mexikanischen Gefängnis wusste man nie, ob man nicht eines Tages ungebetenen Besuch bekam.

»Ich führe jetzt die Überweisung durch«, erklärte Carlos.

»Señor Carlos.« Carlos hob den Kopf. »Felipe Matamoros schickt Ihnen beste Grüße für Ihre letzte Reise.«

Carlos hatte kaum noch genug Zeit, um geschockt zu sein, ehe sich ein rotes Loch in seiner Stirn öffnete. Als er nach hinten sank, sprang der Direktor flink von seinem Sessel auf und griff nach seinem Laptop, bevor er aus Carlos' leblosen Fingern glitt.

Die Tür zum Büro öffnete sich, und der Wärter trat ein, der den Häftling aus seiner Zelle hergeführt hatte. Er wandte sich an den Direktor, ohne den Toten zu beachten. »Wieder ein Insasse, der versucht hat, auszubrechen, Chef?«

»Sie versuchen es immer wieder, Juan«, antwortete der Direktor, den Blick auf das Display des Laptops gerichtet. »Zeit, den Müll rauszubringen.«

Während Juan die Leiche vom Stuhl hob und hinaustrug, änderte der Direktor den Betrag, den Carlos eingegeben hatte, und trug das gesamte Guthaben des Kontos ein. Eine wirklich schwindelerregende Summe. Doch das stand ihm auch zu. Sein Freund Felipe, der ihm erst letzte Weihnachten den Colt geschenkt hatte, hatte gemeint, er könne das Geld von Carlos' Konto behalten. Ja, dachte der Gefängnisdirektor, während er die Eingabetaste drückte, um die Transaktion durchzuführen, Felipe Matamoros war ein Freund, wie man ihn sich nur wünschen konnte.

Glas splitterte, Metall knirschte, und der Pick-up wurde durch den heftigen Zusammenstoß hochgerissen, umgeworfen und kam schließlich auf dem Dach zu liegen. Die Räder drehten sich in der Luft, der Motor dröhnte noch einige Augenblicke, dann wurde es still, so als hielte die Welt den Atem an.

Die Stille wurde von Schritten durchbrochen, die direkt auf den Truck zustrebten. Amir Ophir trat mit einer Beretta in der Hand zu dem umgestürzten Fahrzeug. Er lugte auf der Fahrerseite hinein. Bourne und die Frau hingen mit dem Kopf nach unten in den Sicherheitsgurten wie Fliegen in einem Spinnennetz gefangen.

Die Frau war offensichtlich bewusstlos, doch als Ophir hineingriff, um Bournes Puls zu fühlen, öffnete der die Augen und seine rechte Hand schlug nach Ophirs Gesicht. Ophir wehrte den Hieb mit einem Lächeln ab.

»Diesmal nicht, Bourne.« Ophir packte ihn am Hals. »Du warst mir lange genug ein Dorn im Auge.«

Er hob die Beretta, doch bevor die Waffe auf der Höhe des Autofensters war, drückte Bourne den Abzug der Pistole in seiner linken Hand. Die Kugel schlug in Ophirs Stirn ein und riss ihm den Hinterkopf weg.

Ophir verdrehte die Augen und fiel nach hinten,

sodass Bourne ihn nicht mehr sehen konnte. Immer noch benommen von dem Aufprall, öffnete er seinen Gurt und wandte sich Maricruz zu. Ihr Gesicht war blutverschmiert, doch er stellte schnell fest, dass es sich nur um Schnitte von Glasscherben handelte.

Während er sie aus dem Gurt befreite, hörte er das Heulen von Polizeisirenen näher kommen. Seine Tür ließ sich nicht öffnen, also stieg er aus dem Fenster und zog Maricruz heraus. Er hob sie auf und taumelte mit ihr zu dem Chevy, mit dem Ophir sie gerammt hatte. Obwohl es kaum mehr als fünf Meter waren, ließ ihn die Anstrengung beinahe ohnmächtig werden.

Bourne setzte Maricruz auf den Beifahrersitz, stieg auf der Fahrerseite ein und stellte erleichtert fest, dass der Motor noch lief. Rasch holte er die Kisten mit den Waffen und verstaute sie auf dem Rücksitz des Chevy.

Er fuhr los und kämpfte gegen die Dunkelheit in seinen Augenwinkeln an. Die Lautstärke der Sirenen ließ vermuten, dass die Bullen nur noch wenige Blocks entfernt waren.

Er bog bei der nächsten Kreuzung ab, sah, dass sich der Verkehr weiter vorn staute, und setzte den Wagen wieder zurück, um eine andere Abzweigung zu nehmen. Die jähe Bewegung hatte Maricruz aus der Bewusstlosigkeit gerissen. Sie stöhnte und ihre Augenlider flatterten. Als sie den Kopf zu Bourne drehte, zuckte sie vor Schmerz zusammen und rieb sich den Nacken.

»Was zum Teufel ist passiert?«

»Ophir, der Agent aus dem Café, hat uns mit dem Auto gerammt.«

»Hoffentlich hat er sich beide Beine gebrochen.«

»Da könnte er noch von Glück sagen«, antwortete

Bourne und bog erneut ab. »Er hat eine Kugel im Kopf.« Bourne hob die Pistole. »Manchmal geht es nicht ohne Waffe.«

Sie lachte und hielt sich sofort wieder den Kopf. »O Gott.«

»Wir brauchen eine kleine Pause, bevor wir uns deinem Freund Felipe zuwenden.«

»Wo fahren wir hin? Zu Lolita?«

»Ich will sie nicht noch mehr in Gefahr bringen, als ich es ohnehin schon getan habe. Und wir müssen auch an Angéls Sicherheit denken.«

»Ein Hotel kommt nicht infrage.«

»Stimmt. In unserem Zustand würden wir zu viel Aufsehen erregen.«

»Wohin dann?«

»Du hast schon ein Mitglied deiner Familie besucht«, sagte er. »Jetzt lernst du die nächste Verwandte kennen.«

»Du bist verrückt, wenn du glaubst, dass ich dieses Haus betrete«, protestierte Maricruz.

»Ich fürchte, dir bleibt nichts anderes übrig«, erwiderte Bourne. »Constanza Camargo ist unsere einzige sichere Zuflucht.«

Bourne hatte den Chevy vor dem wunderschönen Haus an der Ecke Alejandro Dumas und Luis G. Urbina im noblen Viertel Polanco geparkt. Das prächtige, im Kolonialstil errichtete Haus schimmerte im Sonnenlicht, doch die Stufen zur Haustür lagen bereits im Schatten. In der Mitte der Treppe führte eine Rampe vom Gehsteig bis zur Tür.

Maricruz blickte sich um und deutete aus dem Autofenster. »Da drüben ist der Parque Lincoln.« Sie schüttelte den Kopf und stöhnte. »Auf der anderen Seite steht die Villa meines Vaters in der Calle Castelar.«

»Deine Mutter hat den Großteil ihres Lebens nur einen Steinwurf von dem Mann entfernt gewohnt, den sie geliebt hat.«

»Liebe!«, schnaubte Maricruz. »Was hat mein Vater schon von Liebe gewusst? Er war ein geiler Bock. Und meine Mutter …«

»Constanza ist irgendwie ein Rätsel – ich glaube, sogar für sie selbst.«

»Deswegen habe ich noch lange nicht Lust, sie zu sehen.«

»Warum nicht? In dieser Hinsicht seid ihr euch wahrscheinlich ziemlich ähnlich.«

»Du kannst mich nicht zwingen.«

»Das ist mir schon klar.« Er wandte sich ihr zu. »Aber die Situation ist nun mal so: Wir müssen uns beide ausruhen, und hier im Auto können wir nicht bleiben. Ich muss es so schnell wie möglich loswerden. Hier in Polanco fällt es viel zu sehr auf. Du kannst es drehen und wenden, wie du willst, Maricruz – wir brauchen einen sicheren Ort.«

»Woher weißt du, dass du ihr trauen kannst?«

»Es gibt keine Garantie, aber ich sehe auch keine Alternative.«

»Ich kann es nicht.« Maricruz schüttelte den Kopf.

Bourne stieg aus, ging um den Chevy herum und öffnete die etwas eingedrückte Beifahrertür. Ihre Augen trafen sich einen Moment. »Scheiße«, sagte Maricruz schließlich und stieg aus. Als sie auf den Gehsteig trat, gaben ihre Beine unter ihr nach, und Bourne fing sie auf.

»Lass mich los«, sagte sie, »ich kann allein gehen.« Doch ihre Stimme klang schwach, und ihre Augen wirkten benommen.

Bourne fürchtete, dass sie eine Gehirnerschütterung erlitten hatte. »Schau mich an. Maricruz, schau mich an!«

Er eilte mit ihr die Stufen zu Constanza Camargos Haus hinauf und drückte die Klingel.

Er musste ein zweites Mal läuten, bevor die Tür geöffnet wurde und eine massige Gestalt vor ihnen erschien.

»*Hola*, Manny«, sagte Bourne zu Constanzas Fahrer, Leibwächter und Assistent in einer Person.

»Ich hätte wirklich nicht gedacht, Sie noch einmal wiederzusehen.«

»Was für ein Empfang.« Bourne trat einen Schritt vor. »Lassen Sie uns rein, Manny.«

Der stattliche Mann versperrte ihnen den Weg. »Ich glaube nicht. Die Señora wird Sie nicht sehen wollen.«

»Mag sein«, sagte Bourne, »aber ihre Tochter wird sie sehen wollen.«

VIERZIG

Manny taumelte leicht, als hätte er einen Schlag abbekommen, und Bourne trug Maricruz ins Haus. Manny schloss kreidebleich die Tür und folgte Bourne, der Maricruz auf eines der bequemen Sofas im Wohnzimmer legte. Sie stöhnte leise und schloss die Augen. Bourne kniff sie, und sie schaute benommen zu ihm auf. »Maricruz«, sagte er, »du hast eine Gehirnerschütterung. Du darfst nicht einschlafen, verstehst du?«

Sie nickte und zuckte zusammen.

»Wo sitzt der Schmerz?«

»Hinter den Augen und im Hinterkopf.«

Bourne legte eine Hand unter ihren Kopf und spürte die Beule unter dem Haar. Der alte Pick-up war nicht mit Kopfstützen ausgestattet. »Du hast dir den Kopf angeschlagen. Das wird schon wieder, bleib nur wach.«

Sie streckte die Hand zu ihm aus. »Hilf mir, mich aufzusetzen.«

Er richtete sie vorsichtig auf.

»So ist es besser«, seufzte sie.

»Manny, wir brauchen Wasser und etwas zu essen. Und ein Schmerzmittel für Maricruz.«

»Ich weiß nicht, ob ich etwas runterkriege«, meinte Maricruz.

»Versuch's wenigstens.« Bourne drehte sich um. »Manny!«

Manny starrte Maricruz an. »Ich sehe die Señora in ihrem Gesicht. Ich … ich weiß nicht, was ich sagen soll.«

»Sie müssen nichts sagen – bringen Sie uns lieber, was wir brauchen«, drängte Bourne. »Und sagen Sie Constanza, dass wir da sind.«

»Ich …« Manny stand wie erstarrt da.

»Was ist denn?«, fragte Bourne ungeduldig. »Wenn Sie es ihr nicht sagen wollen, tu ich es.«

»Hören Sie …« Manny leckte sich nervös über die Lippen. »Die Señora ist sehr krank. Sie liegt schon seit Wochen im Bett. Eigentlich sollte sie ins Krankenhaus, aber sie weigert sich. Sie sagt, sie verlässt ihr Haus nur mit den Füßen voran.«

»Was hat sie denn?«

»Das weiß niemand.« Manny zuckte mit den Schultern. »Vielleicht ein Virus. Was immer es ist, es scheint sie langsam umzubringen.«

»Lassen Sie mich zu ihr.«

»Ich glaube nicht, dass das gut ist, Señor. Sie ist sehr schwach.«

»Ich will sie sehen.«

Beide Männer drehten sich um, als Maricruz aufzustehen versuchte. Bourne half ihr auf.

»Ich habe es gehört«, sagte Maricruz. »Ich will sie sehen.« Sie wandte sich an Bourne. »Nein, du musst mich nicht tragen. Ich will auf meinen Füßen stehen, wenn ich bei ihr bin.«

Manny nickte schließlich und ging zur Treppe, doch Bourne drehte sich um und eilte zur Haustür zurück. »Wir treffen uns oben«, sagte er.

Bourne lief hinaus zum Chevy und trug die Kisten ins Haus. Als er ein Auto herankommen hörte, lugte er durch ein schmales Fenster neben der Haustür hinaus. Ein Streifenwagen hatte neben dem ramponierten Chevy angehalten. Zwei Polizisten stiegen aus und begutachteten vor allem die verbeulte Frontpartie, an der bestimmt Lackspuren von dem Pick-up zu finden waren. Die Polizei hier in der Stadt war zwar nicht selten inkompetent, dachte Bourne, doch sie konnte manchmal auch recht hartnäckig sein.

Er zog den Dienstausweis hervor, den er dem Polizisten abgenommen hatte, und stieg die Treppe zum Bürgersteig hinunter.

»Kann ich euch helfen?«, fragte er und zeigte ihnen den Ausweis.

»Wir suchen ein Fahrzeug, das in Taxqueña in einen Unfall und eine Schießerei verwickelt war«, antwortete einer der Polizisten, ein zaundürrer, dunkelhäutiger Mann mit scharfer Aztekennase.

»Das ist weit weg von hier. Was macht ihr dann in Polanco?«

»Wir gehen dorthin, wo wir gebraucht werden«, meldete sich der bullige Partner des Dünnen zu Wort. Er hatte ein breites Gesicht mit kleinen Schweinsaugen, war etwas älter als der Dürre und offensichtlich der Ranghöhere.

»Egal«, erwiderte Bourne. »Hier führe ich die Ermittlungen.«

Schweinsauge begutachtete Bournes Dienstausweis mit zusammengekniffenen Augen. »Welche Ermittlungen?«

»Den Mord.«

Schweinsauge war sichtlich geladen. »Was wissen Sie darüber?« Offenbar hatte er des Öfteren schlechte Erfahrungen mit Kollegen von der Kripo gemacht. Es gab nur einen Weg, mit Leuten wie ihm fertigzuwerden.

Bourne trat auf ihn zu. »Ich weiß, dass das Opfer ein Ausländer ist. Nach dem Fiasko mit dem toten Chinesen können wir uns nicht noch eine Panne leisten. Der Fall wird von ganz oben untersucht.«

»Das heißt, von *Ihnen?*«

»Von Ihnen sicher nicht, Sergeant. Ich schlage vor, Sie und Ihr *Niño* verduften, bevor ich eine Meldung mache.«

»Scheren Sie sich zum Teufel.« Doch Schweinsauge gab seinem Partner ein Zeichen, und sie gingen zu ihrem Streifenwagen zurück. »Wir haben es gar nicht nötig, uns mit dieser Scheiße abzugeben.« Schweinsauge setzte sich ans Lenkrad, sein Partner auf den Beifahrersitz, und sie fuhren los.

Als Bourne sicher war, dass sie nicht zurückkehren würden, ging er daran, den Chevy loszuwerden.

Manny führte Maricruz über den reich geschmückten Flur im ersten Stock. Die Mahagonidielen schimmerten unter ihren Füßen, an den Wänden hingen Bilder von Diego Rivera, Frida Kahlo und Gabriel Orozco. Als sie strauchelte, drehte sich Manny um und hielt ihr seine Hand zur Stütze hin. »Sind Sie sicher, dass es Sie nicht überfordert, Señorita?«

Maricruz lächelte trotz ihrer Beklemmung. »Ich bin eine verheiratete Frau, Manny.«

»*Perdóneme,* Señora.«

»Schon gut, Manny. Gehen wir.«

Er nickte und führte sie zu einer breiten Olivenholztür, in deren Mitte Vögel eingraviert waren, die auf sanft geschwungenen Zweigen saßen. Er klopfte an und rief: »Señora, Sie haben Besuch.«

Manny öffnete die Tür, obwohl Maricruz keine Antwort von drinnen gehört hatte. Die Schlafzimmersuite war geräumig, wenn auch nicht das, was sie von ihrer Kindheit in der extravaganten Villa ihres Vaters her kannte. Die tapezierten Wände waren ungeschmückt, bis auf ein Bild von Mary Cassatt, das eine Mutter zeigte, die auf das Kind in ihren Armen herunterlächelt.

Sonnenlicht fiel durch das große Fenster herein, das von schweren Vorhängen eingerahmt war. Das Zimmer wurde von einem riesigen Bett beherrscht, dessen Baldachin auf massiven Olivenholzsäulen ruhte, offenbar von dem Künstler angefertigt, der auch die Tür geschnitzt hatte. An einer Seite des Bettes stand ein zusammengeklappter Rollstuhl.

All das nahm Maricruz jedoch nur flüchtig aus den Augenwinkeln wahr. Ihr Blick ruhte auf der Frau, die in der Mitte des Bettes saß. Obgleich von ihrer mysteriösen Krankheit gezeichnet, war sie doch in gewisser Weise die schönste Frau, die Maricruz je gesehen hatte. Sie konnte sich nicht vorstellen, welche Ähnlichkeit Manny zwischen ihr und dieser Frau entdeckt haben wollte, doch das war wohl oft so zwischen Töchtern und Müttern.

Manny trat vor Maricruz ans Bett. »Señora«, sagte er, »darf ich Ihnen Ihre Tochter vorstellen … Maricruz Encarnación.«

Maricruz verzichtete darauf, ihn zu korrigieren.

Constanza Camargos tief liegende Augen funkelten wie Edelsteine, als sie sich Maricruz zuwandten.

»Was?«, fragte sie mit samtweicher Stimme. »Manny, was haben Sie gesagt?«

Manny winkte Maricruz nach vorn, nahm ihre Hand und führte sie ans Fußende des Bettes. »Ihre Tochter, Señora. Ihre Tochter Maricruz ist zurückgekehrt.«

»Maricruz«, sagte Constanza, »bist es wirklich du?«

Maricruz brachte kein Wort heraus. Es war ihr, als würden ihre Knie jeden Moment nachgeben, als würde sie gleich auf das Bett sinken und von ihrer Mutter in die Arme genommen werden wie das Kind in Mary Cassatts Bild.

»Manny, ist das meine Tochter«, fragte Constanza, »oder träume ich?«

»Das ist kein Traum, Señora. Sehen Sie sich ihr Gesicht an. Es ist Ihr Gesicht. Es gibt keinen Zweifel.«

Einige lange Augenblicke herrschte eine unheimliche Stille im Raum, während Constanza Camargo ihr verlorenes Kind betrachtete, offensichtlich immer noch geschockt.

»Es ist das Bild«, flüsterte sie schließlich. »Ich habe das Bild von Mary Cassatt gekauft, um dich bei mir zu haben, Maricruz, wo immer du auch warst.« Tränen glitzerten in ihren Augen und liefen ihr über die Wangen. »Jetzt hat es dich zu mir zurückgebracht.«

In Maricruz' Kopf begann sich alles zu drehen, sie schwankte, als könnte sie jeden Moment das Bewusstsein verlieren. Sie konnte es einfach nicht glauben. So oft hatte sie an ihre Mutter gedacht und sich gefragt, wer sie war, warum sie sie verlassen hatte, warum ihr Vater sich so strikt weigerte, über sie zu sprechen. Sie hatte sich gefragt, wie sie wohl aussah, wie ihre Stimme klang, wie sie roch, sich bewegte, ob sie tot war oder noch lebte.

»Ich weiß, du musst mich hassen, Maricruz. Es kann gar nicht anders sein, oder? Er hat dich mir weggenommen.« Ihre Mutter brach nun vollends in Tränen aus. »Ich habe ihn dafür gehasst, obwohl ich ihn liebte. Gott helfe mir, ich habe ihn trotzdem geliebt und mich dafür verachtet. Er konnte so liebevoll sein, und so grausam. Wie soll ich es dir erklären? Wie soll ich dir erklären, was geschehen ist?«

»Nicht«, bat Maricruz. Sie wollte sich den Augenblick nicht durch Erinnerungen an den Geist ihres Vaters verderben. Sie wollte keine Erklärung für etwas hören, was für sie stets unerklärlich gewesen war. Sie wollte es in den tiefsten, dunkelsten Winkel ihrer Erinnerung verbannen und nie mehr hervorholen. »Bitte.«

»Magst du zu mir kommen?« Constanza breitete die Arme aus. »Willst du deiner Mutter erlauben, dich im Arm zu halten, wie ich es mir so oft gewünscht habe?« Sie schluckte, wenn auch unter Schmerzen. »Willst du Mama zu mir sagen?«

Etwas in Maricruz zerbrach wie Glas, und sie stieg auf das Bett, kroch über die Decke in die Arme ihrer Mutter, bis ihr Kopf an Constanzas Brust ruhte und sie mit kindlichem Staunen dem gleichmäßigen Herzschlag ihrer Mutter lauschte.

Bourne ging zurück ins Haus und fand Maricruz in den Armen ihrer Mutter. Die beiden sprachen ganz leise miteinander.

»Ist alles in Ordnung?«, fragte Manny besorgt.

»Im Moment, ja.«

Manny ging zur Tür. »Ich glaube, wir sollten sie eine Weile allein lassen.«

Bourne folgte ihm auf den Flur und die Treppe hinunter in die geräumige Küche, wo die Köchin ein üppiges Mahl zubereitete. Er setzte sich an den schlichten Esstisch, während Manny Speisen und Getränke auftrug.

Die beiden Männer aßen, während die Köchin, eine korpulente mexikanische Frau, alle Hände voll zu tun hatte, um Tacos, Tamales und verschiedene Füllungen zuzubereiten.

»Erwarten Sie Besuch?«, fragte Bourne zwischen zwei Bissen Bohnenmus.

Manny zuckte zusammen. »Bernarda gibt die Hoffnung nicht auf. Sie erwartet, dass die Señora jeden Moment runterkommt und ihren Appetit wiederfindet. Sie betet dreimal täglich zur Jungfrau Maria um diesen Augenblick.«

Bourne sah betroffen sein trauriges Gesicht. »Aber Sie glauben nicht, dass sich Constanza erholen wird.«

Manny zuckte mit den Schultern. »Der Arzt, der öfter vorbeikommt, weiß keinen Rat, aber er ist der Einzige, dem sie vertraut, Gott weiß, warum. Es wird jeden Tag schlimmer. Sie hat keinen Appetit mehr, wird immer blasser, manchmal sieht ihre Haut fast bläulich aus, und in letzter Zeit ist sie oft verwirrt und glaubt, Maceo würde noch leben und sie immer noch lieben.«

Hinter ihm häufte Bernarda Tacos und Tamales auf ein Tablett, vermutlich um sie zu Constanza und ihrer Tochter hinaufzubringen.

»Dann weiß sie also, dass Maceo Encarnación tot ist.«

Manny nickte.

»Wie hat sie es aufgenommen?«

»Schwer zu sagen. Sie hat nicht geweint, wirkte nicht einmal richtig traurig. Sie schaute nur aus dem Fenster auf die Baumwipfel im Park. *›Es sieht alles gleich aus‹*, sagte sie. *›Alles gleich‹*.«

»Dann hat sie ihn wirklich geliebt.«

»O ja. In ihrem Herzen hält sie bestimmte Erinnerungen an ihn wach wie eine ewige Flamme.«

»Nach allem, was er ihr angetan hat?«

»Wissen Sie, Señor, Menschen hegen oft widersprüchliche Gefühle.« Er zuckte mit den Achseln. »Wer weiß schon, warum?«

Bernarda durchquerte die Küche mit ihrem schwer beladenen Tablett und ging über den Flur zur Treppe.

»Es ist der Widerspruch zwischen dem, was wir wollen, und dem, was wir haben.« Bourne blickte auf seinen Kaffee hinunter. Etwas beschäftigte ihn. Schließlich schaute er zu Manny auf. »Sie haben gesagt, Constanzas Haut sieht manchmal bläulich aus?«

Manny nickte. »Seltsam, nicht?«

»Haben Sie das dem Arzt gesagt?«

»Ich kann mich jedenfalls nicht erinnern. Es ist ja nur eine Kleinigkeit.«

Eine Kleinigkeit. Bourne dachte an Anunciata und daran, wie ihre Mutter ermordet worden war.

»Manny, wie lange ist Bernarda schon Constanzas Köchin?«

»Seit vielen Jahren, Señor. Sie gehört längst zur Familie.«

»Woher kommt sie?«

»Ihre Cousine hat für Señor Encarnación gearbeitet.«

Bourne sprang auf und rannte auf den Flur hinaus.

EINUNDVIERZIG

»Was du für einen Appetit hattest, *guapa!*« Constanza küsste Maricruz auf den Kopf. »Du hast dir meine Brust geschnappt und nicht aufgehört zu saugen bis zum letzten Tropfen. Und dabei hast du zu mir aufgeschaut mit deinen Augen, als würdest du mit mir sprechen.« Constanza seufzte leise. Ihr Atem roch nach Schokolade und Knoblauch. »Das waren die glücklichsten Tage meines Lebens.«

»Warum hat er mich dir weggenommen?«

Eine Träne rann über Constanzas blasse Wange. »Das kann ich dir sagen, *guapa.* Aus Angst.«

»Angst?«

»Natürlich. Maceo Encarnación war von einer großen Angst besessen. Er war ganz am Anfang nichts und fürchtete irgendwie immer, eines Tages wieder nichts zu sein. Und ich meine nicht Staub zu Staub – das ist das Schicksal aller Menschen, ob reich oder arm. Nein, er hatte Angst, er könnte alles, was er aufgebaut und angehäuft hatte, eines Tages wieder verlieren. Auch dich.«

»Er dachte, du würdest mich ihm wegnehmen?«

»Vielleicht nicht physisch. Ich glaube, er hatte Angst, ich könnte dir Dinge beibringen, von denen er nicht wollte, dass du sie weißt.«

»Er war so ein Arschloch.«

»Er gehörte zu den Leuten, die alles um sich herum beherrschen wollen. Er verstand die Welt nicht mehr, hatte das Gefühl für andere verloren.«

»Auch für die, die an ihn herankommen wollten?«

»Oh, die besonders. Er hatte Angst, sie könnten ihn verraten, ihm etwas Kostbares wegnehmen.«

»Er war total verrückt«, hauchte Maricruz.

»*Guapa*, ich bin so stolz auf dich. Du hast dich von ihm gelöst. Du bist einfach weggegangen und hast alles hinter dir gelassen.«

»Bis jetzt.«

Constanza drückte sie an sich. »Und dafür werde ich ewig dankbar sein.«

»Nicht, wenn ich dir sage, warum ich zurückgekommen bin.« Maricruz erzählte ihr die ganze Geschichte, wie sie nach Peking gekommen war, wie sie Ouyang Jidan verführt und geheiratet hatte und seine Geschäfte mit ihrem Vater dirigierte. »Und jetzt«, schloss sie, »bin ich zurück, um mich um Maceos Geschäft mit Los Zetas zu kümmern.«

Constanza schüttelte ernst den Kopf. »Ich bin dankbar, dass du zu mir zurückgekommen bist, aber jetzt musst du diesen Unsinn beenden. Du musst dich von diesem Teil seiner Geschäfte trennen. Dein Schicksal wird dich auf einen anderen Weg führen.«

»Aber Mama …«

»Kein Aber, Maricruz. Ich hatte mein ganzes Leben mit diesen Kriminellen zu tun. Ihnen verdanke ich, dass ich nicht mehr laufen kann, dass ich dich verloren habe. Ich will nicht, dass dir das Gleiche passiert. Diese Dinge können nur tragisch enden.« Sie hob den Kopf ihrer

Tochter, um ihr in die Augen zu schauen. »Es war dumm von dir, einen Mann zu heiraten, der deinem Vater so ähnlich ist. Das allein ist schon eine Tragödie. Aber überleg doch, was geschieht, wenn du von ihm schwanger wirst. Er wird das Kind nie aus den Augen lassen. Du wärst für den Rest deines Lebens an ihn gefesselt.«

Maricruz dachte an die empörenden Dinge, die Oberst Sun über Angél gesagt hatte. Sie wusste, dass ihre Mutter recht hatte. Und Bourne ebenfalls. Ihr wurde klar, wie dumm es gewesen war, in die Fußstapfen ihres Vaters treten zu wollen. Sie wusste, was sie zu tun und welchen Weg sie einzuschlagen hatte. Sie musste nur den Mut zu einer radikalen Änderung finden. Es wäre nicht das erste Mal, dachte sie. Sie konnte es auch diesmal schaffen.

Plötzlich hörte sie ein Geräusch vom Flur. Sie blickte auf und sah eine korpulente Frau mit einem Tablett voller Speisen und Getränke hereinkommen. Maricruz empfand es als Störung, doch sie verdrängte das Gefühl und setzte ein Lächeln auf.

Bernarda war bereits in Constanzas Zimmer, als Bourne hereinplatzte. Mutter und Tochter saßen auf dem Bett, jede eine Tasse heißer Schokolade in der Hand, während Bernarda ihnen die Teller mit den Speisen auf den Schoß stellte.

Ohne ein Wort zu sagen, nahm Bourne ihnen die Tassen aus den Händen.

»He!«, empörte sich Constanza. »Was tun Sie denn hier?«

»Er hat mich zu dir gebracht«, erklärte Maricruz.

»Ohne ihn hätte ich wahrscheinlich nicht den Mut dazu gehabt.«

Bourne roch an der einen Tasse, danach an der anderen.

Manny trat zu ihm. »Señor, was tun Sie da?«

Bourne hielt ihm eine Tasse unter die Nase. »Wonach riecht das?«

Er roch daran. »Na, Schokolade natürlich.«

»Was soll das?«, fragte Constanza. »Bernarda bringt mir zweimal täglich eine heiße Schokolade. Sie macht sie so schön dick und dunkel, und in letzter Zeit kriege ich nichts anderes mehr runter.«

»Es hat einen guten Grund, warum sie sie so dick und dunkel zubereitet.« Bourne wandte sich an Manny. »Schokolade … und was noch?«

Manny sog den Duft aus der dampfenden Tasse ein. »Ich weiß nicht …« Er zog die Stirn kraus. »Knoblauch?«

Bourne wandte sich Bernarda zu. »Wenn Arsen erhitzt wird, hat es diesen typischen Knoblauchgeruch.«

»Arsen?«, sagte Constanza. »Das ist doch absurd.«

»Ich kam darauf, als Manny mir sagte, dass sich Ihre Haut bläulich verfärbt und Sie manchmal verwirrt sind. Constanza, Sie müssen sofort in ein Krankenhaus. Sie werden langsam vergiftet.«

Bernarda fiel auf die Knie, die Hände gefaltet, als würde sie in der Kirche beten.

»Ich habe dich geliebt. Für mich hast du zur Familie gehört«, stieß Constanza atemlos hervor. »Wie konntest du so etwas tun?«

Bernarda schluchzte verzweifelt und brachte kein Wort heraus.

»Ich bringe sie zum Reden.« Maricruz sprang aus dem Bett, trat vor die knieende Frau, beugte sich hinunter und packte sie so energisch am Hals, dass Bernarda aufschrie.

»Gestehe!«, knurrte Maricruz, nun wieder voller Energie. »Du sagst uns jetzt alles, oder du stirbst.«

Bourne fand es überaus interessant, Maricruz am Werk zu sehen. Er hatte bereits ihre weiche Seite kennengelernt, jetzt bekam er die unerschrockene Frau mit dem eisernen Willen zu sehen, die Kontinente überquert hatte, um dem Willen ihres Vaters zu trotzen.

Manny trat vor. »Señor, vielleicht sollten wir die Polizei rufen. Das ist nicht richtig.«

Bourne hielt ihn zurück. »Manny, Sie wissen selbst, dass die Polizei hier nichts verloren hat.«

»Das war Maceos Art«, erwiderte Manny steif.

»Jetzt ist es eben auch meine Art«, beharrte Constanza.

Die beiden Männer verfolgten, wie Maricruz' Fingernägel sich so tief in Bernardas Hals gruben, dass Blut hervortrat. Constanza beobachtete die Szene wie gebannt. Sie kroch ans Fußende des Bettes, wo ihre Tochter die Köchin mit eisernem Griff festhielt.

»Ich habe dich auf Wunsch deiner Cousine bei mir aufgenommen«, sagte Constanza. Trotz ihrer unnatürlichen Blässe funkelten ihre Augen mit dem alten Feuer. Die Anwesenheit der geliebten Tochter, die sie nie wiederzusehen geglaubt hatte, gab ihr neue Energie, die dem schleichenden Verfall trotzte, den die kleinen Mengen Arsen bewirkten, die Bernarda ihr in die heiße Schokolade gerührt hatte. »Sie hat gesagt, du wärst als Kind misshandelt worden, dein Stiefvater hätte dich geschlagen und aus dem Haus gesperrt, wenn er betrunken war.«

»Das ist alles wahr, Señora«, würgte Bernarda hervor. »Ich schwöre es.«

»Ich kann dir nicht mehr glauben.« Constanza kroch näher zu ihr. »Habe ich dich etwa schlecht behandelt?«

»Nein, Señora.«

»Habe ich dir nicht immer einen fairen Lohn gezahlt und dir Geschenke gemacht zu Weihnachten und zum Geburtstag?«

»Das haben Sie, Señora.«

»Hatte ich nicht immer ein offenes Ohr für deine Probleme, und habe ich nicht immer versucht, dir zu helfen, so gut ich konnte?«

»Doch, das haben Sie, Señora.«

Schließlich saß Constanza am Fußende des Bettes. Völlig unvermutet schlug sie Bernarda hart auf die Wange und noch einmal auf die andere, worauf die Frau erneut zu schluchzen begann.

»Warum zum Teufel wolltest du mich dann vergiften?«

Bernarda ließ den Kopf hängen. »Blut ist dicker als Wasser, Señora«, flüsterte sie schließlich.

Constanzas Augen weiteten sich geschockt. »Das ist alles? ›Blut ist dicker als Wasser‹? Das ist deine Erklärung?«

»Man hat es mir befohlen … Maceos Familie ist immer noch sehr mächtig«, murmelte Bernarda. »Die Leute haben ein langes Gedächtnis, vor allem in unserer Familie, wo man Bitterkeit und Hass schon mit der Muttermilch aufsaugt.«

Mit einem kehligen Laut packte Maricruz die Köchin

noch fester und brach ihr mit einer ruckartigen Bewegung das Genick. Sie ließ Bernarda tot auf den Boden sinken.

Ihr Kopf hämmerte, als sie sich zu ihrer Mutter umdrehte. »Jetzt bringen wir dich ins Krankenhaus, Mama.«

ZWEIUNDVIERZIG

»Ophir ist tot«, meldete Dani Amit, während er das Büro des Direktors betrat. »Am Ort der Kollision in Mexiko City erschossen.«

»Das muss Bourne gewesen sein«, sagte Direktor Yadin erleichtert. *»Magniv!«* Großartig.

»Jetzt, da er dir die Drecksarbeit abgenommen hat, solltest du ihn wie eine heiße Kartoffel fallen lassen.«

Yadin blickte zum Leiter der Abteilung für Informationsbeschaffung auf. »Warum sollte ich das tun, Dani?«

»Bourne ist gefährlich. Zu gefährlich, um sich mit ihm abzugeben. Wenn er rauskriegt, dass du ihn benutzt hast, könnte das fatale Folgen haben.«

Der Direktor drehte sich mit seinem Stuhl zum Fenster und blickte auf die Dächer von Tel Aviv hinaus. »Seine Arbeit ist noch nicht beendet, sie ist zu wichtig, um ihn jetzt aufzuhalten.« Yadin fuhr sich mit der Hand übers Gesicht. »Und um ganz ehrlich zu sein, selbst wenn ich ihn aufhalten wollte, glaube ich nicht, dass ich es könnte.« Er wandte sich wieder Amit zu. »Ophir hat es versucht, und du siehst ja, wie es ausgegangen ist.«

»Es gibt andere, die …«

»Verdammt, halt dich da raus, Dani!« Die Stimme des Direktors war scharf wie ein Messer. »Das ist ein Befehl.«

Minister Ouyang traf fünfzehn Minuten vor dem planmäßigen Start seines Flugzeugs am Peking International Airport ein. Doch als ihm sein Fahrer die Tür des weißen SUV öffnete und er ausstieg, stand Kai vor ihm.

»Was tust du hier?«, fragte Ouyang. »Diese Reise ist absolut geheim.«

Kai strahlte eine seltsame Nervosität aus, die bei Ouyang eine innere Alarmglocke schrillen ließ. »Was gibt's?«

»Lass uns was trinken.«

»Ich habe keine Zeit für einen Drink. Mein Flug geht in wenigen Minuten.«

Als Ouyang an Kai vorbeigehen wollte, trat ihm sein Freund in den Weg.

»Es gibt noch mehr Flüge«, sagte Kai.

»Kai, du weißt, dass Maricruz verletzt wurde. Ich habe Oberst Sun hingeschickt, um nach ihr zu sehen.«

»Das hättest du nicht tun sollen, Jidan. Ich habe erfahren, dass Sun tot ist.«

»Warum glaubst du, will ich nach Mexiko City?«

»Um einen noch größeren Fehler zu machen? Du hättest deiner Frau nie erlauben dürfen, dich zu verlassen.«

»Es war eine geschäftliche Entscheidung«, betonte Ouyang steif.

Kai machte einen Schritt auf ihn zu. »Es wird keinen nächsten Flug geben, Jidan.«

Ouyang spannte sich innerlich an. »Willst du mir etwa drohen?«

»Das ist keine Drohung.« Kai sah ihn traurig an. »Es ist ein Befehl.«

»Was? Es geht hier um meine Frau. Wer wagt es …?«

»Er erwartet dich schon.« Kai deutete auf eine riesige gepanzerte Limousine. »Da.«

»Ich habe keine Zeit dafür, Kai.«

»Nimm dir Zeit, Jidan.«

Ouyang wandte sich seinem Fahrer zu, der keine Anstalten machte, sein Gepäck aus dem Kofferraum zu holen. Er stand etwas abseits und rauchte in aller Ruhe eine Zigarette. War er in die Sache eingeweiht?

Kai streckte den Arm aus. »Hier entlang, Minister.«

Kai hatte ihn schon seit Jahren nicht mehr »Minister« genannt, sie standen sich zu nahe für solche Förmlichkeiten.

Ouyang schritt zu der wartenden Limousine, deren Motor wie eine große Raubkatze schnurrte. Die hintere Tür wurde geöffnet, und er duckte sich und stieg ein.

»Hallo, Jidan.«

Ouyang blickte in Deng Tsus dunkle, wache Augen. Bei den getönten Fenstern und der gedämpften Innenbeleuchtung konnte Ouyang den Mann nicht erkennen, der neben ihm saß.

»Patriarch«, begann Ouyang, »das ist eine Überraschung.«

»Genau das ist das Problem.« Deng veränderte seine Sitzposition – seine rechte Hüfte bereitete ihm sichtlich Schmerzen. »Dieses Treffen hätte eigentlich nicht nötig sein sollen.«

»Es wäre auch nicht nötig gewesen, wenn Sie Ihre Frau – oder sagen wir: Ihre Gier – im Zaum gehalten hätten.«

Ouyang erstarrte. Er erkannte diese hohe, durchdringende Stimme, doch er schaltete die Innenbeleuchtung ein, um sicherzugehen. Sein Magen zog sich zusammen, als er seinen Erzfeind Cho Xilan mit einem spöttischen Grinsen im Gesicht vor sich sah.

»Was tut er hier?« Ouyang konnte seine Abneigung nicht verbergen.

»Wir sind *alle* hier, um eine Situation zu retten, die außer Kontrolle zu geraten droht«, antwortete Deng.

»Sie *wird* außer Kontrolle geraten«, warf Cho Xilan ein, »wenn wir sie nicht gemeinsam lösen.«

Ouyang glaubte keine Sekunde, dass Cho Xilan tatsächlich mit ihm zusammenarbeiten wollte. »Mit dieser Reise nach Mexiko City hatte ich genau das vor«, sagte er zu Deng.

Der Patriarch schüttelte den Kopf. »Wenn Sie nach Mexiko City fliegen, machen Sie alles nur noch schlimmer. Das darf nicht passieren.«

»Aber meine Frau ist dort ... irgendwo. Sie ist verletzt – ich muss sie finden.«

Cho Xilan beugte sich vor und sah ihn mit seinem katzenhaften Gesicht mit den langen Augen und den kleinen Ohren an. »Wissen Sie, Ouyang, genau diese Haltung hat die Probleme erst geschaffen.« Er schüttelte den Kopf. »Unsere Genossen im Politbüro sind verständlicherweise erzürnt.«

»Schweigen Sie, Cho«, fiel ihm der Patriarch scharf ins Wort. »Ich habe Ihnen gesagt, wir lassen das Politbüro aus dem Spiel.«

»In spätestens drei Tagen auf dem Parteikongress wird es unangenehme Diskussionen geben, wenn wir nicht ...«

Deng winkte ungeduldig ab. »Ich will es nicht bereuen, dass ich Sie einbezogen habe, Cho. Sie und Ouyang sind als Passagiere hier … ich bin der Fahrer.«

Der Patriarch lehnte sich zurück und blickte zwischen ihnen hin und her. »Von jetzt an werden Sie Ihre Feindschaft überwinden und für die gemeinsame Sache zusammenarbeiten. Das wird unser *Großer Sprung nach vorn*, wie einst unter Mao.

Jidan, es gibt zu viel Zwietracht unter der Elite. Dieser Parteitag wird der umkämpfteste in der jüngeren Geschichte. Ihre ewige Auseinandersetzung mit Cho Xilan hat daran großen Anteil. Dieses Land steht an einem Scheideweg. Sie selbst haben darauf hingewiesen, wie fatal es wäre, die Bevölkerung weiter zu ignorieren.

Wenn wir unseren Status im Reich der Mitte behalten wollen, müssen wir alle Opfer bringen.« Erneut blickte er von einem zum anderen. »Habe ich mich klar ausgedrückt?«

Nach kurzem Zögern nickten beide Männer widerwillig.

»Sie kommen mir vor wie zwei Schuljungen, die sich darum streiten, wer auf dem Schulhof das Sagen hat!« Deng schüttelte den Kopf. »Erstens müssen Sie, Cho, einen gemäßigteren Kurs einschlagen.«

»Die Partei in Chongqing wird nicht von ihrer Linie abweichen.«

»Dann muss ich einen anderen finden, der die Partei anführt.« Der Patriarch zog sein Handy hervor. »Soll ich ein paar Anrufe tätigen, Cho? Ich habe für alle Fälle eine kleine Liste vorbereitet …«

»Das wird nicht nötig sein, Patriarch. Ich werde dafür sorgen, dass die Verantwortlichen meiner Linie folgen.«

»Ausgezeichnet. Denn es muss jetzt Reformen geben, wenn wir überleben und das Land vorwärtsbringen wollen. In dieser Hinsicht sind Jidans Ideen durchaus brauchbar. Meine Herren, die ganze Welt schaut auf uns. Wir agieren nicht im Verborgenen, auch wenn wir uns das manchmal einbilden. Dieser Parteitag wird von allen zivilisierten Ländern mit Interesse verfolgt werden. Wenn wir unsere Stellung in der Welt behaupten und ausbauen wollen, müssen wir entsprechend gerüstet sein.«

Er wandte sich an Ouyang. »Zweitens würde Ihre Reise nach Mexiko City in Anbetracht der heiklen Situation die falschen Signale aussenden.«

»Besonders Ihre Beteiligung an Drogengeschäften«, betonte Cho voller Bitterkeit.

»Cho«, ermahnte ihn Deng.

»Ihre Gier wird uns alle ruinieren«, fügte Cho Xilan dennoch hinzu.

»Viel wahrscheinlicher ist«, schoss Ouyang zurück, »dass Sie uns am Ende ruinieren, indem Sie so stur den Kopf in den Sand stecken, wie wir es über Jahrhunderte getan haben.«

»Wen kümmert es, wie andere Länder über uns urteilen«, höhnte Cho. »Sie kommen ja doch alle angekrochen, weil sie unsere Rohstoffe brauchen.«

»Das ist ein Denken aus dem neunzehnten Jahrhundert«, konterte Ouyang. »Heute ist alles ineinander verwoben. Wir können nicht in die völlige Isolation der Vergangenheit zurückkehren. Deshalb habe ich mich bemüht, Energieunternehmen und Ölfelder in Australien, Kanada und Afrika zu erwerben. *Das* ist unsere Zukunft.«

»Hört mir zu, beide!«, wies Deng sie zurecht wie ein Professor zwei ungelehrige Schüler. »Dieser Streit wird hier und jetzt beigelegt. Von jetzt an werdet ihr zusammenarbeiten.« Er hob mahnend den Zeigefinger. »Aber bevor wir anfangen, muss ich darauf hinweisen, wie wir unseren Reformkurs zu gehen haben: Der Staat wird zusammenbrechen, wenn die Partei nicht gegen die Korruption vorgeht, aber die Partei wird auseinanderfallen, wenn dieses Vorgehen zu aggressiv oder zu radikal ist.«

Cho und Ouyang schwiegen mürrisch, beide wenig begeistert von dem Kompromiss, den Deng ihnen auferlegte.

»Was ist mit der Frau?«, fragte Cho schließlich.

»Danke, Cho. Diese Frage muss tatsächlich geklärt werden.« Der Patriarch wandte sich Ouyang zu. »Diese Frau war ein Fehler, Ouyang, ein schwerer Fehler. Sie bringt Sie durch ihre bloße Anwesenheit in Gefahr. Solange sie Ihre Frau ist, sind Ihre Chancen, vorwärtszukommen, gleich null.«

»Patriarch …«

Deng hob abwehrend die Hand. »Keine Diskussionen, Ouyang. Was ich Ihnen jetzt sage, gilt ohne Wenn und Aber. Die Frau ist in Mexiko verschwunden? Umso besser! Lassen Sie sie in Mexiko. Falls sie versuchen sollte, nach China zurückzukommen, wird sie kein Glück haben. Sie werden alle Verbindungen zu ihr lösen, so als hätte sie nie existiert. Das gilt auch für Ihre Geschäfte mit den Kartellen. Das hat sofort aufzuhören. Das alles ist nötig, damit Sie und Cho Xilan sich auf Art und Umfang Ihrer Reformen einigen können.«

Dengs Augen leuchteten hart. »Das ist Ihr Kompromiss, Ihr Opfer, Ouyang. Einen anderen Weg gibt es nicht.«

»Die gute Nachricht ist, dass es nicht die Chinesen sind.«

»Zu wem ist Amit dann übergelaufen?«, fragte der Direktor seinen Vater.

»Zu den Amerikanern.«

Der Direktor hatte sich mit seinem Vater in einem abgelegenen Restaurant zum Essen getroffen, wo man Ruben seit vielen Jahren kannte. Die Eigentümer hatten ihn nach seinem Abschied vom Mossad mit Freude als stillen Teilhaber aufgenommen.

»Noch eine gute Nachricht«, sagte Yadin. »Die Amerikaner werden ihre Augen auf den Sinai richten und vom eigentlichen Geschehen abgelenkt sein.«

»Andererseits«, wandte Ruben ein, »haben wir einen weiteren Maulwurf enttarnt, genauso hoch oben wie Ophir.«

Eli spießte ein Stück Käse mit der Gabel auf und kaute nachdenklich. »Ophir ist tot. Von ihm haben wir nichts mehr zu befürchten.«

»Du hast recht behalten, was Bourne betrifft.«

Der Direktor nickte.

»Und Amit?«

»Ein gefundener Maulwurf ist ein nützlicher Maulwurf.«

»Diese Amerikaner.« Sein Vater schüttelte den Kopf.

»Sie haben von unserem Maulwurf in der CIA noch nichts mitbekommen. Warum also sollten wir sie wissen lassen, dass wir ihren gefunden haben?« Der Direktor suchte in seinem Salat nach einem weiteren Käsewürfel.

»Ich schicke Amit auf den Sinai, damit die Amerikaner weiter dranbleiben.«

»Er wird Bourne nicht finden.«

»Aber seine Zeit mit der Suche verschwenden ... und Zeit ist, was ich vor allem brauche.«

Eine Weile herrschte Schweigen zwischen Vater und Sohn. Eli blickte auf die Lichter von Tel Aviv, die im Nieselregen flimmerten, und ließ seine Gedanken zu etwas anderem schweifen. Schließlich wandte er sich wieder seinem Vater zu.

»Außerdem ist es Zeit, dass du mit mir ins Krankenhaus fährst.«

Ruben wirkte etwas bestürzt. »Jetzt schon?«

»Ich glaube, es ist notwendig.«

Ruben blickte auf das Hühnchen auf seinem Teller hinunter, auf das er plötzlich keinen Appetit mehr hatte. Der Gedanke, seinen Sohn ins Krankenhaus zu begleiten, erfüllte ihn mit Schaudern.

»Es ist schnell gekommen.«

»Nur für dich. Mir war es immer klar.«

»Vielleicht nicht gerade jetzt«, sagte Ruben leise.

»Natürlich jetzt.« Eli sah seinen Vater etwas überrascht an. »Pop, was ist los mit dir?«

»Hör auf mit deinem *Pop*«, gab Ruben missmutig zurück.

»Ganz wie du willst.«

Sein Vater brummte mürrisch. »Das ist ja etwas ganz Neues. Seit du auf der Welt bist, hast du dich noch nie danach gerichtet, was ich wollte.«

»Ich werd mich bessern.«

»Ach, vergiss es«, wischte er seinen eigenen Vorwurf beiseite. »Ich bin nur ein bisschen ...« Er warf Eli einen besorgten Blick zu. »Wir sind nie ein so extremes Risiko eingegangen, als ich Direktor war.«

»Man muss mit der Zeit gehen, *Abi.*«

»Aber so ein Risiko. Wenn es schiefgeht …«

Der Direktor blickte kurz über die Schulter zurück, ehe ihm einfiel, dass es nicht nötig war, die Rechnung zu verlangen. Sein Vater hatte hier auch früher nie etwas bezahlt. »Also, was sagst du? Es würde mir viel bedeuten.«

Etwas Unausgesprochenes ging zwischen Vater und Sohn hin und her.

Eli beugte sich über den Tisch. »*Abi*, ich weiß, du machst dir Sorgen um mich.«

»Ist das nicht verständlich?«

Er nahm die Hand seines Vaters in seine. »Es wird alles gut gehen.«

Ruben schien nicht sehr überzeugt. »Als ob du das in der Hand hättest.«

DREIUNDVIERZIG

»Dimercaprol.« Dr. Hernandez war ein schlanker, adretter Mann mit vorzeitig ergrautem Haar. »Ein Gegenmittel bei Vergiftungen mit verschiedenen Schwermetallen. Ihre Mutter spricht gut auf die Behandlung an.«

»Gott sei Dank«, sagte Maricruz.

»Obwohl ich dazusagen muss, dass sie noch nicht über den Berg ist. Wir müssen vor allem die kardiovaskulären Funktionen im Auge behalten.«

»Wann kann ich sie sehen?«

»Im Moment schläft sie und sollte nicht gestört werden. Ich lasse Sie von der Schwester rufen, sobald sie wach ist.«

»Danke, Doktor. Ich bin Ihnen ewig dankbar.«

»Zum Glück haben Sie sie rechtzeitig hergebracht. In einer Woche wäre es zu spät gewesen.«

Nachdem er gegangen war, sank Maricruz in einen Stuhl im Wartezimmer.

»Javvy«, sagte sie, den Namen benutzend, den Angél bevorzugte. »Es kommt mir vor, als wäre ich in den letzten paar Tagen aus einem Grab gestiegen.«

»Das trifft es ziemlich gut.« Bourne setzte sich neben sie. »Du hast jetzt eine Familie und weißt, wo du hingehörst. Du musst dich auf dein neues Leben konzentrieren.«

»Und alles zurücklassen, was ich in Peking habe?«

»Wäre das so schwer?«

Sie schüttelte den Kopf. »Ehrlich gesagt, ich weiß es nicht.«

»Dann finde es heraus.«

Sie lächelte säuerlich. »Langsam verstehe ich dich. Du gehst immer vorwärts, egal, was kommt.«

»Einem Mann ohne Vergangenheit bleibt auch nichts anderes übrig.«

»Mir scheint, das gilt für uns alle, wenn wir weiterleben wollen.«

»Es gibt nur ein Problem, Maricruz.«

Fast hätte sie gelacht. »Wie immer, oder?«

»Matamoros ist hinter dir her. Er wird nicht zulassen, dass dein Sinneswandel sein Drogengeschäft gefährdet. Er braucht Ouyangs Rohstoffe, und die bekommt er nicht ohne dich.«

Er gab ihr sein Handy. »Zeit, ihn anzurufen und ein Treffen zu vereinbaren.«

Maricruz schüttelte den Kopf. »Nein, ich bin noch nicht … ich muss erst meine Mutter sehen. Muss wissen, ob es ihr wirklich besser geht.«

»Das verstehe ich.«

Bourne stand auf, um Kaffee zu holen. Als sie gerade die leeren Becher weggeworfen hatten, trat eine Schwester zu ihnen.

»Ihre Mutter ist wach«, meldete sie. »Sie will Sie sehen.«

Maricruz ging mit der Schwester, doch dann drehte sie sich zu Bourne um. »Ich möchte, dass du dabei bist.«

Er nickte und begleitete die beiden Frauen zu dem Zimmer. Ein Baumwollvorhang teilte den Raum, der nicht zu vergleichen war mit dem riesigen Luxuszimmer, das Maricruz dank Carlos im Hospital Ángeles Pedregal bewohnt hatte. Das Licht, das durch die Jalousien fiel, hob die Gestalt auf dem anderen Bett durch den Vorhang hervor.

Constanza lag mit Nadeln im Arm auf ihrem Bett. Sie sah bereits etwas besser aus. Ihre Haut hatte den bläulich metallischen Ton verloren und wirkte wieder etwas rosiger, was hoffentlich anhalten würde, wenn das Arsen zunehmend vom Dimercaprol neutralisiert und aus dem Körper geschwemmt wurde.

Maricruz beugte sich über das Bett und nahm die Hand ihrer Mutter. »Wie fühlst du dich?«

»Besser«, sagte Constanza. »Viel besser.« Dann fiel ihr Blick auf Bourne. »Sie haben Maceo getötet, nicht wahr?« Sie hob eine Hand und ließ sie wieder auf die Decke sinken. »Sie müssen nicht antworten. Ich wusste es in dem Moment, als ich Sie am Flughafen sah. Es stand in Ihrem Gesicht geschrieben.«

»Sie konnten es nicht wissen«, erwiderte Bourne.

»O doch. Ich wollte Sie auf meine Weise aufhalten, aber es ging alles schief. Weil ich mich einmischte, musste Maria-Elena sterben, und auch die Frau, mit der Sie zusammen waren. Das werde ich mir nie verzeihen.«

»Mama.«

»Nein, Maricruz, es muss gesagt werden. Ich bin Katholikin, ich glaube daran, dass man seine Sünden bereuen muss.« Sie winkte ihn näher heran. »Wissen Sie, jedes Mal wenn ich versuchte, Maceo Encarnación zu helfen, endete es mit Tränen. Und dennoch hörte ich nicht damit auf. Das ist wohl eine gewisse Verrücktheit, nehme ich an. Das hat er in mir bewirkt – eine Verrücktheit, die jede Vernunft leugnet. Das war sein dunkles Geschenk. Wir alle sind durch seinen Tod besser dran.« Ihre Augen brannten sich in Bournes. »Und dennoch, Gott steh mir bei, hat er eine Leere in mir hinterlassen. Das ist das Rätsel der menschlichen Existenz, dass wir jemanden weiter lieben können, der uns schadet.«

»Wie eine Drogensucht«, meinte Maricruz.

Ihre Mutter nickte. »Genau wie eine Drogensucht.«

»Es wird Zeit brauchen«, warf Bourne ein.

»Und dank Ihnen«, sagte Constanza, »habe ich wieder Zeit.« Doch ihr Gesicht war ernst und ihre Augen voller Traurigkeit.

Maricruz wandte sich Bourne zu. »Lass mich eine Weile mit ihr allein.«

Bourne nickte, verließ das Zimmer und wartete draußen, während er die Umgebung im Auge behielt. Auf dem Flur standen Rollbahren, manche mit Patienten, die entweder schliefen oder halb tot wirkten. Irgendetwas beschäftigte ihn, etwas, das er unbewusst wahrgenommen hatte und das nicht in diese Umgebung passte.

Ein gestresst aussehender Arzt trat aus einem Krankenzimmer und ging zur Schwesternstation, um ein Krankenblatt abzugeben. Für einen kurzen Moment ließ das Licht der Neonlampen den Metallrand des Krankenblatts aufleuchten.

Augenblicklich wirbelte Bourne herum und stürmte in Constanzas Zimmer, wo die beiden Frauen ihn überrascht ansahen. Hinter dem Vorhang bewegte sich die Silhouette der anderen Patientin im Zimmer. Wie beim ersten Mal, als er den Raum betreten hatte, blitzte kurz etwas Metallisches auf.

Bourne sprang über das Bett hinweg und griff nach dem Vorhang. Eine Pistole schlug gegen sein Handgelenk. Er drehte sich und zog den Vorhang um sich und die Person auf dem anderen Bett. Es war keine Patientin, sondern jemand, der darauf gewartet hatte, dass Constanza von der Notaufnahme in ein Zimmer verlegt wurde, in dem er sich selbst einen Platz verschafft hatte.

Der Mann rammte Bourne die Faust oberhalb des Herzens in die Brust, und Bourne spürte, wie ihn ein elektrischer Schlag durchfuhr. Sofort stürzte sich der andere auf ihn und versuchte seine Arme zu fixieren, doch Bourne drückte ihm den Daumen in den Nervenknoten am Hals, rammte ihm das Knie zwischen die Beine, entriss ihm die SIG Sauer und versetzte ihm einen wuchtigen Hieb mit dem Pistolengriff. Der Mann stöhnte und rollte vom Bett auf den Boden.

Maricruz war aufgesprungen und zu ihm geeilt. »Ich habe zuerst gedacht, die Familie meines Vaters hätte jemanden geschickt, um Bernardas Werk zu vollenden.« Sie blickte auf den Bewusstlosen hinunter. »Aber ich kenne ihn.« Sie schaute zu Bourne auf. »Er kommt von Matamoros.« Sie strich sich mit der Hand durchs Haar. »Du hast recht. Felipe wird nicht ruhen, bis er mich zurückgeholt hat.«

»Wir müssen ihn verstecken«, sagte Bourne.

»Aber wo?«

»An einem Platz, wo er nicht auffällt, obwohl ihn jeder sieht.«

Er ging hinaus und rollte Augenblicke später eine leere Bahre vom Gang herein. Maricruz half ihm, den

Mann auf die Bahre zu hieven. Bourne schnallte ihn fest und deckte ihn zu. Dann schob er die Bahre ans Ende des Korridors und ließ sie stehen.

»Dieser Mann ...«, sagte Constanza, als er zurück war, »es hört nie auf, oder?«

»Doch ... bald, Mama.« Maricruz nahm ihre Hand. »Ich schwöre dir, es wird alles anders.«

Bourne nahm sie beiseite. »Ich muss zu Matamoros, und zwar schnell. Du und deine Mutter seid in Gefahr. In irgendeinem anderen Land könnten wir Leute finden, die euch schützen, aber nicht hier. Hier können wir niemandem trauen.«

»Ich rufe ihn an und ...«

»Nein. Es ist so viel Zeit vergangen, dass er bestimmt schon misstrauisch ist. Ich muss einen anderen Weg finden. Hat er irgendeine Schwachstelle unter seinen Leuten? Jemand, den wir kontaktieren können, um herauszufinden, was er vorhat?«

Maricruz überlegte einen Augenblick. »Es gibt da jemanden«, sagte sie. »Gib mir dein Handy.«

Diego de la Luna, Felipe Matamoros' Berater, hatte ein flaues Gefühl im Magen, seit Maricruz Encarnación ihm gesagt hatte, dass sie seinen älteren Bruder Elizondo in Manila getroffen habe. Er saß zusammen mit Juan Ruiz im Hotelzimmer in Mexiko City, während Matamoros wie ein eingesperrtes Tier auf und ab ging.

Nach dem Anruf von Maricruz hatten sie nichts mehr von ihr gehört. Natürlich hatte Felipe befohlen, den Anruf zurückzuverfolgen, doch ihr Handy unterdrückte die Nummer und ließ sich auch nicht per GPS orten.

Sie hatten nicht den kleinsten Anhaltspunkt – ein

Zustand, den Felipe nicht ertragen konnte. Und de la Luna sah mit Bangen dem Moment entgegen, da seinem Chef vollends der Geduldsfaden reißen würde.

»Ich traue ihr nicht«, sagte Matamoros.

»Wem, *Jefe?*«, fragte er vorsichtig.

»Maricruz«, versetzte Matamoros. »Ich habe Martine losgeschickt, um sie zurückzuholen, aber er meldet sich nicht und ist auch nicht mehr erreichbar. Dass die Chinesen unser Geld durch Kunstauktionen waschen ... das klang fast zu gut, um wahr zu sein. Das Miststück führt irgendwas im Schilde.«

»Aber was?«

»Das weiß ich eben nicht!«, donnerte Matamoros. »Das ist ja das verdammte Problem!«

Auf der anderen Seite des Zimmers reinigte Juan Ruiz seine Fingernägel mit einem Messer.

Matamoros fuhr sich mit der Hand durchs Haar. »Aber egal, was es ist, sie ist ein Unsicherheitsfaktor und muss eliminiert werden. Je früher, desto besser.«

In diesem Augenblick gab de la Lunas Handy eine blecherne Melodie von sich.

»Geh schon dran!«, forderte Matamoros ihn auf. »Und leg dir einen anderen Klingelton zu. Der nervt.«

»Klar, *Jefe.*« De la Luna nahm den Anruf entgegen, doch als er Maricruz' Stimme hörte, gefror ihm das Blut in den Adern.

»Hallo, Diego«, sagte sie. »Ist eine Weile her.«

De la Luna war sprachlos. Hörte das Lachen am anderen Ende.

»Überrascht, Diego?«

Er hustete, unfähig, auch nur ein einziges Wort herauszubringen.

»Können Sie ungestört reden?«

»Nicht wirklich«, würgte er schließlich hervor. Seine Kehle fühlte sich an, als hätte er einen Eimer Sand verschluckt.

»Dann gehen Sie gefälligst irgendwohin, wo es möglich ist«, sagte sie mit stahlharter Stimme.

Er sah Matamoros an, der rastlos auf und ab ging. »Ruiz!«, blaffte Felipe.

Juan Ruiz schaute von seinen Fingernägeln auf, sah die Gewitterwolken im Gesicht seines Chefs und steckte das Messer weg. »Ja, Chef.«

»Geh und finde das Miststück. Es ist mir egal, was du dafür tun musst. Reiß die ganze Stadt nieder, wenn es sein muss, aber finde sie.«

Juan Ruiz stand auf. Er schien allein ein Drittel des Zimmers auszufüllen. »Und wenn ich sie gefunden habe?«

»Dann ziehst du dein Messer«, sagte Matamoros. »Ich will ihren Kopf!«

»Okay«, sagte de la Luna. »Ich bin draußen auf der Terrasse. Aber ich verstehe nicht. Warum rufen Sie mich an? Warum sind Sie nicht hier?«

»Was glauben Sie?« Maricruz' Stimme dröhnte in seinem Ohr.

»Matamoros hat also recht? Sie haben uns etwas vorgespielt?«

»Die Situation hat sich geändert, Diego. Jetzt will ich mit Ihnen sprechen.«

»O nein«, erwiderte de la Luna. »Ich werde Ihnen nicht helfen.«

»Dann lasse ich mir von Ihrem Bruder helfen.«

»Was … wovon reden Sie?«

»Ihr Bruder versucht schon seit Jahren, Los Zetas zu Fall zu bringen. Es ist ihm bisher nicht gelungen, weil das Kartell seine Leute in der Polizei, der Armee und der Regierung hat. Aber ich kann ihm helfen, Diego. Ich kann ihm alles geben, was er braucht, um die Zetas zu zerschlagen. Ich habe seine Handynummer hier vor mir. Soll ich ihn anrufen?«

De la Luna schluckte schwer. »Natürlich … nicht.«

»Dann treffen wir uns.«

De la Luna blickte über die Schulter zurück. Juan Ruiz war fort. Vielleicht hatte er Glück und fand sie, bevor …

»Wann?«

»Jetzt.«

»Jetzt? Ich kann nicht …«

»Doch, Sie können«, betonte Maricruz.

De la Luna fuhr sich mit der Hand übers Gesicht. Zu seiner Bestürzung schwitzte er wie ein Schwein. So konnte er unmöglich ins Hotelzimmer zurückgehen. Mit seinem Adlerauge würde Matamoros ihm seine Verzweiflung sofort ansehen.

De la Luna schloss die Augen und gab nach. »Wo?«

»Die Sonnenpyramide.«

Die prähistorische Pyramidenstadt Teotihuacán lag etwa fünfundvierzig Kilometer nordöstlich der Stadt. »Gut«, sagte er. »Ich bin in einer Stunde dort.«

»Fünfundvierzig Minuten«, erwiderte Maricruz. »Seien Sie pünktlich.«

Kaum war die Verbindung getrennt, drückte de la Luna eine Kurzwahltaste. Juan Ruiz meldete sich. »Schon Glück gehabt?«

»Zu früh«, antwortete Ruiz in seiner gewohnt knappen Art.

»Nicht unbedingt«, sagte de la Luna. Seine Haut kribbelte, als der Schweiß trocknete. »Ich weiß, wo sie ist.«

VIERUNDVIERZIG

Teotihuacán – der Name bedeutet so viel wie »Wo man zu einem Gott wird« – ist eine bedeutende archäologische Stätte mit einer Reihe von Stufentempeln, allen voran der großen Sonnenpyramide und der Mondpyramide. Die Stadt war zwischen 100 und 650 nach Christus das wirtschaftliche und kulturelle Zentrum Mesoamerikas mit bis zu zweihunderttausend Einwohnern.

An diesem geschichtsträchtigen Ort gingen Bourne und Maricruz die »Straße der Toten« entlang, die zur imposanten Sonnenpyramide führte.

»Glaubst du, er kommt?«, fragte Maricruz.

»Ja.« Bourne musterte automatisch die Gesichter der Touristen und Reiseführer, die in Schwärmen von einer Sehenswürdigkeit zur nächsten zogen. »Aber er wird nicht allein kommen.«

»Er kann es sich nicht leisten, jemandem zu sagen, was er vorhat.«

»Das braucht er gar nicht. Er muss nur jemandem verraten, wo du bist.«

Maricruz sah ihn beunruhigt an. »Warum wolltest du dann, dass ich das Treffen vereinbare?«

»Matamoros kann kein ganzes Team einsetzen – zu viele ausländische Touristen. Er kann sich kein solches Aufsehen leisten. Nein, er wird nur jemanden herschicken, dem er vertraut.«

»Juan Ruiz«, sagte Maricruz. »Er ist Matamoros' persönlicher Bodyguard.«

»Umso besser«, sagte Bourne, während sie sich der Sonnenpyramide näherten.

»Er ist ein Riese von einem Mann.« Sie beschrieb ihm Juan Ruiz näher. »Du kannst ihn unmöglich übersehen.«

Bourne blieb mitten in einer Touristengruppe stehen, in der sie sich einigermaßen geschützt unterhalten konnten.

»Von hier an musst du allein weitergehen«, sagte Bourne. »So weit alles klar?«

Sie nickte.

»Okay.«

Er sah ihr nach, wie sie sich durch die Menge schlängelte, an deren Rand einige Touristen Fotos schossen. Sie bewegte sich leichtfüßig, sodass niemand ahnen konnte, was sie unter ihrem langen Mantel verbarg.

Er selbst blieb in der Gruppe, die sich auf die große Pyramide zubewegte. Er behielt Maricruz im Auge, blickte sich aber zugleich nach Juan Ruiz um.

Maricruz war an der Ecke der Steinmauer stehen geblieben, die die Pyramide umgab. Zu ihrer Linken stiegen staunende Besucher die steilen Stufen hinauf und hinunter.

Wenig später trat ein schmächtiger, fast feminin wirkender Mann auf Maricruz zu: Diego de la Luna. Maricruz hatte die Hände in den Taschen, während sie mit dem Mann sprach. De la Luna wirkte extrem nervös. Immer wieder schnellte seine Zunge wie bei einer Schlange zwischen den blutleeren Lippen hervor.

Bourne ging weiter, und als er den Mann erblickte, den Maricruz ihm beschrieben hatte, verließ er den Schutz einer italienischen Touristengruppe. Er schlenderte auf Juan Ruiz zu, bis er direkt hinter ihm war. Die Anwesenheit des Killers bewies, dass Matamoros sein Vertrauen in Maricruz verloren hatte.

Juan Ruiz war ein Riese, doch er näherte sich Maricruz wie eine Katze. Mit seinen kleinen Füßen schwebte er wie ein Tänzer über die alten Pflastersteine.

Er war ein Experte auf seinem Gebiet. Obwohl er seine Beute fixierte, behielt er die Umgebung immer im Auge. Bourne ging extrem vorsichtig vor. Wenn Juan Ruiz ihn zu früh bemerkte, würde sein Plan scheitern.

Er folgte dem Riesen und achtete darauf, außerhalb seines Blickfelds zu bleiben. Juan Ruiz näherte sich bereits de la Luna, der Maricruz in eine Diskussion verwickelte, um sie abzulenken.

Bourne beobachtete anerkennend, wie geschickt Juan Ruiz vorging. Er war nun so nahe bei Maricruz, dass sie ihn bemerkte. Sie drehte den Kopf zu ihm, doch es war zu spät. Juan Ruiz hatte sein Messer bereits gezückt.

Als Maricruz überrascht den Mund öffnete, stieß er ihr die Klinge in die weiche Stelle unterhalb des Brustbeins.

FÜNFUNDVIERZIG

Wenn Minister Ouyang wütend war oder sich an einem Scheideweg seines Lebens befand, zog er sich stets in die Abgeschiedenheit des Kunlun-Zentrums in Peking zurück, um sich im Schwertkampf zu üben. Im Auto auf dem Weg dorthin kochte er immer noch vor Wut.

Dass man ihn aufforderte, ein Bündnis mit seinem Todfeind zu schließen, war schon schlimm genug, aber dass der Befehl ausgerechnet von seinem Mentor Deng Tsu kam, war eine unerträgliche Erniedrigung.

Er musste einen klaren Kopf bekommen, und der einzige Weg dazu war, zu kämpfen.

Das Kunlun-Zentrum lag in Sichtweite der Großen Mauer. Den Standort hatten die Ältesten bewusst gewählt, um auf ihre Motive hinzudeuten. Die Mauer, so predigten sie, sei ein Symbol für die Mauern, die wir in uns aufbauten, um die Wahrheit nicht sehen zu müssen. Eine Wahrheit, die einem durch die Ausübung der Wushu-Kampfkünste zuteilwerden sollte.

Ouyang wurde als Meister dieser Kunst empfangen und zog sogleich den weiten Anzug an, wie ihn alle Wushu-Kämpfer trugen. Er wählte ein Jian, das gerade, zweischneidige Schwert, das er in der Übungsanlage in Shanghai so meisterhaft geführt hatte.

Als ihm ein Gegner zugeteilt wurde, trat er auf die Matte. Er begann wie fast immer in der Technik des Heiligen Steins und stand reglos da, während sein Gegner in der Kampfform der Weißen Schlange angriff, die Ouyang selbst gerne anwandte.

Er begnügte sich zunächst damit, die erwarteten Manöver des anderen abzuwehren, doch dann begann der Gegner, in seine Verteidigung vorzustoßen. Er war einen halben Schritt schneller als Ouyang und schlug ihm nach etwa vier Minuten hart mit seiner Waffe gegen die Brust.

Ouyang taumelte einen Schritt zurück, von blinder Wut gepackt. Wie weggeblasen war die innere Ruhe, die es inmitten einer unharmonischen Welt stets aufrechtzuerhalten galt. Reflexartig wechselte er zu der selten angewandten Feuergeist-Technik und stürzte sich mit einem blitzschnellen Manöver auf seinen Gegner.

Ouyang überwand die Verteidigung des Mannes und traf ihn mit seinem Jian an der Brust, doch anstatt das Schwert zurückzuziehen, führte er das Manöver zu Ende und spießte seinen Gegner mit der Klinge auf.

Der Mann schrie auf, Blut strömte aus der Wunde, und lautlose Schritte eilten herbei.

Juan Ruiz hatte gerade gespürt, dass etwas nicht stimmte. Im nächsten Moment war Bourne bereits bei ihm. Ruiz zog sein Messer zurück, das nicht den kleinsten Blutfleck aufwies, und stieß nach hinten. Beinahe hätte er Bourne erwischt, die Klinge zerriss jedoch nur seine Jacke. Bourne versetzte ihm einen mächtigen Hieb in die Nieren, der jeden anderen niedergestreckt hätte.

Juan Ruiz zeigte jedoch keine Wirkung. Er holte mit dem Messer aus und stieß erneut zu.

Bourne war jedoch vorbereitet. Er packte Ruiz' Zeigefinger und brach ihn mit einem Ruck, danach den Mittelfinger.

Juan Ruiz ignorierte den Schmerz, wirbelte herum und versetzte ihm einen mächtigen Schlag gegen die Schulter, der Bourne um die eigene Achse drehte. Ruiz setzte sofort nach und hämmerte ihm die Faust in die Seite.

Bourne taumelte und konterte mit einem Hieb gegen Ruiz' Rippen, der ihm selbst einen jähen Schmerz vom Handgelenk bis zur Schulter jagte.

Der bärenstarke Mexikaner packte Bournes schmerzende Schulter wie in einem Schraubstock und drückte unbarmherzig zu. In Bournes Augenwinkeln begann es dunkel zu werden, die Schmerzen jagten wie Elektroschocks durch ihn hindurch.

Ruiz schien fest entschlossen, Bournes Schulter zu zermalmen, und sah sich bereits triumphieren. Es kümmerte ihn nicht, dass sich Bourne zur Seite wand, hielt es für eine Folge der Schmerzen und sah den Hieb nicht kommen, der ihn fällte: ein Handkantenschlag gegen die Halsschlagader.

Bourne fing ihn auf, bevor er zu Boden fiel. Diego de la Luna schaute geschockt zwischen Bourne und Maricruz hin und her.

»Wie …«, stammelte er. »Wie?«

»Zeig's ihm«, sagte Bourne.

Maricruz öffnete ihren Mantel, unter der die Kevlarweste zum Vorschein kam, die Bourne sich aus Hales Waffenlager geholt hatte.

»Du wolltest mich bescheißen, Diego.« Sie trat auf ihn zu. »Dafür muss ich dich bestrafen.«

Sie nahm die rechte Hand aus der Tasche. Eine kleine blattförmige Klinge ragte zwischen ihrem Zeige- und Mittelfinger hervor – ein schimmerndes Faustmesser, das Bourne ebenfalls besorgt hatte.

De la Luna starrte auf die Klinge, die sich bedrohlich auf die empfindliche Stelle zwischen seinen Beinen zubewegte, und schluckte schwer.

»Für einen Verräter kann es nur eine Strafe geben«, knurrte Maricruz leise.

»Warte, Maricruz. Nicht hier vor all den Leuten«, wandte Bourne ein, der immer noch den massigen Juan Ruiz festhielt.

»Das ist mir egal.« Maricruz packte de la Luna. »Dieser Scheißkerl hat eine Lektion verdient, die er sein Leben lang nicht mehr vergisst.«

»Da muss ich ihr recht geben, Diego.«

»Sie ist verrückt. Tun Sie etwas«, flehte de la Luna.

»Tut mir leid«, sagte Bourne, das Spiel weiterführend. »Mir sind im Moment die Hände gebunden.«

»Es muss doch irgendwas geben …«

»Gib mir Matamoros.«

De la Luna sah ihn geschockt an. »Was?«

»Du lieferst mir Matamoros aus, und ich versuche, Maricruz umzustimmen.«

»Das kannst du vergessen.« Maricruz drückte das Faustmesser gegen de la Lunas Hose.

»Großer Gott«, hauchte er. »Ich tu alles, was ihr wollt.«

»Zu spät«, sagte Maricruz.

De la Luna sah aus, als würde er sich gleich übergeben.

»Maricruz«, redete Bourne ihr zu. »Vergiss nicht, worum es uns eigentlich geht. Wir sind wegen Matamoros hier.«

»Dieser Schwanzlutscher hat uns schon einmal angelogen. Wer sagt, dass er's nicht wieder tut?«

»Da hat sie recht, Diego. Ich fürchte, es geht nicht anders. Sie wird ein Stück von dir abschneiden …«

»Nein!« De la Luna zitterte wie ein neugeborenes Lamm. »Ich tu alles, was ihr wollt. Ich schwöre es!«

»Er schwört, Maricruz«, sagte Bourne. »Kannst du das akzeptieren?«

Maricruz drehte die Klinge so, dass sie sich durch den Stoff schnitt. »Er ist so ein verdammter Lügner.«

»Bitte!« De la Luna war völlig fertig. »Sagt mir, was ihr wollt, und ich tu es sofort!«

Bourne wartete einen Moment. »Lass ihn telefonieren, Maricruz.«

»Meinst du wirklich?«

Er nickte. »Aber lass das Messer, wo es ist.«

De la Luna schloss die Augen und leckte sich über die trockenen Lippen. Seine Hand zitterte, als er sein Handy herauszog.

»Ruf Matamoros an«, befahl Bourne. »Sag ihm, dass ihr Maricruz habt.«

»Und?«

»Er will die Stadt sicher so schnell wie möglich verlassen, sobald er sie hat. Sag ihm, ihr wartet bei seinem Flugzeug auf ihn.«

De la Luna nickte. »Sonst noch was?«

»Wenn du ihm irgendetwas anderes sagst«, erwiderte Maricruz, »dann singst du ab sofort nur noch das hohe C.«

Matamoros spielte mit dem Gedanken, das Hotelzimmer kurz und klein zu schlagen. Er musste irgendwas tun, das Warten machte ihn wahnsinnig. Er hatte zu trinken begonnen. Die Flasche Mezcal, die er sich vom Zimmerservice hatte bringen lassen, war fast leer, doch er war so außer sich, dass er den Alkohol kaum spürte.

Da summte sein Handy. Er sah, dass es de la Luna war, und meldete sich.

»Ich hoffe für dich, du hast gute Neuigkeiten.«

»Ja, *Jefe*. Juan Ruiz und ich, wir haben dieses Encarnación-Miststück gefunden.«

»Ihr habt sie?«

»Ja, *Jefe*. Schön verschnürt wie ein Weihnachtsgeschenk.«

Matamoros atmete auf. »Ausgezeichnete Arbeit, Diego. Bringt sie zum Flugplatz. Ich halte es keinen Moment länger in dieser verfluchten Stadt aus.«

Bevor er ging, nahm er die Mezcalflasche, öffnete seinen Hosenladen und pinkelte hinein. Er hatte genug getrunken, um die Flasche zu füllen. Als er fertig war, zog er den Reißverschluss hoch, schraubte die Flasche zu und stellte sie in die Bar.

Dann verließ er erleichtert das Zimmer.

SECHSUNDVIERZIG

Die Polizei wurde gerufen, doch dank Ouyangs hoher Stellung wurden die Ermittlungen schon nach wenigen Fragen beendet, sehr zum Unmut der Ältesten. Ihre Welt blieb normalerweise unberührt von politischer Korruption. Ouyangs Stellung im Reich der Mitte war ihnen zwar bekannt, doch sie hätten nie gedacht, dass das hier bei ihnen eine Rolle spielen könnte.

Entsprechend schockiert waren sie, als sie nun miterleben mussten, was Macht bewirkte. Es war ein himmelschreiender Verstoß gegen all ihre Werte, dass in ihren Mauern Blut im Zorn vergossen wurde. Manche schlugen vor, die ganze Anlage niederzubrennen und woanders neu aufzubauen. Zwar setzten sich die kühleren Köpfe durch, doch die bittere Erkenntnis, dass sie gegen das Böse in der Welt nicht immun waren, veränderte ihren Blick auf ihre Kunst sowie auf die Kandidaten, die ihr Wissen zu erlangen suchten.

Dem obersten Wushu-Meister fiel die Aufgabe zu, mit dem Mörder zu sprechen.

»Ouyang«, sagte er voller Verachtung zum Minister, »bitte legen Sie den Kampfanzug nicht ab. Die Blutflecken sind Ihre Schuld. Sie müssen den Anzug beim Verlassen der Anlage tragen.«

»Ich verstehe, Meister Shen.«

»Das glaube ich nicht. Was Sie heute getan haben, ist unverzeihlich.«

»Es war ein tragisches Versehen. Ich habe mich einen Moment lang vergessen.«

»Tragisch ist es in der Tat, Ouyang, aber als Versehen können wir es nicht abtun. Einem Menschen das Leben zu nehmen ist mehr als ein Versehen.«

»Aber ist es nicht das, worauf all unsere Übungen abzielen?«

Shen musterte Ouyang, als sähe er ihn zum ersten Mal. »Unsere Übungen sind ein Weg zu einer anderen Ebene der Existenz, einer höheren Ebene, auf der …«

»Das ist doch alles Quatsch.« Ouyang hatte genug von diesen Leuten. »Ihr predigt eine höhere Ebene der Existenz und bringt den Leuten bei, wie man kämpft. Ihr habt mich das Kämpfen gelehrt, Meister Shen. Ihr habt das sehr gut gemacht, und dafür bin ich euch allen dankbar. Aber jetzt wird es Zeit für mich, dieses isolierte Glashaus zu verlassen und in der wirklichen Welt anzuwenden, was ihr mir beigebracht habt.«

Felipe Matamoros benutzte eine Reihe von Privatflugplätzen rund um Mexiko City, um die Stadt zu erreichen oder zu verlassen. Diesmal wartete sein Flugzeug voll aufgetankt am nordwestlichen Stadtrand.

Die Nerven immer noch zum Zerreißen gespannt, traf er mit sechs kampferprobten Männern auf dem Flugplatz ein. Der Mezcal begann nun zu wirken und ließ ihm die Welt heller und leicht surreal erscheinen.

Seine Soldaten gingen mit schussbereiten Gewehren in Position, während er das Flugzeug betrat und dem

Piloten das Reiseziel sowie die Route mitteilte, auf der am wenigsten mit einer Radarüberwachung zu rechnen war.

Matamoros schaute aus dem Fenster, als er plötzlich Maschinengewehrfeuer hörte, konnte jedoch nicht erkennen, auf wen seine Männer schossen. Er nahm ein Sturmgewehr von der Cockpitwand und trat in die Kabine. Geduckt eilte er zur Tür, als plötzlich der gesamte Heckbereich des Flugzeugs in einer Flammenhölle aufging.

Matamoros wurde zu Boden geworfen und entging so den Trümmern, die durch die Luft geschleudert wurden. Schließlich rappelte er sich auf, eilte zur Tür und stürmte die Gangway hinunter.

Vier seiner Männer waren bei der Explosion ums Leben gekommen, die beiden übrigen eilten sofort zu ihm. Da sah er Jason Bourne hinter einem Gebäude hervortreten und stieß einen leisen Fluch aus. Bourne hielt etwas in Hüfthöhe.

Matamoros eröffnete das Feuer, seine Männer ebenfalls. Dann geschah etwas Unerklärliches. Eine Flammenzunge schoss auf ihn zu. Seine Männer schrien auf, als ihre Kleidung Feuer fing. Matamoros ignorierte den widerlichen Gestank von verbranntem Fleisch, der ihm in die Nase stieg.

Er trat zwischen die beiden sich in Schmerzen und Todesangst windenden Männer, richtete sein Sturmgewehr auf die verhasste Gestalt hinter dem Feuerstrahl und drückte den Abzug durch. »Ich bring dich um!«, brüllte er.

Doch die Stichflamme schoss bereits auf ihn zu, und er wich einen Moment zu spät aus.

Die Feuerzunge erfasste ihn, hüllte ihn ein und begann ihn gierig zu verschlingen. Er wollte schreien, doch die Flammen drangen ihm in die Kehle. Er sah noch ein grelles violettes Licht, dann war nur noch Feuer, Rauch und verbranntes Fleisch.

VIERTES BUCH

SIEBENUNDVIERZIG

»Du siehst blass aus, Eli. Ich sehe, wie es dir zusetzt.«

Der Direktor schüttelte den Kopf. »Es macht mich fertig.«

Ruben Yadin nickte. »Ich wünschte, dieses eine Geheimnis gäbe es nicht.«

»Ich weiß, *Abi.* Es ist eine schwere Prüfung, aber ich kann jetzt nicht an mich denken.«

Ruben musterte seinen Sohn, während sie das Sourasky Medical Center verließen. Selbst zu dieser späten Stunde herrschte auf der Weizmann-Straße noch viel Verkehr. Er blickte um sich. »Bist du dir sicher, dass dir niemand gefolgt ist?«

»Ich habe die üblichen Vorsichtsmaßnahmen getroffen, aber selbst wenn, kann niemand Bescheid wissen.«

Sie schlängelten sich durch die Menge. Da und dort sah man Soldaten an strategischen Plätzen postiert. Ihr Blick war auf nichts Bestimmtes gerichtet, und doch behielten sie alles im Auge.

Eli hatte die Hände in der Jackentasche vergraben. »Reden wir von etwas anderem.«

»Über den Plan vielleicht?«

»Da gibt es nichts zu besprechen. Es ist alles in die Wege geleitet.«

»Aber der Plan ist so brüchig wie eine dünne Glasscheibe«, meinte der alte Mann.

»Wenigstens kann niemand außer uns durch das Glas sehen.«

»Das ist jetzt nicht der Moment für Witze, Eli«, mahnte sein Vater.

»Das sehe ich anders. Gerade jetzt ist Humor wichtig. Er hilft einem, einen Schritt zurückzutreten, den Plan von allen Seiten zu betrachten und eventuelle Schwachstellen zu erkennen, mögen sie noch so klein sein.«

»Und was hast du entdeckt?«

»Ich habe keine Schwachstelle gefunden«, antwortete Eli. »Wenn es eine gibt, kann man nichts dagegen tun.«

»Du kannst Bourne zurückrufen.«

»Versuch das mal«, erwiderte Eli. »Der Berg wird sich nicht bewegen, er wird dich einfach ignorieren. Aber weißt du, diese Halsstarrigkeit und der Wille, nicht lockerzulassen, ist es, was ihn von allen anderen in dem Geschäft unterscheidet.«

»Eli, ich fürchte, du setzt zu großes Vertrauen in diesen Mann. Er hat sich immer über alle Regeln der Organisationen hinweggesetzt, für die er gearbeitet hat.«

»Und doch hat er Regeln, an die er sich hält.«

»Trotzdem ist er unberechenbar. Er geht zu große Risiken ein.«

»Nein, so darf man das nicht sehen. Seine früheren Chefs haben ihn gefürchtet, weil sie ihn nicht kontrollieren konnten. Ich weiß, dass das unmöglich ist, und versuche nur, ihn in die richtige Richtung zu lenken.«

»Er hat ein Trauma erlitten.«

»Das stimmt. Und ich weiß, dass ihn aufgrund dieses Traumas alle für gefährlich und unzuverlässig halten.

Ich sehe das etwas anders … ich glaube, er ist dadurch noch zäher, entschlossener und klüger geworden.« Der Direktor blickte über die Straße in ein dunkles Schaufenster voller Kleiderpuppen. »Er ist auch traurig, *Abi.* Sehr traurig.«

»Sind wir das nicht alle?« Ruben zupfte an seinem Ohr. »Ich weiß nicht, wie's dir geht, aber ich brauche einen Drink, vielleicht auch zwei.«

»Was ist mit deiner Gicht?«

»Scheiß auf meine Gicht«, sagte der Alte, während sie quer über die Straße zu einem Restaurant gingen. »Scheiß auf alles.«

Als sie an einem Tisch mit freier Sicht auf das vordere Fenster saßen, fragte Ruben: »Dani Amit?«

»Er ist auf dem Sinai«, antwortete Eli. »Sammelt eifrig Informationen für unsere amerikanischen Freunde.«

»Gut, dann können wir ungestört die beiden Chinesen befragen, die Bourne mitgebracht hat.«

Ruben nahm den Sliwowitz vom Kellner entgegen und kippte die Hälfte des feurigen Schnapses in einem Zug hinunter. Er sah zu, wie sein Sohn an seinem Yarden nippte, einem Wein von den Golanhöhen.

»Seit wann trinkst du Wein?«, fragte der alte Mann brummig.

»Schon lange. Ich bin eben nicht von der alten Schule wie du, Pop.«

»Hab ich dir nicht gesagt, du sollst mich nicht *Pop* nennen?« Sein Sohn schwieg, und so neigte er den Kopf zurück und ließ den Rest des Sliwowitz durch seine Kehle gleiten, worauf er gleich noch einen bestellte. Nachdem der Kellner ihm erneut eingeschenkt hatte, fragte er: »Glaubst du, du erfährst etwas Nützliches von den Chinesen?«

»Bourne hat gemeint, es kommt drauf an, wie wir es anstellen.«

Ruben verzog das Gesicht. »Du meinst, wir sollen sie behandeln wie arme Waisenkinder.«

»Manchmal ist Einschüchtern das richtige Mittel, manchmal Gewalt, und manchmal eben Verständnis.«

Ruben beugte sich vor und stützte die Ellbogen auf den Tisch. »Diese Leute sind unsere Feinde, Eli.«

»Weil sie Chinesen sind?«

»Genau.« Der Alte nickte. »Hast du schon mal daran gedacht, dass sie Maulwürfe sein könnten?«

»Daran und an viele andere Szenarien. Ich habe sie alle verworfen. Das Mädchen hat für Cho Xilan gearbeitet, der Mann sogar für beide Seiten. Aber damit sind sie fertig. Sie wollen raus, und dafür sind sie bereit, zu reden.«

»Das glaube ich nicht.«

»Wenn das so ist ...« Der Direktor legte ein paar Scheine auf den Tisch. »... dann komm doch mit zur Vernehmung.«

Yue und Sam Zhang spielten Mah-Jongg, als der Direktor und sein Vater das sichere Haus betraten, das in einem Arbeiterviertel von Tel Aviv lag.

»Was immer das ist«, sagte Zhang und blickte von dem Spiel auf, »es riecht gut.«

Eli stellte die beiden Einkaufstüten mit Fertiggerichten ab, die er unterwegs besorgt hatte. Er trat an den Tisch und setzte sich zwischen die beiden.

»Wer ist das?«, fragte Zhang und deutete mit dem Daumen auf Ruben.

»Ich habe ein paar Fragen«, sagte der Direktor.

Zhang schürzte die Lippen. »Und ich habe Antworten … für Jason Bourne, nicht für Sie.«

»Bourne ist nicht hier.« Eli legte die Hände auf den Tisch. »Sie müssen mit mir vorliebnehmen.«

Zhang lehnte sich zurück und verschränkte die Arme abwehrend vor der Brust.

»Diese Haltung hilft niemandem«, sagte der Direktor zu Yue, »am wenigsten Ihnen selbst.«

Yue musterte ihn einen Augenblick. »Wer ist der alte Mann?«

»Mein Vater.«

Zhang sah ihn verblüfft an. »Sie brauchen Ihren Vater, damit er Ihnen die Hand hält?«

»Er war vor mir Direktor des Mossad. Er hat mir alles beigebracht, was ich weiß.«

Zhang wandte sich ab, doch Yue schien zu überlegen. »Stellen Sie Ihre erste Frage«, sagte sie.

»Kleine Schwester!«, protestierte Zhang schockiert.

Sie hob abwehrend die Hand. »Ich will sie hören, Sam.«

Der Direktor öffnete die dicke Mappe, die er vor sich liegen hatte, und fuhr mit dem Finger über die erste Seite. »Wer hat Wei Wei getötet?«

»Ein Mann, der sich als Polizist ausgab«, antwortete Yue ohne Zögern. »Er wusste, dass sich Wei Wei in einem bestimmten Teehaus mit Bourne treffen sollte. Er tötete Wei Wei und schickte einen Jungen mit einer Nachricht zu Bourne, um ihn in Wei Weis Wohnung zu locken.«

»Was geschah dann?«

»Ich habe den falschen Bullen getötet. Bourne sah es und verfolgte mich. Er erwischte mich und … den Rest kennen Sie ja.«

Eli zog die Stirn kraus und blätterte ein paar Seiten weiter. »Dieser Mann, der Wei Wei getötet hat«, er schaute zu Zhang auf, »für wen hat er gearbeitet?«

Zhang warf Yue einen kurzen Blick zu. Sie nickte ihm kaum merklich zu.

»Für denselben Mann, der auch Wei Wei in der Hand hatte«, sagte Zhang schließlich. »Ouyang Jidan.«

»Sie wollen damit sagen, Wei Wei arbeitete für Ouyang und zugleich für uns?«

»Genau.«

»Warum ließ Ouyang dann seinen eigenen Mann töten?«

»Er war zu einem Unsicherheitsfaktor geworden«, seufzte Zhang. »Cho ließ seine Leute in Shanghai herumschnüffeln. Er hätte Wei Weis Verbindung zum Mossad gegen Ouyang verwenden können.«

»Mit etwas Glück fressen sich Ouyang und Cho gegenseitig auf«, meinte der Direktor.

»Das glaube ich nicht«, erwiderte Yue sofort.

Eli betrachtete die zarte, zerbrechlich wirkende junge Frau. Auch wenn Bourne ihm nichts über sie erzählt hätte, wären ihm ihre natürliche Intelligenz sowie ihre bereits beträchtliche Erfahrung im Spionagegeschäft nicht entgangen. Er sah in ihr das Potenzial zur absoluten Topagentin, wenngleich er bezweifelte, dass sie eine solche Karriere anstrebte. Doch in diesem Geschäft lernte man, nichts für unumstößlich zu halten – vor allem menschliche Motive, die oft so veränderlich wie das Wetter waren.

»Können Sie mir das näher erklären?«, hakte er nach.

»Es haben zu viele mächtige Leute ihre Hand im Spiel – mächtiger als Ouyang oder Cho. Die zwei hassen einander zwar und würden einer den anderen liebend gern vernichten, aber es wird trotzdem nicht so weit kommen. Vor allem jetzt, wenige Tage vor dem Parteikongress, würde das Politbüro keine derart verbissenen Auseinandersetzungen dulden. Heutzutage würde sich das schnell über die Medien und das Internet verbreiten. Einen solchen Gesichtsverlust kann sich die Partei nicht erlauben.«

Eli überlegte einen Augenblick. »Sagen Sie, Yue, wie würden Sie es anstellen, in den Parteitag einzugreifen?«

»Wir haben Hunger.«

Sie tippte die Fingerspitzen aneinander, während Eli zwei Wachmännern signalisierte, die Tüten zum Tisch zu bringen und das Essen herauszunehmen – Gemüse, Couscous, geschmortes Hähnchen und frisch gekochten Tee.

Sie saßen eine Weile schweigend da, während Yue und Zhang zu essen begannen. »Bitte, beantworten Sie meine Frage«, hakte Eli nach.

»Ich wüsste nicht, wie das gehen soll.« Yue legte die Stäbchen, die Yadin dem Essen beigelegt hatte, beiseite und nahm einen Schluck Tee. »Sie bräuchten jemanden, der den Sicherheitsgürtel am Ort überwindet und dann noch in das Gebäude selbst hineinkommt.« Sie schüttelte den Kopf. »Das ist absolut unmöglich.«

»Siehst du«, flüsterte Ruben seinem Sohn ins Ohr. »Ich hab's dir ja gesagt.«

»Großer Gott«, hauchte Maricruz, als sie das Schlachtfeld überblickte. »Jetzt weiß ich, warum du diesen Waffentechniker gebraucht hast.«

Sie ging zwischen geschwärzten Leichen, verbogenen

Metalltrümmern und halb geschmolzenen Kunststoffteilen hindurch, bis sie die verkohlte Leiche von Felipe Matamoros vor sich sah – in einer letzten bizarren Pose erstarrt, die Hände erhoben, wie um das Unvermeidliche abzuwehren, Kleidung und Haut verbrannt, Knochen aus den geschwärzten Muskeln ragend. Das Fett war mit einem furchtbaren Gestank weggeschmolzen wie auf einem riesigen Grill. Nase und Augäpfel waren verbrannt, und die tiefen Höhlen starrten einen an wie aus einem Horrorfilm. Dennoch war es eindeutig Matamoros, der Mann, der König hatte sein wollen und nun den Flammen zum Opfer gefallen war.

Bourne nahm sie schließlich am Ellbogen und führte sie sanft vom Schlachtfeld weg. »Dieses Kapitel deines Lebens ist vorbei, Maricruz«, sagte er. »Zeit, sich auf die Zukunft zu konzentrieren.«

»Es gibt immer noch Jidan. Ich muss ihn anrufen.«

Bourne gab ihr sein Handy. »Was willst du ihm sagen?«

»Ich habe keine Ahnung.« Sie tippte die Nummer ein. »Aber er will bestimmt, dass ich sofort zurückkomme.«

»Findest du das klug?«

Sie schüttelte den Kopf. »Ich weiß es nicht, aber ich habe einige Jahre meines Lebens dort verbracht. Ich kann das nicht einfach so wegwerfen.« Sie wartete. Nach einer Weile zog sie die Stirn in Falten. »Seine Handynummer ist nicht mehr aktiv … aber vielleicht habe ich mich verwählt.« Sie tippte die Nummer noch einmal ein, mit dem gleichen Ergebnis. Schließlich rief sie die chinesische Botschaft in Mexiko City an.

»Ich möchte Botschafter Liu sprechen … Dann holen Sie ihn aus der Sitzung. Sagen Sie ihm, Maricruz

Ouyang ist dran … ja, ich warte.« Sie schloss einen Moment die Augen. »Ja, ich bin noch da … was? … Haben Sie es ihm gesagt …? Minister Ouyang Jidans Frau … was? … Gut, ja, ich …«

Geschockt ließ sie das Handy sinken.

»Was ist passiert?«, fragte Bourne.

»Anscheinend bin ich in China zur Persona non grata geworden«, sagte sie betroffen. »Sie haben mich ausgewiesen.« Sie wandte sich an ihn. »Jidan hat mich geliebt, er würde mir das nicht antun. Das brächte er nicht fertig.«

Bourne schwieg und ließ sie die Nachricht verarbeiten.

»Bestimmt wurde er von ganz oben unter Druck gesetzt.«

Sie sah Bourne an, doch er behielt seinen neutralen Gesichtsausdruck bei.

»Du glaubst das nicht, oder?« Sie neigte den Kopf zurück und schaute in den verdunkelten Himmel. »Herrgott, dieser Mistkerl. Er hatte nicht mal den Mumm, es mir selbst zu sagen.«

»Er hat andere Dinge zu tun.«

Sie zitterte. »Er denkt nur an den Parteikongress.«

»Dort liegt seine Zukunft – es geht für ihn um alles. Wenn er aus dem Politbüro fliegt, ist er in China erledigt, ein Niemand. Sein Name wird aus jedem Dokument gelöscht, das er unterschrieben hat. Seine Macht wäre mit einem Schlag weg.«

»Dann ginge es ihm wie mir jetzt«, sagte sie. »Von einem Moment auf den anderen abgeschoben.«

»Er braucht dich nicht mehr, Maricruz.«

»Aber er hat mich geliebt!«

Bourne führte sie vom Flugplatz weg in den Wald, wo sie fürs Erste in Sicherheit waren.

Sie schüttelte ihren Kopf. »Ich glaube mittlerweile, dass mich nie jemand geliebt hat.«

»Was ist mit den Menschen hier, Maricruz? Angél, Lolita, Constanza. Ihre Liebe ist echt. Du hast immer versucht, dir Liebe zu erkaufen. Aber jetzt hast du eine Familie – Menschen, denen du wirklich wichtig bist, die nichts von dir wollen als deine Liebe.«

Sie wandte sich an ihn. »Was ist mit dir?«

»Ich will etwas von dir. Ich zähle nicht.«

»Aber gerade das ist dein Problem. Du machst dich unsichtbar, um den Gefühlen zu entgehen. Sehr geschickt, aber was hast du davon? Nichts. Was für ein Leben ist das?«

»Das einzige, das ich habe.«

»Dann such dir ein neues.« Sie beugte sich vor und küsste ihn auf die Lippen. Sah ihn mit einem schelmischen Lächeln an. »Siehst du? Du öffnest dich niemandem.«

»Den Fehler habe ich einmal gemacht«, sagte Bourne.

»Ah«, nickte Maricruz. »Endlich ein Hinweis, wer du wirklich bist. Wenn du das nächste Mal jemandem begegnest, den du nicht mehr missen möchtest, dann solltest du vielleicht die Vergangenheit hinter dir lassen.«

»Ich habe keine Vergangenheit.«

»O doch, Bourne. Und die ist eine verdammt schwere Bürde. Die zehn oder fünfzehn Jahre, an die du dich erinnern kannst, stecken voller Erinnerungen, die auch für einen Krieger wie dich nur schwer zu verdauen sind.«

»Kommen wir zurück zu dem, was ich will.«

»Ouyang? Von mir aus kannst du ihn haben.«

»Aber wie komme ich an ihn heran?«

»Das kann ich dir sagen«, antwortete sie mit Bitterkeit in der Stimme. »In drei Tagen findet der Parteitag statt. Nicht in Peking, weil das Politbüro Demonstrationen und Unruhen befürchtet. Wir stehen kurz vor einer neuen Kulturrevolution, diesmal aber nicht von oben, sondern von unten.«

»Weißt du, wo der Kongress abgehalten wird?«

»In Beidaihe, einem Badeort in der Provinz Hebei. Dort wird sich Jidan aufhalten.«

»Dann muss ich hin.«

»Ich komme mit.«

»Nein, Maricruz. Dein Weg liegt woanders. Du musst jetzt an deine Familie denken.«

»Aber ich will dir helfen.«

»Das kannst du auch. Auf dem Weg zurück in die Stadt erzählst du mir alles über Ouyang Jidan, seine Vorlieben und Abneigungen, seine Ängste und Fähigkeiten, seine Freunde und Feinde.«

Sie nickte, während sie zu dem Auto gingen, das Bourne gestohlen hatte. »Es wird mir ein verdammtes Vergnügen sein.« Sie griff in ihre Handtasche und zog Papiere hervor, die sie Bourne gab. »Damit können wir beginnen.«

»Was ist das?«, fragte Bourne.

»Oberst Suns diplomatische Papiere. Ich habe sie ihm abgenommen, bevor wir aus dem Krankenhaus flüchteten. Ich glaube, ein Mann von deinen Fähigkeiten kann damit etwas anfangen.« Sie lächelte. »Zuerst brauchst du aber ein neues Gesicht.«

ACHTUNDVIERZIG

»Alles ist gepackt und startklar, Herr Botschafter«, meldete der Assistent.

Botschafter Liu nickte geistesabwesend. Er ging in Gedanken noch einmal alles durch, was er für seinen Flug nach Peking und weiter nach Beidaihe benötigte. Schließlich verließ er mit stolzgeschwellter Brust sein Büro und schritt durch die holzgetäfelten Korridore des Botschaftsgebäudes.

Gewiss, er war der Cousin von Deng Tsu, dem Patriarchen; seine Mutter war die Schwester von Deng Tsus Mutter. Deng Tsu selbst hatte ihm den traumhaften Posten hier in Mexiko City verschafft, wo er für den Patriarchen den hiesigen Drogenhandel im Auge behielt. Er hatte regelmäßig detaillierte Berichte nach Peking geschickt, vor allem über Ouyang Jidans Geschäfte mit Maceo Encarnación und zuletzt auch über Maricruz Ouyangs Ankunft und ihre Einmischung in den Kartellkrieg zwischen Sinaloa und Los Zetas. Dass ihn sein Cousin nun zum Parteikongress einlud, war dennoch eine Anerkennung, mit der er niemals gerechnet hätte. Damit stieg er in den innersten Machtzirkel auf, wo alle Entscheidungen getroffen wurden.

Als er die Eingangstür erreichte, wurde sie von einem

der beiden bewaffneten Wächter geöffnet. Liu trat durch die schwere Eisentür und stieg die Marmortreppe zum Bürgersteig hinunter.

Sein Assistent eilte hinter ihm her. »Herr Botschafter, es gibt eine kleine Änderung. Sie werden schon vor Peking einen Zwischenstopp einlegen.«

»Was?« Die Nachricht ließ ihn innehalten. »Sie wissen, dass ich solche Änderungen in letzter Minute nicht mag.«

»Eine Anweisung von Minister Ouyang, Herr Botschafter.«

»Min…«

»Es ist sein Flugzeug.«

Der Botschafter seufzte. »Na schön, solange wir nicht zu spät in Beidaihe ankommen.«

»Keine Sorge, Herr Botschafter«, beschwichtigte der Assistent. »Sie werden genug Zeit haben.«

»Wo soll dieser Zwischenstopp sein?«, wollte Liu wissen.

»In Moskau. Sie werden einen Passagier aufnehmen.«

»Er will vermutlich nach Peking.«

»Nach Beidaihe, Herr Botschafter. Obwohl er angeblich nach der Landung an Bord des Flugzeugs bleiben wird.«

»Warum?«, fragte der Botschafter. »Was soll das Ganze?«

»Ich habe keine Ahnung.«

»Gut«, sagte Liu mit einer wegwerfenden Geste. »Haben Sie noch mehr Anweisungen in letzter Minute bekommen?«, fügte er mit einer Spur Sarkasmus hinzu.

»Nein, Herr Botschafter.« Der Assistent neigte den Kopf. »Ich wünsche eine gute Reise.«

»Ich werde Minister Ouyang einen Gruß von Ihnen ausrichten.« Der Sarkasmus war nun nicht mehr zu überhören.

»Dafür wäre ich Ihnen dankbar«, gab der Assistent mit einem angedeuteten Lächeln zurück.

In seiner Euphorie hätte sich Liu beim Einsteigen in den SUV beinahe den Kopf angeschlagen, hätte ihn der Fahrer nicht mit seiner Hand geschützt, doch er war zu sehr mit sich selbst beschäftigt, um sich zu bedanken oder den Mann auch nur zur Kenntnis zu nehmen.

Auf dem Weg zum Flughafen blickte er nicht ein Mal von den Unterlagen auf, die er Deng Tsu zu überbringen hatte – seinen abschließenden Bericht über Maricruz' Aktivitäten sowie die turbulenten Ereignisse einschließlich des Mordes an Oberst Sun.

Als Liu schließlich aufblickte, fiel ihm auf, dass er den Fahrer nicht kannte. »Wo ist Wen?«, fragte er.

»Wen ist gestern Abend erkrankt«, antwortete der Chauffeur. »Ich bin sein Ersatz.«

»Sie sind nicht einmal Chinese«, sagte Liu, ohne zu überlegen.

»Halbchinese«, erwiderte der Fahrer. »Mein Vater.« Er manövrierte das Fahrzeug geschickt durch den Verkehr. »Finden Sie mein Mandarin ungenügend, Herr Botschafter?«

»Nein … gar nicht.« Peinlich berührt wandte sich Liu wieder seinem Bericht zu. »Kein Problem.«

Vierzig Minuten später hielt die Limousine im VIP-Bereich des Flughafens an. Der Fahrer sprang aus dem Wagen, öffnete dem Botschafter die Tür und beeilte sich, sein Gepäck aus dem SUV zu holen.

Liu wurde an Bord des Diplomatenflugzeugs von

einem Flugbegleiter empfangen, der dem Fahrer das Gepäck abnehmen wollte. Der Fahrer ließ es nicht zu, was der Flugbegleiter mit einem Achselzucken quittierte. Er hatte einige Erfahrung mit den Sonderwünschen der Diplomaten, zudem hatte er so weniger Arbeit. Nachdem er sich vergewissert hatte, dass niemand mehr einsteigen wollte, stieg er die Treppe hinauf und verstaute die Lebensmittel, die in letzter Minute geliefert worden waren.

»Ich fliege als Ihr Leibwächter mit«, erklärte der Fahrer.

Liu blickte verdutzt von seinen Unterlagen auf. »Ich brauche einen Leibwächter in Minister Ouyangs Flugzeug?«

»Nein, aber danach«, erklärte der Fahrer. »In Beidaihe.«

Der Botschafter zog die Stirn kraus. »Wie kommt Ouyang auf diese Idee?«

»Ich befolge nur meine Anweisungen«, antwortete der Fahrer.

»Na schön.« Liu winkte mit der Hand ab. »Machen Sie sich's bequem. Wir haben einen langen Flug vor uns.«

Der Flugbegleiter ging am Botschafter und dem ihm gegenübersitzenden Fahrer vorbei zur Tür und zog die Treppe ein. Dann meldete er im Cockpit, dass sie startklar waren.

Nachdem er dem Botschafter noch ein Glas Sherry gebracht hatte, nahm er seinen Platz ein, schnallte sich an und blätterte in einer Zeitschrift über Shopping in Peking. Fünf Minuten später löste der Pilot die Bremsen, die Maschine rollte ans Ende der Startbahn, wendete und brauste mit dröhnenden Triebwerken zwischen den blinkenden Lichtern hindurch. Sie hoben pünktlich ab und stiegen über den dicken braunen Smog von Mexiko City hinweg, um zu einem ebenso dicken Smog am anderen Ende der Welt zu gelangen.

Bourne lehnte sich mit halb geschlossenen Augen in dem bequemen Sitz zurück und verfolgte jede noch so kleine Bewegung von Botschafter Liu. Maricruz hatte mit etwas Theaterschminke und Latex hervorragende Arbeit geleistet. Er sah zwar nicht wie ein reinrassiger Chinese aus, aber mit geschickten Veränderungen an Nase und Augenpartie konnte er absolut glaubhaft als Halbchinese auftreten. Bourne war selbst ein Meister der Verkleidung, doch Maricruz war eine wahre Zauberin. Er sah ihr an, welche Genugtuung es ihr bereitete, ihn so zu verändern, dass er die massiven Sicherheitsvorkehrungen in Beidaihe durchdringen konnte.

Während sie an ihm arbeitete, erzählte sie ihm alles, was sie wusste, nicht nur über Ouyang, sondern auch über Cho Xilan und Deng Tsu, der als »der Patriarch« bekannt war, das Oberhaupt einer der traditionsreichsten Familien, die im modernen China immer noch den allergrößten Einfluss besaßen.

»Es gibt da noch einen Mann, mit dem man rechnen muss«, hatte sie hinzugefügt. »Das Problem ist, dass ich nichts über ihn weiß. Sein Name ist Kai.«

»Ist das der Familien- oder Vorname?«

»Das weiß ich nicht. Ich habe nur gehört, wie Jidan ihn so genannt hat.«

»Hast du ihn gesehen?«

»Einmal ganz kurz. Er kam mitten in der Nacht in

unsere Wohnung. Ich hatte schon geschlafen und gedacht, Jidan würde ebenfalls schlafen, doch als ich mich umdrehte, war er weg. Ich hörte leise Stimmen, stand auf und schlich mich im Dunkeln aus dem Schlafzimmer.

Auf dem Flur brannte nur eine kleine Lampe. Ich stand im dunklen Wohnzimmer und rührte mich nicht. In dem schwachen Licht sah ich Jidans Gesicht im Profil. Er sprach mit einem hochgewachsenen dünnen Mann. Soweit ich sein Gesicht erkennen konnte, schien er von Mandschu-Herkunft zu sein. Er gestikulierte mit den Händen, was für einen Chinesen untypisch ist. Seine Hände waren sehr auffällig: schmal mit langen, fast spinnenartigen Fingern.«

»Worüber haben sie gesprochen?«

»Über einen Mann, dessen Namen ich nicht verstand. Vielleicht erwähnten sie den Namen auch gar nicht. Kai sagte jedenfalls: ›Es ist erledigt, sauber wie immer.‹ Das war der einzige Satz, den ich deutlich verstehen konnte.«

»Sonst noch etwas?«

»Nichts, das mir etwas gesagt hat.«

»Wie hast du dir das Gespräch erklärt?«

»Dass Kai jemanden getötet hat, auf Jidans Wunsch.«

Während des langen Fluges hatte Bourne einen Traum. Er schwamm bei Caesarea im Meer, das Wasser war warm wie Blut und fast von der gleichen Farbe. Je weiter er sich vom Ufer entfernte, umso klarer wurde es, bis es durchsichtig wie Glas war.

Krebse tummelten sich auf dem Meeresboden, und kleine Fische huschten um seine nackten Fußknöchel herum. Seepferdchen auf Korallen zwinkerten ihm zu, und ihm wurde klar, dass das etwas zu bedeuten hatte. Es waren Morsezeichen.

Weiter, weiter, zwinkerten die Seepferdchen.

Was wollten sie ihm sagen?

Er schwamm weiter. Unter sich sah er einen Pfeil wie aus Tinte, der ihm die Richtung zu weisen schien.

Er schwamm weiter.

Da sah er sie. Sie lag auf dem Meeresgrund, Arme und Beine ausgebreitet wie ein Seestern. Ihre Augen waren geschlossen, ihr Haar umwehte sie, die Lippen und Fingernägel waren blau verfärbt.

Weiter.

Und er war zu ihr geschwommen, doch sie war nicht lebendig, wie er gehofft hatte, sondern tot, wie es sein musste. Er tauchte hinab, nahm die Kette mit dem Davidstern ab, die er um den Hals trug, und streifte sie ihr sanft über den Kopf. Der sechszackige goldene Stern funkelte wie ein echter Stern am Nachthimmel.

Ein Himmel, der ihn ganz und gar verschluckte.

Bourne schreckte aus dem Schlaf hoch, mit pochendem Herzen, den süßen Geschmack von Rebekkas Atem noch im Mund und auf den Lippen. Er wollte sie einatmen, schmeckte jedoch nur die abgestandene Luft des Flugzeugs. Schal und tot. Tot wie Rebekka. Er drehte den Kopf und starrte ins Nichts hinaus, durch das sie glitten.

Er ging nach hinten zur Toilette. Seine Wut war so unbändig, dass er jemanden hätte umbringen können – doch auch das hätte diese Wut nicht besänftigen können. Er hätte sich gern kaltes Wasser ins Gesicht gespritzt, um die Nachwirkungen des Traums zu vertreiben, doch er wollte die Schminke nicht verwischen. So begnügte er sich damit, sein verfremdetes Gesicht im Spiegel zu betrachten, und fragte sich mal wieder, wer er war, wohin er ging, und warum.

NEUNUNDVIERZIG

Beidaihe ist ein berühmter Badeort im Osten der Provinz Hebei, etwa zwei Bahnstunden von Peking entfernt. Ein malerischer Küstenort, der einen willkommenen Kontrast zur Hektik der Hauptstadt bildet und der nicht nur schöne Strände zu bieten hat, sondern auch Waldgebiete mit einer erstaunlichen Vielfalt an Vogelarten. Nach Gründung der Volksrepublik China im Jahr 1949 entdeckten auch die Parteiführer ihre Liebe zu dem Ort. Mao selbst besaß hier eine Sommervilla. Man genießt einen wunderbaren Meeresblick, kann sich an den Stränden erholen und die Vogelwelt bewundern, die in den vielen Buchten heimisch ist.

Ouyang Jidan reiste mit einem Privatzug nach Beidaihe. Begleitet wurde er von Cho Xilan, Deng Tsu und Kai sowie einem großen Sicherheitsteam. Die mit roter Seide bezogenen Sitze und der kleine Kristalllüster ließen den Eisenbahnwagen wie einen Parteikonferenzsaal oder eine Hotellobby erscheinen.

Diese drei Männer waren so ziemlich die Letzten, die er als Reisebegleiter zum Parteikongress erwartet hätte. Nach der Konfrontation in Deng Tsus Limousine legte er die dreihundert Kilometer äußerst angespannt zurück. Er wusste nicht, was er erwarten und wem er noch trauen sollte. Fest stand nur, dass er sich an Cho und Deng dafür rächen würde, dass sie ihn zwangen, sich von Maricruz zu trennen. Der Mann, der seine Rache ausführen würde, war bereits aus Moskau unterwegs.

Er hütete sich jedoch, seinen Reisebegleitern seine glühende Wut zu zeigen. Er hatte sich noch nicht an den Gedanken gewöhnt, seine Frau nie wiederzusehen. Es erschien ihm so absurd, ein unvorstellbarer Verlust, für den die beiden Männer büßen würden.

»Nun, da wir alle so gemütlich beisammensitzen«, begann Deng Tsu, »würde ich gern die Situation bezüglich Israel besprechen.« Er schlug nach westlicher Art die Beine übereinander. »Jidan, ich glaube, Sie sind am besten qualifiziert, uns eine Einführung zu geben.«

Darauf läuft es also hinaus: Israel, dachte Ouyang.

»Was wollen Sie von mir hören, Patriarch?«

»Fangen Sie doch ganz vorne an«, schlug Deng Tsu vor.

»Sie erinnern sich doch sicher an Brigadegeneral Wadi Khalid, nicht wahr, Jidan?«, warf Cho Xilan ein.

»Khalid war mein Kontaktmann in der syrischen Regierung.«

»Oh, er war mehr als das«, erwiderte Cho genüsslich. »Sie waren der Architekt hinter dem, was man den Folterarchipel nannte. Sie brachten Khalid alles bei, was er über Folter wusste. Und Sie wissen so viel darüber, Jidan, so unendlich viel.«

»Danke für das Kompliment, Cho, aber das ist alles nichts Neues.«

»Und doch ist es der Ursprung Ihrer persönlichen Feindschaft gegenüber Israel, insbesondere dem Mossad.«

Der Einwurf kam von Deng Tsu, und Ouyang lauschte nicht nur den Worten, sondern auch dem Ton seiner Stimme.

»Das stimmt«, nickte Ouyang. »Doch die Israelis waren uns schon davor ein Dorn im Auge. Ruben Yadin, der damalige Direktor, betrieb als Erster die elektronische Überwachung von Anlagen in Afrika und Südostasien, die wir kontrollierten, und startete die ersten Virusangriffe auf unsere militärischen Computersysteme. Sein Sohn Eli baut auf dem Fundament auf, das sein Vater geschaffen hat. Der Mossad hat unter anderem mit dem Stuxnet-Wurm einen sehr wirkungsvollen Angriff auf iranische Atomanlagen unternommen«, schloss Ouyang seinen Bericht.

»Und Sie haben ihnen nichts entgegenzusetzen«, hielt ihm Cho Xilan genüsslich vor.

»Im Gegenteil, wir haben die israelischen Angriffe nicht nur gestoppt, sondern eine massive Gegenattacke gestartet. Gegenwärtig befinden wir uns in einer Pattsituation, die aber nicht lange anhalten wird. Wir brauchen jedenfalls mehr Programmierer, und deshalb war ich jetzt in Shanghai«, betonte Ouyang und schüttelte den Kopf. »Umso weniger verstehe ich, warum Cho Xilan alles unternimmt, um meine Bemühungen zu torpedieren. Wollen Sie etwa nicht, dass wir gegen die Israelis erfolgreich sind?«

Einige Augenblicke herrschte Schweigen zwischen den Männern, während der Zug über die Schienen brauste.

Ouyang beobachtete, wie Kais Blick zwischen Cho und ihm hin und her ging. Versuchte er abzuwägen, wer als Sieger aus dieser Auseinandersetzung hervorgehen würde, oder hatte Deng Tsu ihm bereits gesagt, auf welche Seite er sich zu stellen hatte?

»Diese Frage ist Ihrer unwürdig«, erwiderte Cho Xilan. »Soweit ich weiß, wollen wir alle dasselbe.«

»Warum schicken Sie dann Ihre Leute nach Shanghai, um mir nachzuspionieren?«

»Stimmt das?«, fragte Deng Tsu.

»Natürlich nicht, Patriarch«, betonte Cho Xilan.

»Er lügt.«

Alle drehten sich zu Kai, der sich erstmals eingemischt hatte.

»Cho Xilan hat eine junge Frau namens Yue nach Shanghai geschickt, zusammen mit einem Mann, der sich als ihr Ehemann ausgab.«

»Ich wollte mir nur ein Bild von der Situation vor Ort machen, nicht mehr«, rechtfertigte sich Cho Xilan.

»Wie erklären Sie sich dann den Tod Ihres Mannes und Yues Verschwinden?«, erwiderte Kai.

Cho Xilan verharrte so still und reglos wie der Sitz, auf dem er saß.

»Dieser Vorfall zeigt wieder einmal, wie viel Zeit und Energie für diese Rivalität verschwendet wurde«, warf Deng Tsu ein und beugte sich abrupt vor. »Aber damit ist jetzt Schluss. Haben Sie mich verstanden? Offensichtlich haben Sie beide sich nicht zu Herzen genommen, was ich Ihnen in Peking gesagt habe. Das ist überaus betrüblich.«

Das Ganze ist also eine Art Wettstreit, dachte Ouyang. *Wird einer von uns unter den beiden Mitgliedern des Ständigen Politbüroausschusses sein, die ihren Platz verlieren, um den Ausschuss auf sieben zu verkleinern?*

Der Patriarch beugte sich vor, öffnete eine Aktentasche und zog eine schmale scharlachrote Mappe hervor, mit drei schwarzen Streifen in der rechten oberen Ecke. Streng geheim, höchste Priorität. Die Mappe enthielt ein einziges Blatt, das Deng Tsu überflog, ehe er sprach.

»Was mich wirklich ärgert, Cho, ist, dass Sie sprechen, wenn Sie eigentlich schweigen sollten.«

Ouyang konnte sich ein winziges Lächeln nicht verkneifen, als er die Betroffenheit im Gesicht seines Rivalen sah. Falls seine Vermutung, dass es sich um einen Wettstreit handelte, richtig war, so würde er diesen gewinnen. Seine Euphorie war jedoch nur von kurzer Dauer, denn Deng Tsu durchbohrte ihn mit seinem messerscharfen Blick.

»Cho Xilan hat sich geirrt, als er meinte, die ganze Sache hätte mit Brigadegeneral Wadi Khalid begonnen, nicht wahr, Ouyang Jidan?«

Ouyangs Herz schien zu Eis zu erstarren. Es war ein sehr schlechtes Zeichen, dass ihn der Patriarch mit seinem vollen Namen ansprach. Der alte Mann starrte ihn an, als würde er in sein Innerstes schauen.

»Also«, fügte Deng Tsu entschieden hinzu. »Wir warten auf eine Antwort.« Obwohl es keiner weiteren Betonung seiner Worte mehr bedurft hätte, nahm er das Blatt aus der Mappe und hielt es hoch.

»Nein, Patriarch.« Ouyang hielt kurz inne, um sich zu räuspern. Seine Kehle war ebenso zugeschnürt wie sein Herz. »Es begann mit Sara Yadin.« Er blickte kurz in die Runde. »Mit der Mossad-Agentin, die als Rebekka bekannt war.«

FÜNFZIG

Der Mann, der auf dem Moskauer Flughafen Scheremetjewo das Flugzeug bestieg, hatte eine Figur wie eine Pistolenkugel, sprach mit niemandem ein Wort und hatte einen kleinen Metallkoffer mit einer Kette am Handgelenk befestigt. Kein Zweifel, dass er vom berüchtigten russischen Geheimdienst FSB war. Botschafter Liu hatte Mühe, sein Unbehagen zu verbergen. Bourne betrachtete den neuen Passagier mit neutralem Gesichtsausdruck. Er hatte schon oft mit Männern wie ihm zu tun gehabt.

Der FSB-Mann sah niemanden an, blickte starr geradeaus. Kurz vor dem Start machte der Flugbegleiter den Fehler, ihn zu fragen, ob er etwas trinken wolle. Der Agent warf ihm einen Blick zu, der ihn zurückweichen ließ, als hätte man ihn mit heißem Wasser übergossen. Bourne blieb in der Rolle des aufmerksamen Beobachters. Der Russe trug einen grauen Kammgarnanzug, der gut saß, aber aus minderwertigem Material angefertigt war.

Eine halbe Stunde nach dem Start – das Flugzeug hatte bereits seine Reiseflughöhe erreicht – erhob sich Bourne und ging zur Bordküche, um sich einen Kaffee zu holen. Mit dem Becher in der Hand setzte er sich auf den Platz neben dem Agenten. Der Mann roch nach

Mottenkugeln und billigem Tabak. Seine Wangen zeigten den Schatten von Bartstoppeln, doch sein Schädel war so glatt und glänzend wie eine Bowlingkugel.

»Wie ist das Wetter in Moskau?«, fragte Bourne auf Russisch.

Nichts.

»Ob warm oder kalt, es stinkt leider immer. Wenigstens lassen die Mädchen Leute wie uns immer ran, was, Genosse?«

Keine Reaktion.

»Wie geht's meinem Freund Boris?«

Der Agent schaute ihn mit den Augen eines toten Fisches an.

»General Karpow«, fügte Bourne hinzu. »Boris Iljitsch Karpow. Sie kennen ihn doch sicher.«

Ein kurzes Flackern in den toten Fischaugen, dann ein angedeutetes Lächeln, das seine Raubtierzähne sehen ließ. »Bitte.«

»Er ist Ihr Chef, oder?«

Der Agent starrte wieder ins Leere.

»Wenn nicht, ist Ihre Karriere im Eimer.«

»Und woher wollen Sie das wissen?«

»Ich weiß es eben.«

Der Agent schnaubte verächtlich. »Männer wie Sie haben keine Freunde.«

»Ich glaube, Sie sprechen von sich selbst«, gab Bourne zurück.

Der Agent schaute ihm nun direkt in die Augen. »Fick dich, Genosse.«

»Boris und ich haben in Damaskus zusammengearbeitet. Wir waren hinter einem Terroristen her – Semid Abdul-Qahaar, dem Leiter der Moschee in …«

»Ich weiß, wer Semid Abdul-Qahaar ist.«

»*War*. Boris und ich haben ihn ausgeschaltet.«

Der Agent schien Bourne nun in einem völlig neuen Licht zu betrachten. »Wenn das stimmt …«

»Es stimmt.« Bourne schilderte ihm den Vorfall, ohne jedoch auf Rebekkas Rolle einzugehen. »Warum fliegen Sie nach Peking? Haben Sie etwas abzuliefern?«

»Ich fliege nach Beidaihe. Und Sie?«

»Ich bringe den Botschafter hin«, antwortete Bourne. »Anweisung von Minister Ouyang. Ehrlich gesagt überrascht es mich, dass ein Russe den streng bewachten Küstenort betreten darf.«

Der Agent grinste Bourne mit seinen gelben Zähnen an. »Wissen Sie, Genosse, Sie reden zu viel.«

»Eli Yadins Tochter, Rubens Enkelin.« Der Patriarch wedelte mit dem Papier, als wäre es eine Flagge auf einem Schlachtfeld. »Bei diesen Leuten spielt die Familie eine große Rolle, stimmt's, Ouyang Jidan?«

»Das ist auch meine Erfahrung mit dem Mossad, Patriarch.«

»Und dennoch haben Sie sich in dieses familiäre Geflecht verstricken lassen. Bitte erläutern Sie uns die Umstände Ihres Irrtums.« Er wedelte noch energischer mit dem Blatt. »Und bitte verschweigen Sie nicht Ihre Gründe dafür.«

Ouyang hob einen Moment lang den Blick zur Decke, als würden ihm von dort die Gedanken zufallen. Er begann seinen Bericht mit einer Stimme, die in eine Vergangenheit zurückreichte, die noch nicht von Zynismus und Härte geprägt war. »Ich wurde fast zufällig auf Rebekka aufmerksam. Als ich die Informationen aus Syrien, dem Iran und Oman durchging, stieß ich auf eine kurze Meldung, die mein Interesse weckte. Einer unserer Agenten berichtete von Gerüchten, wonach militärische Geheimnisse aus Syrien gestohlen würden. Die Frage war, ob etwas dran war oder ob es sich um eines der vielen Gerüchte handelte, wie sie tagtäglich kursierten.

Meine Neugier war jedenfalls geweckt. Falls tatsächlich militärische Geheimnisse aus Syrien gestohlen wurden, wollte ich sie haben. Ich wies den Agenten an, der Sache nachzugehen. Eine Woche später berichtete er, dass sich die Gerüchte bestätigt hätten. Ich befahl ihm, mir das Beweismaterial zu schicken, doch ich hörte nichts mehr von ihm. Es ist bis heute ungeklärt, ob er getötet, verschleppt oder in ein syrisches Gefängnis geworfen wurde.

Also setzte ich einen anderen Agenten auf die Sache an. Zwei Wochen später teilte er mir mit, dass die Geheimnisse von Syrien in den Oman gelangten. Und von dort? Ich wies ihn an, es herauszufinden, doch auch von ihm hörte ich nichts mehr. Absolut nichts. Seine Spur verlor sich so wie die des ersten Agenten.«

»Das spricht nicht gerade für Ihre Agenten, Ouyang«, bemerkte Cho.

»Wer hat Ihnen das Wort erteilt?«, wies ihn Deng Tsu zornig zurecht.

Cho erstarrte augenblicklich.

»Bitte, fahren Sie fort, Jidan«, forderte ihn der Patriarch in einem völlig anderen Ton auf.

Ouyang nickte ehrerbietig. Er war fest entschlossen, Cho Xilan nicht mehr anzusehen.

»Das Verschwinden eines Agenten war für uns etwas sehr Ungewöhnliches, aber dass es zweimal hintereinander passierte, war noch nie vorgekommen. Deshalb beschloss ich, die Sache selbst in die Hand zu nehmen. Ich flog in diplomatischer Mission unter einer falschen Identität nach Oman. Meine einzige Hoffnung war ein gewisser Faisal, ein Beduine, der mit allen möglichen legalen und illegalen Waren handelte. Er kannte jeden in allen Städten, in denen er zu tun hatte.

Es war Faisal, mit dem sich der zweite Agent in Maskat getroffen hatte. Faisal war noch dort, als ich in der Hauptstadt eintraf. Seine bevorzugten Güter waren Gold und Diamanten. Ich hatte vorsorglich beides im Gepäck.

Durch Faisal erfuhr ich von Rebekka. Sie arbeitete als Flugbegleiterin für eine regionale Fluglinie, die zwischen Damaskus und Maskat unterwegs war. Faisal glaubte, dass sie als Kurier fungierte.

Ich fragte ihn, für wen diese Frau in Wahrheit arbeitete. Er hatte herausgefunden, dass sie saudi-arabische Staatsbürgerin war und deshalb wahrscheinlich für die Saudis tätig war, doch er räumte ein, dass es ebenso gut die Amerikaner sein könnten. ›Wir bewegen uns hier auf Treibsand‹, sagte er, und ich bat ihn, der Sache für mich nachzugehen. Er wusste, was mit meinem zweiten Agenten geschehen war, und zögerte deshalb, doch als ich ihm meine Diamanten zeigte, war er zu einem Geschäft bereit.«

Ouyang verstummte, bis Deng Tsu schließlich nachhakte. »Und?«

Statt einer Antwort erhob sich Ouyang von seinem Platz. Er zog sein Jackett aus und legte es fein säuberlich zusammengefaltet auf seinen Sitz. Dann nahm er die Krawatte ab.

Als er sein Hemd aufknöpfte, fragte Cho Xilan beunruhigt: »Was tun Sie?«

Ouyang zog schweigend das Hemd aus. Er wandte den anderen seine linke Seite zu, sodass sie die lange Narbe zwischen der zweiten und dritten Rippe sehen konnten. Sie sah schlimm aus, schlecht verheilt, so als wäre die Wunde sehr notdürftig behandelt worden.

»Das stammt von einem Messer«, sagte Ouyang. »Eine Erinnerung an mein drittes Zusammentreffen mit der Mossad-Agentin Rebekka.«

EINUNDFÜNFZIG

»Es gab da ein Mädchen«, sagte Bourne in vertraulichem Ton. »Olga hieß sie. Blond, blaue Augen, aus dem Kaukasus, in der Nähe des Kaspischen Meers.« Er sah den FSB-Agenten, der sich schließlich als Leonid vorgestellt hatte, wissend an. »Ein Mädchen mit großer Ausdauer, wenn du verstehst, was ich meine.« Er schüttelte den Kopf. »Boris und ich verbrachten ein paar denkwürdige Nächte mit Olga und ihren Freundinnen. Vielleicht erinnerst du dich an sie?«

»Diese Mädchen gleichen einander wie ein Zahnrad dem anderen. Sie sind arm und wissen nichts von der Welt. Sehen in dir eine Fahrkarte in ein besseres Leben. Für sie bist du nur ein Werkzeug, um aus ihren Drecklöchern rauszukommen.«

Es war die längste zusammenhängende Antwort, die Leonid seit dem Start des Flugzeugs in Moskau gegeben hatte. Für Bourne ein echter Durchbruch.

»Das Problem ist, dass es einfach zu viele schöne Mädchen gibt«, sagte er.

Leonid nickte bitter. »Und alle wollen sie das Gleiche.«

Bourne blickte auf den Becher in seiner Hand hinunter. »Dieser Kaffee ist scheußlich. Tee ist mir lieber.«

»Gegen einen Tee hätte ich nichts einzuwenden.«

»Mit einem Schuss erstklassigem Wodka.« Ohne auf eine Antwort zu warten, stand Bourne auf und ging zur Bordküche, um Tee und Wodka zu bestellen.

Der Flugbegleiter holte ein großes Tablett mit kleinen Flaschen hervor und stellte zwei Porzellantassen auf die schmale Arbeitsfläche. »Hier«, sagte er, »suchen Sie sich einen Wodka aus, während ich den Tee hole.«

Bei seinem ersten Besuch in der Bordküche war Bourne der Medizinschrank aufgefallen. Während der Flugbegleiter in die Hocke ging, um die Teedosen aus einer niedrigen Schublade zu holen, kramte Bourne in dem Schrank, bis er ein Schlafmittel fand. Er gab etwas von dem Pulver in eine Tasse, goss den Inhalt eines Wodkafläschchens dazu und rührte mit dem Finger um, bis sich das Pulver auflöste.

»English Breakfast oder Oolong?«, fragte der Flugbegleiter.

»Haben Sie keinen russischen Karawanentee?«

»Nein, tut mir leid.«

»Dann English Breakfast.«

Wenig später kehrte er mit den beiden Teetassen zu Leonid zurück, doch als er ihm eine Tasse reichte, blickte der Russe mit einem Wolfslächeln auf. »Ich nehme die andere.«

Bourne reichte ihm die gewünschte Tasse und setzte sich, um seinen Tee zu trinken. Leonid kostete seinen Tee, ohne den Blick von Bourne zu wenden. Er rümpfte die Nase. »English Breakfast.«

»Kein russischer Karawanentee«, räumte Bourne ein, »aber wenigstens schön stark.«

Die beiden Männer saßen eine Weile schweigend bei

ihrem Tee, bis Bourne seine Tasse abstellte. Er drückte eine Taste an seinem Sitz und neigte die Lehne nach hinten, dann verschränkte er die Arme vor der Brust und schloss die Augen. Sein Atem verlangsamte sich.

Dem Russen neben ihm begannen ebenfalls die Augen zuzufallen. Er stellte die Tasse ab, seine Lider flackerten kurz, dann war er eingeschlafen.

Bourne zählte bis hundert, um sicherzugehen, dass Leonid außer Gefecht war, dann sah er sich das Schloss des Koffers an, den der Russe am Handgelenk trug. Es ließ sich allem Anschein nach nur von einem Schlüssel öffnen, der nicht kopiert werden konnte. Er begann, Leonid nach dem Schlüssel zu durchsuchen.

Es dauerte eine Weile, doch schließlich fand er ihn in einer schmalen Lederhülle an Leonids linkem Fußknöchel. Er wollte ihn herausnehmen, als sich Leonid plötzlich regte. Bourne wartete geduldig, bis er sicher war, dass der Russe wieder tief und fest schlief.

Er zog den Schlüssel heraus, steckte ihn ins Schloss und drehte ihn nach rechts. Das Geräusch, das er hörte, war jedoch nicht das eines sich öffnenden Schlosses – es klang eher nach einem Mechanismus, der scharf gemacht wurde. Bourne erstarrte. Er hatte schon mit solchen Schlössern zu tun gehabt. Es handelte sich um den Auslöser für einen Sprengsatz im Koffer, um den Inhalt zu vernichten, damit er nicht in falsche Hände geriet.

Nach seiner Erfahrung gab es nur zwei Wege, um den Mechanismus zu entschärfen. Man musste den Schlüssel entweder herausziehen und erneut hineinstecken oder ihn nach links drehen. Falls jedoch Letzteres der richtige Weg war, würde der Sprengsatz gezündet werden, sobald man den Schlüssel herauszog. Bourne beugte sich hinunter und sah sich das Schloss genauer an. Boris hatte ihm einmal ein solches Modell gezeigt. Es war ein Schloss, wie es der FSB gerne verwendete.

Bourne konnte sich jetzt keinen Fehler leisten. Eine zweite Chance würde er nicht bekommen. Er hielt den Atem an und drehte den Schlüssel nach links. Mit einem Klicken wurde der Sicherungsmechanismus entschärft und das Schloss entriegelt. Vorsichtig öffnete Bourne den Koffer.

Das Innere war zur Gänze mit grauem Schaumstoff ausgekleidet. In der Mitte befand sich eine Aussparung, in der ein kleiner rechteckiger Gegenstand lag. Die Metalloberseite schimmerte im Licht des Flugzeugs.

Der Gegenstand war aus Blei, was nur einen Schluss zuließ: Das Blei diente zur Abschirmung einer radioaktiven Substanz. Das Ding war viel zu klein für einen Atomsprengkopf, aber was war es dann?

Bourne versuchte sich an den Schließmechanismus zu erinnern, den Boris ihm damals gezeigt hatte. Es hatte sich ebenfalls um einen Koffer gehandelt, in dem sich in einer Bleihülle ein kleines Fläschchen mit Polonium-210 befunden hatte, *»unsere bevorzugte lautlose Waffe für gezielte Tötungen«*, wie ihm Boris anvertraut hatte. Bourne erinnerte sich an den Tod des ehemaligen FSB-Agenten Alexander Litwinenko, der in London an einer Poloniumvergiftung gestorben war, nachdem er Geheimnisse an den MI6 weitergegeben hatte. Jemand hatte ihm die radioaktive Substanz in den Tee gemischt.

War es das, was Leonid zum Parteikongress brachte? Warum? Auf wessen Anweisung? Bourne verschloss vorsichtig den Koffer und steckte den Schlüssel in sein kleines »Holster« zurück, dann lehnte er sich zurück und schloss die Augen.

Er überlegte, welche Möglichkeiten ihm blieben. Dieses Flugzeug gehörte Minister Ouyang, also war es sehr wahrscheinlich, dass er das Polonium-210 bestellt hatte. Für wen war es bestimmt? Sein erster Gedanke war natürlich Cho Xilan, Ouyangs Erzfeind, doch Bourne wusste, dass die Wahrheit nicht immer so offensichtlich war.

Mit eisernem Willen verdrängte er alle Fragen, die sich im Moment unmöglich beantworten ließen. Er entspannte sich und schlief wenig später ein.

»Bei meinem ersten Zusammentreffen mit Rebekka gab sie sich aufgeschlossen und höflich«, erzählte Ouyang, während er sein Hemd anzog und zuknöpfte. »Beim zweiten Mal trafen wir uns zum Abendessen, und sie war so charmant, wie man es sich nur vorstellen konnte.« Er band sich die Krawatte um. »Beim dritten Zusammentreffen hätte sie mich beinahe umgebracht.«

Nachdem er das Jackett angezogen hatte, setzte er sich wieder auf seinen Platz. »Dass es ihr nicht gelang, war nur einem Zufall zu verdanken.«

»Bloßes Glück«, bemerkte Cho säuerlich.

»Wenn Sie es so ausdrücken wollen.« Ouyang lehnte sich zurück. »Diese Frau lässt sich nicht mit einfachen Worten beschreiben, dafür war sie eine viel zu komplexe Persönlichkeit. Wirklich bemerkenswert.«

»Sie hat Sie auf dem falschen Fuß erwischt«, meinte der Patriarch.

»Das war, bevor mir klar wurde, wer sie wirklich war.«

»Sie haben sie nie ganz durchschaut.«

»Sie hat alle hinters Licht geführt.« Ouyang zupfte eine Fussel von seinem Jackettärmel. »Ich habe mich wohl auch von ihrem Geschlecht täuschen lassen. Ihre wahre Rolle hätte ich ihr nicht zugetraut.«

»Sie hat Sie für Ihre Arroganz bestraft.« Deng Tsu legte das Papier wieder in die Mappe. »Aber Sie konnten es nicht dabei bewenden lassen, wollten unbedingt Rache. Sie ließen sie töten, als sie mit Jason Bourne in Mexiko City war. Sie ließen sie mit einem Messerstich ermorden, so wie sie es bei Ihnen versucht hatte.« Deng schüttelte den Kopf. »So begann Ihre persönliche Fehde mit dem Mossad. Und das alles wegen dieser Frau, Jidan.« Er seufzte. »Sie haben uns in eine gefährliche Situation gebracht.«

»Bei allem Respekt, Patriarch, das habe ich nicht getan«, rechtfertigte sich Ouyang. »Eli Yadins verzweifelte Versuche, mich zu erwischen, haben ihn einen Fehler begehen lassen. Er hat Jason Bourne für seine Zwecke eingespannt.«

»Wie hat er das geschafft?«, wunderte sich der Patriarch. »Bourne hasst alle Geheimdienste, seit ihn die amerikanische Central Intelligence Agency für ihre Zwecke benutzt hat.«

»Eli Yadin ist klüger als die CIA. Es wäre ihm nie gelungen, Bourne auf seine Seite zu ziehen, wenn Rebekka nicht getötet worden wäre. Eli weiß genau, dass Bourne nur reagiert, wenn er einen persönlichen Verlust erlitten hat. Glauben Sie mir, Bourne wird versuchen, an mich heranzukommen.«

Cho Xilan schüttelte verständnislos den Kopf. »Und das soll eine gute Nachricht sein?«

»Sie verstehen aber auch gar nichts.« Ouyang schlug die Beine übereinander. »Es wäre äußerst schwierig, die gesamte Kidon-Abteilung des Mossad im Auge zu behalten. So kann ich mich ausschließlich auf Bourne konzentrieren. Das Beste ist, dass ich keinen Finger rühren muss, weil ich weiß, dass er zu mir kommen wird.«

»Was? Nach Beidaihe?« Cho lachte unsicher. »Sie machen Witze.«

»Nein, er meint es ernst«, sagte Deng Tsu.

»Aber Bourne ist Amerikaner«, wandte Cho ein. »Er hat keine Chance, auch nur in die Nähe von Beidaihe zu gelangen.«

»Glauben Sie mir, Jidan kennt Bourne besser als Sie, Cho Xilan.«

»Bourne ist ein Meister, wenn es darum geht, unbemerkt einzudringen und ein Ziel auszuschalten.« Ouyang legte die Hände aneinander wie ein Priester zum Gebet. »Aber ich bin gewarnt … und vorbereitet.«

ZWEIUNDFÜNFZIG

Das Signal zum Anlegen der Gurte kam, als das Flugzeug den alten Militärflughafen außerhalb von Beidaihe anflog. Der neue, ultramoderne Flughafen, dessen Baustelle Bourne im Vorbeifliegen sah, würde erst in einem Jahr fertig werden.

Leonid erwachte, als ihm der Flugbegleiter auf die Schulter tippte, um ihm mitzuteilen, dass es Zeit zum Anschnallen war. Bevor er der Aufforderung nachkam, überprüfte der Russe jedoch, dass mit seinem Koffer alles in Ordnung war.

»Warst du schon mal in China?«, fragte Bourne.

»Wozu?«, erwiderte Leonid. »Die Frauen ...« Er schauderte.

»Wenn du willst, zeige ich dir ein paar gute Plätze.«

»Ich steige nicht aus, besten Dank. Ich treffe mich hier drin mit jemandem, und sobald die Crew ausgeschlafen und das Flugzeug aufgetankt ist, geht's für mich zurück nach Moskau.«

Die Umrisse von Beidaihe wurden klarer, als das Flugzeug in den Landeanflug ging. Leonid schien den Ort zu betrachten, doch Bourne war überzeugt, dass er in Wahrheit etwas anderes vor sich sah.

»Irgendwann hat man sich so weit von seinen Anfängen entfernt«, sagte Leonid schließlich, »dass man das Gefühl hat, ein ganz anderer zu sein als damals. Man vergisst ganz, woher man kommt, und fühlt sich wie ein Gestrandeter an einer fernen Küste.«

»Das trifft wahrscheinlich auf alle hier im Flugzeug zu.«

Leonid wandte sich an Bourne und musterte ihn. »Wenn sich die Umstände ändern und du mich auf dem Rückflug begleiten willst …« Er hielt ihm einen Zettel mit einer Telefonnummer hin. »Ich lasse das Flugzeug auf dich warten.« Er lächelte. Das erste Anzeichen einer normalen menschlichen Emotion.

Als Ouyang in Beidaihe eintraf, wurden er und seine Reisebegleiter sofort in einer Limousine zu der Anlage chauffiert, die Mao einst für seine Sommeraufenthalte hatte errichten lassen. Der Patriarch und der Präsident wohnten in gegenüberliegenden Flügeln der größten Villa. Die Anlage umfasste insgesamt sechs Villen, die nach dem Vorbild russischer Datschen am Meer erbaut worden waren.

Ouyang und Cho Xilan hatten ihre eigenen kleinen Villen. Kai wohnte beim Patriarchen, als wären sie alte Freunde, was Ouyangs Misstrauen verstärkte. Kai hatte ihn noch vor Kurzem gefragt, wie es dem Patriarchen gehe, so als hätte er lange keinen Kontakt mehr mit ihm gehabt. Jetzt erkannte Ouyang die bittere Wahrheit, und sie schmeckte nach Verrat. Gewiss, die Lüge gehörte zu Kais Geschäft, aber warum hatte er ihn, Ouyang, belogen – den Mann, für den er doch eigentlich arbeitete? Die große Frage lautete also:

Warum war Kai hier?

Leider hatte Ouyang keine Zeit, um sich über Dengs Pläne Gedanken zu machen. Er hatte ein Auto bestellt, das ihn von seiner Villa abholen sollte, weil er nicht den Militärjeep benutzen wollte, den er zur Verfügung hatte. Der Wagen wartete bereits bei seiner Ankunft, und nachdem Ouyang sein Gepäck im Eingangsbereich abgestellt hatte, ging er zurück und stieg ein.

Während der Wagen durch die Anlage rollte, sah Ouyang, wie treffend das kleine Heer von Architekten und Baumeistern die Große Halle des Volkes in Peking nachgebildet hatten, in der der Parteitag normalerweise abgehalten wurde. Es würde kaum jemandem leidtun, dass der Kongress diesmal nicht in Peking stattfand, vor allem wenn man an die drohenden Proteste dachte.

In den vergangenen fünfzehn Monaten hatte Ouyang ebenso wie die anderen Mitglieder des Politbüros stets den führenden chinesischen Mikroblogging-Dienst Weibo im Auge behalten. Die vielfachen Aufrufe zu Demonstrationen in der Hauptstadt hatten ein für die Elite alarmierendes Ausmaß angenommen.

Die Entscheidung, den Parteitag nach Beidaihe zu verlegen, war den Verantwortlichen deshalb nicht schwergefallen. Es war November, die Badesaison längst vorbei, sodass es kein Problem war, die Zufahrt zur Anlage abzusperren, wofür man in Peking die Armee hätte aufmarschieren lassen müssen. Und das hätte weltweit zu einem massiven Gesichtsverlust der Partei geführt.

Nach fünfzehn Minuten hatte Ouyangs Wagen den etwas heruntergekommenen Militärflughafen erreicht. Man konzentrierte sich ganz auf die Errichtung des neuen Zivilflughafens, während man diesen Flugplatz nach und nach verfallen ließ.

Das Auto wurde langsamer und kam schließlich in der Nähe von Ouyangs Flugzeug zum Stehen. Er stieg aus, eilte über das Rollfeld und die Flugzeugtreppe hinauf.

Leonid war gerade beim Essen. Ohne ein Wort zu sagen, setzte sich Ouyang ihm gegenüber.

»Sie lassen es sich gut gehen, wie ich sehe.«

»Warum nicht«, entgegnete der Kurier. »Ich wüsste nicht, was ich sonst hier tun sollte.« Er schaute sich um. »Die Crew schläft, das Flugzeug wird aufgetankt, und ich warte auf Minister Ouyang.«

»Ich bin Minister Ouyang.«

»Beweisen Sie es.«

Sein Ton war so herrisch und respektlos, dass sich Ouyang innerlich anspannte. *Der Mann ist eben Russe*, rief er sich in Erinnerung. *Noch dazu vom FSB, wo man für gute Manieren höchstens getadelt wird.*

Ouyang schwieg, sodass Leonid von seiner Mahlzeit aufblickte und mit der Kette an seinem Handgelenk klimperte. »Was ich hier habe, gebe ich nicht irgendjemandem, der behauptet, Minister Ouyang zu sein.«

»Hat man Ihnen kein Codewort gegeben?«

»Nein.«

»Aber ein Foto von mir wird man Ihnen doch gezeigt haben.«

Der Kurier lächelte höhnisch. »Sicher. Sie sehen schon wie der Typ aus, aber …«

Ouyang stöhnte frustriert, zog seinen Parteiausweis hervor und reichte ihn dem Mann.

Leonid studierte den Ausweis wie ein abstraktes Gemälde, das er zu verstehen versuchte. Schließlich sah er Ouyang an. Doch statt ihm die Karte zurückzugeben, hielt er sie hoch und wedelte damit in der Luft. »Minister Ouyang, was sind Sie ohne dieses Stück Papier?«

Ouyang starrte ihn an und musste sich sehr beherrschen, um nicht vom Sitz aufzuspringen.

Leonid zuckte mit den Achseln. »Nur eine Frage.« Er reichte ihm die Parteikarte.

Ouyang griff danach, ließ sie jedoch im selben Moment los wie der Russe. Die Karte fiel zu Boden.

»Heben Sie sie auf«, sagte Ouyang.

»Gibt's ein Problem?«

»Sie haben sie fallen lassen, also heben Sie sie auf.«

Leonid wollte etwas erwidern, überlegte es sich dann aber anders. Er lächelte dünn, bückte sich und hob die Karte auf. Als er sie ihm hinhielt, nahm Ouyang sie langsam und bedächtig.

»Jetzt zur Sache«, sagte der Chinese.

Ohne den Blick von Ouyang zu wenden, öffnete Leonid die Kette an seinem Handgelenk und schob den Koffer zu Ouyang hinüber.

Der Minister rührte sich nicht. »Öffnen Sie ihn.«

Leonid hielt ihm den Schlüssel hin. »Gehört nicht zu meinem Job.«

»Tun Sie mir den Gefallen.«

Einige Augenblicke herrschte Schweigen, dann zuckte Leonid mit den Achseln. Er hob den Koffer auf seinen Schoß und steckte den Schlüssel ins Schloss. »Sehen Sie genau hin.«

Er drehte den Schlüssel zuerst nach rechts, dann nach links. Der Koffer sprang auf und Ouyang blickte hinein.

»Das ist alles?«

»Das ist alles«, bekräftigte Leonid.

»Sehr klein.«

»Sie würden bestimmt nicht mehr davon haben wollen, glauben Sie mir.«

Ouyang nickte. »Wenigstens in diesem Punkt sind wir uns einig.«

»Einen Moment.«

Kai war gerade im Begriff, aus der Villa ins Freie zu treten. Er drehte sich zu Deng Tsu um.

»Schließen Sie die Tür«, forderte ihn der Patriarch auf.

Kai tat es, dann ging er über den exquisiten Perserteppich zum Patriarchen zurück.

Deng Tsu deutete auf zwei Mandarin-Stühle, und die beiden Männer setzten sich. Kai fiel auf, dass die allgegenwärtigen Leibwächter des Patriarchen nicht im Zimmer waren. Seltsam war auch, dass kein Tee gereicht wurde. Deng Tsus schwarz gefärbtes Haar glänzte wie Kunststoff.

»Wie sind Minister Ouyangs Pläne bezüglich Jason Bourne?«

Die Frage überraschte Kai. »Glauben Sie auch, dass Bourne versuchen wird, in die Anlage einzudringen?«

»Beantworten Sie bitte meine Frage.«

»Ich weiß es nicht.«

Deng Tsu kniff die Augen zusammen. »Es fällt mir schwer, das zu glauben, wenn ich an Ihre enge Verbindung zu ihm denke.«

»Ich glaube, diese Verbindung besteht ab sofort nicht mehr.«

»Das will ich auch hoffen.« Der Patriarch musterte Kai eingehend. »Falls sich Minister Ouyang Hoffnungen macht, in eine noch höhere Position aufzusteigen, darf er keinen Kontakt mehr zu Ihnen haben. Er kann Sie nicht mehr einsetzen, wie er es in der Vergangenheit getan hat. Die Gefahr für uns alle wäre viel zu groß, auch für Sie selbst.« Er verschränkte die Finger ineinander. »Das verstehen Sie doch.«

Kai spürte das Echo seines Herzschlags bis zum Hals hinauf, als hätte er einen lebenden Vogel verschluckt. »Absolut.«

»Gut. Was Minister Ouyangs Pläne betrifft …«

Kai fragte sich einen Moment, was Deng von ihm erwartete. »Ich hätte kein Problem damit, die Situation im Auge zu behalten.«

»Gut«, sagte Deng Tsu. »Das würde mich beruhigen.«

Kai lächelte.

Als er allein war, hob Deng seinen Aktenkoffer auf den Schoß und klappte ihn auf. Er öffnete das Fingerabdruck-Schloss, mit dem ein verborgenes Fach gesichert war. Darin befanden sich sechs Taschen mit sechs Handys. Deng nahm das Satellitentelefon ganz rechts heraus und schaltete es ein. Jedes Handy hatte nur eine einzige Nummer gespeichert.

Er gab den Code zum Entsperren ein und drückte die Taste fünf, hob das Handy ans Ohr und lauschte den hohlen Klickgeräuschen, mit denen die Verschlüsselung aktiviert wurde. Als die Verbindung hergestellt war, hörte er ein fernes Klingeln wie durch Wasser hindurch.

»Pascha«, sagte er, »wurde das Paket abgeliefert?«

»Mein lieber Freund«, antwortete Pawel Michailowitsch Schukow, Oberst im FSB. »Ich habe meinen besten Mann geschickt. Leonid hat mich noch nie enttäuscht.«

»Trotzdem haben Sie sicher eine Nachricht von ihm erhalten«, hakte Deng nach.

»Ja. Minister Ouyang hat den Koffer erhalten.«

»Und darin befindet sich, was wir besprochen haben?«

»Ja. Ein spezielles Polonium-Isotop, das sehr schnell wirkt. Das Opfer spürt die Folgen schon nach wenigen Stunden und wird höchstwahrscheinlich morgen früh tot sein, oder zumindest außer Gefecht.«

»Das heißt, der Betreffende wird sicher nicht am Parteitag teilnehmen können.«

»Nicht, wenn die Substanz entsprechend angewendet wird.« Kurzes Schweigen. »Tsu, Sie klingen besorgt.«

Deng Tsu schaute aus dem Fenster der Villa auf den breiten Rücken eines Leibwächters. »Minister Ouyang darf nicht erfahren, dass ich seinen Plan lenke.«

»Das versteht sich von selbst«, bekräftigte Pascha. »Sie sind tatsächlich nervös.«

»Der Verlauf der kommenden zehn Jahre wird in den nächsten Tagen entschieden«, versetzte Deng gereizt. »Natürlich ist jeder Schritt, und sei er noch so klein und unbedeutend, mit einer gewissen Anspannung verbunden.«

»Dieser Schritt wird jedenfalls gravierende Konsequenzen haben.«

Deng neigte den Kopf zurück, als würde er einen Sternenhimmel betrachten, und schloss die Augen. »Er wird mein Vermächtnis für die kommenden zehn Jahre besiegeln.«

»Vor allem wird er Ihre unruhige Bevölkerung im

Zaum halten, die immer dekadenter und aufsässiger wird, was vor allem auf die Plage der sozialen Medien aus dem Westen zurückzuführen ist.«

»Der neue Generalsekretär wird schon nach einer Woche Reformen verkünden, die in der Bevölkerung gut ankommen werden. Die Ausgaben für Konferenzen, teure Autos und Häuser werden gesenkt, ohne dass sich etwas Wesentliches ändern wird.«

»Es wird jedoch die Beziehungen zwischen China und bestimmten Kräften in Russland stärken, die in der Vergangenheit immer schwächer wurden«, bemerkte Pascha.

Deng Tsu dachte kurz an Jason Bourne, doch selbst wenn es dem unberechenbaren Agenten tatsächlich gelingen sollte, in die Anlage einzudringen, würde ihn Kai mit Sicherheit zur Strecke bringen.

DREIUNDFÜNFZIG

Unter diplomatischem Schutz begleitete Bourne den Botschafter durch das massive Tor der Parteianlage und trat in das Machtzentrum des modernen Reichs der Mitte ein. Der Anblick der luxuriösen Villen mit Aussicht auf die Strände von Beidaihe und die Bohai-See gab einem das Gefühl, sich in einem anderen, politisch freieren Land zu befinden.

In den Straßen zwischen den Villen wimmelte es von Soldaten, manche mit Hunden, andere mit Maschinenpistolen, doch trotz des massiven Aufgebots herrschte keine spürbare Anspannung.

Botschafter Liu bekam eine relativ bescheidene Villa zugewiesen, nur wenige Schritte von der größeren Villa Minister Ouyangs entfernt, wie er Bourne nicht ohne Stolz wissen ließ.

Bourne trug das Gepäck des Botschafters die Treppe hinauf und ins Haus.

»Ich werde Sie ab jetzt nicht mehr benötigen«, teilte Liu ihm in seiner gewohnt förmlichen Art mit.

»Ich soll Sie beschützen, Herr Botschafter.«

»Ich habe mein eigenes Sicherheitsteam hier. Gehen Sie zurück zum Flugzeug, das Sie nach Hause bringen wird. Ich selbst reise nach dem Kongress weiter nach

Peking, um mich mit der neuen Führung zu treffen und eventuelle Änderungen in der Außenpolitik zu besprechen, bevor ich nach Mexiko City zurückkehre.«

Nachdem er seine Pflichten gegenüber dem Botschafter erfüllt hatte, wandte sich Bourne seiner eigenen Mission zu, die einzig und allein mit Ouyang Jidan zu tun hatte.

»Setzen Sie sich«, sagte Minister Ouyang. »Machen Sie es sich bequem, während ich mich um den Tee kümmere. Ich habe einen exquisiten Long Jing mitgebracht.«

Cho Xilan stand im Wohnbereich von Ouyangs Villa und beobachtete seinen Erzfeind, der an einem Sideboard den Tee zubereitete. Der Raum war von sechs dicken Säulen aus poliertem Zedernholz gesäumt, eine jede mit zwei chinesischen Tierkreiszeichen verziert. Diwane, Tische und Stühle standen an den Plätzen, die die Feng-Shui-Meister ihnen zugewiesen hatten, welche mit der Einrichtung betraut worden waren.

»Eine Tasse Drachentee wäre angenehm«, sagte Cho steif.

Ouyang drehte sich lächelnd um. »Nicht nötig, dass wir so förmlich miteinander umgehen, Xilan.«

»Ich wüsste nicht, wie es anders sein sollte.«

Ouyang nickte wissend. »Das kommt daher, dass wir uns zu lange an die Kehle gegangen sind.«

»Es kommt eher daher, dass wir unterschiedliche Wege für Chinas Zukunft im Auge haben.«

Sein stählerner Ton ließ Ouyang innehalten. »Der Patriarch hat uns eine Anweisung gegeben. Unsere beiden angestrebten Wege sind nicht mehr relevant. Wir müssen zusammen einen dritten Weg finden, einen

Kompromiss, und das muss uns gelingen, bevor der Kongress morgen früh beginnt.«

Cho Xilan schürzte die Lippen. Selbst wenn er wie jetzt im westlichen Stil gekleidet war, schien er ein traditionelles Gewand zu tragen. »Halten Sie das für realistisch?«

»Alles ist möglich, wenn wir wollen«, betonte Ouyang.

»Dann lassen Sie mich ganz offen sprechen, Minister Ouyang. Ich glaube nicht, dass wir das können.«

»Wir können es gewiss nicht, wenn wir es nicht versuchen.«

Ouyang wandte sich wieder dem Tee zu und gab vorsichtig das Polonium in eine der beiden Tassen. Nur wenige Tropfen, hatte der Kurier gesagt, doch Ouyang beschloss, auf Nummer sicher zu gehen.

»Wenn wir es nicht versuchen, Xilan, was sagen wir dann heute Abend bei Tisch dem Patriarchen?«

Das Wasser hatte genau die richtige Temperatur. Ouyang goss es in die Kanne mit den Drachenteeblättern. Jetzt musste er den Tee nur noch drei Minuten ziehen lassen, nicht mehr und nicht weniger. Maricruz hatte sich immer um seinen Tee gekümmert. Es hatte ihn immer wieder erstaunt, wie sie die verschiedenen Sorten perfekt zubereitete, so als wäre sie mit der Gabe geboren worden. Es war einer ihrer vielen Vorzüge, die er so schmerzlich vermisste. Undenkbar, sie nie mehr in den Armen halten zu können, nie wieder ihre Lippen an seinem Körper zu spüren, ihr erregtes Flüstern zu hören, wenn sie ihr Kleid über ihre strammen Schenkel hob und sich auf ihn setzte, nie wieder die Ekstase zu erleben, die nur sie ihm geben konnte. Unwillkürlich ballten sich seine Hände zu Fäusten. Wie sehr er all die Leute um sich herum verachtete, allen voran dieses Stück Scheiße hier, das die Luft verpestete, die er atmete!

»Ich werde dem Patriarchen mitteilen, dass wir es versucht haben und es nicht gelungen ist.«

»Wir sollen Deng Tsu belügen?«

Cho lachte höhnisch. »Als hätten Sie das noch nie getan.«

Ouyang wandte sich ihm wieder zu. »Sie machen es uns außerordentlich schwer.«

»Minister, ich mache es nicht schwerer, als es ohnehin ist.« Er breitete die Hände aus. »Wenn es um Chinas Zukunft geht, kann ich keine Kompromisse eingehen.«

Ouyang zog die Stirn kraus. »Verstehen Sie denn nicht, wie ernst die Lage ist? Das System beginnt zu bröckeln. Wollen Sie von den Ereignissen überrollt werden?«

»Von wem? Von den Massen? Machen Sie sich nicht lächerlich.«

»Die Bevölkerung verfügt heute über eine nicht unbeträchtliche Macht.«

»Diese sogenannte Macht ist eine Illusion.«

»Aha.« Ouyang lächelte. »Dann geht es also in Wahrheit um Eigeninteressen?«

»Das müssen Sie doch am besten wissen.«

Ouyang zwang sich, ruhig zu bleiben, doch es fiel ihm unendlich schwer, jetzt, da Maricruz für immer fort war, am anderen Ende der Welt. Ein unerträglicher Gedanke.

»Zeit für den Tee«, sagte er so ruhig er konnte.

Er schenkte in beide Tassen ein und achtete darauf, keinen Tropfen zu verschütten. Dann ging er mit den

Tassen zu Cho Xilan hinüber. Er hielt ihm die Tasse mit dem Polonium hin, und sein unerbittlicher Feind nahm sie entgegen.

Ouyang erhob seine Tasse. »Auf das Eigeninteresse.«

»Auf ein stabiles Reich der Mitte.«

Er beobachtete über den Rand seiner Tasse hinweg, wie Cho den vergifteten Tee schlürfte. Eine gewisse Genugtuung machte sich inmitten seiner aufgewühlten Emotionen breit, als er an den schrecklichen Tod dachte, der seinen Widersacher erwartete.

»Können wir uns nicht wenigstens hinsetzen und uns wie zivilisierte Menschen unterhalten, wenn uns schon sonst nichts gelingt?«

»Ich stehe lieber«, erwiderte Cho Xilan, um seine unbeugsame Haltung zum Ausdruck zu bringen, »aber Sie können sich gerne setzen, wenn Sie müde sind.«

Ouyang dachte einen Moment lang daran, sich auf Cho zu stürzen und ihm mit den Daumen die Augäpfel zu zerquetschen. Was für eine Genugtuung das wäre! Doch seine Wut ließ wieder nach, und er sagte sich, dass er am besten bei seinem Plan blieb.

»Was mich tatsächlich ermüdet, Xilan, ist Ihre Unnachgiebigkeit.«

»Man muss unnachgiebig sein, um seinen Überzeugungen zu folgen, egal, wie viele sich einem in den Weg stellen. Dafür lohnt es sich, das Schwert in die Hand zu nehmen und zu kämpfen.«

»Und das werden Sie tun …«

»Ja. Morgen früh, wenn der Parteitag beginnt.«

»Warum erzählen Sie mir das?«

»Weil es mir gefällt. Weil jene, die China durch ihre Veränderungen destabilisieren wollen, nicht bloß geschlagen, sondern vernichtet werden. Und Sie werden es nicht verhindern können«, betonte Cho. »Der Zug ist bereits abgefahren.«

Ouyang staunte über die Gewissheit, mit der sein Feind das verkündete, und seine Nackenhaare stellten sich auf, doch er ließ sich nichts anmerken. »Gut, dann auf unsere Ambitionen.« Er tippte an seine Tasse. »Trinken wir unseren Tee aus, dann gehen wir unserer Wege.«

Cho nickte, leerte seine Tasse und stellte sie ab. »Wenn wir uns das nächste Mal sehen, wird mein Sieg schon feststehen.«

Als Bourne beobachtete, wie Cho Xilan Ouyangs Villa verließ, trug er bereits die Uniform des patrouillierenden Wächters, den er überwältigt hatte. Er hatte sich von hinten angeschlichen und ihn an der Kehle gepackt, sodass der Mann keinen Laut von sich gab, ehe er bewusstlos zu Boden sank. Bourne hatte ihn ins Gebüsch geschleift und ihm nicht nur die Uniform, sondern auch seine Waffen und den Ausweis abgenommen.

Anschließend war er über die Straße zu Ouyangs Villa gegangen. Draußen standen zwei Wachen mit geschulterten Gewehren. Bourne trottete die Stufen hinauf und zog, als sie sich ihm in den Weg stellten, einen Zettel hervor.

»Eine Botschaft von Deng Tsu«, sagte er in Mandarin, »für Minister Ouyang.«

»Ich überbringe sie«, erwiderte der Mann zu seiner Linken und streckte die Hand aus.

Bourne schüttelte den Kopf. »Ich habe die Anweisung, die Nachricht persönlich zu überbringen.«

»Haben Sie den Minister schon einmal gesehen?«, fragte der Wächter. »Wissen Sie, wie er aussieht?«

»Ja.«

»Wir wollen nicht, dass Sie die Nachricht der falschen Person aushändigen.«

»Ich sage Ihnen doch …«

Ein Nadelstich in den Hals ließ Bourne sich umdrehen. Die zeitlupenartige Bewegung kostete ihn große Mühe. Er schaute in ein ihm unbekanntes Gesicht, öffnete den Mund, doch sein Blut war wie zu Eis gefroren. Er wollte gestikulieren, doch das schien ihn vollends aus dem Gleichgewicht zu bringen, und ihn umfing tiefe Dunkelheit.

VIERUNDFÜNFZIG

Ein Jadedrachen, durchscheinend grün wie seichtes Wasser, starrte ihn mit drohenden Augen an, die zugleich ein wenig neugierig wirkten. Der Drache sprach zu ihm, doch seine Stimme schien den Nebel nicht durchdringen zu können, der ihn umgab. Es waren die Nebel der Träume, die ihn aus der Bewusstlosigkeit begleitet hatten, an diesen Ort der sprechenden Drachen und der Ming-Vasen, die mit blauen Chrysanthemen und noch mehr Drachen verziert waren. Der Geruch von Weihrauch stieg ihm in die Nase, konnte jedoch den Gestank von Alkohol und Chemikalien nicht ganz übertönen. Sein Kopf sank auf die Brust, und er hustete und würgte.

»Er ist wach, Minister«, sagte jemand über ihm.

»Lassen Sie uns allein.« Trotz des Nebels erkannte er Ouyang Jidans Stimme.

»Aber, Minister …«

»Ich habe gesagt, Sie sollen hinausgehen!«

Es folgte das Trampeln von Militärstiefeln, dann die Geräusche einer Tür, die geöffnet und geschlossen wurde.

Abgesehen von den Vogelstimmen von draußen herrschte Stille.

Bourne spürte eine Hand unter dem Kinn, und er schaute in die Augen von Ouyang Jidan.

Ein bitteres Lächeln erschien in Ouyangs Gesicht. »Auf dieses Treffen freue ich mich, seit Rebekka in dem Taxi gestorben ist, mit dem Sie verzweifelt durch Mexiko City gerast sind.« Das Lächeln wurde breiter. »Sie ist verblutet, Bourne, und Sie mussten hilflos zusehen. Mir tut nur leid, dass ich nicht dabei sein konnte.«

Bournes Augen drifteten einen Moment ins Leere, und Ouyang schlug ihn hart auf die Wange.

»Diese Frau hat mir viel Kummer bereitet. Sie war mir immer einen Schritt voraus. Wie hat sie das geschafft? Sagen Sie's mir.«

Bourne sah ihn an. Ouyang verschwamm im flackernden Licht einer Kerze. *Was haben sie mir gespritzt,* fragte er sich. Er spürte seinen schleppenden Puls, das langsame Schlagen seines Herzens, und bemühte sich, aus der Benommenheit aufzutauchen. Es brauchte eine Portion Adrenalin und viel Wasser, um das Gift aus dem Körper zu spülen. Er leckte sich über die trockenen Lippen.

»Ah, ja, was bin ich nur für ein unaufmerksamer Gastgeber.« Ouyang ging zu einem Sideboard. »Ich habe genau das Richtige, um Sie gesund zu machen. Den besten Drachentee der Welt. Sie haben Glück, dass ich gerade eine frische Kanne zubereitet habe.«

Er wandte sich wieder Bourne zu, der nun erkannte, dass er an einen Stuhl gefesselt war. Vor ihm stand ein niedriger Lacktisch, auf dem Ouyang die durchscheinenden Tassen abstellte. Ouyang setzte sich zu seiner Linken, die Hände gefaltet wie ein Priester.

»Wir haben eine lange gemeinsame Geschichte, Sie und ich. Die Agentin Rebekka hat uns verbunden. Sie ist bereits tot, bald werden Sie ihr nachfolgen.« Er legte den Kopf auf die Seite. »Der einzige Grund, warum Sie noch nicht tot sind, ist, dass ich noch etwas von Ihnen will.«

Bourne blickte auf den Tee in der Tasse. Er erinnerte sich an das Polonium. Der Nebel in seinem Kopf begann sich zu lichten.

»Ich will, dass Sie mir von Rebekka erzählen. Alles, was ich übersehen habe. Ich will wissen, was sie so gefährlich gemacht hat.«

Ein leises Lächeln erschien auf Bournes ausgetrockneten Lippen.

Ouyang zog die Stirn in Falten. »Ich kann nichts Lustiges an Ihrer Situation erkennen.«

»Ich glaube, ich weiß etwas, das Sie nicht wissen«, sagte Bourne. »Vor allem über Rebekka.«

Ouyang beugte sich vor. »Das ist interessant. Aber ich frage mich, warum Sie immer noch ihren Decknamen verwenden. Sie hat Ihnen doch bestimmt ihren richtigen Namen verraten.«

Bourne schwieg.

»Offenbar wissen wir beide etwas über Rebekka, das der andere nicht weiß. Sind Sie einverstanden, die Informationen auszutauschen?«

»Warum sollte ich? Sie werden mich so oder so töten.«

»Aber Sie würden Rebekkas wahre Identität kennen, wenn Sie ins Grab gehen. Das muss auch einem Mann wie Ihnen etwas bedeuten.«

»Einem Mann wie mir?«

»Einem Mann ohne enge Beziehungen zu seinen Mitmenschen, einem Mann, der über den Sorgen und Problemen des Alltags steht, der in den dunklen Winkeln der Welt zu Hause ist.« Er tippte mit den Fingerspitzen aneinander. »So wie ich.«

Er nahm eine der Teetassen und hielt sie Bourne an den Mund. »Trinken Sie Ihren Tee, dann können wir plaudern.« Der Rand der Tasse näherte sich Bournes Lippen. »Was sagen Sie dazu?«

»Sie wollen doch nicht wirklich etwas über Rebekka hören, sondern über Maricruz … wie es ihr ergangen ist, wie schwer sie verletzt wurde.«

Ouyang konnte nicht verhindern, dass ein Schauer durch ihn hindurchging. Für einen Sekundenbruchteil schloss er die Augen, ehe er sich wieder fing. »Sie ist für mich gestorben.«

»Umso besser«, sagte Bourne. »Sie ist nämlich tatsächlich tot. Sie ist ins Kreuzfeuer zwischen Los Zetas und Sinaloa geraten.«

Ouyang stellte die Tasse auf den Tisch. »Sie lügen.«

»Ihnen kann es ja egal sein. Für Sie ist sie ja ohnehin gestorben.«

Die beiden Männer starrten einander schweigend an.

Schließlich blitzte etwas Boshaftes in Ouyangs Augen auf. »Dann haben wir noch etwas gemeinsam. Die Frauen, die wir geliebt haben, sind tot.« Seine Mundwinkel zuckten nach oben, doch es war ein verzerrtes Lächeln. »Ja, ich weiß, dass Sie Rebekka geliebt haben. Das war mir ein zusätzlicher Anreiz, sie zu töten.« Er beugte sich vor. »Mir tut nur leid, dass ich sie nicht noch foltern konnte, bevor sie starb.«

Seit er wieder klarer denken konnte, hatte Bourne begonnen, seine Umgebung zu studieren und seine Möglichkeiten abzuwägen. Er schloss die Augen und kalkulierte Abstände und Winkel zwischen sich, Ouyang und dem Tisch vor ihm.

Im nächsten Augenblick geschahen drei Dinge zugleich: Bourne neigte den Kopf zurück, seine Augen öffneten sich, und sein linkes Bein schnellte hoch und trat den Tisch mit Kanne und Tassen gegen Ouyang.

Die Tischkante traf Ouyang am Kinn. Er stürzte nach hinten und lag reglos da. Bourne löste seine Arme von der Stuhllehne und eilte in die Küche. Er schnappte sich ein Messer von einem Regal, drehte es in der rechten Hand und durchschnitt den Strick, mit dem seine Hände gefesselt waren. Sobald er frei war, sprintete er zurück ins Wohnzimmer. Alles war so wie vorher … nur Ouyang war verschwunden.

Cho Xilan stand auf der Terrasse seiner Villa und blickte aufs Meer hinaus. Zu beiden Seiten standen bewaffnete Soldaten, die ihm ein flaues Gefühl in der Magengrube verursachten. Die Soldaten bekamen ihre Anweisungen von Deng Tsu, der versprochen hatte, persönlich für seine und Minister Ouyangs Sicherheit zu sorgen. Vermutlich wollte ihm der alte Mann damit vor Augen führen, wer die wahre Macht in Händen hielt. Doch Cho hatte eine unerschütterliche Koalition von gleichgesinnten Mitgliedern des Politbüros geschmiedet, die sich so wie er das alte China zurückwünschten. Eine Koalition, gegen die auch der Patriarch und seine Anhänger machtlos sein würden.

Dennoch hatte ihn ein ungutes Gefühl beschlichen, als er aus dem Sonderzug gestiegen war und die Anlage in Beidaihe betreten hatte. Ein seltsames Gefühl der Kälte, das ihm durch und durch ging und ihn nicht mehr losließ, egal, was er tat. Er dachte an Wan, seinen siebenjährigen Sohn. Wan war ein großer Vogelliebhaber. Er und Xilan zogen jeden zweiten Sonntag frühmorgens los, um Vögel zu beobachten. Sie schnallten sich leichte Rucksäcke um und wanderten durch die Wälder, durchquerten Bäche, stiegen Hügel hinauf und in dicht bewachsene Gräben hinab.

Wan hatte ihn begleiten wollen, als er hörte, dass sein Vater nach Beidaihe fahren würde. Beidaihe war ein Vogelparadies, sogar in dieser trüben Jahreszeit. Man sah jede Menge Watvögel, Seeschwalben und Möwen. Weiter landeinwärts lebten Rubinkehlchen, Blaunachtigallen und viele andere Arten. Doch am liebsten hätte er den Weißhand-Kernbeißer und den Sperberkuckuck beobachtet und fotografiert.

Deshalb hatte Cho eine hochwertige Digitalkamera mitgenommen und seinem Sohn versprochen, dass er sich die Zeit nehmen würde, so viele Vögel wie möglich abzulichten. Obwohl er sich müde fühlte und es schon später Nachmittag war, würde er sein Versprechen einlösen. Was er seinem Sohn versprach, war für ihn genauso wichtig wie seine Mission, das Reich der Mitte auf den richtigen Weg zu führen. Wenn niemand sonst für das chinesische Volk sprach – er würde es tun. Er scheute sich nicht, aufzustehen und vor dem versammelten Parteitag das Wort zu ergreifen. Er war sich des Rückhalts in seiner Partei bewusst und fühlte sich unverwundbar gegenüber Deng Tsus widerwärtigen Machenschaften, die unweigerlich zum Niedergang des Reichs der Mitte führen würden. Er wollte eine stabile Zukunft für Wan und Wans Kinder.

Cho zog Wanderschuhe und eine leichte Windjacke

an, nahm Wans Kamera und stieg die Holztreppe zum Strand hinunter. Der Seewind fuhr ihm durchs Haar und fegte die Sorgen und Probleme des zivilisierten Lebens weg. Ein Vogel erhob sich von der Stelle, wo Meer und Sand zusammentrafen, flog durch sein Sichtfeld, und er verstand so klar wie noch nie, warum sein Sohn Vögel so liebte. Wie frei diese Geschöpfe waren! Ihnen gehörte alles – Meer, Himmel und Land. Sie flogen, wann und wohin sie wollten.

Das Sonnenlicht fiel schräg hinter ihm herein, und er hob die Kamera und beobachtete das Geschehen auf dem Display. Während der nächsten Stunde schoss er Fotos von unzähligen Vögeln, die Wan bestimmt gefallen würden. Die Schatten wurden länger und verzerrten die Umrisse am Strand.

Als er sich zum Gehen wandte, hatte er plötzlich ein bleischweres Gefühl in der Brust. Das Atmen fiel ihm schwer. Ganz langsam ging er zur Holztreppe vor dem Haus zurück. Er hielt sich am Geländer fest und zog sich fast hinauf. Als er noch etwa ein Drittel der Treppe vor sich hatte, trat sein rechter Fuß ins Leere, und er stürzte rücklings hinunter und landete im Sand.

Verblüfft und erschrocken lag er da und blickte zum sich verdunkelnden Himmel hinauf. Hörte das Rauschen der Brandung, die auf ihn zulief, um sich gleich wieder zurückzuziehen. Nur weißer Schaum blieb auf dem Sand zurück, in dem sich winziges Leben tummelte. Ein Krebs tauchte aus dem feuchten Sand auf, um sich Nahrung zu suchen.

Cho lag mit einem Bein noch auf der untersten Stufe; es war verdreht, aber nicht gebrochen. Er hatte keine Schmerzen in den Beinen, doch sein Brustkorb fühlte sich an wie in einem Schraubstock. Plötzlich rebellierte sein Magen, und er beugte sich zur Seite und übergab sich.

Er versuchte sich aufzurappeln, hatte jedoch nicht mehr genug Kraft. Im schwindenden Licht des Tages sah er Wans Kamera im Sand liegen. Er drehte sich auf die Seite und versuchte sie mit der Hand zu erreichen. Plötzlich begann sein Darm zu rumoren und sich fast augenblicklich zu entleeren.

Tränen traten ihm in die Augen, seltsam schwer, fast wie Quecksilber.

Ouyangs Mund füllte sich mit dem metallischen Geschmack von Blut. Er schüttelte sich und zwang sich, klar zu denken. Bourne hatte sich befreit. Er hätte nur seine Wachen rufen müssen. Sie hätten ihn finden und erschießen können. Vielleicht aber auch nicht. Außerdem war das nicht, was er wollte. Er musste an die großen Triumphe denken, mit denen Bourne viele seiner Einsätze gekrönt hatte, darunter die Ermordung von Brigadegeneral Wadi Khalid. Khalid war der ideale Kontaktmann für Ouyang gewesen. Er war gierig und korrupt und hatte zudem eine Vorliebe für minderjährige Knaben, an die man in seinen Kreisen nicht so leicht herankam – Ouyang jedoch sehr wohl. Seine Beziehung zu Khalid war äußerst fruchtbringend gewesen, bis Bourne sie abrupt beendet hatte. Die militärischen Geheimnisse, die Ouyang von Khalid erfahren hatte, waren der Schlüssel zu seiner Wahl in den Ständigen Ausschuss des Politbüros gewesen.

Und dann war da der Vorfall in Rom, als Bourne ihm nicht nur Rebekka weggeschnappt hatte, sondern auch noch drei seiner Leute getötet und ihm damit eine empfindliche Schlappe zugefügt hatte. Oberst Sun, der die Mission geleitet hatte, war inzwischen ebenfalls Bourne zum Opfer gefallen.

Ouyang griff nach seinem schimmernden Jian und klärte seinen Kopf von allen Alltagsgedanken. Er versenkte sich in den Zustand, den er in seinen Übungen im Kunlun-Zentrum perfektioniert hatte, bis er die magische Kraft spürte, die ihn praktisch unverwundbar machte.

Barfuß begab er sich auf die Suche nach Bourne.

Bourne wusste, dass der Lärm des umgestürzten Tisches die Wachen alarmiert haben musste. Er eilte zurück in die Küche, suchte unter der Spüle und fand eine Flasche mit Ammoniak und eine mit Chlorbleichmittel. Er goss den Inhalt der beiden Flaschen in einen leeren Glasbehälter und schraubte rasch den Deckel zu. Das giftige Chlorgas stieg in der oberen Hälfte des verschlossenen Glases auf.

Hinter sich hörte er Stiefel im Laufschritt näher kommen. Stimmen riefen ihm zu – er zählte drei –, doch er wartete, bis die Wächter alle in der Küche waren, bevor er sich umdrehte. Ihre automatischen Waffen waren auf ihn gerichtet.

Langsam hob er den rechten Arm über den Kopf, um sie abzulenken, dann warf er ihnen mit der anderen Hand das Glas vor die Füße. Es zerbrach und ließ das Gas aufsteigen. Sie wichen zurück, aber zu spät. Sie hatten die giftigen Dämpfe bereits eingeatmet.

Bourne sprintete an ihnen vorbei durch das Wohnzimmer und über den Flur zu den Schlafzimmern. Die

Soldaten hinter ihm waren entweder schon tot oder lagen im Sterben. Er hätte sich gern eines ihrer Gewehre geschnappt, doch das Chlorgas haftete an metallischen Gegenständen.

Er gelangte zu einem Quergang, der vermutlich zu getrennten Schlafbereichen auf beiden Seiten der Villa führte. Bourne wandte sich nach rechts und eilte lautlos den kurzen Gang entlang. Die Schlafzimmertür stand offen. Von draußen konnte er einen Teil des Zimmers überblicken. Er drückte die Tür auf, bis der Knauf an der Innenseite gegen die Wand stieß, und trat ein. Doch das Schlafzimmer war ebenso leer wie das Badezimmer dahinter. Er sah jedoch einen kleinen, schwarz lackierten Schwertständer, der, wie er wusste, für ein Jian gedacht war. Maricruz hatte ihm erzählt, dass Ouyang ein Wushu-Meister war. Im Badezimmer fand er ein Rasiermesser, das er einsteckte.

Er folgte dem Gang auf die andere Seite, wo sich ein zweites Schlafzimmer befand. Zwei Türen zur Linken und eine zur Rechten waren etwas schmaler als normale Zimmertüren; wahrscheinlich befanden sich nur Abstellräume dahinter. Er öffnete eine der Türen und fand seine Annahme bestätigt. Er schnappte sich ein Handtuch und wickelte es sich um den linken Unterarm.

Als er das Schlafzimmer erreichte, drückte er auch hier vorsichtig die Tür auf, um sich zu vergewissern, ob Ouyang dahinter lauerte. Das Zimmer war ebenfalls leer. Blieb nur noch das Badezimmer.

Drinnen sah er ein mannshohes Milchglasfenster, eine Dusche hinter einer Glastür, eine Toilette im westlichen Stil und ein Waschbecken. Das war alles. Von Ouyang keine Spur.

Bourne wartete einen Augenblick, um vielleicht eine Bewegung hinter dem Milchglasfenster wahrzunehmen, doch nicht einmal der Schatten eines vorbeifliegenden Vogels war zu sehen. Die Dusche befand sich in der Badewanne und war durch einen Vinylvorhang abgetrennt.

Bourne zog den Vorhang zurück. Ouyang, der an der Seitenwand der Dusche gelauert hatte, sprang mit dem Schwert in der Hand hervor.

FÜNFUNDFÜNFZIG

Bourne riss seinen geschützten linken Unterarm hoch, doch der Hieb mit dem Jian war eine Finte. Ouyang traf ihn mit einem Handkantenschlag an der Schulter. Bourne taumelte zurück, erwartete, dass Ouyang ihm folgte und ihm Gelegenheit zu einem Konterschlag gab, doch der Chinese ging mit dem Schwert in der Hand in Position.

Einige Herzschläge lang standen die beiden Männer einander schweigend gegenüber. Dann schnellte Ouyang wie eine Feder nach vorn, das Jian blitzte auf und traf Bourne in die linke Brusthälfte. Blut strömte hervor und verfärbte die Uniform, die er trug.

Er wich zurück, doch Ouyang setzte sofort nach, und die Klinge traf Bourne an der rechten Schulter.

»Wir können den ganzen Abend so weitermachen«, sagte Ouyang. »Tod durch tausend Schnittwunden. Sie werden genauso verbluten wie Rebekka.«

Bourne zog das Rasiermesser hervor, doch Ouyang lachte nur.

»Bitte«, sagte er. »Sie ziehen Ihren eigenen Tod ins Lächerliche.«

Ouyangs zweischneidiges, etwa fünfundsiebzig Zentimeter langes Schwert war um vieles tödlicher als

Bournes kleine Waffe. Dennoch ging Bourne mit dem Rasiermesser auf Ouyang los. Der Minister schwang das Jian in der Technik der Weißen Schlange. Diesmal war Bourne jedoch vorbereitet, duckte sich zur Seite und stieß mit dem Messer nach oben, um Ouyang am Bauch zu erwischen. Das Messer zerriss Ouyangs Jacke und zwang ihn, in die Badewanne zurückzuweichen.

Bourne setzte nach und stieß ein ums andere Mal zu. Ouyang war einen Moment überrascht und konnte nicht verhindern, dass ihm die Klinge die Brust aufschlitzte und sein weißes Hemd rot verfärbte.

In der Enge der Wanne war Ouyang mit seinem Schwert im Nachteil. Die Fliesenwände verhinderten ein tödliches Manöver. Er ließ das Schwert fallen, hob die Unterarme senkrecht vor den Körper, trat mit dem linken Fuß vor und ließ die rechte Hand gegen Bournes Handgelenk schnellen. Das Rasiermesser flog durch die Luft. Ouyang versetzte Bourne einen Hieb in den Solarplexus und zwang ihn mehrere Schritte zurück. Blitzschnell hob er sein Schwert auf und sprang aus der Wanne.

Die lange Klinge sauste auf Bourne herab, und er vermochte erst im letzten Augenblick auszuweichen. Ouyang nutzte seinen Vorteil und traf Bourne am rechten Arm. Blut strömte aus der Wunde, und der Chinese wurde vom gleichen Furor gepackt wie bei der Übung im Kunlun-Zentrum, als er seinen ahnungslosen Gegner getötet hatte. Es war ihm, als hänge seine Zukunft davon ab, Bourne in den Tod zu schicken.

Bourne wich unter Ouyangs Angriff aus dem Badezimmer zurück. Auf dem Flur musste er einen Hieb gegen den linken Unterarm einstecken, der das schützende Handtuch in Fetzen riss.

Je weiter Bourne zurückwich, umso schneller und unerbittlicher stürmte Ouyang vorwärts, und die beiden Männer sprinteten beinahe durch das Wohnzimmer. Plötzlich wirbelte Bourne herum und ging in einem verzweifelten Manöver auf seinen Verfolger los.

Ouyang stieß mit dem Jian zu und zwang Bourne, zurückzuspringen. Er krachte gegen das Sideboard, Gläser schlitterten über die glatte Fläche, und etwas rollte auf ihn zu. Aus dem Augenwinkel sah Bourne das Fläschchen mit dem Polonium gefährlich nahe an der Kante. Er sprang zur Seite und entging um ein Haar der Enthauptung.

Grinsend schwang Ouyang das Schwert erneut mit aller Wucht. Die Klinge sauste auf Bourne zu, er sprang im letzten Moment zur Seite, und das Jian schnitt sich durch das Holz des Sideboards. Flaschen klirrten, Gläser brachen, und die Teekanne zerbarst unter der Wucht des Hiebes. Das Fläschchen mit dem Polonium kippte um und begann zu rollen.

Ouyang brachte einen waagrechten Hieb an, Bourne duckte sich, und die Klinge fegte über ihn hinweg. Das Fläschchen rollte direkt auf ihn zu. Ouyang ließ einen Fußtritt folgen, und Bourne krachte mit solcher Wucht gegen das Sideboard, dass die restlichen Gläser und Flaschen zerbrachen und ihren Inhalt verschütteten.

Das Fläschchen rollte an die Kante des Sideboards und darüber hinaus. Doch Bourne hatte eine Schublade aufgezogen, in der der kleine Behälter landete. Er knallte die Schublade zu.

Wütend holte Ouyang zu einem mächtigen beidhändigen Hieb aus. Bourne wirbelte im letzten Moment zur Seite, und die Klinge sirrte gegen eine Zedernholzsäule und grub sich tief ins Holz. Ouyang versuchte vergeblich, das Schwert herauszuziehen, und Bourne nutzte die Gelegenheit und versetzte ihm einen Schlag gegen die Brust, der seinen Gegner von den Beinen riss.

Bourne warf sich auf Ouyang. Die beiden Männer rangen erbittert um jeden Millimeter, der über Leben und Tod entscheiden konnte. Sie verdrehten einander die Arme, versuchten, mit wütenden Schlägen in die Rippen und Nieren die Entscheidung zu erzwingen. Schwitzend und in grimmigem Schweigen führten sie ihren verbissenen Kampf, der nur mit dem Tod eines der beiden enden konnte. Es gab kein Zurück, keine andere Möglichkeit.

Schließlich landete Bourne einen überraschenden Hieb, der Ouyang die Nase zertrümmerte. Mit blutüberströmtem Gesicht griff der Chinese nach hinten und bekam das Gewehr eines toten Wächters zu fassen. Doch kaum hatten seine Finger das Metall umschlossen, durchzuckte ihn ein Schmerz, der seine Arme lähmte. Bourne wandte sich Ouyangs Schwert zu, das in der Holzsäule steckte. Er schlug mit beiden Fäusten zu und brach die Klinge entzwei. Mit dem kurzen Schwertstummel stürmte er zu Ouyang, der immer noch versuchte, das Gewehr in Anschlag zu bringen.

Bourne versetzte ihm einen Fußtritt, der Ouyang rücklings zu Boden warf.

»Es ist mir egal, was Sie mit mir machen«, stieß Ouyang hervor.

Bourne ging auf ein Knie nieder und stieß ihm den Schwertstummel ins Herz. Ouyang starrte zu ihm auf.

Seine Hände bluteten – verätzt von dem hochgiftigen Gemisch, das Bourne zusammengebraut hatte. Er begann zu zucken, als sein Körper sich noch einmal gegen den Tod stemmte.

»Warum?«, stöhnte er.

Bourne sah ihn mitleidlos an. »Vergeltung.«

»Bringt es sie Ihnen zurück?« Blut strömte ihm aus dem Mund. »Ihnen, ihrem Vater und ihrem Großvater? Die Yadins haben kein Kind mehr.«

Bourne beugte sich zu ihm. »Was?«, fragte er ungläubig. »Was haben Sie gesagt?«

Ouyang betrachtete ihn wie durch einen Schleier. »Sara. So heißt sie. Sara Yadin.« Er versuchte das Gesicht zu verziehen, zu lachen oder zu weinen, doch er hatte nicht mehr die Kraft dazu. Blut strömte aus allen Öffnungen, als hätten sich selbst seine Knochen verflüssigt.

Mit einer letzten Anstrengung fasste er Bourne am Hemd und zog ihn näher heran. Für einen Moment zitterte sein ganzer Körper, und seine Augen verdrehten sich in den Höhlen, ehe sie wieder den Erzfeind fixierten.

»Dir wird es genauso gehen«, flüsterte er. Er zuckte erneut, biss die Zähne zusammen, um noch einen Moment durchzuhalten. »Besser für sie … dass sie tot ist. Es gibt kein Glück in diesem Leben. Nur Verluste … bis nichts mehr da ist … als Tränen … und Blut.«

SECHSUNDFÜNFZIG

»Leonid«, sprach Bourne in sein Handy. »Ich bin unterwegs.«

»Wir sind ausgeruht, haben aufgetankt und sind startklar.«

Die Nacht hatte sich über Beidaihe herabgesenkt. Bourne hörte wie von fern das Rauschen der Brandung. Ein kalter, feuchter Wind wehte vom Meer herein, und am Horizont zuckten Blitze zwischen den bleigrauen Wolken.

In dem Anzug, den Minister Ouyang zum morgigen Parteitag getragen hätte, fuhr Bourne mit einem Jeep durch die Anlage, weg vom Meer und den luxuriösen Villen.

Wieder einmal musste er an jenen Tag in Mexiko City denken, als er mit einem Taxi quer durch die Stadt gerast war, damit Rebekka nicht verblutete. Er hatte mit allen Mitteln versucht, die Blutung zu stoppen, hatte sie verzweifelt dazu bewegen wollen, ihre Hände auf die Wunde zu drücken, um das Leben festzuhalten, bis sie das Krankenhaus erreichten.

Er gelangte zum äußeren Tor der Anlage und wurde durchgelassen. Die gelangweilten, müden Wachen interessierten sich kaum dafür, wer da hinauswollte. Sie unterhielten sich gerade über den jüngsten Sexskandal eines Ministers.

Draußen auf der Straße bog er links ab, in Richtung des heruntergekommenen Militärflugplatzes, auf dem Ouyangs Privatmaschine wartete, um Leonid zurück nach Moskau zu bringen. Er raste über die holprige Straße, musste einmal sogar einen breiten Riss im Asphalt umfahren, der mindestens einen Meter tief zu sein schien. Es begann leicht zu regnen.

Plötzlich glaubte er Scheinwerfer zwischen den Bäumen zu erkennen, die sich auf dem Hügel oberhalb der Straße parallel zu ihm bewegten. Er drückte aufs Tempo und sah bald die Lichter des Flughafens in der Ferne auftauchen.

Er näherte sich bereits dem Zufahrtstor, als ein Schuss seitlich in den Jeep einschlug. Im nächsten Augenblick zertrümmerte eine Kugel das Beifahrerfenster. Bourne fuhr von der Straße ab und ließ das Fahrzeug einen felsigen Abhang hinabrollen, bis er im Sand zum Stehen kam.

Er sprang aus dem Jeep, ging dahinter in Deckung und überblickte den Bereich, aus dem die Schüsse gekommen waren.

Der Flugplatz war so nahe, dass er das Heulen der Triebwerke hörte, als der Pilot den Start einleitete. Bourne kletterte schräg den Abhang hinauf und wartete an der Straße ab, ob der Schütze erneut feuern würde. Das Dröhnen der Triebwerke schwoll an, und er sprang auf die Straße und rannte los. Das Tor war etwa hundert Meter entfernt, und er sprintete direkt darauf zu.

Das Warten im Flugzeug machte Leonid langsam verrückt. Wäre da nicht die Aussicht auf einen intelligenten Reisegefährten gewesen, der noch dazu ein gutes Wort für ihn bei General Boris Karpow einlegen konnte, einer lebenden Legende im FSB, hätte er den Piloten längst gedrängt, ihn so schnell wie möglich hier wegzubringen.

Doch jetzt war sein Freund unterwegs, und sie konnten endlich starten. Er schaute aus dem Fenster und sah nach wenigen Augenblicken die Scheinwerfer eines Autos über das Rollfeld gleiten und vor dem Flugzeug stoppen.

Ein Mann sprang aus dem Wagen und eilte zur Flugzeugtreppe. Leonids Stimmung hellte sich zusehends auf, und er ging zur Tür, um seinen Freund zu begrüßen.

Der Mann stieg rasch die Treppe herauf, doch sobald er ins Licht aus dem Flugzeuginneren gelangte, wich Leonid einen Schritt zurück. Es war nicht sein Freund, der da an Bord kam, sondern jemand, den er noch nie gesehen hatte. Ein Chinese, seinem Aussehen nach ein Mandschu.

»Wer sind Sie?«, fragte Leonid argwöhnisch.

»Cào nǐ zǔ zōng shí bā dài.« Scheiß auf deine Vorfahren bis zur achtzehnten Generation. »Du hast Bourne erwartet.« Kai zog eine S&W Bodyguard 380 ACP hervor und schoss Leonid zweimal in die Brust. Der Russe stürzte nach hinten, und Kai jagte ihm eine dritte Kugel zwischen die Augen.

Als er über ihn hinwegstieg, trat er ihm noch ins Gesicht. *»Pìyǎn!«*, stieß er hervor. Arschloch!

Der Copilot hatte die Schüsse gehört und eilte aus

dem Cockpit, eine 9-mm-Glock in der Hand. »Was zum Teufel …!«

Kai schoss ihm in die Brust, und der Mann fiel nach hinten ins Cockpit.

»Wir starten sofort«, befahl Kai und zielte auf den Kopf des Piloten.

»Wir müssen noch auf einen Passagier warten.«

»Und hier bin ich.« Kai wedelte mit seiner Pistole. »Starten Sie.«

Der Flugbegleiter beobachtete die Szene tief geduckt in einem Winkel der Kabine.

»Das ist eine Anweisung von Minister Ouyang.«

»Ich kann nicht starten – die Treppe ist noch ausgeklappt«, beharrte der Pilot.

Kai richtete die Pistole auf den Flugbegleiter. »Geh zur Tür und zieh die Treppe ein.« Er wedelte drohend mit der Waffe. »Los!«

Der Flugbegleiter sprang auf und zwang sich mit einem erstickten Schrei, über die Leiche des Copiloten zu steigen. Er ging durch den Mittelgang zur Tür, doch als er Leonids Leiche sah, zögerte er erneut.

Kai wiederholte seinen Befehl. Zitternd stieg der Mann über den Toten und erreichte endlich die offene Tür. Während er sich anschickte, die Treppe einzuziehen, befahl Kai dem Piloten, die Bremsen zu lösen. Das Flugzeug rollte los und nahm mit heulenden Triebwerken Fahrt auf.

Der Flugbegleiter hatte gerade begonnen, die Treppe hochzuziehen, als er jemanden neben der Maschine herlaufen sah. Er erkannte den Mann als einen der Passagiere aus Mexiko City: Botschafter Lius Leibwächter und Leonids Freund. Der Mann rannte auf die Treppe zu. Er musste der Passagier sein, auf den sie noch gewartet hatten.

Der Flugbegleiter erkannte, dass es der Mann nicht mehr rechtzeitig schaffen würde. Mit allergrößter Vorsicht stieg er die Stufen hinunter.

Der Mann war schon ganz nahe und streckte den rechten Arm aus. Der Flugbegleiter trat auf die unterste Stufe, beugte sich vor und hielt dem Laufenden die ausgestreckte Hand hin.

Sie verfehlten sich zunächst, doch beim zweiten Versuch erwischte der Mann die ausgestreckte Hand. Sein Gewicht hätte dem Flugbegleiter beinahe die Schulter ausgekugelt. Er wurde herumgewirbelt, und nur das stabile Geländer verhinderte, dass er zusammen mit dem Mann auf der Startbahn landete.

Der Flugbegleiter zog mit aller Kraft, bis Bourne mit der anderen Hand die unterste Stufe erreichte. Er schwang die Beine herauf, nahm den Flugbegleiter an der Hand und eilte mit ihm die Treppe hinauf.

»Da ist ein Chinese mit einer Waffe«, flüsterte er Bourne zu. »Er hat Leonid und den Copiloten erschossen.«

»Wo ist er jetzt?«, fragte Bourne.

»Im Cockpit beim Piloten.«

Bourne sah Leonid tot auf dem Boden liegen. Er half dem Flugbegleiter, die Treppe einzuziehen, hielt ihn jedoch auf, als der Mann die Treppe arretieren wollte.

»Noch nicht«, flüsterte er, und der Flugbegleiter verstand zitternd, was er vorhatte.

»Schließen Sie sich auf der Toilette ein«, sagte Bourne leise, »und kommen Sie erst heraus, wenn Sie meine Stimme hören.«

Der Mann sah ihn beunruhigt an. »Und wenn ich Sie nicht höre?«

»Gehen Sie«, drängte Bourne. »Schnell!«

Vorn im Cockpit redete Kai auf den Piloten ein. Der Regen war stärker geworden und dichter Nebel zog vom Meer herein. Der Pilot wollte den Start abbrechen, doch Kai hatte für sein Zögern wenig Verständnis.

Sobald sich der Flugbegleiter auf der Toilette eingeschlossen hatte, verwischte Bourne seine Spuren auf dem nassen Boden, dann eilte er in die Bordküche und suchte in den Schränken, bis er eine Flasche Wein und eine warme Bierdose fand. Damit eilte er zurück zur letzten Sitzreihe vor der Tür und ging hinter den Sitzen in die Hocke.

Kai musste sich durchgesetzt haben, denn der Jet beschleunigte spürbar. Im nächsten Augenblick hörte Bourne die laute Stimme des Mandschu-Chinesen, der den Kopf durch die Cockpittür heraussteckte.

Kai sah gewiss, dass die Treppe hochgezogen war, doch er würde sich fragen, wo der Flugbegleiter steckte. Plötzlich hob das Flugzeug die Nase und stieg steil zum Nachthimmel empor. Mit einem Rumpeln wurde das Fahrwerk eingezogen.

Kai ging durch den Mittelgang nach hinten, um den Flugbegleiter zu finden. Bourne schüttelte die Bierdose. Kurz bevor Kai den freien Bereich vor der Tür erreichte, sprang Bourne auf und schwang die Weinflasche gegen Kais vorderes Knie.

Kai stöhnte auf, das Bein knickte ein, und als er zur letzten Sitzreihe kippte, öffnete Bourne die Bierdose und knallte sie Kai ins Gesicht.

Der warme Bierstrahl schoss ihm ins Gesicht, sodass

der Chinese für einen Moment nichts mehr sah. Bourne versetzte ihm einen Handkantenschlag gegen das Schlüsselbein, und Kai ließ die Waffe fallen. Auf allen vieren versuchte der Chinese sie zu erreichen.

Bourne beugte sich hinunter und hämmerte ihm die Faust in die Seite. Kai erwischte den Griff der Pistole und knallte sie Bourne mit solcher Wucht gegen den Kopf, dass er nach hinten zur Tür stolperte. Im letzten Moment hielt er sich am Rahmen fest, um nicht gegen die Tür zu krachen.

Das verschaffte Kai die nötige Zeit, um sich zu fangen. Er schwang den Pistolenlauf und schlug Bourne eine blutende Wunde. Bourne sprang in den Mittelgang, als wollte er flüchten, bis er sich genau gegenüber der Tür befand. Er hob beide Arme und hielt sich am Gepäckfach fest, dann schnellte er sich hoch und packte Kai mit beiden Beinen am Hals.

Kai wehrte sich, doch es gelang ihm nicht, sich aus Bournes Umklammerung zu befreien. Mit enormer Anstrengung kämpfte er sich zu Bournes Gesicht vor und versuchte ihm die Finger in die Augen zu stoßen. Bourne wich aus, doch Kai packte ihn mit der Kraft der Verzweiflung.

Bourne streckte sich durch und trat mit beiden Füßen gegen die Flugzeugtür. Sie flog auf, Bourne ließ Kai los und versetzte ihm einen wuchtigen Tritt gegen die Brust. Kai flog nach hinten, sein linker Fuß trat ins Leere, er verlor das Gleichgewicht und wurde mit rudernden Armen aus dem Flugzeug gesaugt. Der Wind trug ihn hinaus in die Wolken, und sein Schrei verhallte wie ferner Donner.

EPILOG

TEL AVIV, ISRAEL

Ein wolkenloser blauer Himmel empfing Bourne, als seine Linienmaschine auf der Landebahn am Flughafen Ben Gurion aufsetzte.

Zu seiner Überraschung erwartete ihn Direktor Yadin bei der Einreisekontrolle und führte ihn, von seinen Mossad-Agenten eskortiert, durch den Ankunftsbereich zur Tür.

»Entschuldigen Sie die Verspätung«, sagte Yadin im Gehen. »Ich bin erst vor einer Stunde aus einem Bunker rausgekommen. Raketen- und Mörserfeuer aus Gaza.«

»Haben Sie zurückgeschlagen?«

»O ja. Gezielte Nadelstiche. Zwei Hamas-Führer wurden getötet. Keine Sorge wegen der Sirenen … die hört man jetzt dauernd.«

Die Agenten hielten ihnen die Tür auf, und sie traten in das strahlende Sonnenlicht hinaus. Ein riesiger kugelsicherer SUV wartete am Bordstein, von Soldaten mit Maschinenpistolen bewacht.

»Ouyang ist tot«, berichtete Bourne, während er nach dem Direktor in den geräumigen Wagen einstieg.

»Ich habe nichts anderes erwartet.« Eli beugte sich

vor und nannte dem Fahrer eine Adresse, ehe er sich wieder zurücklehnte. Seine Männer stiegen vorn ein, und der SUV fuhr los.

»Cho Xilan ist verschwunden«, sagte der Direktor. »Als hätte er nie existiert.«

»Ouyang hat ihn ermordet«, erklärte Bourne. »Mit Polonium vergiftet.«

»Polonium?« Eli sah ihn geschockt an. »Das ist ein alter KGB-Trick.«

Bourne erzählte ihm von dem Zwischenstopp in Moskau, wo Leonid zugestiegen war. »Das Polonium kommt vom FSB, aber Chos Tod war wahrscheinlich Ouyangs persönliche Vergeltung.«

»Alles nach Deng Tsus großem Plan.« Yadin rieb sich das Kinn. »Jetzt, da Ouyang tot ist und Chos Koalition ohne Führer dasteht, kann Deng den nächsten Präsidenten nach seinem Geschmack aussuchen. Natürlich ein Reaktionär, der höchstens kosmetische Reformen vornehmen wird.«

Bourne schaute aus dem Fenster auf die dunklen Gebäude und die Silhouetten der Passanten. »Ein bisschen was ändern, damit alles so bleiben kann, wie es ist.«

In diesem Augenblick begannen Luftschutzsirenen zu heulen. »Wieder mal Krieg«, meinte Bourne.

»Zum Glück nur ein kurzer … dank Ihrer Vergeltungsmaßnahme.« Eli lächelte. »Minister Ouyang hat den Dschihad der Hamas über gewisse Elemente auf dem Sinai unterstützt. Ohne diese Quelle wird sich innerhalb weniger Tage ein Waffenstillstand aushandeln lassen.« Er nickte. »Wir … ich schulde Ihnen mehr, als ich je zurückzahlen kann.«

Bourne lehnte den Kopf zurück und schloss die Augen.

Er fühlte sich unendlich müde, wie ein Sprinter, der einen Marathon hatte laufen müssen.

»Sie sehen übrigens Scheiße aus.«

»Genau so fühle ich mich«, sagte Bourne. »Vielleicht werde ich alt.«

Direktor Yadin lachte. »Niemals, mein Freund! Aber Sie bluten mir hier den Sitz voll. Sie müssen erst einmal medizinisch durchgecheckt werden, danach ruhen Sie sich aus.«

Der SUV rollte durch den dichten Verkehr von Tel Aviv.

»Eli, es tut mir leid.«

Yadin wandte sich ihm zu.

»Ich weiß, dass Rebekka Ihre Tochter war. Saras Tod ist auch für Sie ein schrecklicher Verlust.«

Yadin schwieg und blickte starr geradeaus, während der SUV in die Weizmann-Straße einbog. Bourne war schon einmal hier gewesen, als er dem Direktor in das Sourasky Medical Center gefolgt war.

»Kommen Sie, Jason«, sagte Yadin, als der SUV zum Krankenhaus einbog. »Sie sehen wirklich zum Fürchten aus.«

Zwanzig Minuten später lag Bourne auf einem OP-Tisch, wo ihn ein Arzt untersuchte. Nach einigen Spritzen zur örtlichen Betäubung wurden die größeren Wunden genäht. Anschließend wurden noch die kleineren Schnittwunden versorgt, und er bekam ein Rezept für Antibiotika.

Eli Yadin war bei ihm geblieben und hatte während der Behandlung aus dem Fenster geschaut, die Hände hinter dem Rücken gefaltet.

»Ich bin Ihnen einmal hierher gefolgt«, verriet ihm Bourne, während er sein Hemd zuknöpfte.

»Wirklich? Ich habe nichts gemerkt.«

»Ich habe mir Sorgen gemacht, dass Sie vielleicht krank sind.«

»Ich bin krank.« Yadin drehte sich zu ihm um. »Das Leben hat mich krank gemacht, Jason. Es bringt mich um, ständig lügen zu müssen, um die Sicherheit unseres Landes zu gewährleisten. Ich bin ein Patriot, Jason, aber mich bringen die vielen Lügen um, zu denen ich gezwungen bin.«

Er geleitete Bourne aus dem OP. Sie gingen langsam den Gang hinunter, vorbei an Schwestern und Patienten auf Rollbahren, gelegentlich an einem Arzt, der von einem kritischen Fall zum nächsten eilte.

»Und keine Lüge hat mehr wehgetan als die, die ich Ihnen erzählen musste.«

Bourne blieb stehen und wandte sich dem Direktor zu.

»Dass die Lüge absolut notwendig war, um mehrere Leute zu schützen, darunter auch Sie, hat es kaum erträglicher gemacht.«

Er schüttelte den Kopf. »Wissen Sie, die Lüge, die ich Ihnen erzählte, brachte Sie dazu, Ouyang zu jagen. Er war eine große Bedrohung für uns alle hier, aber wir kamen einfach nicht an ihn heran. Dann fielen Sie mir sozusagen in den Schoß. Wegen Rebekka. Wegen Ihrer Zusammenarbeit mit ihr, Ihrer Gefühle für sie.

Gott hat Sie mir gesandt, Jason, und mir blieb nichts anderes übrig, als Sie zu benutzen. Und Sie haben das Unmögliche geschafft.« Er lächelte schwach. »Ich weiß, Sie haben allen Grund, mich zu hassen, aber ich hoffe sehr, dass Sie mir eines Tages verzeihen können.«

»Warum sollte ich?«, erwiderte Bourne kalt. »Sie haben mich genauso behandelt wie alle anderen Geheimdienste, mit denen ich zu tun hatte.«

Eli deutete nach vorn und ging weiter den Gang entlang. »Ob Sie es glauben oder nicht, ich betrachte Sie wirklich als einen Freund, und es ist mir eine Ehre, Sie zu kennen.«

»Sparen Sie sich den Mist, Direktor.«

»Ich meine es ehrlich, Jason, von ganzem Herzen.«

»Wie können Sie so etwas sagen, wenn Sie Ihre Freunde belügen?«

»Ich lüge nur, wenn es unbedingt notwendig ist.«

»Das Problem ist, dass *Sie* entscheiden, wann es notwendig ist.«

»Ich denke, dieses Recht habe ich mir verdient.«

»Das denkt jeder.«

Eli seufzte. »Vielleicht sehen Sie es ein bisschen anders, wenn Sie dieses Krankenhaus verlassen.«

Er stieß die Doppeltür zur Intensivstation auf. Drinnen war es so still wie in einer leeren Kirche. Schwestern und Ärzte gingen von einem Patienten zum nächsten wie Bienen, die von Blüte zu Blüte flogen.

Eli blieb vor einer Tür stehen. »Jason, dass ich Sie hierhergeführt habe, zeigt, wie groß mein Vertrauen zu Ihnen ist. Ich lasse Sie dieses Zimmer betreten, in dem sich mein größtes Geheimnis befindet, und gleichzeitig ein großes Geschenk.«

Einige Augenblicke herrschte Schweigen.

»Kommen Sie mit hinein?«, fragte Bourne.

Eli Yadins Lächeln schien sich aufzuhellen. »Ein andermal.«

Bourne öffnete die Tür.

»Ich warte hier, Jason.«

Der Raum war relativ groß und hell und glich mehr einem kleinen Wohnzimmer als einem Krankenzimmer. Die Tür wurde hinter ihm geschlossen, und er war allein mit dem Patienten, der auf der anderen Seite des Raumes aufrecht auf dem Bett saß.

»Hallo, Jason.«

Einen Moment stand er wie angewurzelt da und konnte nicht glauben, was seine Augen sahen. Als fürchte er, es könnte wieder nur eine von Eli Yadins raffinierten Lügen sein.

»Willst du nicht herkommen?«

Bourne wusste nicht, was er sagen sollte. War es ein Traum? Was er sah, kam ihm so unwirklich vor, dass seine Beine unter ihm nachzugeben drohten. Das Blut schoss ihm in den Kopf. Sein Herz pochte schmerzhaft, und er konnte kaum atmen.

»Rebekka«, brachte er schließlich heraus, »ich habe die ganze Zeit geglaubt, du wärst tot.«

»Mein richtiger Name ist Sara. Sara Yadin.« Sie hielt ihm die Hand hin. »Wenn du mich berührst, wirst du merken, dass ich nicht tot bin.«

»Ich habe …«

»Ich weiß … es tut mir so leid.«

»Das ist so …«

Ihre Hand war so dünn und blass, fast durchscheinend.

Bourne spürte, wie es in ihm kochte, wie seine Seele bebte. Er hämmerte mit der Faust gegen die Wand, dass feine Risse im Putz entstanden. Die Tür ging auf, und er musste sich beherrschen, um nicht hinauszustürmen und Eli Yadin zu erwürgen.

»Raus!«, schrie er.

»Ist schon gut«, sagte Sara. »Alles in Ordnung.«

Die Tür wurde leise geschlossen.

Bournes Gesicht war eine wütende Maske. »Dein Vater hat mich belogen, die ganze Zeit.«

»Er hat alle belogen, Jason. Er tat es, um mich zu schützen, solange ich so hilflos und schwach hier liege.«

Ihre Beteuerung vermochte seine Wut nicht zu besänftigen. »Aber mich hat er manipuliert. Er hat meine Trauer und Verzweiflung benutzt, damit ich …«

»Damit du den Mann tötest, der meinen Tod wollte.«

»Ich hätte ihn auch so …«

»Natürlich«, wandte Sara ein, »aber dann wärst du vielleicht gescheitert. Sogar du.« Sie lächelte traurig. »Hätte er dir die Wahrheit gesagt, so hättest du mich unbedingt sehen wollen. Und dann wäre ein Teil von dir hier bei mir geblieben. Du hättest dich nicht voll auf die Aufgabe konzentrieren können.«

Abgesehen vom gleichmäßigen Piepen des Herzmonitors herrschte Stille.

»Du weißt, dass es stimmt, Jason.«

Sie hatte recht, dachte Bourne. Der Gedanke, dass sie hilflos hier lag, hätte ihn verrückt gemacht. Er hätte nicht klar denken können. Und dann hätte er kaum eine Chance gegen Ouyang gehabt.

»Bitte.« Sie winkte ihn zu sich. »Ich will dich berühren. Dich spüren. Ich will wissen, dass du wirklich hier bist, dass du wohlbehalten aus China zurückgekehrt bist.«

Wie ein Schlafwandler trat er zu ihr ans Bett. Sie sah stark verändert aus, so dünn und blass. An manchen Stellen schimmerte das Blau der Venen durch die Haut.

Sie zeigte ihm die hässliche Narbe an der Seite von dem Messerstich in jener Nacht, als sie aus Maceo Encarnacións Villa in Mexiko City geflüchtet waren. Er hatte sie getragen, in ein Auto gelegt, um sie ins Krankenhaus zu bringen, aber …

Er nahm sie sanft in den Arm und wiegte sie sachte. Als er mit den Fingerspitzen über die Narbe fuhr, fühlte er sich, als würde sein Herz zerspringen. »Ich hab doch gesehen, wie du in dem Taxi verblutet bist«, flüsterte er. »Ich hab dich in Mexiko City zurückgelassen. Und ich war bei deiner Beerdigung in Tel Aviv. Und jetzt …«

»Jetzt sind wir hier. Alles ist gut.« Sie lächelte.

Es war ihr altes Lächeln, und die Gefühle, die es in ihm hervorrief, stiegen wie eine Welle in ihm hoch.

»Du warst so tapfer, Jason. Ohne dich hätte ich es nie geschafft.« Sie nahm seinen Kopf in beide Hände und küsste ihn. Ihre Lippen fühlten sich sanft wie eine Wolke an. »Mein Liebster, du hast mir das Leben gerettet.«

Die Zeit schien stillzustehen, als sie sich schweigend in den Armen hielten und nichts anderes wollten, als einander zu versichern, dass sie tatsächlich wieder vereint waren. Dass es kein Traum war, aus dem man umso verzweifelter wieder erwachte.

»Jason«, sagte sie schließlich. »Ich hatte solche Angst um dich. Als mir mein Vater von seinem Plan erzählte, war ich so sauer auf ihn, dass ich tagelang kein Wort mit ihm sprach. Aber er ließ nicht locker, erklärte mir immer wieder, was ich dir vorhin gesagt habe, und irgendwann habe ich es eingesehen. Du warst der Einzige, der an Ouyang herankommen konnte. Und er lieferte dir die perfekte Motivation: meinen Tod.«

Ihre Stimme war voller Schmerz, aber auch voll Liebe und Stolz.

Als er sie nun in den Armen hielt und ihre Lippen an seinen spürte, begann sich die Wut in seinem Herzen zu legen, und er beruhigte sich. Wie immer war sie für ihn wie Balsam gegen eine Welt, die ihm schon so oft übel mitgespielt und ihn verraten hatte.

Und mit einem Mal wurde ihm klar, dass ihn Eli zwar benutzt, aber nicht verraten hatte. Im Gegenteil, Eli hatte ihm eine äußerst ehrenvolle Aufgabe übertragen: die Vergeltung für seine schwer verwundete Tochter.

Rebekka – er würde eine Zeit brauchen, um sich an ihren richtigen Namen zu gewöhnen – regte sich in seinen Armen, und ihm wurde bewusst, dass sie bestimmt noch Schmerzen hatte.

»Leg dich wieder hin«, sagte er sanft.

»Nur, wenn du mich festhältst.«

Er legte sich zu ihr, hielt ihre Hand in seinen Händen, während sie ihn lächelnd ansah, und seufzte tief.

»Hör zu, Liebster, ich werde dir eine Geschichte erzählen. Als wir uns begegneten, war ich als Flugbegleiterin unterwegs. Du wolltest wie ich nach Damaskus. Aber einige Zeit davor hatte ich mit Ouyang zu tun gehabt. Dahinter steckte ein Plan. Er sollte glauben, dass ich als Kurier militärische Geheimnisse von Damaskus nach Oman brachte.

In Wahrheit stahl ich die Geheimnisse selbst. Und er machte sich auf die Suche nach den Leuten, für die ich arbeitete. Doch er fand sie nicht, weil es sie nicht gab. Während er den unsichtbaren Drahtziehern nachjagte, schaltete ich seine Leute aus.«

»Bis er die Wahrheit herausfand.«

»Ja.«

»Und dann versuchte er mit allen Mitteln, dich zu töten.« Bourne hätte schreien können. In diesem Augenblick hasste er dieses Leben mit all den Geheimnissen und Lügen, das ihr um ein Haar den Tod gebracht hätte.

»Vor der Mission wurde ich mit einem hohlen Zahn ausgerüstet«, fuhr sie fort. »Drinnen war eine schnell wirkende Kapsel ... aber keine Todespille, sondern eine, die das Überleben unter extremen Umständen ermöglichen sollte. Unsere Wissenschaftler haben eine Droge entwickelt, die den Stoffwechsel verlangsamt, um den Tod zu simulieren. Würde man mich rechtzeitig finden, so würde man mich wiederbeleben können, obwohl der Weg zurück lang und mühsam ist.«

Bourne saß schweigend da und hielt ihre Hand.

Tränen traten ihr in die Augen. »Wie oft habe ich mir diesen Moment vorgestellt, Jason. Ich habe mich so danach gesehnt.«

Bourne beugte sich vor und küsste ihre Tränen weg. »Du darfst diesen Job nicht mehr machen.«

»Könnte ich dich denn zum Aufhören überreden?« Sie musterte ihn eingehend. »Sei ehrlich. Was würden wir denn anderes tun?«

Sie schauten einander lange in die Augen. Schließlich nahm er die Silberkette ab. Der kleine Davidstern schimmerte zwischen ihnen wie ein Stern am Nachthimmel. Als sie ihn sah, kamen ihr erneut die Tränen. Doch ihre Augen leuchteten. Sie beugte sich vor, und er hängte ihr die Kette um. Der Stern, den er seit dem Moment ihres vermeintlichen Todes stets bei sich getragen hatte, lag nun auf ihrer Brust, so wie an jenem Nachmittag, als er ihr in dem Flugzeug nach Damaskus zum ersten Mal begegnet war.

»Siehst du, du warst mir immer nah«, flüsterte er.

»Jason.« Tränen schimmerten in ihren Augen. »Oh, Jason, worauf wartest du eigentlich?«

Er beugte sich zu ihr, und Sara Yadin nickte lachend.

»Ja«, seufzte sie, ehe ihre Lippen sich trafen.

DANKSAGUNG

Ein großes Dankeschön an
The Sinocism China Newsletter und die *Financial Times* für viele wertvolle Informationen über China.

Robert Ludlum
Eric van Lustbader
Die Jason Bourne Serie

› Bonusmaterial

HEYNE ‹

Die Serie

Jason Bourne arbeitete früher als Auftragskiller für die CIA. Nach einem Gedächtnisverlust will er unter seinem bürgerlichen Namen David Webb ein ruhiges Leben führen. Doch seine gewalttätige Vergangenheit holt ihn immer wieder ein.

Die Autoren

Robert Ludlum wird am 25. Mai 1927 in New York City geboren. Mit 14 Jahren verläßt er sein Elternhaus, um zur Bühne zu gehen. Nachdem er von seiner Mutter nach Hause zurückgeholt wird, schafft er drei Jahre später den Absprung und geht zunächst zum Militär. Nach Ende des Zweiten Weltkriegs beginnt er eine Karriere als Schauspieler. Trotz seines Erfolges am Theater und im Fernsehen und auch als Produzent, beschließt er mit vierzig, diese Karriere an den Nagel zu hängen, und studiert Kunstgeschichte. Seine »vierte« Karriere als Schriftsteller beginnt 1971 mit seinem ersten Buch *Das Scarlatti-Erbe*, welches auf Anhieb Platz 1 der Bestsellerlisten erreicht. Zahlreiche weitere Bestseller folgen. Seine Bücher werden in mehr als 30 Sprachen übersetzt, in mehr als 40 Ländern veröffentlicht und erreichen eine Auflage von über 200 Millionen Exemplaren. *Die Bourne Identität* (1980) markiert schließlich die Geburtsstunde seines legendärsten Helden: David Webb, alias Jason Bourne. Robert Ludlum starb am 12. März 2001. Seitdem wird die Serie vom internationalen Bestsellerautor Eric van Lustbader im Geiste ihres Schöpfers fortgeführt.

Die Filme

Agent ohne Namen (1988) mit Richard Chamberlain
Die Bourne Identität (2002) mit Matt Damon
Die Bourne Verschwörung (2004) mit Matt Damon
Das Bourne Ultimatum (2007) mit Matt Damon
Das Bourne Vermächtnis (2012) mit Jeremy Renner
Jason Bourne (2016) mit Matt Damon

1. Die Bourne Identität *(The Bourne Identity, 1980)*

Stell dir vor, du weißt nicht mehr, wer du bist, und das Erste, was du über dich herausfindest, ist, dass du ziemlich gut schießen kannst. Jason Bourne ist ein Mensch ohne Vergangenheit und ohne Zukunft – gejagt von mächtigen Feinden; geliebt von einer schönen Frau, die nicht glauben kann, dass er wirklich das ist, was sich langsam herauskristallisiert: ein Auftragskiller.

Die Geburtsstunde eines legendären Actionhelden: Jason Bourne!

2. Das Bourne Imperium *(The Bourne Supremacy, 1986)*

Im Hinterzimmer eines Hongkonger Nachtlokals werden fünf Leichen gefunden. Einer der Ermordeten ist der Vizepräsident der Volksrepublik China. Alle Spuren deuten auf Jason Bourne. Nur wenige wissen: Ein Unbekannter missbraucht Jason Bournes Identität. Und so stürzt sich der wahre Jason Bourne erneut in eine Welt der Gewalt und des Verbrechens, eine Welt, der er für immer zu entkommen hoffte.

»Schwindelerregend, nervenzerfetzend, rätselhaft, bedrohlich, kurz: ludlumesque.« *Publishers Weekly*

3. Das Bourne Ultimatum *(The Bourne Ultimatum, 1990)*

David Webb hatte geglaubt, Jason Bourne für immer entkommen zu sein. Doch nun holt ihn die Vergangenheit ein. Der Schakal, sein alter Todfeind, ist ihm und seiner Familie auf den Fersen, doch Webb weigert sich zu fliehen. In der verhassten Identität des Profikillers Jason Bourne stellt er sich dem Kampf und ist bald einer Verschwörung internationalen Ausmaßes auf der Spur.

»Ludlum packt mehr Action in seine Thriller als fünf seiner Kollegen zusammen.« *The New York Times*

4. Das Bourne Vermächtnis *(The Bourne Legacy, 2004)*

David Webb lebt zurückgezogen in der Nähe von Washington und lehrt als Professor an der Universität von Georgetown. Nichts erinnert mehr an die Gefahren seines früheren Lebens als Profikiller der CIA. Doch die Vergangenheit holt ihn ein, als er plötzlich selbst ins Visier eines Killers gerät. Webb wird wieder zu dem Mann, der er nie sein wollte: Jason Bourne.

»Ludlum beherrscht unangefochten das Feld des klassischen Polit- und Agenten-Thrillers.« *Chicago Tribune*

5. Der Bourne Betrug *(The Bourne Betrayal, 2007)*

Jason Bourne kommt nicht zur Ruhe. Als er erfährt, dass sein Freund, der CIA-Agent Martin Lindros, in Äthiopien vermisst wird, zögert Bourne nicht lange und macht sich sofort auf den Weg nach Afrika, um Lindros zu suchen. Doch kaum angekommen, entgeht er nur knapp einem Attentat. Ist Lindros wirklich der, der er vorgibt zu sein?

»Die explosive Fortsetzung einer unerreichten Traditionsserie.«
Bookreporter.com

6. Das Bourne Attentat *(The Bourne Sanction, 2008)*

Als Jason Bourne Informationen über einen drohenden Terroranschlag auf amerikanischem Boden zugespielt werden, begibt er sich sofort auf die gefährliche Jagd nach den Killern. Doch zu spät erkennt er, wer der eigentliche Drahtzieher des Attentats ist. Bourne gerät selbst ins Visier der Terroristen. Ein tödlicher Wettlauf beginnt.

»Ein Spionage-Thriller, der selbst den erfahrensten Lesern bis zum Ende Rätsel aufgibt. Rasantes Tempo, jede Menge Action – ein Muss!« *Booklist*

7. Die Bourne Intrige *(The Bourne Deception, 2009)*

Nach einem mörderischen Zweikampf mit dem russischen Killer Leonid Arkadin taucht Jason Bourne schwer verletzt auf Bali unter. Er täuscht seinen Tod vor und nimmt eine neue Identität an. Im Geheimen plant er die finale Hetzjagd auf den Killer. Doch Arkadin hat Bournes Manöver längst durchschaut. Ein teuflisches Katz-und-Maus-Spiel nimmt seinen Lauf.

»Der größte Thriller-Autor aller Zeiten.« *The New Yorker*

8. Das Bourne Duell *(The Bourne Objective, 2010)*

Jason Bourne ist auf Bali untergetaucht, wo er in den Besitz eines mysteriösen Rings gelangt. Die Inschrift des Rings verweist auf eine im Geheimen operierende Organisation. Bournes Weg führt nach Marokko, wo er das Machtzentrum der Gruppe vermutet. Hier trifft er auf seinen Todfeind Leonid Arkadin, und ein unerbittlicher Kampf entbrennt. Doch scheinen beide in eine tödliche Falle getappt zu sein.

»Genau das Richtige für Thriller-Fans, die Verschwörungen, Adrenalinrausch und weltumspannende Abenteuer lieben.«
Library Journal

9. **Der Bourne Befehl** *(The Bourne Dominion, 2011)*

Eine mächtige internationale Organisation schickt sich an, der amerikanischen Wirtschaft einen vernichtenden Schlag zu versetzen. Doch zuvor muss der Mann beseitigt werden, der ihr als Einziger gefährlich werden kann: Jason Bourne. Ausgerechnet Bournes russischer Freund Boris Karpow wird auf den amerikanischen Top-Agenten angesetzt. Findet Karpow einen Weg aus der tödlichen Zwickmühle?

»Fans der Bourne-Filme werden dieses Buch verschlingen.«
Booklist

10. Der Bourne Verrat *(The Bourne Imperative, 2012)*

Vor der schwedischen Küste zieht Jason Bourne einen Bewusstlosen aus dem Meer. Als der Mann zu sich kommt, fehlt ihm jede Erinnerung an sein bisheriges Leben – eine unheimliche Parallele zu Bournes eigenem Schicksal. Die Lösung scheint in einem geheimen Mossad-Lager im Libanon zu liegen, in das sich Bourne Wochen zuvor geflüchtet hatte. Was geht dort vor sich? In letzter Minute erkennt Bourne einen zerstörerischen Plan, der nicht nur sein Leben, sondern die Sicherheit der Welt bedrohen könnte.

»Rasant, actiongeladen und voller unvorhersehbarer Wendungen.« *The Daily Reporter*

11. Die Bourne Vergeltung *(The Bourne Retribution, 2013)*

Jason Bourne ist am Boden zerstört, als seine Gefährtin, die Mossad-Agentin Rebekka, bei einem gemeinsamen Einsatz in Mexiko getötet wird. So nimmt er den Auftrag an, für den ihn der Chef des israelischen Geheimdienstes gewinnen will: den chinesischen Minister Ouyang Jidan auszuschalten, der nicht nur für Rebekkas Tod verantwortlich ist, sondern mit seinen dunklen Plänen eine Bedrohung für die gesamte westliche Welt darstellt.

»Beginnen Sie nie mit der Lektüre eines Ludlum-Thrillers, wenn Sie am nächsten Tag arbeiten müssen.« *Chicago Sun-Times*

12. Die Bourne Herrschaft *(The Bourne Ascendancy, 2014)*

Ein politischer Gipfel in Doha wird von einer Gruppe Schwerbewaffneter überfallen. Jason Bourne ist als Doppelgänger eines syrischen Ministers mittendrin und gerät in die Gewalt des berüchtigten Terroristen El Ghadan. Wie sich zeigt, hat der Terrorchef auch Bournes enge Freundin Soraya Moore und deren kleine Tochter entführt. Sein grausames Ultimatum: Binnen einer Woche soll Bourne den Präsidenten der USA töten. Gelingt es ihm nicht, werden Mutter und Kind sterben. Die Uhr tickt …

»Es bleibt dabei: Ludlum ist der perfekte Thriller-Autor.«
Newsweek

Weitere Bände in Vorbereitung.
Mehr Informationen unter heyne.de/ludlum